Saskia Louis

Unlock My Heart

GOLDEN HEIGHTS

Saskia Louis

Unlock my Heart

GOLDEN HEIGHTS

Ravensburger

1 3 5 4 2

Originalausgabe

© 2024, Ravensburger Verlag GmbH,
Postfach 2460, D-88194 Ravensburg

Text © 2024, Saskia Louis

Dieses Werk wurde vermittelt durch
die Langenbuch & Weiß Literaturagentur.

Lektorat: Tamara Reisinger (www.tamara-reisinger.de)

Cover- und Umschlaggestaltung: Andrea Janas
unter Verwendung von Motiven von © kjpargeter,
© studio2013, © Abbie, alle von Shutterstock

ISBN 978-3-473-58664-6

ravensburger.com

Für den BWL-Teil
meines Medienmanagement-Studiums.

Du bringst mir heute überhaupt nichts mehr.
Aber danke, dass ich deinetwegen zumindest
Vorlesungen realitätsnah in meinen Büchern
beschreiben kann!

Prolog

Du hast nur ein Leben …

So begann der letzte Satz, den meine Großmutter mir mit auf den Weg gab.

Du hast nur ein Leben, mein Schatz, also mach das Beste daraus.

Aber das Beste, was man aus fünf Dollar sechzig, einem rostigen Fahrrad und einem älteren Bruder, der seine Gitarre und seine Freiheit sehr viel mehr liebt als ein festes Einkommen, machen kann, ist nicht besonders gut. Die Welt will dir weismachen, dass du alles erreichen kannst, wenn du es nur wirklich willst. Fernsehserien zeigen dir, dass du nur hart arbeiten musst, um erfolgreich zu sein. Dass dir gute Dinge widerfahren, wenn du gute Dinge tust. Aber niemand sagt dir, dass das nicht für alle Menschen gilt. Dass du deine Träume nur erreichen kannst, wenn du überhaupt die Zeit findest, sie zu träumen.

Glaubt mir, ich weiß, wovon ich rede. Denn ich habe es versucht. Auf die gute Art und Weise. Auf die richtige Art und Weise. Ich habe mich kaputt gearbeitet. Ich habe gespart, ich habe alten Damen über die Straße geholfen, ich habe weder getrunken noch geraucht, doch »das Beste«, was ich aus meinem Leben machen konnte, war trotzdem nie genug. Denn meine Großmutter hat vergessen, eines zu erwähnen: Die Welt ist nicht fair.

Das Leben ist wie ein Monopoly-Spiel. Die Reichen werden reicher, die Armen ärmer. Und manche Menschen werden nie über Los kommen, egal, wie schnell sie laufen, oder sich gar ein Haus auf der Schlossallee leisten können. Also muss man die Würfel zinken. Die Gemeinschaftskarten selbst schreiben. Ein paar Regeln brechen, sich über das Spielfeld schummeln. Aufpassen, nicht erwischt zu werden.

Meine Großmutter hat gesagt, man hat nur ein Leben. Eine Chance. Einen Namen.

Aber sie hat sich geirrt.

Man kann Dutzende Leben haben. Tausende neue Chancen. Etliche Namen. Man muss nur wissen, wie man einen Ausweis fälscht. Aber keine Sorge, Grams. Ich mache das Beste draus.

1

Lexie

Ich sah es eigentlich nicht als meine Aufgabe, über Steine nachzudenken. Selbst wenn ich Zeit für ein Hobby gehabt hätte, würde ich mich nicht unbedingt mit kompakten toten Mineralobjekten beschäftigen. Ich wollte Geologen nicht zu nahetreten, aber es gab eine Menge interessantere Dinge, mit denen man sich die Zeit vertreiben konnte. Dreckige Wattestäbchen zum Beispiel. Flusen im Bauchnabel. Eine Plastiktüte im Wind.

Trotzdem wanderten meine Gedanken wie jeden Donnerstag um zwölf Uhr mittags unweigerlich zu weißem Marmor. Dem Gestein, das meiner Meinung nach aussah, als wären auf ihm zu viele Insekten mit einem Hammer getötet worden. Er glänzte zu grell und wirkte selbst im hellsten Sonnenschein noch kalt. Es war mir schleierhaft, wie jemals jemand auf die Idee hatte kommen können, dass es eine gute Investition sei, eine gesamte Universität mit dem teuren Material auszukleiden. Es musste jemand gewesen sein, der mehr Geld als Gehirnwindungen hatte und außerdem blind war. Vermutlich dieselbe Person, die runde Säulen für anbetungswürdig und goldverzierten Stuck für den letzten Schrei hielt. Jemand, der, ohne mit der Wimper zu zucken, Wörter wie *pittoresk* und *blasiert* in den Mund nahm und herablassend lachte, wenn man ihn fragte, warum er so komisch redete.

Kurz gesagt: der Typ Mensch, der die University of Golden Heights besuchte. Der Typ Mensch, der jeden Donnerstag um zwölf Uhr mit seinen Gucci-Handtaschen und Armani-Hemden um mich herumwuselte. Der für einen Friseurbesuch mehr zahlte als ich für meine monatlichen College-Gebühren. Der einen Treuhandfonds besaß, mit dem er eine hawaiianische Insel und ein Sommerhäuschen auf dem Mond kaufen könnte. Dessen Notendurchschnitt nicht gut genug gewesen war, um an einer Elite-Universität wie Harvard, Yale oder Princeton angenommen zu werden, dessen Kontostand aber definitiv hoch genug war, um sich in diese teure, renommierte Privatuni einzukaufen.

Okay, ich übertrieb vielleicht ein bisschen. Es gab auch normale Leute hier. Mädels und Jungs, die in Kapuzenpullover und Jeans oder Leggins herumliefen. So wie meine beste Freundin Carly. Doch das war eher die Ausnahme als die Regel.

Und ich störte mich überhaupt nicht daran.

Im Gegenteil. Es war der einzige Grund, warum ich hier war. Denn all diese unfreundlichen und selbstverliebten Schnösel finanzierten mir meine Bildung und Miete.

Wieder ließ ich den Blick über den Golden Park, den ältesten Teil des Universitätscampus, schweifen, hielt Ausschau nach potenziellen Kunden, die schüchtern zu mir herübersahen und versuchten, den Mut zu finden, mich anzusprechen.

Lächelnd biss ich von meinem Erdnussbuttersandwich ab, während ich einen meiner Perlenohrringe zwischen den Fingern drehte. Die Stecker fühlten sich wie Fremdkörper an und juckten in meinen Ohrlöchern. Vielleicht, weil sie in etwa so echt waren wie die Ausweise in meiner Tasche und ich eine Nickelallergie hatte. Vielleicht aber auch, weil sie alles repräsentierten, was ich innerhalb des letzten Jahres gelernt hatte, zu verabscheuen. Wer konnte das schon wissen? Ich wunderte mich jedes Mal darüber, dass ich auf dem Rand des – natürlich marmornen – Springbrunnens sitzen konnte und nicht merkwürdig von der Seite angeguckt wurde. Denn eigentlich passte ich hier in etwa so gut hin wie Schokolade in eine Zahnpastatube. Aber ich hatte gelernt, mich anzupassen.

Meine Bluse war rosa und gebügelt, mein Faltenrock knielang und meine Strumpfhose ungewohnt löcherlos. Die blonden Haare hatte ich zu einem ordentlichen, hohen Pferdeschwanz gebunden, der zusammen mit dem Sonnenlicht meinen Nacken kitzelte. Carly meinte immer, ich sähe in meiner Aufmachung aus wie das Mädchen, das Ken gedatet hätte, bevor er Barbie kennengelernt hatte. Mein großer Bruder Ty hingegen war der Auffassung, dass ich mich in meinem Aufzug auch für eine christliche Girlgroup casten lassen könnte. Aber beide lagen falsch. Ich sah schlichtweg aus wie jemand, der hier aufs College ging – auch wenn ich mich hoffentlich nicht so anhörte.

»… macht mich *wahnsinnig*! Wenn ich meinen Major nicht zu Jura wechsle, will er mir den Porsche wegnehmen!«, drang es genervt durch das Plätschern des Springbrunnens zu mir herüber. Es war eine typisch männliche Schnöselstimme. »Ich will mich ausprobieren, bevor es ernst wird. Ist das zu viel verlangt?«

»Überhaupt nicht«, kam die mitfühlende Antwort. Der Stimme nach von einem Mädchen. »Es ist nicht fair von deinem Vater, dir zu drohen. Du hast dir den Porsche verdient.«

»Eben!«, erwiderte der Typ gepresst. »Ich hab doch nicht umsonst meinen Schnitt um zwei Punkte verbessert!«

Das Mädchen seufzte. »Bei mir ist es egal, wie sehr ich mich verbessere. Meine Mutter lässt mich ja doch nicht Make-up-Artistin werden. Weißt du, was sie gesagt hat, als ich ihr davon erzählt habe? *Dann kannst du auch gleich unter einer Brücke wohnen!* Also werde ich wohl Ärztin.«

Ich verdrehte die Augen, was dank der Sonnenbrille auf meiner Nase niemand mitbekam. Die Probleme, mit denen sich die Reichen und Schönen herumschlugen, waren lächerlich. Aber ihre Träume unterschieden sich nicht sonderlich von denen normaler Menschen. Denn egal, ob reich oder arm, hübsch oder hässlich, klug oder dumm, auf dem College wollten alle in erster Linie nur eines werden: einundzwanzig.

Ich selbst war schon einundzwanzig und konnte nicht behaupten, dass es besonders toll war, aber ausreden wollte ich meinen Kunden ihren Wunsch dann auch nicht. Schließlich war ich die gute Fee, die ihn erfüllte.

Allerdings mit etwas mehr Stil und nicht ganz so selbstlosen Gründen wie meine Namensvetterin aus Cinderella.

»Debbie?«

Ich blinzelte und sah verwirrt auf.

Vor mir stand ein sommersprossiger, schlaksiger Kerl mit orangen Haaren, der erwartungsvoll die Augenbrauen hob. »Du bist doch Debbie, oder?«

Oh. Richtig. Hier war ich Debbie.

»Ja«, sagte ich hastig und lächelte. »Wer will das wissen?«

Ich holte mir immer zuerst den Namen eines potenziellen Kunden ein. Namen waren ein gutes Druckmittel und die hiesigen Studenten meistens nicht schlau genug, mir einen falschen zu geben.

»Ähm, Tobias McGerry«, erwiderte er und warf einen schnellen Blick über die Schultern, als rechnete er mit einem SWAT-Team, das ihn im nächsten Moment zu Boden werfen und einbuchten würde.

Ich nickte und machte mir eine mentale Notiz, bevor ich fragte: »Wer hat mich empfohlen?«

Ich akquirierte meine Kundschaft ausschließlich über Mund-zu-Mund-Propaganda und wusste, wem ich trauen konnte und wem nicht. Ich verkaufte nur an Leute, die über Kunden von mir wussten, mit denen ich bereits erfolgreich Geschäfte gemacht hatte.

»Chester Borrow«, sagte er nervös und rang die Hände.

Ah. Ja, der war vor ein paar Wochen bei mir gewesen. Hatte pünktlich gezahlt und war zufrieden mit dem Ergebnis gewesen.

»Wunderbar.« Mein Lächeln wurde breiter, und ich klopfte auf den freien Platz neben mir. »Was kann ich für dich tun, Tobias?«

»Na ja …« Etwas unbeholfen sank er neben mich, während sein Blick noch immer unruhig von links nach rechts huschte.

»Könntest du aufhören, dich ständig umzusehen?«, bat ich ihn höflich. »Das wirkt so, als würden wir etwas Illegales tun.«

Er lachte nervös auf. »Aber wir *tun* etwas Illegales«, stellte er mit gesenkter Stimme fest.

»Blödsinn. Wir unterhalten uns«, meinte ich fröhlich. »Soweit ich weiß, ist das im Staate Kalifornien nicht verboten. Also, erzähl mir doch mal … Was wünschst du dir zum Geburtstag?«

Er wischte sich die deutlich sichtbaren Schweißtropfen unter den Augenbrauen weg, bevor er murmelte: »Einen Ausweis.«

Ich unterdrückte ein Grinsen. »Kein Problem. Hast du ein Passfoto dabei?«

»Ja.« Ungelenk tastete er die Taschen seiner Anzughose ab, bevor er eine kleine Papiertüte hervorzog und sie mir in die Hand drückte. »Da ist auch schon der Vorschuss drin.«

Fantastisch. Chester Borrow hatte ihm offenbar schon die Einzelheiten des Deals erklärt, damit blieb mir diese lästige Aufgabe erspart.

»Na dann …« Ich ließ die Tüte in meine Handtasche gleiten, ohne reinzusehen. »Du darfst dich freuen. Nächste Woche um dieselbe Zeit, am selben Ort feierst du deinen einundzwanzigsten Geburtstag. Entschuldige, wenn ich keinen Kuchen mitbringe. Aber in meinem Umfeld werden andauernd Leute einundzwanzig.«

Wieder kicherte der Rotschopf nervös. »Okay. Danke. Nun, da wäre noch etwas«, meinte er, bevor er sich zum hundertsten Mal über die Schulter umsah, während er mit den Fingern unruhig auf den kalten Marmor des Brunnens klopfte.

Ich unterdrückte ein Seufzen. Die reichen Leute waren immer so paranoid. Dabei mussten sie sich doch gar keine Gedanken machen. Wenn sie erwischt wurden, konnten sie sich einfach freikaufen. Ich hingegen würde in einer schnuckeligen Gewahrsamszelle landen. Schon wieder.

»Wir werden nicht beobachtet, Tobias«, sagte ich mit Nachdruck. »Niemand …« Ich brach ab. Denn es stimmte nicht. Jemand *sah* zu uns herüber.

Er war mir zuvor nicht aufgefallen, weil ich immer nur auf die Studenten am Rande des Golden Parks achtete, die sich im Schatten herumdrückten, und nicht auf die Rasenfläche uns gegenüber. Doch genau dort saß ein Kerl und starrte uns an.

Wobei, nein, eigentlich starrte er nur mich an.

Er hatte dunkle Locken, dunkle Augen, deren Farbe ich aus der Ferne nicht genau erkennen konnte, und ein arrogantes Lächeln, bei dem sich mir die Nackenhaare aufstellten. In diesem Moment war ich froh, dass ich die Sonnenbrille trug, sodass er nicht sehen konnte, dass ich ihn ebenfalls anstarrte. Auch wenn er selbst sich nicht sonderlich Mühe gab, seinen Blick zu verbergen. Im Gegenteil. Er saß gegen eine große Palme gelehnt da. Trug ein weißes Hemd und eine dünne schwarze Krawatte, als hätte er ein Meeting mit Elon Musk, nicht mit einem Baum. Er hatte den Kopf schiefgelegt und die Hände im Nacken verschränkt. Den blonden Typ neben ihm, der auf ihn einredete, ignorierte er großzügig, um mich stattdessen weiter anzustarren.

Warum zur Hölle tat er das? Ich war nicht hübsch genug, um solch eindringliche Blicke zu verdienen, und Tobias leider auch nicht.

»Ja, du hast recht, tut mir leid.« Tobias' Worte rissen mich aus meiner Starre. Er schien nichts von den Warnleuchten, die in meinem Kopf angesprungen waren, mitbekommen zu haben. »Nun, ich hab gehört, du …« Er senkte verschwörerisch die Stimme und beugte sich auffällig unauffällig zu mir vor. »… du kannst auch die Lösungsbögen für Prüfungen besorgen?«

Der dunkelhaarige Typ wandte sich von mir ab und antwortete seinem blonden Freund.

Erleichtert ließ ich die Schultern sinken. Offenbar war *ich* es, die paranoid wurde. Dann sah ein Mann mich eben länger als gewöhnlich an. Das passierte. Vielleicht war er Künstler, und das Sonnenlicht hatte faszinierende Effekte in meine Haare gezaubert. Was wusste ich schon.

»Ja«, antwortete ich Tobias und löste den Blick von Mr Starr-mich-tot. »Aber das ist teuer.«

»Ja, also … Geld spielt keine Rolle.«

Ich presste die Lippen zusammen und nickte. Natürlich nicht. Das tat es bei niemandem hier. »Wann ist die Prüfung und bei wem?«, hakte ich nach.

»Steht auf einem Blatt in der Tüte.«

Mein Magen verkrampfte sich, und ich kratzte mir die Wange, während ich auf einen der Risse im weißen Marmor des Brunnens starrte. Ich mochte diese Art Auftrag nicht sonderlich gern. Einen Ausweis zu fälschen, war die eine Sache. Den Server eines Professors zu hacken oder womöglich in sein Büro einzubrechen, etwas gänzlich anderes. Aber diese Aktionen brachten das meiste Geld ein, und ich befand mich leider nicht in der finanziellen Lage, mir ein Gewissen oder auch nur ein ausgeprägtes Moralgefühl leisten zu können. Sosehr ich es also hasste, zu was für einem Menschen es mich machte … ich nickte.

»Geht klar«, sagte ich. Bei dem Termin bleibt es. Und begrüß mich das nächste Mal mit einer Umarmung und einem Lächeln auf dem

Gesicht, in Ordnung? Als wären wir alte Freunde, die lediglich ihre Notizen für die Medizinvorlesung austauschen.«

Perplex sah Tobias mich an. »Aber ich studiere Kunstgeschichte.«

Ich seufzte schwer und zog Zettel und Stift aus meiner Rocktasche, um eine Summe darauf festzuhalten. »Tu es einfach, okay? Und ich will das Geld in bar und in einer Butterbrotdose.«

»Butterbrotdose? Weil es so unauffälliger ist?«, hakte Tobias nach.

»Genau«, erwiderte ich betont ernst. Dass mein Bruder andauernd meine Tupperware verschlampte und ich dringend neue brauchte, ging ihn nun wirklich nichts an.

»Mhm, klar. Danke«, wisperte der Klon vom verschollenen Bruder von Pippi Langstrumpf, bevor er aufsprang und im nächsten Moment über den Hof in Richtung Hauptgebäude floh.

Kopfschüttelnd sah ich ihm nach, bevor mein Blick automatisch zurück zu der Wiese und der großen Palme glitt … Doch der dunkelhaarige Typ war verschwunden.

Gut so.

Ich warf einen Blick auf meine Uhr, die mir bestätigte, dass meine Sprechzeiten vorbei waren, und schulterte meine Handtasche. Wenn ich mich beeilte, konnte ich zu Hause noch den ekligen pinken Lippenstift abwischen und den Aufsatz zu Ende schreiben, den ich bis spätestens Sonntag abgeben musste, bevor ich wieder aufbrach, um meinen Abendkurs in Finance zu besuchen. Noch zwei Jahre, dann würde ich meinen Abschluss in der Tasche haben. Dann könnte ich endlich anfangen, auf vernünftige Art und Weise Geld zu verdienen.

Keine dubiosen Geschäfte mehr. Keine Fälschungen. Keine Diebstähle.

Eine neue Stadt, vielleicht sogar ein neues Land, ein stinknormaler Job bei irgendeiner Bank oder einem anderen seriösen Wirtschaftsunternehmen, und mein Leben könnte endlich richtig beginnen. Ich musste nur noch Carly und meinen Bruder Ty von diesem Plan überzeugen. Denn ohne sie würde ich nicht gehen.

Ich schob die Sonnenbrille mit dem Zeigefinger höher meine Nase hinauf und lief den gepflasterten Weg um die Uniwiese herum zum Ausgang des Campus auf der anderen Seite. Diverse marmorne Büsten, die irgendwelche alten weißen Männer darstellten, folgten mir mit ihrem urteilenden Blick. Ich streckte ihnen die Zunge raus. Wie konnten reiche Leute selbst in toter Marmorform noch derart arrogant sein? Wie …?

Jemand stieß heftig gegen meine Schulter, und überrascht taumelte ich zur Seite. Meine Handtasche glitt zu Boden, schlug mit einem dumpfen Ton auf und ergoss ihren Inhalt vor meine Füße. Leider gehörten dazu die Papiertüte mit den Infos von Tobias McGerry und drei verschiedene Ausweise. Alle mit meinem Gesicht, jedoch unterschiedlichen Namen. Alle einfach nur in meine Tasche gesteckt, denn wenn ich sie in meinem Portemonnaie aufbewahrte, kam ich andauernd durcheinander.

»Kannst du nicht aufpassen?«, blaffte ich, schob die Sonnenbrille auf meinen Kopf und hockte mich auf den Boden, um hastig die Habseligkeiten aufzuheben.

»Oh, bitte. Es war deine Schuld«, kam es dunkel von oben. »Du warst abgelenkt, weil du den toten Typen die Zunge rausgestreckt hast.«

Wut stieg in mir hoch, als ich an dem Paar langer Beine hinaufsah, das sich vor mir aufgebaut hatte. »Schwachsinn! Du …« Doch die Worte blieben mir im Halse stecken. Erschrocken ließ ich einen der Ausweise – den für das Community College, das ich besuchte – wieder fallen.

Es war der Typ von der Palme.

»Ich …?«, hakte er nach und hob eine Augenbraue.

»Du … du hast mich umgerannt«, schloss ich etwas lahm.

»Nein.« Er schüttelte den Kopf und ließ seinen Blick interessiert über die Dinge schweifen, die meiner Handtasche entkommen waren.

Mein Magen zog sich zusammen, und meine Bewegungen wurden sofort hektischer. Ich mochte neugierige Blicke noch weniger als Rosenkohl.

»So schnell war ich nicht«, fuhr er fort. »Wenn, dann habe ich dich umgeschlendert.«

Ich verdrehte die Augen, doch mein Herzschlag beruhigte sich erst, als auch das letzte verräterische Stück Plastik in meiner Tasche verschwunden war. Schwer atmete ich durch, klopfte den Dreck von meinen Knien und stand wieder auf. »Ist mir egal, *was* du getan hast«, erklärte ich sachlich. »Tu es einfach nicht noch einmal.«

Mein Gegenüber hob einen Mundwinkel, und schlagartig wurde mir warm. Ich hatte es vorhin auf die Entfernung nicht so deutlich wahrgenommen, aber er sah gut aus. Auf diese klischeehafte »Ich habe einen kantigen Kiefer, etwas zu lange Haare und lächerlich breite Schultern« Art und Weise. Eben die, über die man, wenn man es in Büchern las, nur die Augen verdrehen konnte, weil man sich fragte, ob den Autoren und Autorinnen denn nichts Besseres und Originelleres einfiel.

Gott sei Dank war ich gegen gutes Aussehen immun.

»Hey«, sagte er und streckte die Hand aus. »Ich bin Logan.«

»Schön für dich«, antwortete ich knapp, ignorierte seine ausgestreckte Hand und schulterte meine Tasche.

»Und du bist?«, wollte er wissen.

»In Eile.«

»Seltsamer Name. Deine Eltern müssen Hippies gewesen sein.«

Ich schnaubte und verzichtete auf eine Antwort. Stattdessen wandte ich mich ab. Sein Blick war zu intensiv und verursachte ein Prickeln in meinem Nacken. Ich wollte nicht, dass er mein Gesicht länger als nötig studierte, also schob ich die Sonnenbrille wieder über meine Augen und ging an ihm vorbei.

»Hey«, rief er mir nach, sobald ich meinen zweiten Schritt getan hatte.

Widerwillig drehte ich mich um. »Was?«

Er trat langsam näher. Die Hände lässig in den Taschen, doch die Augen misstrauisch verengt.

Blau. Sie waren dunkelblau. Von unendlich langen und dunklen Wimpern umrandet, die ihn feminin hätten aussehen lassen können … doch das Gegenteil war der Fall.

»Du bist zu auffällig«, murmelte er. Seine Stimme war kaum mehr als ein Flüstern.

Ich blinzelte ihn an. »Wie bitte?«

»Du bist zu auffällig«, wiederholte er. »Jeden Donnerstag um zwölf Uhr sitzt du an derselben Stelle auf dem Campus … Ich beobachte dich schon seit drei Wochen, und du hast es nicht einmal mitbekommen.«

Mein Puls schoss in die Höhe, und meine Handflächen wurden feucht, doch ich ließ mir nichts anmerken. Ich hatte bereits als kleines Kind gelernt, meine Emotionen zu verbergen und Angst niemals an die Oberfläche dringen zu lassen. Dieser reiche Schönling war kein Gegner für mich. Statt also zitternd einzuatmen oder gar wegzulaufen, verzog ich den Mund zu einem süßlichen Lächeln.

»Hör mal«, sagte ich seelenruhig und sah ihn fest an. »Larry war dein Name?«

Er hob nun ebenfalls die Mundwinkel. »Logan.«

»Schön, Wolverine. Dann Logan. Ich bin nicht interessiert, okay? Nicht an dieser Unterhaltung, nicht an deiner Meinung zu Dingen, die du glaubst, gesehen zu haben oder zu wissen. Ich habe es eilig. Hättest du also die Güte, mich in Ruhe zu lassen?«

Er bewegte sich kein Stück und verzog auch keine Miene. Stattdessen ließ er den Blick gemächlich über mich wandern. Von meinen Fußspitzen, über meine dünne Nylonstrumpfhose, den dunkelblauen Rock, bevor er scheinbar jeden einzelnen Knopf meiner Bluse abtastete, bis er wieder an meinem Gesicht ankam.

Meine Haut kribbelte, und Hitze strömte durch meinen Körper. Ich war lange nicht mehr so angesehen worden. Als wäre jeder Zentimeter von mir interessant. Am liebsten hätte ich einen Schritt zurückgemacht, so groß war das Bedürfnis nach Distanz. Doch ich blieb, wo ich war. *Wenn du zurückweichst, wirkst du schuldig. Also, was immer auch passiert, bleib in deiner Rolle.*

»Gott«, murmelte Logan kopfschüttelnd. »Du gehörst hier so offensichtlich nicht hin wie ein Schneemann an den Strand.«

Mein Hals wurde trocken, doch ich würde ihm nicht die Genugtuung geben, mich zu räuspern. »Ich weiß nicht, wovon du redest«, sagte ich mit fester Stimme. »Ich gehöre hier genauso hin, wie du es tust.«

»Nein. Du gehst hier nicht zur Uni«, erwiderte er. »Du bist nur ein ungebetener Gast.«

»Und wie, wenn ich fragen darf, kommst du auf diese lächerliche Idee?«, wollte ich betont gelangweilt wissen.

»Erstens: deine Schuhe. Zweitens …« Das Lächeln auf seinem Gesicht breitete sich weiter aus. »Du hast offensichtlich keine Ahnung, wer ich bin. Und das solltest du wirklich wissen.« Mit diesen Worten drehte er sich auf dem Absatz um und ließ mich stehen.

Er rannte nicht. Er eilte nicht. Er schlenderte. Als hätte er alle Zeit der Welt.

Mit wild klopfendem Herzen sah ich ihm nach. Was zur Hölle war das gewesen? Ich schluckte mehrfach, richtete die Sonnenbrille gerade und ging dann ebenfalls ruhigen Schrittes in die entgegengesetzte Richtung zum Ausgang.

Erst als ich vor dem schmiedeeisernen Tor stand, das die Grenze des Campus markierte, sah ich auf meine Füße. Staub, Dreck und ein Fleck eingetrocknete Tomatensoße klebten wie ein Schuldeingeständnis an meinen Schuhen.

Shit.

2

Lexie

Als ich auf meinem rostigen Fahrrad den Fuß des Hügels erreichte, auf dem die Golden Heights University lag, blieb ich stehen und zog mir die Perlenstecker aus den Ohren, das Haargummi aus den Haaren und die rosa Bluse über den Kopf.

Sobald das Teil nicht länger auf meiner Haut klebte und der steife Kragen meinen Hals nicht mehr einengte, konnte ich wieder freier atmen. Die Bluse war eindeutig viel zu warm für die spätsommerlichen Temperaturen, mit denen der September in Kalifornien auffuhr, aber mein einziges anderes schickes Shirt war in der Wäsche, ich hatte also keine Wahl gehabt.

Nicht zum ersten Mal fragte ich mich, wie man nur freiwillig bei diesem Wetter so etwas anziehen konnte. Aber reiche Leute rochen wohl nicht nach Schweiß. Reiche Leute rochen nach Regenbögen und Geld.

Ich verstaute das Stück Stoff in meiner Handtasche, warf sie zurück in den geflochtenen Korb, den ich an meinem Lenker angebracht hatte, und schwang mich zurück aufs Rad. Bevor ich erneut in die Pedale trat, sah ich mich noch einmal um. Ich ließ den Blick sorgfältig über die Straße hinter mir schweifen. Eine Mutter mit Kinderwagen stand an einem Kaffeewagen, und zwei Müllmänner in gelber Neonkleidung leerten ein paar Tonnen.

Niemand folgte mir. Niemand schenkte mir auch nur die geringste Beachtung.

Dieser Logan lag falsch. Ich war nicht zu auffällig. Er hatte bestimmt von einem seiner Freunde von mir gehört und es für lustig gehalten, mir einen kleinen Schreck einzujagen. Er hatte mir nur unter die Nase reiben wollen, wie klug und aufmerksam er doch war. Nichts weiter. Typisch arroganter Schnösel eben.

Dennoch wischte ich mir die feuchten Hände am schwarzen Tanktop ab, bevor ich tief durchatmete und mich auf den Weg nach Hause machte.

Sei nicht albern, rief ich mich selbst zur Ordnung. *Er weiß nichts. Er kennt dich nicht. Er verfolgt dich nicht. Du bist hier sicher. Ty und du wohnt bereits seit zwei Jahren in Golden Heights, dieser kleinen Stadt, die direkt an L. A. grenzt, und bisher ist euch nichts passiert. Alles ist gut.*

Dieses Mantra wiederholte ich innerhalb der nächsten zwanzig Minuten immer wieder in meinem Kopf, bis ich vor dem großen, graffitiverschmierten Backsteingebäude hielt, das ich zurzeit mein Zuhause nannte. Ich schloss mein Fahrrad an die nächstgelegene Straßenlaterne an – mit drei Schlössern, denn das hässlichste Rad des gesamten Viertels zu haben, schützte in dieser Gegend leider auch nicht vor Diebstahl – und schulterte meine Tasche.

Die Eingangstür stand wie immer offen, denn das Schloss war vor zwei Monaten zusammen mit dem Türknauf auf unerklärliche Art und Weise abhandengekommen, und im engen Treppenhaus roch es nach feuchter Farbe und Marihuana. Ich nahm zwei Stufen auf einmal, grüßte Mrs Jakowski, die alte Dame, die unter uns wohnte und das Gesicht einer verschrumpelten Backpflaume, aber das Herz von Mutter Theresa hatte, und kramte nach meinem Schlüssel. Doch gerade, als ich endlich im dritten Stock angekommen war, riss jemand die Tür auf. Ein Schwall dunkler Rauch und eine Reihe schillernder Flüche quollen mir entgegen.

»… verfluchter Kackmist! Ich bin nur zwei Minuten in meinem Zimmer gewesen, ich schwöre es!«, rief meine beste Freundin, und ein Handtuch, mit dem sie die dicken Schwaden hektisch aus Tür und Küchenfenster wedelte, traf mich unsanft im Gesicht. »Aber es ist nur noch Rauch, keine Sorge. Die Flammen habe ich schon erstickt.«

»Flammen?«, erwiderte ich alarmiert und hob hustend den Arm vor mein Gesicht. »Es hat *gebrannt*?«

»Nur ein wenig. Nicht der Rede wert. Es waren süße Flämmchen. Es sah aus, als wäre unser Ofen ein Feuerpokémon.«

»Carly!«, stieß ich aus und wusste nicht, ob ich lachen oder mich ärgern sollte. »Ich hab dir doch verboten, andere Küchengeräte als die Mikrowelle und den Toaster zu benutzen!« Ich drängte mich an ihr vorbei in die kleine Wohnküche, von der jeweils die Türen zu unseren Zimmern und dem Bad abgingen, die ich nun allesamt aufriss, bevor ich mit den Fenstern dasselbe tat.

»Aber die Mikrowelle *hasst* mich!«, erwiderte sie aufgebracht. »Das blöde Teil hat schon wieder nicht funktioniert und mich dann zehn Minuten lang wütend angepiept. Außerdem wollte ich doch nur das Essen von gestern aufwärmen. Was kann dabei schon schiefgehen?«

Ich hob eine Augenbraue und deutete auf den bis zur Unkenntlichkeit verbrannten Auflauf auf dem Herd, der durch den sich lichtenden Dunst zu erkennen war. »Keine Ahnung, sag du es mir.«

Stöhnend sank meine Freundin auf einen der Campingstühle, die uns als Sitzgarnitur dienten, und legte die Hand über die Augen. »Gott, ich bin eine Katastrophe. Ich wusste bis gerade eben noch nicht einmal, dass Käse brennen kann!«

»Du bist keine Katastrophe«, versicherte ich ihr und drückte aufmunternd ihre Schulter. »Nur eine ausgesprochen furchtbare Köchin.

Aber das ist nicht schlimm, du hast andere Talente.« Ich kickte die Wohnungstür mit dem Fuß zu und wedelte mit den Händen auch den letzten Rest Rauch aus der Küche. Als ich mich wieder Carly zuwandte, bemerkte ich, dass sie mich mit unzufrieden zusammengezogenen Augenbrauen ansah.

»Was für Talente?«

»Nun, du kannst sogar mit einem Bleistiftstummel oder ausgefranstem Pinsel fantastische Kunstwerke erschaffen«, erwiderte ich. »Und niemand putzt eine Wohnung mit so viel Hingabe wie du.« Vielsagend deutete ich auf die alte, aber dennoch glänzende Küchenanrichte. »Abgesehen davon kannst du einen Löffel auf deiner Nase balancieren und aus dem Stegreif zwei Stunden lang über irgendwelche Renaissance-Künstler referieren, über die nie irgendjemand etwas wissen wollte.«

»Ach ja. Das«, meinte sie und hob die Mundwinkel, während sie die Finger in ihren schwarzen Braids vergrub, die sie zu einem dicken Zopf zusammengefasst hatte. »Du hast recht. Ich bin fantastisch. Schade nur, dass weder Ofen noch Mikrowelle das kapiert haben.«

»Sie sind alt und gebrechlich, du musst es ihnen nachsehen«, sagte ich grinsend und sank auf den Stuhl ihr gegenüber, bevor ich mir die Schuhe abstreifte und sie in die Höhe hielt. »Da wir gerade von deinen Talenten reden: Wie krieg ich die wohl am besten sauber?«

Stirnrunzelnd beugte sich Carly vor. »Backpulver und Spülmittel im Verhältnis eins zu eins mischen und mit Lappen oder Bürste einreiben.«

»Ah, sehr gut.« Es hatte Vorteile, einen Putzteufel als beste Freundin zu haben. Ich stand auf, um die Sachen aus dem Schrank zu holen, während meine Gedanken wieder zu dem Lockenkopf zurückwanderten, der mich überhaupt erst auf den Dreck an meinen Schuhen aufmerksam gemacht hatte. Zu diesem Logan aka reichen Schönling, den man an der Golden Heights University kannte ... Zumindest hatte er das durchblicken lassen. Nachdenklich warf ich Carly einen Blick über die Schulter zu.

Meine Freundin, die ein Stipendium für die Golden Heights University bekommen und mir somit Zugang zu meinem aktuell besten Kundenkreis verschafft hatte, zog gerade zwei Toastbrote aus der Packung. Höchstwahrscheinlich ihr Ersatzessen für den verbrannten Nudelauflauf.

»Sag mal, Carly«, begann ich zögerlich, »kennst du zufällig einen Logan? Geht auf deine Uni.«

»Logan?« Sie runzelte die Stirn und streckte sich, um einen Teller vom Regalbrett über ihr zu ziehen. »Aber nicht Logan Maxx?«

Ich zuckte mit den Schultern. »Keine Ahnung. Braune Locken, ein arrogantes Lächeln, umgeben von einer Aura kühler Gleichgültigkeit ...«

Carly nickte. »Ja, du sprichst von Logan Maxx.«

»Also kennst du ihn?«, hakte ich nach.

Sie lachte und griff nach der Erdnussbutter. »Es ist schwer, ihn nicht zu kennen. Die Mädels bei uns nennen ihn nur *Prince of Golden Heights*.«

»Weil er reich ist?«, schlussfolgerte ich. »Oder hat er wirklich blaues Blut?«

»Nicht direkt. Aber er ist auch nicht einfach nur reich, Lexie. Er ist der Sohn von Clifford Maxx. Dem Inhaber von Maxx Industries.«

Ich rümpfte die Nase. »Meinst du das aus der Werbung? *Live your life to the Maxx*?« Maxx Industries war ein Medienunternehmen, das früher nur Fernseher verkauft hatte, zu dem mittlerweile aber alle möglichen Sender und Social-Media-Plattformen gehörten. Der Hauptsitz der Firma befand sich in einem riesigen Wolkenkratzer in L.A., der auch noch den schönsten Sonnenuntergang kaputtmachte.

»Exakt das. Logan ist der einzige Erbe des reichsten Medienmoguls der Staaten. Wenn du mich fragst, ist es absolut unfair, dass er auch noch heiß ist. Er bräuchte sein gutes Aussehen gar nicht, damit ihm die Welt zu Füßen liegt.«

»Hm«, machte ich und rieb mir den Nacken, bevor ich Backpulver und Spülmittel großzügig zusammenmischte.

Warum beobachtete mich der Sohn eines der reichsten Männer des Landes? Und das seit drei Wochen? Ich war mir ziemlich sicher, dass Maxx Industries nicht zu den Unternehmen gehörte, die mein Vater freundlicherweise zu meinen Feinden gemacht hatte.

»Wieso fragst du?«, hakte Carly nach.

»Nur so … Hab ihn heute kennengelernt.«

»Uuh, *kennengelernt?*« Meine Freundin wackelte mit den Augenbrauen.

Ich verdrehte die Augen. »Der Blödmann hat mich umgerannt.«

»Ach, mach dir nichts draus.« Carly grinste breit. »Frauen von den Socken zu hauen, ist praktisch sein Hobby.«

Natürlich. Damit er ein noch größeres Klischee wurde. »Weiß er von mir, Carly? Von meinem Geschäft?«, fragte ich nervös. »Hast du ihn vielleicht angeworben?«

»Nee, Logan und seine Freunde sind alle schon über einundzwanzig, und Antworten für Prüfungen brauchen die auch nicht. Daddys Name auf dem Papier reicht vollkommen, um ihnen eine gute Note zu bescheren.«

»Sympathisch«, sagte ich abwesend, da ein flaues Gefühl in meinem Magen mich ablenkte. Warum wusste er von mir? Hatte ihm jemand anderes von mir erzählt? Aber warum, wenn er an meinen Leistungen gar kein Interesse hatte? Das verstieß gegen die Regeln. Und wer könnte das gewesen sein? Doch bevor meine Gedanken sich gänzlich überschlugen, fing die Decke an zu beben.

Die Jungs über uns testeten offenbar mal wieder ihre neue Stereoanlage aus, deren Bass der alten Mrs Jakowski regelmäßig das Gebiss aus dem Mund sprengte ... und uns den Putz von der Decke. Staub und Farbreste segelten zu Boden, und Carly zog eine Grimasse, während sie mit den Händen versuchte, ihr Erdnussbutterbrot davor zu bewahren, zum Dreckbrot zu werden.

»Och, Mann. Ich habe gerade erst gestaubsaugt!«, jammerte sie und deutete auf den PVC-Küchenboden, der gerade Schuppen entwickelte.

Ich grinste. »Du bist wirklich die ordentlichste und reinlichste Künstlerin, die ich kenne. Solltest du nicht im Chaos versinken, weil das deine Kreativität ankurbelt?«

»Nein!«, erwiderte sie sofort streng. »Weißt du, ich finde es ja okay, dass wir in einem Loch wohnen – aber es muss ja nicht gleich ein *Dreck*sloch sein, oder?«

»Da hast du vermutlich recht. Und wenn dich der Bass so stört, geh nach oben und beschwer dich«, schlug ich vor und nickte zur Decke.

Carly kaute auf ihrer Unterlippe herum und klappte ihr Brot zusammen. »Ach, nee. Ist schon in Ordnung. Vielleicht haben sie ja einen schlechten Tag und brauchen die Ablenkung. Ich dreh meine Musik auch gern laut auf, wenn ich mies gelaunt bin.«

Ich verbarg das Lächeln hinter meiner Hand. Die Wahrheit war, dass Carly schlichtweg zu nett war, um sich zu beschweren. Sie war die liebste und herzensbeste Person, die ich kannte. Wir hatten uns vor knapp zwei Jahren kennengelernt, als ich versucht hatte, ihr das Portemonnaie zu stehlen. Es waren schlechtere Zeiten gewesen, und ich hatte mir nicht anders zu helfen gewusst. Carly hatte es allerdings bemerkt und war fälschlicherweise davon ausgegangen, dass ihr das Portemonnaie heruntergefallen war und ich es für sie aufgehoben hatte. Als Dankeschön hatte sie mich auf eine Cola und eine Pizza eingeladen – und der Rest war Geschichte.

Es war schlichtweg unmöglich, sie mit ihrer offenen und sonnigen Art nicht zu mögen. Sie war praktisch das Gegenstück zu meinem verschlossenen und misstrauischen Charakter. Selbst als ich ihr Wochen später gebeichtet hatte, was wirklich mit ihrem Portemonnaie passiert war, hatte sie nur laut gelacht und gemeint, dass sie sehr froh über meine kriminelle Energie sei – sonst hätten wir uns womöglich nie kennengelernt. Abgesehen davon malte sie wie ein von da Vinci geküsster Engel, ließ mir immer die roten Gummibärchen übrig und sah aus wie eine junge Beyoncé, wie sollte ich sie also nicht mögen?

Vor ein paar Monaten war Carly dann von ihren Eltern rausgeworfen worden, weil sie ihr – Zitat – »Lotterleben als Möchtegern-Künstlerin« nicht unterstützen wollten, und ich hatte ihr angeboten, doch bei mir einzuziehen. Ty wollte ohnehin schon länger ausziehen und allein wohnen. Sie hatte also einfach sein Zimmer übernehmen können.

»Ach, Ty war übrigens hier«, sagte Carly, als hätte sie meine Gedanken gelesen, und biss von ihrem Brot ab. »Er hat gefragt, ob du heute Abend die Acht-Uhr-Schicht im *Blue Mate* übernehmen kannst? Mace hat anscheinend einen Termin, und sie sind unterbesetzt.«

»Ich habe heute Abend einen Kurs.«

»Das hab ich ihm auch gesagt. Doch er meinte, der würde nur bis halb acht gehen, und danach hättest du Zeit. Es sei ein Notfall.«

Ich seufzte. Donnerstag war mein letzter freier Abend, bevor ich die nächsten Wochen durcharbeiten würde. Ich hatte mich schon darauf gefreut, auf dem Rückweg vom Community College, das ich besuchte, den Bücherschrank im Park gegenüber nach neuem Material zu durchwühlen und mich damit in mein Bett zu mummeln. Aber wenn es ein Notfall war ... dann würde ich natürlich kommen. Mein Bruder und Carly waren das Wichtigste in meinem Leben. Ich hatte nur sie und mein Fahrrad. Dementsprechend würde ich so ziemlich alles für sie tun – außer Rosenkohl essen. Aber irgendwo lag nun mal die Grenze.

»Schön. Ich schreib ihm, dass ich komme. Bist du heute Abend auch da?«

»Nee. Ich will arbeiten. Hab mir neue Farbe gekauft und … Ach, gib das her. Du hast wirklich keine Ahnung, was du da tust.« Kopfschüttelnd erhob sie sich von ihrem Platz und schob sich das letzte Stück Brot in den Mund, bevor sie mir die Backpulver-Spülmittel-Mischung aus der Hand riss.

Ich lächelte breit und sank wieder auf den Campingstuhl. Ein paar Minuten würde ich hier noch sitzen bleiben. Die Augen schließen und durchatmen. Danach würde ich mein Essay zu Ende schreiben, mit Tobias' Ausweis anfangen, zur Vorlesung fahren, die Acht-Uhr-Schicht übernehmen und mir Sorgen um den reichen Schnösel von heute Mittag machen. Tief sog ich Luft durch die Nase und stieß sie durch den Mund wieder aus.

Logan Maxx.

Was für ein alberner Name.

3

Debbie Lancaster.

Nie im Leben war das ihr richtiger Name.

Ich verengte die Augen und öffnete die Tür zur Freemont Hall, meinem Wohnheim. Es war das einzige Gebäude auf dem gesamten Campus, das nicht aus diesem lächerlich weißen Marmor bestand, sondern aus hellem Sandstein.

Debbie ... Debbie ...

Ich hatte dem Rotschopf nicht einmal drohen müssen, um ihren Namen aus ihm herauszupressen. Eine einzelne, gehobene Augenbraue hatte gereicht, und der Typ hatte mir alles gesagt, was ich wissen wollte. Der Schwachkopf hatte wirklich geglaubt, dass sie Studentin hier war. Dass sie wirklich Debbie hieß und sich mit der Ausweisnummer nur etwas dazuverdiente. Aber erstens sah sie nicht aus wie eine Debbie, zweitens hatte sie mich angesehen, als wäre ich der Dreck auf ihren Schuhen – was bedeutete, dass sie unmöglich hier zur Uni gehen konnte –, und drittens müsste sie verdammt dumm sein, ihren sogenannten Kunden ihren richtigen Namen zu verraten.

Und sie hatte nicht dumm gewirkt. Im Gegenteil. Ihr Blick war intelligent und aufmerksam gewesen, während ihr Gesicht rein gar nichts preisgegeben hatte. Es war so glatt und emotionslos wie der verdammte weiße Marmor gewesen, mit dem der Rest der Uni ausgekleidet war. Die unscheinbare *Debbie* hatte weder Angst noch Nervosität gezeigt. Sie hatte sich mit keiner Geste und keiner Mimik verraten. Sie wusste genau, was sie tat. Wenn ich raten müsste, würde ich sogar sagen, dass sie Übung darin hatte, auf der falschen Seite des Gesetzes herumzuturnen.

Was gut war. Exakt so jemanden brauchte ich.

Am liebsten hätte ich sie direkt gefragt, ob sie wusste, wie man ein Schloss knackte, aber womöglich wäre das etwas unhöflich gewesen. Obwohl … Ach, keine Ahnung. Höflichkeit war eine Kategorie, die in meinem Leben keine besonders große Rolle spielte.

Das Vibrieren meines Handys riss mich aus meinen Gedanken. Hastig zog ich es aus der Tasche meiner viel zu unbequemen Anzughose, die ich nur trug, weil ich vorhin ein paar Unterlagen beim Maxx Media Tower vorbeigebracht hatte, die zu vertraulich waren, um sie meinem derzeitigen, äußerst paranoiden direkten Vorgesetzten Jimmy per Mail zu schicken. Die letzten Wochen hatte ich zum Glück größtenteils von zu Hause aus arbeiten können, und jetzt, da das Semester wieder anfing, würde ich meine Stunden ohnehin reduzieren und die Anzughose – leider! – in den Schrank verbannen müssen.

Es war absolut albern, dass ich mich jedes Mal umziehen musste, selbst wenn ich das Gebäude nur für fünf Minuten betreten wollte. Doch mein Vater duldete im Maxx Media Tower nichts anderes außer Anzug. Er wäre an die Decke gegangen, wenn er mich in Jeans erwischt hätte.

Auch wenn ich es sonst gern darauf anlegte, ihn zur Weißglut zu treiben, zurzeit wollte ich nicht allzu viel Aufmerksamkeit auf mich ziehen. Das würde es nur schwerer machen, das zu bekommen, was ich wollte. Denn ich war mir ziemlich sicher, dass mein guter alter

Dad mir meinen Plan kaputtmachen würde, wenn er wüsste, was los war.

Und natürlich war er es, der für mein vibrierendes Telefon verantwortlich war. Offenbar hatte mein Handy kurzzeitig kein Netz gehabt. Genervt rief ich die Mailbox ab.

»Nachricht 1«, verkündete eine blecherne Frauenstimme, die jedoch sofort von der aufgebrachten, dunklen Stimme meines Vaters abgelöst wurde. »Logan. Was soll das? Du hättest deine Statistiken nicht bei der Rezeption abgeben, sondern persönlich überreichen sollen. Was gibt das denn für ein unprofessionelles Bild ab?«

Ich schnaubte nur.

»Nachricht 2: Ich hab mir deine Statistikauswertung angesehen.« Die Stimme meines Vaters klang gleich noch ein wenig unzufriedener. »Würde es dir schaden, mehr als nur das Minimum an Arbeit zu machen? Herrgott, Logan, du sollst nächstes Jahr Vollzeit einsteigen, du musst zeigen, dass du dir die Stelle auch tatsächlich verdient hast und sie nicht nur bekommst, weil du mein Sohn bist. Nimmst du denn überhaupt nichts ernst? Du kannst nicht immer den leichten Weg nehmen.«

Ich blieb stehen und presste die Lippen zusammen. O doch. Meine Wut auf ihn war gerade sehr ernst zu nehmen.

»Nachricht 3: Mir gefällt es auch nicht, dass du in letzter Zeit nur noch von zu Hause arbeitest. Du solltest Präsenz zeigen. Das ist wichtig, damit die Leute hier lernen, dir den nötigen Respekt entgegenzubringen.«

Mein Kiefer arbeitete. Was zur Hölle wusste er denn schon von Respekt?

»Nachricht 4: Hey, Logan, hier ist Jimmy. Danke für die Statistiken, die du unten abgegeben hast. Ich war ohnehin gerade nicht am Platz, sehr vorausschauend von dir. Sieht alles super aus. Ist genau das, was ich brauchte. Danke, dass du dich nicht mit unnötigem Schnickschnack aufgehalten und dich dafür beeilt hast! Könntest du bis übernächste Woche die Effektivität der letzten Werbeanzeigen auswerten? Ich schick dir alle Daten zu. Bis dann.«

Ich biss die Zähne aufeinander. Ja, das war die Antwort gewesen, die ich erwartet – und verdient! – hatte. Selbst wenn ich nur Zahlen auswertete (»Da muss jeder mal durch, Logan. Du musst unten anfangen, wie jeder andere auch!«). Denn genau dafür, für stumpfe, langweilige Zahlen, war ich zuständig. Nicht dafür, *Präsenz* zu zeigen. Davon abgesehen, war es überhaupt nicht die verdammte Aufgabe meines Vaters, sich einzumischen. Und bei jedem anderem hätte er das auch niemals getan.

Wütend schob ich das Handy zurück in meine Tasche, und als ich nach rechts abbog, hörte ich bereits von Weitem, dass das Apartment, das ich mir mit Aiden teilte, nicht leer war. Dumpfe Hip-Hop-Musik und Gelächter drangen über den Gang. Müde rieb ich mir mit Daumen und Mittelfinger über die Augen und überlegte, ob ich nicht einfach umkehren sollte. Ich hatte keine Lust auf Gesellschaft. Oder auf Aiden, der wissen wollte, was zum Teufel in den letzten Tagen mit mir los war. Aber ich musste mich umziehen, in meinem derzeitigen Aufzug würde ich in den schäbigen Ecken der Stadt zu sehr auffallen. Mir blieb also keine andere Wahl.

Der Geruch von teurem Whiskey und kubanischen Zigarren schlug mir entgegen, sobald ich die Tür aufstieß. Die Vorhänge waren zugezogen, das Licht gedämpft, die Musik laut. Es war so verqualmt, dass man den Kronleuchter, der von der Decke hing, fast nicht erkennen konnte. So war es wohl für Aiden, Micah, Steve und die drei Mädels, die sich um den Pokertisch in der Mitte des Raumes scharten, leichter zu vergessen, dass es noch nicht einmal sechs Uhr und draußen helllichter Tag war.

Das Mädchen mit den dunkelsten Haaren sah mich als Erste und rief aufgeregt: »Logan! Da bist du ja!«

Ich unterdrückte ein Stöhnen. Chelsea. Die hatte mir gerade noch gefehlt. Sie hatte letzten Sonntag nackt in meinem Bett gelegen. Uneingeladen. Ich war ganz sicher kein Heiliger, aber Frauen, die in mein Apartment einbrachen und dann nackt von mir verlangten, meinem Ruf gerecht zu werden, waren selbst mir zu viel. Also ignorierte ich sie nur, nickte den anderen zur Begrüßung kurz zu und warf dann die Tür hinter mir ins Schloss.

»Alter, du verpasst die Partie meines Lebens«, meinte Micah, der einen beträchtlichen Stapel Chips vor sich stehen hatte.

»Du bist spät dran«, rief Aiden und grinste mich breit an. Er hatte sich auf dem Stuhl so weit zurückgelehnt, dass er nur noch auf zwei Beinen balancierte.

»Macht den Mist leiser«, sagte ich nur. Ich sagte das zu niemand Bestimmtem, trotzdem wurde innerhalb von Sekunden die Musik heruntergedreht. Es war meine besondere Fähigkeit, Dinge geschehen zu lassen, ohne einen Finger zu rühren. Meinen besten Freund zum Schweigen zu bringen, gehörte jedoch leider nicht dazu.

»Oh, da ist aber jemand schlecht gelaunt. Ist deine Krone verrutscht, Logan?«

»Wenn du nicht aufpasst, Aiden, steckt meine Krone gleich an einem sehr ungemütlichen Ort«, erwiderte ich freundlich.

Aiden lachte leise, bevor er unbemerkt von allen eine einzelne Augenbraue hob. Die stumme, ehrliche Nachfrage, ob alles okay war.

Ich hob nur eine Schulter, was in etwa so viel hieß wie: »Keine Ahnung, will nicht drüber reden.« Was tatsächlich die Wahrheit war.

»Hör auf, wegen der Musik und deinem Krönchen zu jammern, und steig ein«, befahl mir Steve, der Dritte im Bunde, und deutete auf den freien Platz neben ihm. »Haben heute nur einen kleinen Pot. Kannst dich mit zweitausend einkaufen.«

Ich schüttelte den Kopf. »Nein danke. Hab noch was vor.«

»Heißes Date?«, fragte er und warf ein paar Chips in die Mitte des Tisches.

Ich wünschte, es wäre so. »Nope.«

»Was dann?«

Ich verzichtete darauf, ihm zu antworten, und ging stattdessen an ihm vorbei zu meinem Zimmer.

Leider kam ich nicht weit.

»Logan!« Das Mädchen mit den langen, dunklen Haaren tauchte wie aus dem Nichts neben mir auf und lächelte mich breit an. »Ich hab auf dich gewartet.«

Ich warf Chelsea einen kurzen Blick zu und seufzte innerlich. Sie war nett, aber viel zu aufdringlich. Wie die meisten Leute, mit denen ich es tagtäglich zu tun hatte. Ich hatte mit den Jahren gelernt, dass ein einfaches *Nein* oft nicht genügte, wenn man den Nachnamen Maxx trug. Letztendlich gab es nur zwei Dinge, die bei anhänglichen Menschen halfen. Entweder ich ignorierte sie. Oder ich fuhr drastischere Mittel auf und war ein Arschloch zu ihnen.

»Hast du das?«, fragte ich kühl.

»Ja«, sagte sie leise und hob eine Augenbraue. »Ich dachte, wir könnten da weitermachen, wo wir letztes Wochenende aufgehört haben.«

Ich verengte die Augen. So konnte man es natürlich auch formulieren. Denn nachdem ich sie nackt in meinem Bett vorgefunden hatte, hatte ich sie direkt rausgeschmissen. Da war absolut nichts gelaufen, was wir heute fortsetzen könnten. »Hm«, machte ich deswegen nur.

»Du weißt schon«, fuhr sie fort und ließ ihre Stimme absichtlich rauchig werden. »Ich. Du. Kerzenschein. Schokoladensoße und Erdbeeren …«

Ich schnaubte bei der Erinnerung daran. Ihretwegen hatte ich mein Bettlaken wegschmeißen müssen! »Das wird nichts, sorry.« Ich schüttelte ihre Hand ab, die sich auf meine Schulter geschlichen hatte.

Eine Augenbraue wanderte nach oben, bevor sie die Hände in die Seiten stemmte. »Ist das dein Ernst? Weißt du, sie haben mich alle vor dir gewarnt. *Logan schläft mit dir und guckt dich am nächsten Tag nicht mehr an! Lass die Finger von ihm!* Aber ich dachte mir: Nein, so ein großes Arschloch, wie alle immer behaupten, kann er nicht sein.«

Mein Kiefer spannte sich an. »Wir haben *nicht* miteinander geschlafen.«

»Aber so gut wie!«, widersprach sie.

»Nein«, sagte ich hart. »Nur, weil eine Partei ungefragt nackt im Bett wartet, heißt das nicht, dass man *so gut wie* Sex hatte!« Großer Gott, ich hatte da heute keinen Nerv für.

»Na ja, aber du hast behauptet, es läge nur daran, dass du nicht in Stimmung wärst. Außerdem hast du gesagt, dass ich das Hübscheste wäre, was du seit Aidens Touchdown im Finale letztes Jahr gesehen hast. Bedeutet das denn gar nichts?«

Ich rieb mir über die Augen. Shit. Das hatte ich jetzt davon, wenn ich versuchte, nett zu sein. Aber so kam ich bei ihr offenbar nicht weiter. Zeit, auf die drastischere Methode zurückzugreifen. »Mann, ich sollte wirklich aufhören, so viel zu trinken und zu rauchen, wenn mir dann so lächerliche Sachen rausrutschen.«

»Was?«, fragte sie sichtlich gekränkt.

»Nun, ich war offensichtlich high«, erklärte ich geduldig.

Einige Sekunden lang starrte sie mich mit offenem Mund und aufgerissenen Augen an … dann fing sie an zu lachen. »Ich wusste, dass du mich nur verarschst. Du hast nicht wirklich vergessen, was du zu mir gesagt hast, oder? Gott, du bist witzig, Logan.«

Nein, war ich nicht. Ehrlich gesagt war ich immer wieder überrascht, wie abweisend ich tatsächlich werden konnte, bevor mir jemand erklärte, dass ich zu weit ging. Meistens war es dann auch nur Aiden, der mir leise zumurmelte:»Mann, dein Arschloch-Barometer schlägt heute aber ins Unendliche aus. Schau dir mal ein paar Regenbögen an, bevor du das nächste Mal den Mund aufmachst.« Tatsächlich waren er, sein jüngerer Bruder Micah und Steve die Einzigen an dieser Uni, die es wagten, mir die Wahrheit ungeschönt ins Gesicht zu sagen.

Und das war wirklich traurig für die Menschheit. Nicht zu vergessen auch ein wenig traurig für mich. Denn großer Gott, es war anstrengend! Von jedem Kerl und Mädchen im Flur angelächelt oder gar angegraben zu werden. Ständig gesagt zu bekommen, wie fantastisch und intelligent und gut aussehend ich doch sei – und zu wissen, dass ein Drittel meiner Bewunderer mich anlog oder nur wegen meinem Namen und Aussehen was von mir wollte. Sie konnten mich nicht alle mögen. Das war schlichtweg unmöglich! Denn ich war weder nett noch sonderlich höflich und beizeiten etwas respektloser, als mir lieb war. Und ja, mein Ruf als kaltherziger Mistkerl kam nicht von irgendwoher.

Aber zur Hölle, es war bei Weitem besser, als ständig freundlich zu lächeln, wenn mir jemand auf die Pelle rückte, und mich für die geheuchelten Komplimente zu bedanken! Und wenn ich schon von allen Seiten bedrängt wurde, dann konnte ich zumindest etwas Spaß haben. Doch mein Arschloch-Barometer für heute war tatsächlich auf Anschlag.

»Hör mal«, sagte ich trotz allem bemüht ruhig und sah Chelsea in die Augen.»Ich hab mich sehr geschmeichelt gefühlt, als du mich nackt im Bett überrascht hast. Auch wenn es sehr übergriffig von dir war. Aber ich bin nicht interessiert. Es ist nicht deine Schuld, es ist meine. Ich bin deiner emotionalen Reife nicht gewachsen.«

Perplex öffnete sie den Mund. »Aber …«

»Lass uns einfach Freunde sein, ja?«, schlug ich vor, drehte sie an den Schultern und schubste sie in Richtung Pokertisch, bevor ich die große Eichentür zu meinem Zimmer öffnete und sie hinter mir schloss. Ich drehte den Schlüssel und war froh, dass die Wände so dick waren, dass ich die Hip-Hop-Musik kaum noch hörte.

Ich warf mein Handy, das zum gefühlt hundertsten Mal an diesem Tag vibrierte, auf das große Polsterbett zu meiner Rechten, legte die einzelne Schraube, die ich auf dem Vorplatz des Maxx Media Towers gefunden hatte, zu meinen anderen auf den Schreibtisch und zog mir die Krawatte über den Kopf. Gott, ich hasste dieses Teil inbrünstig.

Ich ließ das weiße Hemd folgen und rollte erleichtert den Nacken. Merkwürdig, wie Kleidung einem das Gefühl geben konnte, gefangen zu sein. Mehr als jeder geschlossene Raum. Ich durchquerte das Zimmer, um mir T-Shirt und Jeans aus dem Schrank zu ziehen, während mein Telefon beinahe vom Bett fiel, weil es so heftig vibrierte.

»Mom« leuchtete auf, und ich verzog das Gesicht. Shit. Das war der dritte Anruf heute. Ich sollte besser drangehen, bevor sie noch auf die Idee kam, persönlich hier vorbeizuschauen.

Seufzend machte ich kehrt, ließ mich auf die Matratze sinken und hob ab. »Hey, Mom«, sagte ich und strich mir die Haare aus der Stirn. »Was gibt's?«

»Hallo, Schatz. Ich hab den ganzen Tag versucht, dich zu erreichen. Dein Vater meinte, er hatte dasselbe Problem. Stimmt was mit deinem Telefon nicht? Oder mit deinen Ohren?«

Mit dem Telefon und meinen Ohren war alles in Ordnung. Mit dem Rest meines Lebens … Schwierig.

»Sorry, war beschäftigt«, gab ich zurück, auch wenn die Worte bitter schmeckten. »Du weißt schon. Es ist die erste Woche des Senior Years.

Ich muss sehr viel Zeug erledigen.« Das war nicht einmal gelogen. Obwohl ich all dieses Zeug guten Gewissens vernachlässigte.

»Ach, ich verstehe. Du bist so beschäftigt, dass du keine Zeit mehr für deinen Vater und mich hast.« Ihre Stimme klang gespielt ernst. »Der *Prince of Golden Heights* ist sich zu schade, um in sein Schloss zurückzukehren.«

Ich lächelte müde, obwohl ich bei ihren Worten einen kleinen Stich in der Brust verspürte. »Genau das – und wo zur Hölle hast du diesen Namen aufgeschnappt?« Schlimm genug, dass Aiden ihn mir gegeben und dann erfolgreich verbreitet hatte.

»Ich bin nicht so alt und unwissend, wie du vielleicht glauben magst«, sagte sie missbilligend, doch sie klang amüsiert. »Und, Logan, ich verstehe, dass es ein stressiges und aufregendes Jahr für dich wird – aber ich hatte gehofft, dass du dennoch morgen Abend zum Dinner kommen könntest. Letzte Woche warst du ja auch schon nicht da. Wir haben wirklich schon viel zu lange nichts mehr von dir gehört.«

Ich presste die Lippen aufeinander. O doch, ich war da gewesen. Und ich hatte genug gehört.

»Morgen schaff ich nicht«, log ich und rieb mir den Nacken, der sich anfühlte, als würde ein Elefant darauf hocken. Ich hasste es, dass es so war. Die Beziehung zu meiner Mutter war immer erleichternd einfach gewesen, gerade im Kontrast zu dem Verhältnis zu meinem Vater. Doch der letzte Freitagabend hatte alles … in Schieflage gebracht. Und ich war mir nicht sicher, ob meine Mom das, was ich gehört hatte, wieder geraderücken konnte.

»Okay, dann Montag?«

»Nein«, erwiderte ich und zwang mich zur Ruhe. »Aber ich komm in zwei Wochen zu der Feier bei Maxx Industries.« Mein Vater hatte darauf bestanden. Ich müsse das Unternehmen, in das ich nächstes Jahr komplett einsteigen würde, schließlich endlich besser kennenlernen. Als bräuchte ich noch eine Erinnerung daran, dass mein Leben, wenn es nach meinem Dad ging, in zwölf Monaten nicht mehr mir gehören würde.

»Ah, okay. Na, das ist wenigstens etwas«, sagte sie besänftigt. »Obwohl diese steifen Feiern bei Maxx Industries ja immer eine Tortur sind.«

Meine Mundwinkel zuckten. Meine Mutter wollte so wenig mit der Arbeit meines Vaters zu tun haben wie nur möglich. Sie war lange Fernsehreporterin gewesen und hatte Dad kennengelernt, als sie einen Beitrag über seine beeindruckende Arbeit hatte schreiben sollen. Doch jetzt machte sie nur noch ab und zu ein paar Beiträge fürs Frühstücksfernsehen und genoss ansonsten ihren verfrühten Ruhestand.

»Geht es dir denn sonst gut, Logan?«

»Klar«, erwiderte ich.

»Ja? Hast du vielleicht jemanden kennengelernt?«

Ich unterdrückte ein genervtes Stöhnen, doch ganz konnte ich es trotzdem nicht aus meiner Stimme raushalten. »Mom ...«

»Na, ich meine ja nur. Du hast noch nie jemanden mit nach Hause gebracht.«

Ja, und wenn es nach mir ginge, würde sich das die nächsten fünf bis fünfzig Jahre auch nicht ändern. »Mir geht es gut. Ich hab viel zu tun. Ich hab niemanden kennengelernt.«

Sie seufzte melodramatisch auf. »Na schön. Ich sehe schon. Ich nerve dich. Dann bis spätestens übernächste Woche, ja? Dein Vater und ich freuen uns, dich zu sehen.«

»Mhm«, machte ich lediglich, bevor ich mich verabschiedete und auflegte. Ich ließ das Telefon sinken, kratzte mich an der Brust und ließ mich rücklings auf die Matratze fallen.

Ich war es gewöhnt, angelogen zu werden. Niemand, außer meinen wenigen engen Freunden, war wirklich ehrlich zu mir. Alle sagten sie nur die Dinge, von denen sie glaubten, dass ich sie hören wollte. Damit hatte ich mich abgefunden. All die fremden Leute, die mir von Angesicht zu Angesicht Komplimente machten, während sie hinter meinem Rücken darüber herzogen, was für ein arroganter Mistkerl ich war, interessierten mich nicht.

Meine Eltern schon. Bisher war ich immer davon ausgegangen, dass meine Mutter mich nie anlügen würde und dass mein Vater mich zumindest genug respektierte, um ehrlich zu mir zu sein. Immerhin sagte er mir regelmäßig, wie unzufrieden er mit mir und meinem Verhalten war. Nicht in hundert Jahren wäre ich auf die Idee gekommen, dass er und meine Mom mich hinters Licht führen könnten.

Doch ich hatte mich bei beiden geirrt.

Ich knackte mit dem Kiefer und atmete tief durch. Gott, ich war erbärmlich. Wütend auf mich selbst richtete ich mich wieder auf und ging zum Schrank, um ein schwarzes T-Shirt hervorzuziehen.

Ich musste mich auf meinen Plan konzentrieren. Mein Vater behauptete gern, dass ich unfähig war, etwas zu Ende zu bringen, und nichts in meinem Leben ernst nahm … aber da würde ich ihn enttäuschen müssen. Denn er lag falsch. Ich hatte nur noch nie die richtige Motivation gehabt.

Meine Gedanken wanderten zurück zu dem Mädchen mit dem Marmorgesicht. Zu ihren großen, kühlen Augen, dem kontrollierten Blick … und instinktiv fragte ich mich, ob sie wohl *immer* so kontrolliert war. Was es brauchte, damit sie die Kontrolle verlor.

Ich schob die Frage beiseite und konzentrierte mich wieder auf den nächsten Schritt meines Plans. Ich hatte die Namen auf den Ausweisen, die aus ihrer Tasche gefallen waren, nicht lesen können. Aber eines war hervorgestochen: *Golden Community College*. Ein Ausweis für eine Uni am Rande der Stadt, bei dem wirklich niemand sich die Mühe machen würde, ihn zu fälschen. Ich ging also fest davon aus, dass sie tatsächlich dort studierte – und ich würde dem Loch von Bildungseinrichtung wohl mal einen Besuch abstatten müssen.

»Nun, Debbie Lancaster«, murmelte ich. »Zeit, herauszufinden, wer du bist und was du kannst.«

4

Lexie

Es war warm und stickig im Hörsaal, und ich musste aktiv dagegen ankämpfen, einfach einzunicken.

Ich hatte gestern eine Nachtschicht eingelegt, um die Ausweise fertig zu bekommen, die ich heute Mittag an die Kunden verteilt hatte, und meine Augen fühlten sich inzwischen an, als hätte jemand mit einem Streichholz darin rumgestochert. Einem entflammten Streichholz. Die Aussicht darauf, gleich noch ins *Blue Mate* zu müssen, um Bier auszuschenken, war nicht gerade verlockend, aber ich hatte Ty geschrieben, dass ich kommen würde … Also würde ich auch kommen.

Ich bin verlässlich. Ich lasse meine Familie nicht im Stich. Ich bin besser als mein Vater. Das war mein Lebensmotto.

Ich blinzelte mir die Müdigkeit aus den Augen und konzentrierte mich wieder auf die Power-Point, die an die Wand geworfen wurde. Es gab nur wenige, die sich *Kosten- und Leistungsrechnung 2* antaten, deshalb saßen nur noch zehn weitere Studierende mit mir im Hörsaal, die allesamt ihre Nase tief über die Collegeblöcke gebeugt hatten, während sie versuchten, Professor Ross' Worten zu folgen.

BWL war nicht sonderlich spannend. Aber es war einer der Studiengänge, der die bestmögliche Aussicht auf einen festen, gut bezahlten

Job bot – und das war zurzeit mein wichtigstes Lebensziel. Alles, was ich tat, war nur Mittel zum Zweck, um dieses Studium beenden und neu anfangen zu können. Das war ein fantastischer Motivator. Durch eine Prüfung zu fallen, war keine Option. Ich hatte weder das Geld noch die Zeit, länger als nötig für meinen Abschluss zu brauchen, und momentan sah es im Grunde gut aus. Aber ich konnte nicht Vollzeit studieren und gleichzeitig auf legalem Wege genug Geld für die Studienkosten verdienen. Ein Darlehen konnte ich auch nicht beantragen, denn dann würde mein Name im Bankensystem auftauchen, und das würde es allen Leuten, die nach Ty und mir suchten, erleichtern, uns zu finden. Aber in zwei Jahren sollte alles vorbei sein. Wenn bis dahin nichts Schlimmes passierte …

»Mann, ist das ein Loch. Wie kannst du hier etwas lernen, wenn du die ganze Zeit Angst davor haben musst, dass die Decke einstürzt?«

Ich zuckte zusammen, und mein Kopf ruckte so schnell herum, dass mein Nacken knackte. Logan Maxx saß neben mir. Er hatte die langen Beine ausgestreckt, sodass sein Oberschenkel meinen streifte, und den Blick nach vorn gerichtet.

Ich war ja geübt darin, meine Emotionen nicht zu zeigen, aber selbst ich konnte meine Überraschung in diesem Moment nicht gänzlich verbergen. »Was …?«

»Entspann dich«, murmelte er dunkel und verschränkte die Hände hinter seinem Kopf. »Ich bin nicht hier, um dich zu verpfeifen. Die Polizei wird nicht gleich den Raum stürmen. Dein sogenanntes Geheimnis ist weiter dein Geheimnis.«

Ich schluckte und umklammerte den Kugelschreiber in meiner Hand fester. Es war egal, was er sagte. Mein Herz klopfte dennoch heftig in meiner Brust, und meine Nackenhaare stellten sich auf. Doch ich durfte nicht in Panik ausbrechen. Ich musste ruhig und gelassen bleiben. Durfte nicht zeigen, dass ich wütend und erschrocken war.

Also stieß ich mit dem Knie gegen seines. Wich nicht vor der Berührung zurück.

»Ich habe keine Ahnung, wovon du redest«, sagte ich leise und warf einen schnellen Blick zu Professor Ross, der zum Glück nicht auf uns achtete.

»Ich glaube schon«, erwiderte er ruhig, und seine dunkle, selbstsichere Stimme kroch in meine Kleidung. Hinterließ eine Gänsehaut auf meinem Körper. »Und wenn du es weiter leugnest, werde ich gleich laut den Professor fragen, ob er gern einen gefälschten Ausweis von dir hätte.«

Ich biss die Zähne aufeinander, und meine Schultern spannten sich an, während ich die Hitze seines Beins deutlich durch den Stoff meiner Jeans spürte. »Schön«, zischte ich feindselig. Was blieb mir auch anderes übrig, als zu kapitulieren? »Woher wusstest du, wo ich bin?«

Na gut, ein wenig Wut zu zeigen, war okay. Denn verdammt, wenn *er* mich finden konnte, wie leicht war es dann für andere?

»Einer der Ausweise, die du hast fallen lassen, war von dem College hier. Obwohl es den Namen fast nicht verdient. Mülltonne passt besser. Aber ich dachte, ich versuche mal mein Glück. Hatte gehofft, dass du hier etwas offener für ein Gespräch sein würdest als an der GHU.«

Mein Magen rutschte zwei Stockwerke tiefer. »Du hast mich *absichtlich* umgerannt«, stellte ich tonlos fest.

»Es gibt wenige Dinge, die ich nicht mit Absicht tue«, meinte er schulterzuckend. »Das Leben ist zu kurz für Zufälle.«

Tief atmete ich durch und warf ihm einen Seitenblick zu. Ich wusste nicht, was ich von ihm halten sollte. Warum hatte Logan Maxx überhaupt Interesse an mir? Er war reicher als Gott. Leute wie er würdigten mich normalerweise keines zweiten Blickes, und das war auch gut so. Ich biss mir auf die Unterlippe und sah erneut zu ihm hinüber.

Er sah anders aus als noch heute Mittag. Er trug ein schlichtes schwarzes T-Shirt, das sich über seine muskulösen Schultern spannte und dann locker über seinen flachen Bauch fiel, und eine Jeans.

Das gefiel mir nicht. Es ließ ihn viel zu menschlich wirken.

»Ich bin überrascht, dass du so etwas überhaupt im Schrank hast«, sagte ich kühl und deutete auf seine Hose.

Er folgte meinem Blick und zuckte mit den Schultern. »Mein Butler muss sie liegen gelassen haben.«

Schnaubend sah ich wieder nach vorn. »Ich bin nicht interessiert.«

»Woran?«

»An einem Gespräch mit dir.«

»Das solltest du aber sein. Ich bin ein hervorragender Redner. Interessant und witzig noch dazu.«

»Du hast bescheiden vergessen«, erwiderte ich trocken.

Er lachte leise. »Das auch. Also? Willst du dir nicht einmal anhören, was ich zu sagen habe?«

»Alles, was ich gerade will, ist aufzupassen«, gab ich steinern zurück und schrieb die Frage mit, die auf der nächsten Folie stand und uns die Unterschiede zwischen Kostenarten-, Kostenstellen- und Kostenträgerrechnung näherbringen sollte.

Logan gab einen verächtlichen Ton von sich. »Niemand will *aufpassen*.«

»Ich schon«, gab ich zurück, während an der nackten Wand vier Antwortmöglichkeiten erschienen. »Ich will was lernen, also sei still. Oder noch besser: Geh einfach.«

»Die Antwort ist c.«

»Was hast du an ›sei still‹ nicht verstanden?«, zischte ich.

»… denn offensichtlich ist die Antwort c«, fuhr der Dozent laut fort.

»Sag ich doch.«

Ich seufzte schwer und wandte den Kopf. Seine Anwesenheit …

störte mich. Sein Oberschenkel, der gegen meinen presste. Sein herablassendes Lächeln. Sein zu enges T-Shirt. Seine dunkle, wissende Stimme. Alles *störte* mich!

Aber es war eindeutig: Er würde nicht verschwinden, bis er gesagt hatte, wofür er hergekommen war. Am schnellsten wurde ich ihn also los, wenn ich ihn reden ließ und dann noch einmal sagte, dass ich nicht interessiert war. »Schön«, meinte ich knapp. »Ich höre zu. Was willst du?«

Er hob einen Mundwinkel. »Erzähl ich dir nachher. Du solltest besser aufpassen.«

»Ach, jetzt auf einmal?«, rief ich ungläubig. »Wieso …?«

»Wenn Sie etwas Interessantes zu sagen haben, sollten Sie das mit dem ganzen Hörsaal teilen, Miss Alexa Shaw«, ertönte die verärgerte Stimme von Professor Ross. »Und ich erinnere mich nicht daran, Ihnen erlaubt zu haben, *Freunde* mit zur Vorlesung zu bringen.«

Hitze stieg mir in die Wangen, und ruckartig wandte ich mich nach vorn, während Logan grinsend den Kopf neigte, sodass sein Gesicht schlechter zu erkennen war. Der Dozent starrte mich mit verschränkten Armen an … und der ganze Saal tat es ihm gleich.

Ich sank tiefer in meinen Sitz, während meine Wangen ein Feuerwerk veranstalteten. »Er wollte gerade gehen. Und machen Sie bitte weiter, Professor. Entschuldigung«, sagte ich kleinlaut.

»Das will ich auch meinen! Sonst könnte ich auf die Idee kommen, dass Sie meinen Kurs nicht ernst nehmen, Miss Shaw.«

»Ich nehme ihn sehr ernst, wirklich«, beteuerte ich. »Bitte … fahren Sie fort.«

Professor Ross sah mich ein letztes Mal streng an, dann kehrte er zu seinem Vortrag zurück.

»Debbie Lancaster, Alexa Shaw …«, murmelte Logan kopfschüttelnd. »Wie viele Namen besitzt du?«

Fünf. Es waren fünf. Irgendwann hatte ich den Überblick darüber verloren, warum ich so viele Ausweise und Namen hatte. Ich hatte es nicht darauf angelegt, aber es war einfach … passiert. Genau wie bei allem anderen, von dem man zu viel hatte, obwohl man es gar nicht brauchte. Man verlor es und kaufte es sich neu. Man war mit dem Modell unzufrieden und ersetzte es. Man hatte eine neues Fotoprogramm und wollte seine Funktionen testen. Und bevor man sich's versah, hieß man nicht mehr nur Lexie Shaw, sondern auch Debbie Lancaster, Rose Goodwin und Tabitha Clover.

»Das sind die einzigen beiden«, erwiderte ich. »Und jetzt halt endlich die Klappe und verschwinde. Wir können am Ende der Vorlesung reden.«

»Das war alles, was ich hören wollte.« Er grinste zufrieden. »Bis gleich. Bevor ich mir diesen Mist noch einmal reinziehen muss, spiele ich lieber Candy Crush vor der Tür.« Im nächsten Moment stand er auf und stahl sich aus dem Hörsaal.

Mit verkrampften Fingern rieb ich mir über die Stelle, an der sein Bein gegen meines gedrückt hatte, und sah ihm nach. Ich wusste nicht viel über Logan Maxx, doch eines war bereits glasklar: Er ging mir gehörig auf den Geist!

Die nächsten zwanzig Minuten waren die reinste Tortur. Meine Gedanken überschlugen sich, während ich versuchte, der Power-Point-Präsentation zu folgen und gleichzeitig zu ergründen, was der reiche Blödmann vor der Tür von mir wollen könnte.

Als Professor Ross schließlich die Vorlesung beendete und uns noch mal an das Übungsblatt erinnerte, das wir spätestens Sonntag einreichen sollten, hatte ich mir zumindest eine Strategie zurechtgelegt: Ich würde das Gespräch mit Logan Maxx kurz und schmerzlos halten. Und ich würde freundlich bleiben. Egal, wie unerträglich er war. Meistens kam man mit Freundlichkeit weiter als mit Gemeinheiten und provokanten Aussagen. Was wirklich schade war, denn Letzteres lag mir sehr viel besser.

Logan wartete wie versprochen vor der Tür. Ich blieb nicht stehen, um ihn zu bitten, mir zu folgen. Stattdessen hob ich lediglich vielsagend die Augenbrauen und ging an ihm vorbei zum Ausgang des Hörsaalgebäudes. Logan hatte recht. Es war ein Loch. Hässlicher PVC-Boden in der Farbe von Erbrochenem, Staub häufte sich in allen Ecken, und die Decke zierten so viele Wasserflecken, dass ich mir sicher war, dass sich irgendwo in diesem Gebäude ein beeindruckender Rohrbruch-Wasserfall befinden musste. Und doch fühlte ich mich hier noch immer wohler als zwischen blank poliertem weißem Marmor.

»Möchtest du nicht mit mir gesehen werden?«, fragte Logan, dem es mit seinen ärgerlich langen Beinen viel zu leichtgefallen war, mich einzuholen und nun Schritt zu halten.

»Nicht wirklich, nein«, antwortete ich wahrheitsgemäß.

»Hm. Interessant«, stellte er fest. »Normalerweise reißen die Leute sich darum, auch nur in meinem Schatten stehen zu dürfen.«

Ich schnaubte und sah zu ihm auf. Er war einen Kopf größer als ich, und ich konnte nur die Hälfte seines Gesichts sehen, doch überrascht stellte ich fest, dass er seinen Mundwinkel zynisch verzogen hatte. Als würde er all diese Leute, die um ihn herumschwirrten, für riesige Vollidioten halten. Was sagte man dazu? Das machte ihn ja fast ... sympathisch.

»Andererseits ist es in Kalifornien immer sehr warm«, fuhr er fort, »und mein Schatten ist beeindruckend groß und breit. Ich kann ihnen also kaum einen Vorwurf machen.«

Die Sympathie verflog wieder. »Hat dir schon einmal jemand gesagt, dass du unerträglich arrogant bist?«, fragte ich interessiert – aber zu meiner Verteidigung in sehr freundlichem Tonfall. Ich blieb meiner Strategie also treu. Außerdem schienen tatsächlich weder die Polizei noch zwei Schlägertypen auf mich zu warten, was mich zusätzlich etwas beruhigte. Er war also doch ein ganz normaler Mensch wie jeder andere. Zugegebenermaßen mit überdurchschnittlich attraktivem Gesicht, großem Ego und ebenso großem Bankkonto, aber damit konnte ich umgehen.

Logan lachte kurz und knapp auf, bevor er mir die Tür aufhielt, die zum betonierten Innenhof des Colleges führte. »Weißt du, was ich an dir mag?« Er ignorierte meine Frage. »Du magst mich nicht.«

»Na, wenn du Ablehnung so wertschätzt, dann mach dich auf die wunderschönsten zehn Minuten deines Lebens gefasst.«

Wieder lachte Logan. »Wow. Wirklich faszinierend. Du kennst mich nicht, aber verabscheust mich bereits. Einfach so.«

»Ich kenne dich«, widersprach ich und blieb stehen. »Oder zumindest deine Sorte Mensch.«

Er hob eine einzelne Augenbraue. »Ah. Natürlich. Du hast uns schon mal im Supermarkt gekauft, und dir gefiel die Geschmacksrichtung nicht.«

Ich presste die Lippen zusammen. »Du bist ein Klischee, Logan«, meinte ich schließlich. »Darum kenne ich dich auch, ohne dich zu kennen. Du bist der reiche Erbe eines Medienmoguls mit einem Trustfonds in der Größe des Wolkenkratzers deines Daddys. Du kriegst immer, was du willst. Alle Leute bewundern dich und wollen so sein wie du. Dein Leben ist leicht. Du bekommst alles vor die Füße gelegt, und du hältst dich für besser als die meisten anderen!«

Einige Sekunden lang sah Logan mich unverwandt an. Das Lächeln war aus seinem Gesicht gewichen. Seine dunkelblauen Augen wirkten auf einmal eiskalt. »Nein«, sagte er dann leise, und ein Muskel an seinem Kiefer zuckte. »Tue ich nicht. Ich halte mich nur für reicher als die meisten anderen. Was den Rest betrifft: Mir ist egal, was für Vorurteile du hast. Bild dir ruhig ein, zu wissen, wer ich bin. Was mich ausmacht. Zieh ruhig all die hübschen Schlüsse, die der Rest der Welt zieht, wenn er mich sieht. Es interessiert mich nicht, was du von mir denkst. Ich bin nicht hier, um mir von einer kleinen Verbrecherin eine Charaktereinschätzung einzuholen.«

Ich erwiderte seinen Blick. »Warum bist du dann hier?«

»Ich will dir ein Angebot machen. Ich brauche jemanden mit deiner Expertise. Jemanden, der das Gesetz nicht ganz so ernst nimmt. Jemanden, der vielleicht ein Schloss knacken kann. Jemanden, der Geld braucht.« Er musterte mein verwaschenes Tanktop, sah an mir hinunter bis zu meinen löchrigen Chucks. »Und ich glaube, du bist dieser Jemand.«

Ich hielt mich mit aller Macht davon ab, die Arme vor der Brust zu verschränken. Damit könnte ich mich auch nicht vor seinen eindringlichen Blicken schützen, und es würde nur unsicher wirken. »Du willst, dass ich für dich irgendwo einbreche?«, hakte ich nach.

»Nein«, sagte er ungerührt. »Ich will, dass du mir *hilfst*, irgendwo einzubrechen.«

Ich schnaubte. »Was immer du haben willst – kauf es dir doch einfach.«

Er schüttelte den Kopf. »Das geht nicht. Das, was ich stehlen will, ist nicht käuflich.«

Misstrauisch verengte ich die Augen. »Wenn du irgendein seltenes Tier aus dem Zoo haben willst …«

»Kein Tier«, unterbrach er mich. »Nur ein Stück Papier.«

»Was für ein Stück Papier?«

»Das geht dich nichts an.«

»Was steht drauf?«

»Das geht dich nichts an.«

»Warum willst du es haben?«

»Auch das geht dich nichts an.«

Ich seufzte schwer und ließ die Arme sinken. »Ich verstehe es nicht. Warum *ich*?«

Er hob eine Schulter. »Ich brauche jemanden, dem ich vertrauen kann.«

»Du kennst mich nicht«, erinnerte ich ihn.

»Nein, aber ich habe so das Gefühl, dass du gut darin bist, Geheimnisse zu bewahren.«

Natürlich hatte er recht. Aber das erklärte immer noch nicht, warum er niemand Professionellen anheuerte. »Warum besorgst du dir nicht einfach einen Privatdetektiv?«

»Keine Option.«

»Warum nicht?«

»Das geht …«

»… mich nichts an«, beendete ich seinen Satz. »Natürlich. Was für eine hübsche gebrochene Schallplatte du doch bist.«

»Vielen Dank. Es freut mich immer sehr, wenn mich jemand hübsch findet.«

Oje. Hörte er sich eigentlich selbst zu?

»Ich fühle mich wirklich geehrt, dass du an mich gedacht hast«, sagte ich langsam. »Aber ich bin keine Einbrecherin.«

Er schnaubte leise. »Ich weiß, dass du die Lösungen für Prüfungen beschaffen kannst.«

»Ja, ich bin eine Hackerin und manchmal eine Diebin – aber keine Einbrecherin.«

»Dann solltest du vielleicht eine werden«, schlug er vor. »Denn ich zahle verdammt gut.«

Das glaubte ich ihm aufs Wort. An seinem ernsten Gesicht war deutlich zu erkennen, wie wichtig ihm dieses Papier war. Und er hatte mehr als genug Geld, um mich zumindest zögern zu lassen. Aber egal, was er über mich denken mochte: Ich war keine Verbrecherin. Die

Ausweise, die Prüfungsergebnisse … Das waren kleine Sachen, sie waren ein Mittel zum Zweck. Meine Moralvorstellungen mochten sich in einer Grauzone bewegen, aber ich würde mich nicht auf einen zwielichtigen Deal mit dem lästig attraktiven Teufel einlassen.

Logan Maxx mochte ein arroganter Schönling sein – aber er war ein *einflussreicher* arroganter Schönling. Und egal, wen er bestehlen wollte, er oder sie würde ebenfalls einflussreich sein. Es gab bereits genug Leute, die mich liebend gern in die Finger bekommen würden, um mich für die Sünden meines Vaters büßen zu lassen. Da brauchte ich nicht noch mehr von.

»Tut mir leid«, sagte ich schließlich. »Ich bin nicht interessiert.«

Logan seufzte schwer, bevor er einen Schritt auf mich zutrat. Seine Fußspitzen stießen gegen meine, während er sich zu mir herunterbeugte. Sein Gesicht war meinem nun so nah, dass ich seinen Atem auf meiner Wange spürte. Dass ich seinen Geruch nach frisch gemähtem Gras und etwas Herberem einatmen konnte.

»Weißt du«, sagte er mit gesenkter Stimme. »Ich könnte dich erpressen. Ich könnte dir drohen. Dich verfolgen lassen. Aber das tue ich nicht. Weil ich ein Gentleman bin.« Er legte sich die Hand auf die Brust. »Alles, was ich dir sagen kann, ist Folgendes: Der Mann, den ich bestehlen will, hat es verdient. Ich will dir nicht schaden. Ich will lediglich deine Hilfe. Ich kann das Papier nicht allein stehlen. Ich hab es versucht, aber mir fehlen die Finesse und das nötige Ablenkungsmanöver. Also überlege es dir.« Im nächsten Moment griff er nach meiner Hand und zückte einen Kugelschreiber. Seine Finger fühlten sich überraschend rau und gleichzeitig sanft an, während er eine Nummer auf meinen Arm schrieb, und mein Herz setzte einen Schlag aus. »Meld dich bei mir, wenn du es dir anders überlegst.«

Ich räusperte mich. »Du meinst: *Falls* ich es mir anders überlege.«

Er lachte leise, und das ehrliche Lächeln, das auf seine Züge trat, traf mich wie ein Golfball in den Magen. »Nein«, sagte er. »Ich hab mich schon richtig ausgedrückt. Ich bin ein erstklassiger Redner und tue fast nie was ohne Absicht, schon vergessen?« Im nächsten Augenblick ließ er mich los und verschwand über den Hof.

Mit trockenem Mund starrte ich auf die Nummer auf meinem Arm, der noch immer kribbelte. Wie viele Mädchen träumten wohl davon, die Handynummer von Logan Maxx auf ihren Körper geschrieben zu bekommen? Nun. Ich war keines davon. Und sobald ich sie mir von meinem Arm wusch, konnte ich so tun, als wäre dieser Abend nie passiert.

5

Lexie

Der blöde Kugelschreiber ging nicht ab.

Er musste wasserfest oder ein Geschenk des Teufels sein, denn selbst fünf Tage später, als ich wie auch die Abende zuvor vor dem *Blue Mate* hielt, eilig vom Fahrrad stieg und meine Tasche aus dem Korb zerrte, waren noch immer vereinzelte Ziffern und schwarze Schlieren auf meinem Unterarm zu erkennen. Das hässlichste Tattoo aller Zeiten, das ich wirklich niemandem zeigen wollte. Als hätte der Mistkerl Logan Maxx es darauf abgesehen, dass ich ihn ja nicht vergaß.

Als ob er das nötig gehabt hätte.

Wenigstens war die Klimaanlage in der Bar so kalt eingestellt, dass es nicht auffällig war, wenn ich langärmelig rumlief.

Griesgrämig schloss ich das Rad an, wandte dem blau flackernden Neonzeichen, das über der schwarzen Eingangstür der Bar hing, den Rücken zu und warf einen schnellen Blick auf mein Handy. Das treulose Teil bestätigte mir, was ich bereits befürchtet hatte. Es war nach acht, meine Schicht hatte vor zehn Minuten begonnen.

Mist. Mace, dem die Bar gehörte, legte sehr viel Wert auf Pünktlichkeit. Er hatte allen Mitarbeitern eigentlich nur zwei Regeln auferlegt: Während der Arbeit wird nicht getrunken, und wer zu spät kommt, muss die Toiletten putzen.

Worauf ich wenig Lust hatte, denn erstens musste ich nach meiner Schicht noch Tobias McGerrys Ausweis beenden, damit ich ihn ihm übermorgen früh am gewohnten Ort überreichen konnte. Und zweitens gab es deutlich Besseres, als noch um zwei Uhr auf den kalten Badezimmerfliesen zu hocken und Männer für ihr fehlendes Zielvermögen zu verfluchen.

Abgesehen davon war Mace ein guter Freund, und ich hasste es, ihn zu enttäuschen. Er hatte mir und Ty eine Chance gegeben, als es kein anderer getan hatte. Vielleicht, weil er nur ein paar Jahre älter war als wir und sich noch daran erinnerte, wie es war, ziel- und mittellos zu sein. Vielleicht auch nur, weil er eine Schwäche für streunende Hunde und Außenseiter hatte, denn das gesamte Personal bestand aus genau solchen Leuten. War aber auch egal. Unterm Strich war Mace ein cooler Kerl, der mich gleich dennoch mit düsterem Blick begrüßen und ungeduldig mit dem Zeigefinger auf seine Uhr tippen würde. Er mochte sechsundzwanzig sein, aber verhalten tat er sich meistens wie Mitte vierzig.

Als ich die schwere Holztür aufstieß und ins *Blue Mate* huschte, konnte ich ihn allerdings nirgendwo entdecken. Die Bar war zwar für einen Dienstagabend recht gut gefüllt, doch Mace war so groß, dass es unmöglich war, ihn zu übersehen. Erleichtert ließ ich die Schultern sinken. Vielleicht arbeitete er heute gar nicht. Hinterm Tresen stand zumindest nur Ty.

»Du bist zu spät«, begrüßte er mich, sobald ich mich hinter die Theke gezwängt hatte.

»Nein, ich bin überpünktlich. Nur eben nicht in dieser Zeitzone.«

Ty schnaubte und warf mir einen nassen Lappen zu, den ich gekonnt auffing. »Tische drei und vier müssen gewischt werden – und wer hat dir beigebracht, eine solche Klugscheißerin zu sein?«

»Oh, ich hab da diesen großen Bruder«, erwiderte ich unschuldig, legte den Lappen auf die Theke und verstaute meine Handtasche in einem der Fächer darunter.

Er grinste. »Ach, richtig. Mann, hab ich einen guten Job gemacht. Ich bin wirklich toll.«

Ich verdrehte die Augen. Ty hatte irgendwann beschlossen, dass falsche Bescheidenheit einen nur daran hinderte, das zu bekommen, was man wollte – und seitdem lebte er nach dieser Devise. »Du bist ein Tupper-Dieb und nichts anderes!«, widersprach ich und richtete warnend einen Zeigefinger auf ihn. »Ich musste mein Sandwich heute Mittag in eine Plastiktüte wickeln.«

Er zuckte nur unbeeindruckt mit den Schultern. »Ich brauch die Dosen.«

»Wofür?«

»Kram.«

»Was für Kram?«

»Wichtigen Kram.«

Ich schnaubte. »Meine Damen und Herren: Tyler Shaw, dreiundzwanzig, Gewinner des Debattierklubs 2016.«

»Hey, damals ging es um Sweatshops in Bangladesch«, gab er aufgebracht zurück. »Das kannst du ja kaum mit diesem Gespräch über deine Tupperwaren-Besessenheit vergleichen!«

»Ich bin nicht besessen«, widersprach ich ihm. »Ich mag es nur nicht, Flusen und Haare von meinem Erdnussbutterbrot zupfen zu müssen.«

»Mhm, in dem Bereich bist du schon etwas exzentrisch, oder?«, meinte Ty und wiegte den Kopf übertrieben dramatisch von der einen auf die andere Seite.

Ich musste widerwillig lachen und boxte ihm gegen den Oberarm. »Halt die Klappe und sag mir noch mal, welche Tische ich wischen muss.«

»Drei und vier – nimmst du danach die Bestellungen der Tische auf, und ich bleib an der Bar?« Und was ist das da auf deinem Arm?« Stirnrunzelnd musterte er die Kugelschreiber-Spuren auf meiner Haut. Mist, ich hatte vergessen, draußen den Cardigan überzuziehen, der völlig nutzlos um meine Hüfte geschlungen war.

Hastig zog ich die Hand zurück und griff nach dem Lappen. »Carly hat mich angemalt«, sagte ich ausweichend und verließ die Theke, bevor Ty allzu genau hingucken konnte. Noch im Gehen zog ich den schwarzen Cardigan über und achtete darauf, dass meine Arme bis zu den Handgelenken bedeckt waren.

Mein Bruder war mein engster Verbündeter. Mein bester Freund, meine einzige Familie. Ich würde ihm mein Leben anvertrauen. Aber er musste wirklich nicht alles wissen. Nicht, wer aus Versehen sein Lieblingsshirt als Putzlappen benutzt und somit zerstört hatte, und erst recht nicht, wer da auf meinem Arm herumgekritzelt hatte.

Ty interessierte sich zum Glück nicht für die Reichen und Schönen dieser Stadt. Er hatte seine Musik, die Bar und seine Freunde. Alles andere war unwichtig. Doch selbst er kannte Maxx Industries, und es würde ihm überhaupt nicht gefallen, dass der Milliardenerbe des Medienmoguls etwas von mir wollte.

Ty sollte sich keine Sorgen um mich machen müssen, daher behielt ich diese Info lieber für mich. Er hatte die letzten fünf Jahre schon genug durchgemacht und eine Menge für mich aufgegeben. Unter anderem seinen Highschool-Abschluss, nachdem wir in seinem letzten Jahr schlagartig den Bundesstaat hatten verlassen müssen. Danach hatte er sein Bestmöglichstes getan, mir meinen Abschluss zu ermöglichen, während er mit einem gefälschten Highschool-Zeugnis und Gelegenheitsjobs dafür gesorgt hatte, dass wir nicht verhungern mussten. »Ach, Lexie, du bist ohnehin viel schlauer und fleißiger als ich. Bei mir wäre das College bloß Verschwendung!«, wurde er nicht müde, zu sagen, obwohl wir beide wussten, dass das eine Lüge war.

Ich würde ihm für all die Zeit und Träume, die er für mich geopfert hatte, nicht damit danken, indem ich mich auf zwielichtige Geschäfte mit Logan Maxx einließ und damit unnötig Aufmerksamkeit auf mich zog.

Ich schlängelte mich zwischen den runden, metallenen Tischen hindurch und wippte mit dem Kopf zu dem Indie Rock, der aus drei Lautsprechern drang, die in den Ecken des Innenraums hingen, und die laut surrende Klimaanlage übertönte. Dabei grüßte ich den ein oder anderen Stammkunden, der jeden zweiten Abend hier war.

Das *Blue Mate* war eine Bar, die das unterschiedlichste Klientel anzog. Alte Männer mit Rauschebärten, die ihr Geld in der Winterzeit als Fake-Santa verdienten und den Rest des Jahres Trucks fuhren. Junge Frauen mit Hornbrille, die tagsüber in Santa Monica Computerspiele programmierten und abends keinen Bildschirm mehr sehen konnten. Männer in Anzug und Frauen im Bleistiftrock aus dem Financial District, die ihre Aktenkoffer erschöpft fallen ließen und sich einfach nur nach einem Ort sehnten, an dem kein Druck auf ihnen lastete. Und dann waren da natürlich noch die Studenten und Studentinnen des Community Colleges um die Ecke, die lachend über die Stränge schlugen, ihr weniges Geld beim Dart oder Pool verwetteten und ständig mit Ty oder mir flirteten. Nur von der Golden Heights University verirrte sich kaum jemand hierher. Denn reiche Leute aßen und tranken nicht an einem Ort, an dem es Burger für sieben Dollar und Bier für unter zwei gab.

»Hey, Lexie, wann gehst du denn endlich mit mir aus?«, fragte Phil, ein Kommilitone von mir, der ausschließlich in Rollkragenpullover herumlief, während ich das Ketchup-Massaker von Tisch vier wegwischte.

Er war harmlos, wenn er nüchtern war, und anstrengend, wenn er zu viel getrunken hatte, aber nie zu viel. Deswegen lächelte ich ihm über die Schulter zu und sagte mit leidender Stimme: »Ah, Phil, ich habe mich Gott verschrieben, das weißt du doch.«

Er schnaubte, grinste aber. »Eine Nacht mit mir, und du fällst vom Glauben ab, Baby.«

»O Mann, eklig, Phil!«, rief eine Freundin von ihm, deren Namen ich nicht kannte, und verdrehte die Augen. »Lass die Arme doch endlich in Ruhe. Wie oft muss sie dir noch einen Korb geben?«

»Bis sie aufhört, so verdammt süß auszusehen.«

»Das denkst du nur, weil ich Zugang zu Alkohol habe, und du mich ausschließlich im Dunkeln siehst, Phil, wirklich«, versicherte ich ihm. »Bei Tageslicht und ohne einem Tresen in der Nähe bin ich furchtbar hässlich.«

Das Mädchen kicherte, und Phil seufzte dramatisch. »Weißt du, ich würde es dir ja übel nehmen, dass du mir immer und immer wieder das Herz brichst, wenn du nicht so witzig wärst.«

Ich hob entschuldigend die Schultern. »Ich kann dir zwar nicht meine Liebe geben, dafür aber noch ein weiteres Bier«, bot ich an, nachdem ich auch den zweiten Tisch abgewischt hatte.

»Schön. Besser als nichts, schätze ich. Danke«, sagte er und wandte sich wieder seinem Burger zu.

Ich rieb mir die feuchten Hände an meiner schwarzen Jeans ab und nahm auf dem Weg zurück zur Bar noch ein paar weitere Bestellungen auf. Da sie allesamt *Bier* lauteten, verzichtete ich darauf, sie aufzuschreiben. Und während ich mich zwischen den Leuten hindurchschlängelte und einem viel zu betrunkenen Gast den spitzen Dartpfeil abnahm, mit dem er aus Versehen auf eine Gruppe College-Girls zielte, lullten mich das Gelächter und der sanfte Bass der Musik ein, sodass ich mich merklich entspannte.

Gott, ich liebte diese Bar. Trotz dummer Sprüche und ständiger Anmachen. Ich verstand, warum sich so viele verschiedene Menschen hier wohlfühlten. Das *Blue Mate* war einfach ein Ort, an dem es einem niemand übel nahm, wenn man ein Bierglas umschmiss, zu laut lachte oder Tomatensoße auf seinen Sneakern hatte. Es bestand aus einem hübschen, wenn auch etwas abgewracktem Zusammenspiel aus alt und modern. Die roten Backsteinwände waren unverputzt und wurden durch die Bilder von örtlichen Künstlern, zwei Dartscheiben und mehrere rostige Wasserrohre zwar nicht unbedingt verschönert, aber zumindest gut in Szene gesetzt. Die Metalltische waren rostrot angemalt, die Sitzflächen der Holzstühle und Barhocker mit grünem Samt überzogen. An der Wand hinter der Bar reihten sich bunte Alkoholflaschen aneinander, die von schummrigem dunkelgelbem Licht erhellt wurden. Davor stand Ty, der sich so geschmeidig und leicht bewegte, dass manche Leute vermuteten, er würde hinter der Theke wohnen. Tatsächlich hatten sie damit gar nicht so unrecht, er belegte nämlich seit Carlys Einzug ein kleines Apartment direkt oben drüber. Und wie gewohnt saßen drei Mädels Anfang zwanzig auf den Barhockern und beobachteten Ty bei der Arbeit.

Ich konnte wirklich nicht objektiv beurteilen, ob Ty gut aussah. Er war schließlich mein Bruder, und ich hatte schon miterlebt, wie er sich Kaugummis in die Nase gesteckt und Salami auf sein Nutellabrot gelegt hatte. Äußerlich ähnelten wir uns nur bedingt. Seine Haare waren dunkler als meine und hatten einen warmen Sandton. Seine Augen waren braun, und er überragte mich um einen halben Kopf. Die Traube von Frauen und Männern, die ihn ständig umgab, sprach aber auch irgendwie für sich. Wahrscheinlich war er also wunderschön. Hinzu kam, dass von ihm – im Gegensatz zu mir – keine kühle Aura der Ablehnung ausging. Mein Motto war: Je weniger Menschen über mich Bescheid wussten, desto besser. Ty jedoch schenkte jedem, der ihm über den Weg lief, bedingungslose Zuneigung. Immer auf eine freundliche, warme und – wenn ich ehrlich war – furchtbar oberflächliche Art und Weise. Auch wenn den meisten das entging, weil er es so verdammt gekonnt und raffiniert anstellte. Am Ende des Abends dachten die Mädchen immer, dass Ty ihnen seine Seele offenbart hätte, dabei lenkte er sie nur mit völlig unnötigen Infos und einer Menge blumigem Geschwafel ab. Denn Ty traute niemandem außer mir, Mace und vielleicht Carly. Er behandelte alle, als wären sie seine Freunde oder mehr – aber nur, weil er so mehr über sie in Erfahrung bringen und einschätzen konnte, ob sie eine Gefahr waren.

Allerdings wagte ich zu bezweifeln, dass die Rothaarige, die sich jetzt über die Bar beugte und an dem Saum seines offenen Hemdes herumspielte, ein Risiko darstellte … von dem einer Geschlechtskrankheit mal abgesehen.

»Sag mal, Ty, trägst du eigentlich auch etwas anderes als Holzfällerhemden?«, fragte sie und ließ den Stoff durch ihre Finger gleiten, während ich neben ihm Bier zapfte. »Ich hab dich noch nie in was anderem gesehen!«

»Klar, manchmal bin ich auch nackt«, sagte er und zwinkerte ihr zu, bevor er sich elegant aus ihrem Griff drehte und verschiedene Spirituosen in einem Cocktailshaker mischte.

Die Mädels lachten.

»Nein, jetzt im Ernst«, beharrte die Rothaarige. »Besitzt du nur solche Hemden?«

»Ach Quatsch, sie eignen sich nur gut für die Arbeit und um hübschen Frauen den Kopf zu verdrehen«, erwiderte er leichthin.

Das war eine glatte Lüge, denn die eigentliche Antwort war *Ja*. Er besaß nur diese Hemden. Er meinte immer, das Leben sei zu kurz, um es grübelnd vorm Kleiderschrank zu verbringen. Deswegen trug er immer das Gleiche: ausgewaschene Jeans, T-Shirt und Holzfäller-hemd. Die Farben variierten von Weiß und Dunkelblau über Grün bis Schwarz. Das war es. Rot war etwas für Zuhälter, Grau für traurige Nonnen. Aber ja, selbst diese Information war ihm zu privat, um sie an ein paar arglose junge Frauen weiterzugeben, die mit ihm ins Bett wollten.

»Das machst du oft, oder?«, fragte die Brünette neben der Rothaari-gen süffisant. »Frauen den Kopf verdrehen?«

Lächelnd beugte sich Ty vor. »Nur den Besonderen«, wisperte er dann, bevor er sich wieder dem Mixen des Cocktails widmete.

Ja, mein Bruder war ein Idiot, aber er war ein *freundlicher* Idiot.

Ich grinste in mich hinein, während ich Gläser mit Bier befüllte und Ty weiterhin Small Talk führte, unglaublich hohe Trinkgelder einfuhr und nebenbei die Bar bediente.

Manchmal war ich fast neidisch auf meinen Bruder. Ich tat mich oft schwer damit, Small Talk zu führen. Mein Leben nicht so ernst zu nehmen. Meine Sorgen zu vergessen. Ty jedoch … Ihm fiel alles leicht. Flirten, Herumblödeln, Probleme ignorieren, Tupperware steh-len, seinen Willen durchsetzen. Carly meinte, das läge daran, dass ihm nichts wichtig sei, und wenn man nichts zu verlieren hatte, war es eben leicht, zu gewinnen.

Vielleicht hatte sie recht damit. Aber es lag definitiv auch daran, dass er so schrecklich charmant war. Er würde es nie zugeben, aber das hatte er von unserem Vater gelernt. *Nein.* Unser Vater hatte es ihm bewusst beigebracht – denn es war sehr viel leichter, ein paar reiche Damen um ihr Vermögen zu bescheißen, wenn man einen süßen und charmanten Sohn dabeihatte. Und Mann, Ty war in der Rolle aufge-gangen. Auch wenn er jede Sekunde gehasst hatte. Aber er hatte keine Wahl gehabt. Entweder er war charmant und lenkte die reichen Ladys ab, oder wir gingen ohne Essen zu Bett. Keine schwere Entscheidung für einen Jugendlichen mit einer Schwäche für Zucker und Kohlenhydrate und … nun, Sattsein im Allgemeinen.

Ich drehte mich um, um zwei weitere Gläser vom Regal zu ziehen, doch bevor ich auch sie mit Bier füllen könnte, fragte Ty: »Hat Phil dich gerade wieder angemacht?«

»Jup.«

»Und du hast ihn abblitzen lassen?«

»Jup.«

Ty seufzte. »Du weißt schon, dass er eigentlich ein netter Typ ist, oder?«

»Na, dann nimm du ihn doch«, erwiderte ich freundlich.

Ty grinste. »Nettes Angebot, aber was ich eigentlich fragen wollte: Hast du überhaupt vor, irgendeinem deiner Anwärter eine Chance zu geben? Wenn nicht, könnten wir nämlich einfach ein Schild aufstellen: *Blondine mit Mörderaugen ist nicht interessiert.*«

Mit verengten Augen sah ich ihn an. »Korrigier mich, wenn ich falschliege … aber versuchst du mir gerade zu sagen, ich solle mehr daten?«

Er verzog das Gesicht und kratzte sich im Nacken. »Na ja, Carly meinte, dass du noch nie jemanden mit nach Hause gebracht hättest und es deinem harten Herzen guttun könnte …«

Ich stöhnte auf. »Bitte hör auf zu reden, Ty, sonst muss ich dich schlagen.«

»Das waren ihre Worte! Aber vielleicht hat sie ja … ein wenig recht.«

Ich konnte nicht fassen, dass ich dieses Gespräch mit meinem Bruder führte. Als wäre er ein Experte in dem Bereich! Seine bisher längste Liebesbeziehung führte er mit seiner Gitarre! Kein weibliches Wesen hatte es länger als zwei Wochen mit ihm ausgehalten. Ich war zumindest schon mal fast drei Monate vergeben gewesen. »Ich habe weder Zeit noch Lust auf eine Beziehung, Ty!«, sagte ich knapp.

»Ich hab nichts von einer Beziehung gesagt.« Er hob abwehrend die Hände. »Was Lockeres würde es für den Anfang auch tun.«

»Nun, es reicht, wenn wir ein Flittchen in der Familie haben, oder?« Vielsagend sah ich zu den Mädchen an der Bar und dann wieder in sein Gesicht.

Ty griff sich an die Brust. »Autsch. Das tut weh.«

»Nicht so weh, wie es getan hätte, wenn ich dich wirklich geschlagen hätte«, sagte ich. »Und jetzt konzentrier dich auf deine Cocktails, und hör auf, dich um mein Liebesleben zu sorgen.«

Denn das war schockierend! Wie traurig und prüde war ich, dass selbst Ty es bemerkte? Der Typ, der erst nach zwei Monaten gecheckt hatte, dass ich das Hackfleisch in meiner Standardnudelsoße durch Linsen ersetzt hatte.

»Ich sorge mich nicht … Ich bin nur höflich interessiert«, meinte er abwehrend, bevor er mit gesenkter Stimme hinzufügte: »Weißt du, Dad hat uns ziemlich verkorkst – aber ich würde es hassen, wenn du wegen all dem Mist, den wir durchgemacht haben, nie wieder einem Kerl vertraust.«

»Du sitzt da in einem ziemlich brüchigen Glashaus, Ty.«

Er seufzte schwer. »Ja, aber ich glaube immer noch, dass mein Glashaus schwerer beschädigt ist als deins.«

Das brachte mich zum Lachen, bevor ich ihn sanft mit der Schulter anstieß. »Wir sind beide ein Scherbenhaufen. Sollen wir das einfach so festhalten?«

»Von mir aus«, grummelte er unzufrieden.

Ich nickte, bevor ich mir auf die Lippe biss und zögerlich murmelte: »Ty? Dad kommt in ein paar Wochen frei.«

Sein Kiefer verhärtete sich. »Ich weiß.«

»Meinst du, er findet uns?«

»Keine Ahnung.« Er schabte die Zähne übereinander. »Vielleicht.«

»Willst du mit ihm …?«

»Nein«, unterbrach Ty mich sofort.

»Gar nicht?«

»Nein«, wiederholte er kalt. »Du?«

Ich schüttelte den Kopf, auch wenn ich nicht wusste, ob es die Wahrheit war. Er war immer noch unser Vater und …

»Bezahl ich euch dafür, dumm rumzustehen?«, riss mich eine dunkle Stimme aus den Gedanken, und hastig wandte ich mich um.

Irgendwann innerhalb der letzten Minuten musste Mace hereingekommen sein. Zumindest stand er bei uns hinter der Theke und sah uns mit gehoben Augenbrauen an. Unter normalen Umständen wüsste ich seinen düsteren Blick und die dunkle Autorität, die er ausstrahlte, zu schätzen. Doch heute war ich zu abgelenkt. Denn Mace hatte seine schulterlangen, dunklen Haare zu einem ordentlichen Manbun zusammengefasst und trug ein weißes Hemd, das neunzig Prozent seiner Tattoos verdeckte, die normalerweise wie Tinte über seinen ganzen Oberkörper und seine Arme flossen.

Was passierte hier? Mace trug *nie* Hemden! Und seit wann kämmte er sich die Haare?

»Mensch, Mace«, sagte ich und pfiff durch die Zähne. »Du bist ja hübscher als ein Einhorn mit Blumen im Haar.«

Er sah mich resigniert an.

»Hast du Staubsauger verkauft?«, wollte Ty interessiert wissen.

»Noch so ein Kommentar, und ihr seid beide gefeuert.«

»Leere Worte, *mi amigo!*«, rief unser Koch Pedro aus der Küche. »Die Hälfte der Frauen kommt nur wegen *bonito* Ty. Du brauchst ihn. Und er kündigt, wenn du Lexie feuerst.«

Ty grinste und wackelte mit den Augenbrauen. »Pedro hat recht. Du brauchst mich.«

»Nicht so sehr wie eine Aspirin«, murmelte Mace, bevor er auf die leeren Biergläser in meinen Händen deutete und dann ohne ein weiteres Wort in die Küche verschwand.

Ich lachte laut. Mace war nicht wirklich der gesprächige Typ.

»Wo zur Hölle warst du in dem Aufzug, Mace?«, rief Ty ihm ungläubig hinterher.

Doch er bekam keine Antwort.

»Faszinierend«, meinte mein Bruder, bevor er seinem mittlerweile besten Freund folgte.

Ich blieb allein an der Bar zurück. Aber irgendjemand musste ja die Stellung halten. Ich hatte Bier zu zapfen, Cocktails zu mixen, Pommes zu verkaufen … und hoffentlich keine Toilette zu putzen.

Die Toilette blieb mir erspart. Allerdings warf kurz vor Ladenschluss der betrunkene Dartspieler zielsicher zwei Bierkrüge kaputt, die ihren Inhalt und mit Sicherheit keine glücksbringenden Scherben großzügig auf dem Boden verteilten. Während Mace die Abrechnung machte und Ty Pedro dabei half, die Küche zu putzen, war es meine glamouröse Aufgabe, den feuchtfröhlichen Dreck wegzumachen.

Also verließ ich das *Blue Mate* erst weit nach zwei mit geschundenen Knien und nach Bier stinkenden Händen. Gähnend zog ich meinen Schlüssel aus der Tasche und trat in den Schein einer Straßenlaterne. Ich entsperrte das Rad und wollte gerade meine Handtasche wie gewohnt in den Korb werfen, als sich das Licht der Laterne auf etwas Weißem reflektierte.

Stirnrunzelnd ließ ich die Tasche sinken und beugte mich vor. Ich rechnete damit, dass mir irgendjemand einen Werbeflyer hineingeschmissen hatte … doch es war ein Umschlag. So blütenweiß und rein, dass er in meinem abgewetzten, geflochtenen Korb absolut fehl am Platz wirkte.

Mein Stirnrunzeln wurde tiefer, als ich ihn in die Hand nahm und ihn von allen Seiten betrachtete. Es stand nichts drauf. Kein Name, kein Absender, gar nichts. Er war nicht zugeklebt.

Mit einem Schulterzucken öffnete ich den Umschlag und sah hinein. Darin befand sich ein einzelnes Blatt Papier, so groß wie meine Hand. Ich zog es heraus, drehte es um und hielt es ins Licht der Laterne.

O Mann, wie oldschool. Jemand hatte fünf Sätze darauf getippt – mit einer Schreibmaschine. Nur das E war nachträglich händisch hinzugefügt worden.

> Ich weiß, wer du bist.
> Ich kenne dein kleines Geheimnis.
> Wie viel ist es dir wert?
> Ich hoffe, 20 000 Dollar.
> Weitere Anweisungen folgen.

Alle Luft entwich aus meiner Lunge, und mein Zwerchfell zog sich so abrupt zusammen, dass Übelkeit meinen Hals aufstieg. Meine Finger verkrampften sich um das Papier, sodass es knitterte, doch die Zeilen waren noch immer deutlich zu lesen.

Was. Zur. Hölle?

Ruckartig hob ich den Kopf und sah mich nach allen Seiten um. Ich suchte die andere Straßenseite ab. Ließ den Blick zu den Eingängen der umliegenden Gassen gleiten, die allesamt im Dunkeln lagen. Niemand zu sehen. Nichts zu hören. Ich war vollkommen allein. Allein mit dem roten, heißen Knoten in meiner Brust, der sich aus Strängen von Wut, Panik und langsam aufkeimender Verzweiflung zusammensetzte. Das Blut pochte schmerzhaft in meinen Ohren, während ich hektisch ein- und ausatmete, die Zeilen ein weiteres Mal las und den Blick erneut durch die Dunkelheit huschen ließ. Doch da war nichts außer endlosen Schatten.

Ich kenne dein kleines Geheimnis.

Aber ... *welches?*

Ich besaß so viele davon, dass ich eine ganze Netflix-Serie damit füllen könnte!

»Scheiße«, hauchte ich und presste die Hand auf mein wild schlagendes Herz. »Scheiße, Scheiße, Scheiße.«

Was sollte das hier? Zwei Jahre lang hatten wir keine Probleme mehr gehabt. Zwei Jahre lang hatten wir nicht mehr untertauchen müssen. Ich *mochte* Golden Heights. Ich mochte mein Leben hier. Ich war so kurz davor, einen College-Abschluss zu machen. Ich konnte jetzt nicht wieder von vorn anfangen! Meine Augen fingen an zu brennen, und ich zerknüllte das Papier in meiner Hand.

Von wem war diese bescheuerte Nachricht, und *was* wusste der- oder diejenige? War es jemand von der Uni? Jemand, der meinen richtigen Namen herausgefunden hatte und mich für meine illegalen Ausweisbasteleien verpfeifen wollte? Das wäre halb so wild. Wenn das *kleine Geheimnis,* das der Erpresser gelüftet hatte, jedoch ein gänzlich anderes war ...

Wie von selbst erschien das Bild eines Mannes mit schwarzen, zurückgegelten Haaren und leeren Augen, immer in einem makellosen Anzug, vor mir. Zwei Narben an seinem Kinn.

Nein, er konnte nicht wissen, wo wir waren!

Ich rieb mir mit der Faust über den Nacken, versuchte, meine zugeschnürte Kehle zu lockern – als mir ein weiterer Gedanke kam. Ich hielt inne und ließ die Nachricht sinken.

Ich könnte dich erpressen. Ich könnte dir drohen. Dich verfolgen lassen. Aber das tue ich nicht. Weil ich ein Gentleman bin.

Logans Worte hallten in meinem Kopf wider, und ich biss die Zähne aufeinander. Kam der Brief von ihm?

Nein. Ehrlich gesagt traute ich es ihm nicht zu. Er war ein arroganter Mistkerl, ja, aber kein berechnendes Arschloch. Glaubte ich zumindest.

Doch es war auch vollkommen egal, denn ich konnte ihn nicht darauf ansprechen. Wenn ich ihn beschuldigte, mir eine Drohnachricht geschickt zu haben, würde der neugierige Bastard nur wissen wollen, wer und warum jemand zwanzigtausend Dollar für meine Geheimnisse verlangte. Und da ich ihm darauf keine Antwort geben konnte, würde er womöglich wirklich einen Privatdetektiv anheuern, um der Sache auf dem Grund zu gehen, einfach weil er es konnte und die Kohle und die Langweile hatte …

Ich verwarf den Gedanken wieder. Logan konnte nicht wissen, dass meine Geheimnisse so viel mehr als zwanzigtausend Dollar wert waren. Er wusste überhaupt nichts. Diese Nachricht stammte von jemand anderem … Und ich hoffte sehr, dass er oder sie aus Golden Heights kam. Denn wenn es jemand von außerhalb war, hatte ich ein verdammtes Problem.

»Scheiße«, wiederholte ich zum Dutzendsten Mal, bevor ich den zerknüllten Brief mit zitternden Händen zurück in den Korb legte und meine Tasche folgen ließ.

Zwanzigtausend Dollar.

Das war eine so unfassbar hohe Summe … Ich schluckte, atmete durch die Nase ein und durch den Mund wieder aus. Ich musste mich beruhigen. Es würde niemandem helfen, wenn ich in Panik ausbrach. Mir am allerwenigsten. Ich musste einfach nur eine Lösung finden. So, wie ich es immer tat. Aber vielleicht sollte ich Ty Bescheid geben. Ihn warnen, dass wir womöglich wieder die Stadt verlassen mussten.

Nein, verdammt! Du bist stärker als das! Du lässt dich nicht mehr länger herumschubsen. Meine innere Stimme war so laut, dass ich zusammenzuckte.

Aber sie hatte recht.

Wütend biss ich die Zähne aufeinander. Ich würde nicht gehen. Nicht mehr weglaufen – und Ty musste überhaupt nichts davon erfahren. Er war das erste Mal seit Jahren halbwegs entspannt. Er liebte seinen Job und sein derzeitiges Leben, und ich würde einem Teufel tun, es ihm kaputtzumachen. Nicht, solange ich auch allein mit dem Erpresser klarkam.

Es war simpel: Ich würde das Geld besorgen, den Mistkerl oder die Mistbraut auszahlen und mein Leben weiterleben. Dann würde alles wieder zur Normalität zurückkehren.

Alles halb so wild.

Und mein erster Schritt würde es sein, die verwischte Nummer von meinem Arm in mein Handy einzuspeichern. Denn sosehr ich den Gedanken auch hasste – ich brauchte Logan Maxx.

6

Logan

Ich konnte die Personen, die meine private Handynummer besaßen, an zwei Händen abzählen – und trotzdem musste ich sie einmal im Jahr wechseln. Meistens, nachdem Aiden irgendwo auf einer Party betrunken mit dem Telefon in der Hand eingeschlafen war oder aber eines der rachsüchtigeren Mädchen, mit denen ich was hatte und dann eben nicht mehr hatte, meine Nummer freundlicherweise an die Wand der Damentoilette im Hauptgebäude geschrieben hatte.

Nicht, dass ich mich nicht geschmeichelt fühlen würde, wenn mir eine Kunststudentin der Golden Heights University anbot, nackt für sie posieren zu dürfen. Oder mir eine meiner Kommilitoninnen unbedingt ihre Eine-Millionen-Dollar-Business-Idee präsentieren wollte. Aber irgendwann, meistens nach der dritten Businesss-Idee oder dem dritten Bild von hübschen Füßen, die laut Absenderin zu meiner absoluten Traumfrau gehörten, reichte es mir, und ich ließ mir eine neue Nummer geben. Tatsächlich hatte ich seit Ewigkeiten keine Nachricht von einer unbekannten Nummer mehr bekommen, über die ich mich gefreut hätte. Diese hier ließ mich jedoch grinsen.

> Ich will verhandeln. Morgen Abend um elf Uhr im Blue Mate.

In den zwei Sätzen schwang keine Bitte mit. Sie waren ein verdammter Befehl. Noch nicht einmal ein besonders freundlicher. Und obwohl kein Name unter der Nachricht stand, wusste ich, von wem sie kam. Denn es gab niemanden in meinem Leben, der mir eine solch dreiste Ansage schicken würde – mit Ausnahme von Alexa Shaw.

Ehrlich gesagt war ich kurz davor gewesen, aufzugeben und nach jemand anderem Ausschau zu halten. Denn nächste Woche Freitag würde sich am besten für den geplanten Einbruch eignen, und die Chance konnte ich mir nicht entgehen lassen. Wer wusste schon, wann sich die nächste bot?

Aber Alexa war bereit zu verhandeln, und das sah ich als gutes Zeichen. Also machte ich mich am nächsten Abend wie verabredet um halb elf mit einem Uber auf den Weg zur anderen Seite der Stadt.

Ich war noch nie im *Blue Mate* gewesen. Die Bar lag zu weit außerhalb vom Campus, als dass ich es überhaupt in Betracht gezogen hätte, mich dorthin zu verirren. Die Gegend, in der sie sich befand, war nicht ganz so schlimm wie die Wohnhausansammlung eine Meile weiter, die nur als *Golden Low* bekannt war, aber mit Rolex und Goldkettchen würde ich hier auch nicht gerade herumlaufen wollen. Gut, dass ich kein Gangster-Rapper war und auf beides guten Gewissens verzichten konnte.

Als das Uber weg war, trat ich langsam auf die dunkle Eingangstür der Bar zu, über der ein blaues Neonschild hing. Das B hatte einen Wackelkontakt und blinkte unaufhörlich, und ich musste den Blick abwenden, um nicht wahnsinnig zu werden. Dennoch blieb ich noch einige Sekunden lang an Ort und Stelle stehen und drehte die Schraube, die ich vorhin auf dem Parkplatz gefunden und wie all die anderen, die ich entdeckte, nicht hatte liegen lassen können, in meiner Jeanstasche.

Die Rillen der einst kühlen Schraube fühlten sich inzwischen viel zu warm und feucht an. Stirnrunzelnd wischte ich die Handflächen an meiner Jeans ab, bevor ich mir zögerlich den Nacken rieb. Auch mein Herz klopfte schneller als sonst, und wenn ich es nicht besser wüsste, würde ich sagen, ich war nervös.

Aber das war Schwachsinn. Ich war nicht mehr nervös gewesen seit meinem ersten Tag auf der Golden Heights University, an dem sehr schnell klar geworden war, dass es vollkommen egal war, was ich sagte oder tat: Die Leute dachten ohnehin über mich, was sie wollten. Alexa Shaw, die innerhalb von Sekunden beschlossen hatte, dass sie mich *kannte*, war das beste Beispiel dafür.

Also hatte ich rein gar nichts zu verlieren. Alexa hielt mich für einen arroganten Sack. Sie erwartete nichts Gutes von mir und würde sich keinerlei Mühe geben, freundlich zu sein – und war das nicht verdammt fantastisch?

Meine Mundwinkel wanderten ganz von selbst in die Höhe, als ich die Tür zur Bar aufstieß. Der Geruch von Bier und Frittenfett quoll mir entgegen. Gelächter und die Beatles drangen an meine Ohren und übertönten das Surren der Klimaanlage und das Knarzen des alten Holzbodens, über den ich lief.

Ich ließ den Blick über metallene Tische und samtbezogene Stühle gleiten. Wie ich vermutet hatte, war es um diese Uhrzeit an einem Mittwochabend nicht sonderlich voll. Alexa konnte ich trotzdem nirgendwo entdecken. Bevor ich mich jedoch weiter umsehen konnte, trat ein großer blonder Typ in mein Sichtfeld. Er war fast vollkommen in Schwarz gekleidet, mit Ausnahme seines dunkelblau karierten Flanellhemds, ein wenig größer als ich und trug ein mit Bierkrügen beladenes Tablett. Ich war kein Genie, aber ich vermutete stark, dass er hier arbeitete.

»Hey«, sagte er knapp. »Unsere Küche hat schon geschlossen, aber du kannst gern noch was trinken, und Nachos geben wir auch noch raus. Setz dich einfach irgendwo hin, ich komm gleich.«

»Okay«, erwiderte ich und sah an ihm vorbei zu den Tischen. »Ich suche nur kurz noch jemanden.«

»Wen?«, wollte er wissen.

»Alexa.«

Die Augenbrauen meines Gegenübers schossen in die Höhe. »Du suchst Lexie?«

Ah, er kannte sie also. »Ja.«

»Warum?«, fragte er scharf, und sein Blick war plötzlich überraschend misstrauisch.

Oh, bitte. So zwielichtig sah ich jetzt auch wieder nicht aus. Ich hatte mir heute Morgen sogar die Haare gekämmt. »Wir sind verabredet.«

Der Blonde lachte. »Nein, seid ihr nicht.«

Ich runzelte die Stirn. »Doch.«

»Was?« Er sah sichtbar schockiert aus, bevor er im nächsten Moment laut rief: »Lex! Du bist *verabredet*? Hast du mir nicht gestern noch erzählt, dass du nicht zum Flittchen werden willst?«

Ich grinste. Hatte sie das?

»Komm runter, Ty«, sagte jemand hinter mir, und ich wandte mich gerade noch rechtzeitig um, um Alexa – Lexie – hinter der Bar hervortreten zu sehen. Sie war ebenfalls vollkommen in Schwarz gekleidet. Arbeitete sie auch hier?

»Er ist nur ein Freund«, fuhr sie fort, bevor sie mir zunickte und … Moment. *Lächelte* sie mich an? »Hey, Logan, setz dich doch an die Theke, ich steh heute an der Bar. Dann können wir quatschen.«

Ich gab mir Mühe, unbeteiligt zu nicken. Doch sie sprach, als würden wir uns seit Ewigkeiten kennen, und das freundliche Lächeln, das sie aufgesetzt hatte, jagte mir scheiße noch mal Angst ein. Es passte nicht zu der angriffslustigen, abweisenden Lexie Shaw, die ich bei unseren bisherigen Begegnungen kennengelernt hatte. Ganz im Gegensatz zu dem schwarzen T-Shirt und der engen, dunklen Jeans, die sich wie eine zweite Haut an ihren Körper schmiegten. Mein Blick huschte automatisch an ihr hinab. Glitt über ihre Ecken, Kanten und Kurven. Schwarz passte besser als der Barbie-Dress, den sie für ihre Auftritte an der Golden Heights University trug.

»Er ist ein *Freund*?«, fragte der Blonde irritiert. »Aber ich kenne alle deine Freunde.«

Lexie ignorierte ihn. »Du bist zu früh«, sagte sie mit Blick auf ihre Uhr.

Ich blinzelte und konzentrierte mich wieder auf ihr Gesicht. »Ich konnte es eben kaum erwarten, dich zu sehen«, erwiderte ich seufzend und legte eine Hand auf meine Brust.

»Wer zur Hölle bist du?«, wollte der blonde Hüne verwirrt wissen.

Ich öffnete den Mund, kam jedoch nicht zu Wort.

»Logan, hab ich doch gesagt«, meinte Lexie genervt. »Wir kennen uns noch nicht lang. Und da hinten winkt jemand nach dir, Ty.«

Der Kerl warf mit zusammengezogenen Brauen einen Blick über die Schulter, bevor er »Jaja, ich komme ja schon« murmelte und deutlich lauter an Lexie gewandt hinzufügte: »Okay. Sag Bescheid, wenn er dir Probleme macht.«

Lexie kratzte sich mit dem Mittelfinger an der Nase. »Klar. Dann werde ich um Hilfe rufen und in Ohnmacht fallen, damit du mich heroisch retten kannst.«

»Gut.« Der Typ nickte zufrieden, bevor er damit fortfuhr, die vollen Biergläser auszuteilen.

Mit gehobenen Augenbrauen sah ich ihm nach. »Dein Freund?«, riet ich.

»Bruder.«

»Charmant.«

»Ich weiß«, sagte sie fröhlich und deutete mit einer Hand auf einen der Hocker an der Bar. »Setz dich.«

Ich folgte ihre Geste, während sie wieder hinter die Theke tauchte.

»So so«, sagte ich und neigte den Kopf. »Ich bin also nur *ein Freund*. Und ich dachte, wir wären Seelenverwandte.«

Sie verdrehte die Augen und beugte sich vor. »Ich liebe meinen Bruder, aber Ty muss nicht wissen, was ich mit dir treibe.«

Interessiert hob ich die Augenbrauen. »Was du mit mir *treibst*? Wir sind also Freunde mit gewissen Vorzügen?« Ich ließ den Blick erneut wandern. Über ihren schmalen Hals zu ihrem bloßen Schlüsselbein. Sie hatte helle, ebenmäßige Haut, bei der ich mich automatisch fragte, wie sie wohl leicht gerötet von ein paar Bartstoppeln aussah … »Ja. Damit könnte ich mich arrangieren.«

»Jaja, du bist ein ganz toller Hecht, der Frauen mit dem kleinen Finger aufgabelt«, sagte sie abwesend, während sie ein Guinness zapfte. »Du bist schrecklich beeindruckend und der Held meiner kühnsten Träume. Ich schmelze dahin und fühle mich geehrt, dass du mit mir flirtest.«

Ich blinzelte überrascht – dann schloss ich die Augen und lachte leise. Ich konnte nicht anders. Shit, sie war wirklich nicht wie die Studentinnen der Golden Heights University. Das hier war völlig neues Terrain für mich … Sie hatte kein Interesse an mir. Sie wollte nicht erobert werden. Sie wollte nur die Kontrolle behalten. Und allein der Gedanke ließ meine Haut erwartungsvoll kribbeln.

Wieder lachte ich. Meine Zukunft war bis ins letzte Detail geplant und hielt nicht viele Überraschungen für mich bereit. Aber Lexie Shaw war eine davon.

Als ich die Lider wieder öffnete, begegnete ich einem misstrauischen Blick aus großen grünen Augen.

»Was ist so witzig?«, fragte sie.

»Du«, sagte ich ehrlich.

Perplex öffnete sie den Mund, als hätte sie eine Menge zu diesem

Kommentar zu sagen … überlegte es sich auf halbem Weg jedoch anders und beließ es bei einem stummen *Ah*, bevor sie das nächste Bier zapfte.

»So. Du arbeitest hier«, sagte ich langsam und lehnte mich auf dem Hocker zurück.

»Deine Deduktionsfähigkeiten sind beeindruckend«, bemerkte sie. »Willst du was trinken?«

»Das Guinness sieht gut aus. Und ich dachte, du arbeitest … auf dem Campus.«

Sie winkte ab und stellte eines der frisch gezapften Biere vor mir ab, bevor sie sich direkt an ein neues machte. »Ja, da arbeite ich auch.« Sie blickte auf, sah sich kurz um und seufzte dann. »Hör mal, tut mir leid, aber es ist doch noch voller, als ich gehofft hatte. Gib mir ein paar Minuten, ja? Und was immer du tust, sag Ty nicht deinen Nachnamen.«

Bevor ich *Warum?* fragen konnte, war sie bereits wieder hinter der Theke hervor und zu den Tischen hinter mir gerauscht.

Die paar Minuten wurden zu zwanzig, dann zu dreißig. Als müsste Lexie mich daran erinnern, dass ich ihrer Gnade ausgeliefert war. Überraschenderweise störte es mich nicht sonderlich. Im Gegenteil. Ich fühlte mich merkwürdig … wohl in dieser Bar. Niemand warf mir neugierige Blicke zu. Niemand sprach mich an. Ich könnte vermutlich sagen, was ich wollte. Tun, was ich wollte, ohne auch nur von einem einzigen anderen Gast beachtet zu werden. Es war, als wäre ich unsichtbar – und mir war klar, dass die meisten Collegestudenten sich das Gegenteil wünschten, aber mir gab es die Möglichkeit, endlich etwas freier zu atmen. Das Lächeln befand sich also noch immer auf meinem Gesicht, als Lexie schließlich zur Theke zurückkehrte und mir wortlos ein zweites Guinness hinstellte.

»Also«, sagte sie leise. »Suchst du immer noch eine Komplizin für deine kriminellen Machenschaften?«

»Ja.«

»Na dann – ich bin dein Mann. Nein. Deine Frau.«

Nachdenklich nickte ich. Das war gut zu hören, denn sie war noch immer die beste Kandidatin dafür, trotzdem … »Warum hast du deine Meinung geändert?«

Zögerlich strich sie sich eine Haarsträhne hinters Ohr, bevor sie mich eingehend betrachtete. Ein wenig zu lang. Ein wenig zu intensiv. Als suchte sie nach einer Antwort auf eine unausgesprochene Frage.

Meine Nackenhaare stellten sich auf, während ihre Augen mit jeder Sekunde dunkler zu werden schienen. Ich wollte wegsehen, doch gleichzeitig war ich unfähig, es zu tun. Ihr Gesicht war Marmor, doch diese Augen … Fuck!

Es war eines meiner Hobbys, Leuten ihre wahren Emotionen am Gesicht abzulesen – denn wie sollte ich die Zeit, in der sie mich über meinen krass großartigen Charakter und Intellekt zutexteten, sonst nutzen? Aber Lexie machte es mir schwer. Da tanzten zu viele Emotionen auf einmal in ihren Iriden. Ich konnte sie nicht unterscheiden. War da eine stumme Bitte? War es Verzweiflung, die diese Hitze darin nährte? Oder etwas gänzlich anderes, bei dem sich mein Bauch unwillkürlich anspannte. Oder war es nur Misstrauen, das ich sah? Bevor ich mich entscheiden konnte, blinzelte sie und trat einen Schritt zurück.

»Du warst doch davon überzeugt, dass ich es tun würde«, sagte sie locker. Als hätten wir uns gerade keine geschlagene Minute angeschwiegen.

Ich räusperte mich und nahm einen Schluck Bier, rieb mir über den Nacken, um das Gefühl der Unruhe, das mich überkommen hatte, loszuwerden. »Ich hab zu fünfzig Prozent geblufft«, gab ich schließlich zu.

Sie hob eine Schulter. »Die fünfzig Prozent haben gereicht. Mir ist klar geworden, dass du wirklich sehr reich bist und ich eine Menge Geld von dir verlangen kann.«

Ah, natürlich. Sie wollte nichts von mir – außer Geld. Welch eine Verschwendung.

»Okay.« Ich drehte mein Bierglas in den Händen. »Dann kommen wir direkt zum Punkt: Wie viel willst du haben?«

Sie reckte das Kinn. »Ich will fünfundzwanzigtausend plus Spesen. Die eine Hälfte im Voraus, die andere nach Abschluss des Auftrags.«

Ich hielt abrupt inne, und Guinness schwappte auf meine Finger. Shit. Das war eine verdammt hohe Summe – und das wusste sie. Ihr Blick war kühl und neutral ... doch ihr Mund war es nicht. Ihre volle Unterlippe zitterte. Kaum merklich, aber ich sah es trotzdem. Sie war nervös, weil ihr verdammt klar war, dass sie sehr viel Geld für einen sehr kurzen Auftrag forderte.

Und ja, ich war reich, aber ...

Nein. Das war es eigentlich. Ich war reich. Sie war es nicht. Sie brauchte zwei Jobs, um sich über Wasser zu halten. Sie hatte das Geld verdient, und mir war es vollkommen egal.

»Deal«, sagte ich schlicht.

Misstrauisch verengte sie die Augen, sodass sich ihre Nase kräuselte. »Du hättest mir noch viel mehr Geld gegeben, oder?«

Ohne zu zögern. »Nein, das war genau meine Grenze.«

Sie seufzte schwer und schüttelte den Kopf. Fuhr sich mit dem Daumen über ihre volle Unterlippe. Blieb daran hängen, so wie mein Blick. »Ich muss lernen, gieriger zu werden«, murmelte sie. »Das sagt mir Carly seit Monaten. Aber egal. Dann erzähl mir mal, worum es genau geht. Wenn es sehr viel gefährlicher ist, als ich bisher angenommen habe, gehe ich mit meinem Preis vielleicht noch mal hoch.«

Ich winkte ab und konzentrierte mich wieder auf meinen Plan. »Es ist eigentlich keine große Sache.« Das sagte ich größtenteils, um mich selbst zu beruhigen.

Sie schnaubte. »Berühmte letzte Worte.«

Ich hoffte nicht. »Das Papier befindet sich in einem Büro im Maxx Tower.«

Stirnrunzelnd neigte sie den Kopf. »Also arbeitet derjenige, den du bestehlen willst, bei Maxx Industries?«

»Jap.« Und es war die Wahrheit. Irgendwie. »Nächste Woche Freitag findet eine Firmenfeier statt, zu der ich eingeladen bin. Alle Mitarbeiter und Gäste werden sich im Erdgeschoss befinden, die Sicherheitsleute sind also höchstwahrscheinlich mehr als gut abgelenkt. Es ist die optimale Möglichkeit, sich unbemerkt nach oben zu stehlen – und ich darf ein Date mitnehmen.«

»Mich«, schlussfolgerte sie.

»Nun, du bist sehr süß, und deine Anwesenheit wird meine Eltern äußerst verwirren, was immer ein Pluspunkt ist.«

Sie verdrehte die Augen, doch trotz des gedämpften Lichts sah ich, wie sich ein rosa Schimmer auf ihre Wangen kämpfte.

Ich verkniff mir ein Grinsen. Was sagte man dazu. Wurde das Marmormädchen etwa verlegen? Wegen solch unschuldiger Worte? Dabei war es nicht einmal eine Lüge gewesen. Sie *war* süß. Auch wenn jedes Adjektiv, das mit Zucker in Verbindung gebracht werden konnte, eigentlich vollkommen fehl am Platz wirkte, sobald sie den Mund aufmachte. Aber sie hatte kleine Sommersprossen auf der Nase, die tanzten, wenn sie sie kräuselte. Ihr Gesicht war oval, ihre vollen, geschwungenen Lippen luden zu mehr als zum Lächeln ein … und ihre sanften Züge standen in derartigem Kontrast zu der Stärke und Sturheit, die sich in jedem ihrer Blicke und jeder ihrer Gesten widerspiegelte, dass sie nur umso interessanter wirkten. Dass ihre Haare unschuldig blond waren, half auch nicht. Eigentlich mochte ich blond nicht wirklich. Aber Lexies Haare hatten nicht diese unangenehme Wasserstofffarbe, die einem die Augen verätzte, sondern einen etwas dunkleren ... hübscheren Farbton. Sie trug keine Schminke, fiel mir auf. Aber die brauchte sie auch nicht. Sie hatte unfassbar glatte Haut. Wie Marmor eben ... nur schöner ...

Oh, großer Gott. Nach diesem zweiten Guinness war definitiv Schluss.

»Was ist der Haken?«, riss Lexie mich aus den Gedanken.

Ich räusperte mich und hob unschuldig die Augenbrauen. »Was meinst du?«

»Nun, wenn es so einfach wäre, bräuchtest du mich nicht. Es muss also mehr dahinterstecken, als sich einfach von der Party zu stehlen und in das fremde Büro zu spazieren.«

Sie war definitiv zu intelligent für meinen Geschmack.

Ich rieb mir den Nacken. »Möglicherweise befindet sich das Büro in einem Teil des Gebäudes, der nur mit einer persönlichen Schlüsselkarte zu erreichen ist, die nur drei Menschen besitzen. Die Sekretärin, der Besitzer des Büros und ein Sicherheitsmann. Außerdem ist das Büro mit zwei verschiedenen Schlössern ausgestattet, die ab sechs Uhr versperrt sein werden.«

»Verstehe ...«, murmelte sie abwesend und warf hastig einen Blick über meine Schulter. »In Ordnung.«

»In Ordnung?«, sagte ich überrascht. »Kannst du denn Schlösser knacken?«

Sie schnalzte ungeduldig mit der Zunge. »Natürlich kann ich Schlösser knacken.«

Ich lachte trocken auf. *Natürlich.* Was für eine alberne Frage von mir.

»Es würde mir allerdings helfen, zu wissen, um welche Schlösser genau es sich handelt«, fuhr sie mit gedämpfter Stimme fort. »Und vielleicht musst du mir ein neues Dietrichset ausgeben. Meins ist zum Beispiel nicht für Bohrmuldenschließzylinder geeignet.«

Wieder lachte ich, diesmal lauter. »Sicher«, sagte ich kopfschüttelnd, bevor ich mein Gegenüber wieder fixierte. »Lexie. Darf ich dir eine Frage stellen?«

»Klar.«

»*Wieso* weißt du, wie man ein Schloss knacken kann?«

Sie presste die Lippen zusammen. »Ich hab es mir anders überlegt. Du darfst mir keine Frage stellen.«

»Ich hab sie dir aber schon gestellt.«

Sie wandte das Gesicht ab. »Ich hab es halt irgendwann gelernt.«

»Wann?«

»Keine Ahnung. Ist länger her.«

Ich senkte das Kinn und trank noch einen Schluck. »Und wieso?«

»Weil es praktisch ist«, meinte sie knapp.

»Mehr willst du dazu nicht sagen?«

»Nein.«

Ich verengte die Augen. »Du hast ein kleines Vertrauensproblem, oder?«

Sie hob einen Mundwinkel. »Oh, nein. Ich habe ein *riesiges* Vertrauensproblem – und meistens fahre ich besser damit.«

Ich fragte nicht nach dem Warum. Sie würde mir ohnehin nicht darauf antworten. So wie auf keine andere persönliche Frage, ging mir auf. Während mir alle anderen Menschen in meinem Leben so viele Informationen wie möglich über sich selbst, ihre tollen Fähigkeiten und ihren fantastischen, beeindruckenden Charakter in den Rachen stopften, schwieg Lexie beharrlich.

Ich erwischte mich dabei, wie ich den Blick auf ein Neues über ihr Gesicht und schließlich ihren schmalen Körper hinabwandern ließ. Als könnte ich da Hinweise auf ihre Persönlichkeit oder auch Vergangenheit entdecken. Doch sie trug weder aussagekräftigen Schmuck, noch stand auf ihrem schwarzen Top *Ich arbeite für die mexikanische Mafia.* Was vielleicht auch besser so war, aber gleichzeitig enorm unbefriedigend, denn … Nun, ich konnte nicht fassen, was ich da dachte, aber Lexie war verdammt noch mal faszinierend! Wahrscheinlich die faszinierendste Person, die ich je kennengelernt hatte. Und das sollte was heißen, denn mir waren schon Billie Eilish und Greta Thunberg vorgestellt worden.

Normalerweise machte ich es mir zur Regel, mich nicht in das Leben anderer einzumischen, weil ich es hasste, wenn Leute es bei mir taten. Doch es war unmöglich, meine Gedanken zum Stillstand zu zwingen. Lexie war Anfang zwanzig, wusste, wie man Ausweise fälschte, konnte ihr Gesicht in eine Marmorwand verwandeln und hatte Erfahrung damit, in geschlossene Räume einzubrechen! Was war in ihrem Leben schiefgelaufen, dass sie an diesem Punkt angekommen war? Was hatte sie so vorsichtig und … kontrolliert werden lassen? Wer müsste ich sein, um mir ein wenig Vertrauen von ihr zu verdienen? Um ihr die Kontrolle zu nehmen? Um das Misstrauen in ihrem Blick mit etwas gänzlich anderem zu ersetzen? Und wie viele versteckte Fragen musste ich ihr stellen, bis sie doch unaufmerksam war und mir etwas über sich verriet?

Fuck … Wer zur Hölle *war* Lexie Shaw?

7

Lexie

Der Kerl war zu neugierig. Viel zu neugierig.

Das, zusammen mit seinen Blicken, die mein Gesicht und meinen Körper abtasteten wie sanfte Hände, die etwas suchten, aber nichts fanden, machte mich nervös.

Ich war es nicht gewohnt, so viel Aufmerksamkeit zu bekommen, und es gefiel mir auch nicht. Logan Maxx sollte nicht den Drang verspüren, mich zu beobachten. Er sollte nicht den Drang verspüren, mir persönliche Fragen zu stellen. Er sollte den Drang verspüren, die geschäftlichen Eckpunkte abzuhaken und dann wortlos zu gehen.

Stattdessen sprach er mit mir, als wäre ich mehr als nur eine Barkeeperin und Abschaum von Golden Heights. Als müsste er sich nicht anstrengen, mir zuzuhören. Als würde es keine Rolle spielen, dass er reich und einflussreich und ich nichts von beidem war.

Und das bedeutete, dass ich ihn falsch eingeschätzt hatte – was mich höllisch ärgerte. Er war nämlich weder so arrogant, kühl und verschlossen, wie es die eine Hälfte des Campus behauptete, noch süß, charmant und hinreißend, wie die andere verlauten ließ.

Er war … mehr. Und weniger. Mehr und weniger zugleich.

Zu intensiv. Alles an ihm.

Ich glaubte nicht eine Sekunde, dass er mit mir flirtete, weil er ernsthaft Interesse hatte. Nein. Er flirtete, weil er konnte. Weil es ihm Spaß machte. Und das Schlimmste war, dass es mir auch Spaß machte! Mit ihm zu reden.

Logan war witzig. Zu selbstgefällig, aber witzig.

Was nicht fair war. Man sollte nicht reich, gut aussehend, intelligent *und* witzig sein dürfen. Sicherlich gab es dagegen irgendein Gesetz. Und wenn nicht, sollte es eins geben! Nicht, dass ich mich von seiner Intelligenz, seinem Humor oder seinem Aussehen beeindrucken ließ, aber ... Ich war nicht tot. Und es war wirklich lächerlich, wie kunstvoll ihm seine dunklen Locken in die Stirn fielen und wie das T-Shirt an seinen breiten Schultern klebte, als hinge sein Leben davon ab. Aber das war alles irrelevant. Denn wenn Logan mir nur noch eine weitere Frage stellte ...

»Du kommst nicht aus Kalifornien, oder?«

... wusste ich auch nicht, was ich machen würde.

Ich seufzte schwer und war fast traurig, dass die Türglocke mehrfach erklang, weil weitere Gäste die Bar verließen und mich somit einer Ablenkung beraubten. Denn niemand musste mehr bedient werden. Also stützte ich mich mit den Unterarmen auf dem Tresen hab, darauf bedacht, Logan nicht zu berühren. Grenzen zu schaffen. »Was hat das mit dem Einbruch nächste Woche zu tun?«

»Ich darf dir also wirklich keine Fragen stellen, die nichts mit nächster Woche Freitag zu tun haben?«, wollte er wissen.

»Nein!«

»Hmm. Okay. Gib mir ein paar Minuten. Mir fällt gleich bestimmt noch irgendein Zusammenhang ein.«

Widerwillig musste ich lachen. »Lass es einfach.«

»Ich will es aber wissen«, beharrte er.

»Warum?« Irritiert sah ich ihn an. Außer Carly hatte mich noch nie jemand gefragt, woher ich kam. Selbst Mace hakte nie nach, und er und Ty teilten sich eine Küche.

Er zuckte mit den Schultern. »Ich bin neugierig.«

»Na und? Ist doch egal, woher ich komme.«

»Wenn es egal ist, verrat es mir«, sagte er betont unschuldig.

Ich verengte die Augen. Manchmal war ich wirklich kein Fan von Logik. Aber es würde nicht schaden, ihm eine vage, uneindeutige Antwort zu geben. »Ich bin diverse Male umgezogen, deswegen gibt es Hunderte Orte, die mein Zuhause waren.«

Das war gelogen. Ehrlich gesagt hatte ich bisher noch keinen Ort *mein Zuhause* genannt. Denn es tat zu sehr weh, wenn man ihn dann doch fluchtartig wieder verlassen musste.

»Wo zum Beispiel?«, hakte Logan nach, und sein Blick huschte wieder über mein Gesicht. Als wären dort alle Antworten verborgen.

Ich sah zur Seite. »Ach, hier und dort … Die meisten Orte kennst du eh nicht. Können wir jetzt weitermachen?«

Logan stieß einen Schwall Luft aus. »Gott, du bist der reinste menschliche Tresor.«

Ich lächelte. »Vielen Dank.«

Er zog die Augenbrauen zusammen. »Ich bin mir nicht sicher, ob das ein Kompliment war.«

Doch, für mich war es eins. Denn das hieß, dass ich vorsichtig genug war. »Können wir uns bitte wieder aufs Wesentliche konzentrieren«, bat ich ihn und sah an ihm vorbei zu Ty, der mittlerweile mit einem der Gäste Dart spielte, aber in diesem Moment skeptisch zu uns herübersah und nicht zum ersten Mal Anstalten machte, zu uns zu kommen. Doch wie auch zuvor schüttelte ich nur warnend den Kopf, was das universelle Zeichen für »Kümmere dich um deinen eigenen Kram!« war.

Ehrlich gesagt hatte ich Logan gerade wegen Ty hierher eingeladen.

Ich hatte geglaubt, dass es gut war, nicht allein zu sein. Jemanden in der Nähe zu haben, der auf meiner Seite war. Der mir helfen konnte, falls Logan doch ein krummes Ding abzog. Aber jetzt empfand ich Tys Anwesenheit und seine ständigen neugierigen Blicke eher als störend. Die Indie-Musik, die aus den Lautsprechern scholl, war inzwischen lauter als das Gerede der wenigen übrig gebliebenen Gäste und hinderte sie daran, uns zu belauschen.

Etwas beruhigter fixierte ich wieder Logan. »Wir müssen Regeln aufstellen.«

Das sicherte mir seine Aufmerksamkeit. Wahrscheinlich, weil er das Wort *Regeln* verabscheute.

Verwirrt sah er mich an. »Wofür?«

»Für ... uns.« Ich wedelte mit der Hand zwischen uns beiden hin und her.

Logan hob eine Augenbraue. »Ist das der Moment, in dem du mir sagst, dass wir nicht miteinander schlafen werden?«

Mein Herz sackte drei Stockwerke tiefer, und mir klappte tatsächlich die Kinnlade runter. »*Was?* Natürlich werden wir nicht ... Es ist ganz sicher nicht diese Art von ... *Was?*«

Logan grinste breit und lehnte sich in seinen Stuhl zurück. »Ich mach nur Witze, entspann dich. Aber wenn du dir die Option offenhalten willst ...?«

Ich schnaubte. Der Blödmann machte mich absichtlich nervös. Aber das funktionierte nicht ...

Okay. Es funktionierte fast nicht.

Ich presste mir die Hand aufs Herz, das noch immer in doppelter Geschwindigkeit schlug. »Du bist ein schrecklicher Mensch!«, informierte ich ihn und warf ihm einen verärgerten Blick zu.

»Da teilen sich die Meinungen«, erwiderte er leichthin. »Aber gut. Erzähl mir von deinen Regeln.«

Kopfschüttelnd schob ich die Hände in die Hosentaschen, bevor ich aufzählte: »Du wirst keinem deiner Freunde verraten, dass ich Lexie Shaw heiße. An der GHU bin ich Debbie Lancaster. Du wirst mich ignorieren, wenn wir uns auf dem Campus sehen. Je weniger Leute wissen, dass wir uns kennen, desto besser. Und – die wichtigste Regel – wir werden ehrlich zueinander sein.«

»Ehrlich?«, echote er hölzern, so als hörte er dieses Wort heute zum ersten Mal.

»Ja.« Ich sah ihn fest an. »Zu hundert Prozent.«

»Sagt die Frau, die mir nicht einmal erzählen will, woher sie kommt, und mir wahrscheinlich selbst ihre Lieblingsfarbe nicht verraten würde«, antwortete er amüsiert.

»Na ja, ehrlich bezüglich des Jobs«, stellte ich klar. Alles andere ging ihn schließlich nichts an. »Und meine Lieblingsfarbe ist Rot. Weinrot, nicht dieses grelle, blutige Rot.«

Das brachte ihn zum Lächeln. »Ich fühle mich geehrt, dass du mir dieses höchst intime Detail deines Lebens anvertraust«, sagte er gespielt ernst. »Da du bei Farben etwas freimütiger zu sein scheinst: Was für eine hat deine Unterwäsche?«

»Ah, sorry«, sagte ich entschuldigend und wippte von der Ferse auf die Fußballen. Ignorierte die Hitze, die durch meinen Körper wirbelte. »Das verrate ich Klienten immer erst beim zweiten Auftrag.«

Er sog Luft zwischen den Zähnen ein. »Schande. Aber gut. Ehrlichkeit bezüglich des Jobs … geht klar.«

»Gut. Dann haben wir einen Deal?« Ich streckte die Hand aus und sah ihn erwartungsvoll an.

Er griff nicht danach. Stattdessen lehnte er sich weiter zurück und verschränkte die Hände hinterm Kopf, sodass sein dummer Bizeps sich anspannte. »Moment, ich hab auch eine Regel.«

Ach, Mist.

»Schön«, sagte ich ungeduldig, während ich den Blick auf sein Gesicht fixiert hielt. »Was für eine?«

»Nun, es ist weniger eine Regel als eine Empfehlung.«

»Die da wäre?«

»Du solltest anfangen, so zu tun, als würdest du mich mögen. Sonst werden die Leute auf der Gala sich fragen, warum ich eine Frau mitgebracht habe, die mich scheiße findet.«

Gala? Ich blinzelte.

Das war das einzige Wort, das in meinem Kopf hängen blieb. Er hatte vorhin noch von *Firmenfeier* gesprochen. Eine Gala hörte sich sehr viel schicker an.

»Ich meine, kannst du das überhaupt?«, fuhr Logan fort, und ich gab mir Mühe, mich wieder auf ihn zu konzentrieren. »So tun, als würdest du mich nicht hassen?«

Ach, darum ging es ihm. Ich seufzte schwer. »Ich hasse dich nicht, Logan. Dafür kenne ich dich nicht gut genug. Nach allem, was ich weiß, könnte unter deiner arroganten Schale ein unglaublich netter Kerl stecken.«

Er sah mich überrascht an. »Denkst du das ernsthaft?«

Ich grinste breit und beugte mich verschwörerisch vor, bevor ich wisperte: »Auf gar keinen Fall. Aber siehst du? Ich kann so tun, als würde ich dich mögen.«

Mit geöffnetem Mund starrte Logan mich an – dann fing er an zu lachen. Laut. Als wären wir vollkommen allein in der Bar. Was wir zugegebenermaßen fast waren. Selbst die Dartspieler und Ty waren verschwunden. Und sein Lachen war ansteckend. Vibrierte in meiner Brust nach, während die dunklen Töne eine Gänsehaut meine Wirbelsäule hinauftrieben. Ich sah ihm ins Gesicht ... und mein Herz setzte einen Schlag aus.

Denn Logan wirkte vollkommen entspannt. Das erste Mal an diesem Abend, wie mir in dieser Sekunde bewusst wurde. Mich hatte schon die ganze Zeit etwas gestört, und erst jetzt, da seine Schultern bebten, wusste ich, was es war: Logan hatte die letzte Stunde über unfassbar gerade gesessen. Als trüge er eine Last auf den Schultern, die er davor bewahren musste, zu Boden zu fallen. Und gerade sitzen war auf einem Barhocker kein Kinderspiel. Erst als er angefangen hatte, zu lachen, war er zusammengesackt.

Wie angespannt war der Kerl bitte? Und wie zur Hölle konnte er sich trotzdem verhalten und reden, als wäre er die Ruhe selbst?

Außerdem sollte er öfter lachen. Denn es stand ihm. Es ließ sein attraktives Gesicht … wunderschön wirken.

Gott sei Dank war ich immun gegen gutes Aussehen.

Hastig wandte ich den Blick ab und griff nach einem Lappen, um den Tresen zu wischen. Obwohl Logan der Einzige war, der daran saß, und keinen Tropfen verschüttet hatte. Doch irgendwann innerhalb der letzten halben Minute war mir die Situation unangenehm geworden – und wenn ich mich nicht wohlfühlte, war es mir lieber, wenn meine Hände etwas zu tun hatten.

»Nein, im Ernst«, meinte ich und räusperte mich, als Logan endlich damit aufgehört hatte, wunderschön auszu… ähm, zu lachen. »Ich gebe mir mehr Mühe. Wenn du es auch tust.«

Überrascht hob er die Augenbrauen. »Aber ich muss mir keine Mühe geben. Ich mag dich wirklich.«

»Klar«, sagte ich schnaubend.

Gott, ich hasste charmante Männer. Es fiel ihnen viel zu leicht, freundliche Dinge zu sagen, mit denen ich nicht umgehen konnte. Ich arbeitete zwar in einer Bar, bekam also ständig Komplimente und unmoralische Avancen – aber es war ein Unterschied, ob Logan Maxx sie ernst und nüchtern aussprach oder ob Phil sie mir betrunken und feucht ins Ohr lallte. In diesem Moment war ich mir nicht einmal sicher, was ich lieber mochte. Und es war auch egal. Ich wollte plötzlich, dass Logan ging. Er hatte es sich hier viel zu gemütlich gemacht, und dass er genauso gut in diese Bar passte wie die rostigen Rohre an der Wand, gefiel mir nicht. Das hier war mein Privatleben als Lexie Shaw. Er gehörte zu meinem Leben als Debbie Lancaster. Und da sollte er bleiben. Es war eine dämliche Idee gewesen, ausgerechnet hier unser Meeting abzuhalten. Vor allem, da ich Tys Rückendeckung gar nicht gebraucht hätte.

»Okay, war es das dann?«, schob ich ungeduldig hinterher.

»Ja, soweit schon«, sagte Logan gedehnt. »Ich finde heraus, was das für Schlösser sind ... und mehr brauchst du nicht?«

»Na ja, ich muss wissen, wem ich von den drei Auserwählten am leichtesten die Schlüsselkarte entwenden kann. Aber da vermutlich nicht auffallen soll, dass sie für kurze Zeit fehlt, muss ich sie am selben Abend stehlen, oder?«

»Ja, das wäre gut.«

»Okay. Dann werde ich das auch am selben Abend entscheiden. Ansonsten ... Oh, ja. Was ich noch fragen wollte«, sagte ich. »Du meintest gerade, das Ganze ist eine Gala? Keine einfache Firmenfeier?«

Er nickte.

Unwohl zog ich die Schultern hoch und rieb mir mit dem Daumen über die Unterlippe. »Also ... muss ich da im Abendkleid auftauchen?«

»Wenn du nicht auffallen willst, dann schon.«

Mir sank das Herz. Ein langes Kleid und hohe Schuhe. Das hörte sich nach meinem persönlichen Albtraum an. Aber für fünfundzwanzigtausend Dollar ...

»Dann wirst du mit mir einkaufen gehen müssen«, sagte ich trocken. »Ich habe all meine Abendkleider leider letztens entsorgt.«

Eine tiefe Falte grub sich in Logans Stirn. »Ich soll mit dir shoppen gehen?«, fragte er. »Das hört sich in meinen Ohren nach einer mindestens genauso guten Idee an, wie mir mit einer Kettensäge die Nägel zu schneiden.«

Ich schnaubte. »Jetzt übertreib mal nicht.«

Er fuhr sich seufzend mit einer Hand durch die Haare. »Kann ich dir nicht einfach meine Kreditkarte geben?«

Ungläubig starrte ich ihn an. »Du würdest mir einfach deine Kreditkarte aushändigen ... damit ich wer weiß wie teure Anschaffungen damit mache?«

Er zuckte mit den Schultern. »Warum nicht?«

War das sein Ernst? Wirklich. Milliardäre! »Gott, es muss schön sein, reich zu sein«, murmelte ich.

»Es hat seine Momente«, gab er zu. »Aber beschwer dich mal nicht. Du wirst für einen halben Tag Arbeit fünfundzwanzigtausend Dollar bekommen. Das ist ein verdammt guter Stundenlohn.«

Ja, nur würde ich zwanzigtausend davon wieder abgeben müssen.

Ich schluckte den Kloß, der sich seit gestern Abend immer wieder in meinen Hals stahl, hinunter und nickte. Ich hatte keine Zeit, mir weiter Gedanken um die Drohnachricht zu machen. »Du kommst mit«, entschied ich. »Ich habe keine Ahnung, was man zu einer Firmenfeier der Superreichen trägt – ich brauche eine kompetente Beratung, wenn ich in der glitzernden Menge untergehen soll.«

Stöhnend presste Logan sich die Handballen auf die Augen. »Fuck. Schön!« Er ließ die Hände sinken. »Passt dir Montagmorgen? Am Wochenende ist es immer eklig voll.«

»Jap.«

»Okay, ich schreib dir.«

Er warf ein paar Scheine auf den Tresen und stand auf.

»Ich freu mich drauf«, sagte ich fröhlich.

Er schnaubte, hob jedoch einen Mundwinkel. »Für eine Verbrecherin lügst du überraschend schlecht.«

»Ich bin keine Verbrecherin. Ich bin Teilzeitopportunistin«, korrigierte ich ihn scharf. Denn ich wusste, wie wahre Verbrecher aussahen, und mit denen würde ich mich nicht vergleichen.

Logan grinste. »Du weißt zumindest, wie man Worte und Gesetze dehnt. Bis dann, Lexie. Danke, dass du …« Er räusperte sich, bevor sein Blick meinen fand. Seine nächsten Worte waren leiser und eindringlicher. »Danke.«

Ich kämpfte gegen die Hitze an, die mir in die Wangen stieg, und nickte nur. Und als er sich keine Sekunde später zum Gehen wandte, sah ich ihm nachdenklich nach. Fuhr mit dem Blick seinen muskulösen Rücken hinunter zu seinen langen, in Jeans verpackten Beinen, bis die Tür hinter ihm zufiel.

Erst dann riss ich mich los, doch wie von selbst wanderte mein Blick zu dem Hocker, auf dem er gesessen hatte. Sein Geruch hing noch immer in der Luft.

Was genau erhoffte er sich von diesem Papier, zu dem ich ihm Zugang verschaffen sollte? Es musste ihm wirklich unglaublich viel bedeuten … Aber was zur Hölle war jemandem, der sich alles, was es auf der Welt gab, kaufen könnte, so verdammt wichtig? Ich wusste es nicht, und genau genommen ging es mich auch nichts an.

Kopfschüttelnd stieß ich einen Schwall Luft aus, während ich meine Haare zu einem Zopf zusammenfasste.

Logan Maxx. Wie konnte ein Kerl, der meinen Recherchen nach über sechs Millionen Google-Einträge hatte, solch ein Mysterium sein? Und wieso hatte ich das Gefühl, noch immer seinen Blick auf mir zu spüren? Obwohl er …

»So. Logan. Wer ist der Kerl?«

Ich schrak zusammen und wirbelte herum. »Wo kommst du denn

jetzt her?«, fragte ich meinen Bruder, der auf einmal neben mir hinter der Bar stand.

»War im Innenhof. Und du lenkst vom Thema ab. Logan. Wer ist der Kerl?«, wiederholte er.

»Ein Freund. Hab ich doch gesagt.« Je weniger Ty über ihn herausfand, desto besser. Mein Bruder wusste von meinem … Nebenberuf. Aber ebenso wusste er, dass ich nur kleine Aufträge annahm, um nicht wie unser Vater zu werden. Wenn ich ihm jetzt die Wahrheit erzählte, würde er fragen, warum ich meine eigenen Regeln brach, danach würde er wissen wollen, wofür zur Hölle ich plötzlich so viel Geld brauchte. Er würde von der Drohnachricht erfahren und … ehrlich gesagt, nachdem ich eine Nacht drüber geschlafen hatte, war sie mir gar nicht mehr so schlimm vorgekommen, und mein Drang, Ty davon zu erzählen, war auf minus zehn gesunken.

Sie konnte eigentlich von niemandem aus unserer Vergangenheit sein. Denn diejenigen hatten ihr Geld zurückbekommen – leer ausgegangen waren nur die, die sehr viel mehr als eine monetäre Entschädigung von uns verlangt hatten. Doch die würden sich nach Rache, nicht nach zwanzigtausend Dollar sehnen. Ich vermutete stark, dass es jemand war, der nur von meinen kleinen, illegalen Ausweisgeschäften wusste. Vielleicht jemand, der es mithilfe eines Stipendiums auf die Golden Heights University geschafft hatte und nicht wie der Großteil dort in Geld schwamm. Der hoffentlich einfach seines Weges gehen würde, sobald er es von mir bekommen hatte. Es war also alles halb so wild. Wir hatten schon weitaus schlimmere Probleme gehabt und waren glimpflich davongekommen.

»Ein Freund, hm?« Ty ließ nicht locker. »Er hat reich ausgesehen. Und wir freunden uns nicht mit reichen Leuten an. Das ist eine unserer ungeschriebenen Regeln, oder nicht?«

Ich musste schmunzeln. Natürlich hatte Ty direkt gesehen, dass

Logan Geld hatte. Wir beide waren schließlich von unserem Vater darauf gedrillt worden, die Anzeichen – Nägel, Haare, Schuhe, Uhr, Haltung – zu erkennen und zu deuten. Und er hatte ebenfalls recht damit, dass wir wohlhabenden Leuten mit Einfluss grundsätzlich eher aus dem Weg gingen. Dennoch.

»Er ist okay und nur ein loser Kumpel«, versicherte ich meinem Bruder. »Ob reich oder nicht.«

»Mhm.« Ty blieb skeptisch. »Zwischen euch läuft also nichts? Da gab es schon ein paar intensive Blicke bei euch.«

Ich lachte. »Gott, nein.« Was für eine lächerliche Vorstellung. Das wäre, als würde Tom Holland etwas mit … mit einem Lebkuchenmännchen anfangen!

»Keine intensiven Blicke, kein gar nichts«, sagte ich und verdrehte die Augen. »Meine Güte, vielleicht solltest du dir mal eine Freundin suchen, wenn du schon überall rote Herzchen siehst.«

Ty verzog das Gesicht, als hätte ich ihm vorgeschlagen, Kopf voran in einen Gulli zu hüpfen. »Freundin … Das ist direkt so ernst. Es gibt doch nur eine Handvoll Leute, denen ich überhaupt vertraue. Wie sollte ich unter denen …?« Er hielt inne, und sein Blick wanderte zu der hintersten Wand – an der unter anderem ein Bild von meiner besten Freundin hing.

»Nicht Carly«, sagte ich alarmiert und drückte warnend meinen Zeigefinger auf seine Brust. »Sie ist tabu!« Er würde ihr das Herz brechen, und sie nie wieder ein Wort mit mir reden wollen.

»Carly?« Ty blinzelte und sah mich irritiert an. »Nee, mach dir keine Sorgen. Sie ist viel zu … nett. Aufrichtig. Süß. Ernst. Seufzt, wenn jemand sein Happy End bekommt. Damit kann ich nichts anfangen, weißt du doch.«

Da hatte er allerdings recht. »Schön. Machen wir die letzte Runde? Ich bin müde.«

Er nickte, bevor er es laut für die wenigen verbleibenden Gäste ankündigte. Ich gähnte herzhaft und ging im Kopf durch, was ich noch alles tun musste, bevor ich endlich ins Bett fallen konnte. Das war heute überraschend wenig. Insgesamt war die Woche, bis auf die Drohnachricht, fast entspannt gewesen. Und nächste ... nächste würde ich dann ein Kleid kaufen, eine Schlüsselkarte stehlen, zwei Schlösser knacken und ein Papier finden.

Das hatte ich alles schon einmal getan.

Das einzig Neue also war Logan.

Und der war keine Gefahr. Hoffte ich.

8

Der Abend war merkwürdig gewesen.

Das war mein Gedanke, als ich die Tür zur Freemont Hall aufdrückte und den leeren Gang entlangging. Ich hatte mich im *Blue Mate* gefühlt, als wäre ich in eine andere Welt getreten. Eine Welt, in der Geld nicht von Belang war. In der Intelligenz und Humor die einzige Währung waren. Weil man sich eben keiner anderen Mittel bedienen konnte.

Und nur in einer solchen Welt war Lexie reich. Denn die Frau mochte ein menschlicher Tresor sein, doch eines war ziemlich schnell klar geworden: Lexie hatte … nicht viel.

Außer offenbar Geldprobleme.

Sie verdiente sich neben dem Studium mit kleinen kriminellen Gefälligkeiten etwas dazu, während sie zusätzlich noch den Job in der schäbigen Bar hatte. Sie war offensichtlich gehetzt und erschöpft gewesen – und trotzdem … trotzdem hatte sie so unglaublich *frei* gewirkt. Und so viel lebendiger, als ich mich in den letzten zwei Wochen, oder eher Monaten, gefühlt hatte. Sie wusste nicht, wie ihr Leben verlaufen würde. Musste wahrscheinlich jederzeit damit rechnen, vom College zu fliegen, sollte sie die Kosten nicht stemmen können. Ganz zu schweigen von der Gefahr, von einem der betrunkenen Gäste, mit denen sie ihre Abende verbrachte, belästigt zu werden. Und trotzdem hatte sie irgendwie … zufrieden gewirkt.

Ich war mir nicht sicher, ob es wirklich das war, was ich in ihrem Gesicht gesehen hatte, da ich selbst mit dem Konzept *Zufriedenheit* nicht wirklich vertraut war, aber dennoch … Sie war glücklich, oder? Mit ihrem schäbigen Job, mit den einfachen Menschen, in ihrem vermutlich ziemlich anstrengenden Leben.

Wie zur Hölle konnte das sein?

Mein Brustkorb zog sich enger, und stirnrunzelnd rieb ich mir darüber. Ein dunkles, brennendes und bitteres Gefühl machte sich darin breit, je länger ich an Lexie dachte. Anders als die schwere Hitze, die sie bisher in mir ausgelöst hatte, wann immer sie sich mit dem Daumen über die Unterlippe fuhr. Eine Sekunde lang glaubte ich, dass ich womöglich doch noch zu meinem Vater geworden war und sie für ihr armseliges Leben verurteilte. Aber das stimmte nicht. Wie könnte ich? Lexie war tough, sie war ehrlich und verdammt witzig. Und mit keinem ihrer Worte hatte sie versucht, mich zu beeindrucken. Was mich wiederum beeindruckte. Nein, das hässliche schwarze Gefühl, das sich in meiner Brust ausbreitete, war etwas völlig anderes.

Ich war scheiße noch mal neidisch auf sie.

Trocken lachte ich auf. Es war lächerlich, aber es war die Wahrheit. Lexies ganzes Leben lag noch offen vor ihr. Sie konnte auf alles, was sie erreichte, stolz sein. Die Leute urteilten aufgrund ihrer Worte und Taten über sie. Sie musste sich ihren Respekt erarbeiten, aber wenn sie ihn erst einmal besaß, dann hatte sie sich ihn verdammt noch mal verdient. Sie würde der Mensch werden, der sie sein wollte – während ich weder war, wer ich sein *sollte*, noch wusste, wer ich sein *wollte*, und mir ehrlich gesagt noch nicht einmal klar war, wer ich überhaupt *war*.

Ohne Geld. Ohne Ruf. Ohne Erwartungen. Was würde ohne alledem noch von mir übrig bleiben?

Ich hielt vor der Tür zu Aidens und meinem Apartment inne und ließ den Nacken kreisen. Lexie und mich trennten Universen. Aber wir hatten eines gemeinsam: Uns war beiden beigebracht worden, keine Schwäche zu zeigen. Denn die Menschen neigten dazu, sie eiskalt auszunutzen. Also riss ich mich zusammen, falls Aiden wieder Leute da hatte, und öffnete die Tür. Ein süßer Geruch strömte mir entgegen, der mir das Wasser im Mund zusammenlaufen ließ …

Laut stöhnte ich auf und schlug die Tür geräuschvoll ins Schloss.

»Scheiße, Aiden! Wir haben darüber geredet!«

Mein Freund, der mit ausgestreckten Beinen auf der Couch lag und fernsah, blickte auf. »Was?«, fragte er unschuldig.

Ich schnaubte. »Keine Kekse und kein Brot mehr, das war die Abmachung.«

»Ja, ich weiß.« Er winkte ab. »Ich habe mein Bestes gegeben, mich daran zu halten.«

Ungläubig deutete ich auf den Pokertisch, auf dem drei Laibe Brot und fünf Keksbleche auskühlten. »Ach ja?«

Er zuckte mit den Schultern und wandte sich wieder dem Fernseher zu. »Mein Bestes war nicht genug.«

»Oh, großer Gott.« Ich stieß frustriert einen Schwall Luft aus. »Du bist fantastisch in Football. Intelligenter als die meisten dir zugestehen – aber dein Kopf ist gefüllt mit Brot, Aiden!«

»Alter, du weißt, wie das ist.« Verärgert sah er wieder auf. »Wenn *du* gestresst bist, trinkst und vögelst du. Wenn ich gestresst bin, backe ich. Meiner Meinung nach gehe ich mit meinen Emotionen sehr viel verantwortungsvoller um als du. Just sayin'.« Er hob beide Hände und sah mich vielsagend an.

»Aber du bist im Training. Du darfst den Scheiß nicht essen!«, erwiderte ich genervt und gestikulierte zu den Backwaren.

»Ja, aber allein der Geruch heitert mich auf.«

»Das ändert trotzdem nichts daran, dass ich mich nur noch von Brot und Keksen ernähre, weil du keine Selbstkontrolle hast und ich den Mist nicht wegwerfen will – aber auch nicht verschenken darf, weil dein heißes Sportlerimage darunter leiden könnte, dass du neben Footballs am liebsten Mehlsäcke durch die Gegend trägst!«

»Nee, genau das Gegenteil ist der Fall. Logan, weißt du, wie viele Mädels mir jetzt schon hinterherrennen, weil ich ein erfolgreicher Quarterback bin?«, sagte er. »Wenn jetzt auch noch rauskommt, dass ich das beste Brot in ganz Kalifornien backe, zerreißen sie mich in Stücke! Das kann ich nicht riskieren.«

Ich schnaubte. »Das beste Brot in ganz Kalifornien? Ein bisschen arrogant, meinst du nicht?«

»Diese Worte aus deinem Mund – willst du mir ernsthaft widersprechen?«

Ich würde gern, aber sein Brot war leider wirklich verdammt gut. »Ich esse das Zeug jedenfalls nicht!«, sagte ich warnend und durchquerte das Zimmer, wobei ich den Blick auf die Kekse, die ärgerlicherweise mit jeder Minute besser rochen, bewusst mied.

»Das verlangt auch niemand von dir«, meinte Aiden. »Oh, aber du solltest wirklich eines der Rosmarin-Zitronen-Plätzchen probieren, von denen hab ich sogar welche gegessen. Sind besser als alles, was ich bisher gemacht habe.«

Düster sah ich ihn an. »Ich hasse dich, Aiden.«

Er grinste. »War nur ein Vorschlag! Sag mal, wo warst du eigentlich?«

»Weg«, gab ich knapp zurück und ließ mich neben ihn fallen. Auf dem Fernseher lief irgendeine Backshow auf Netflix. Shit. Es stand schlimmer um Aiden, als ich gedacht hatte.

»Ah«, meinte er gedehnt. »*Weg*. Jetzt ist alles klar.«

»Ich war in einer Bar«, spezifizierte ich. Eigentlich würde ich ihm gern von Lexie erzählen, doch sie hatte mich darum gebeten, es nicht zu tun … Und zumindest das schuldete ich ihr. Vor allem, da ich sie in anderen Bereichen schon so freimütig belog. Also beließ ich es beim Bar-Kommentar.

»Und du bist allein zurückgekommen?« Mitleidig sah Aiden mich an. »Hast du dein Leuchten verloren?«

Ich verdrehte die Augen. »Halt die Klappe, und erzähl mir lieber, warum du so gestresst warst.«

»Ach, dasselbe wie immer.«

Ah. »Deine Eltern waren da.« Es war eine Feststellung. In dem Bereich verstanden wir uns sehr gut.

»Yes«, sagte er teilnahmslos. »Ich wusste, dass sie kommen, also habe ich gebacken, um meine innere Ruhe wiederzufinden, und … Nun. Mein Dad ist ausgerastet, als er die Kekse gesehen hat. Meinte, die Saison habe gerade angefangen, ich könne meinem Körper doch nicht solchen Mist zuführen. Meine Mutter hat mir einen Vortrag darüber gehalten, dass es im Pro-Sport auf Disziplin ankommt und ich ohne ebendiese nicht in die Geschichte Amerikas eingehen werde. Schocker, ich weiß.«

»Hast du ihnen erzählt, dass du die meisten Kekse nicht isst, sondern mir aufdrängst?«

Er grinste. »Wo denkst du hin? Ich hab gesagt: Aber Dad, sie sind so lecker!«

Ich lachte leise und ließ mich tiefer in die Couch sinken. »Wäre gern dabei gewesen.«

»Es wird sicher ein nächstes Mal geben.«

Davon war auszugehen. Eigentlich waren Aidens Eltern okay. So oft er sich auch über sie beschwerte, sie waren seine größten Fans und wollten nur das Beste für ihn. Das Problem war, dass sein Dad bis vor ein paar Jahren einer der besten Quarterbacks der NFL-Historie gewesen und seine Mutter eine Eiskunstläuferin und zweifache Olympia-Goldmedaillen-Gewinnerin war. Sie nahmen Sport und Karriere sehr ernst und bemerkten nicht einmal, wie sehr sie Aiden damit unter Druck setzten. Ich hingegen konnte das sehr gut nachvollziehen, denn ich saß im selben Boot. Es war der Grund, warum wir beste Freunde waren.

Doch eigentlich brauchte Aiden sich keine Gedanken zu machen. Er war auf dem besten Weg, in die Fußstapfen seines Vaters zu treten. Es würde mich nicht im Geringsten wundern, wenn er Ende der Saison in die NFL rekrutiert wurde. Genauso wie sein Bruder Micah ziemlich sicher erfolgreicher Eishockeystar werden würde. Es lag bei ihnen einfach in den Genen.

»Ach, da wir gerade bei Eltern sind.« Aiden zog die Beine auf die Couch und wandte sich zu mir um. »Dein Dad hat angerufen. Hab mich zu Tode erschreckt. Hatte vollkommen vergessen, dass wir hier überhaupt einen Festnetzanschluss haben.«

»Ach, hat er das?«, sagte ich und schloss die Augen. Mir wäre es lieber gewesen, wenn wir weiter über Aidens Eltern geredet hätten.

»Yes. Er meinte, er würde dich auf dem Handy nicht erreichen. Hätte es die letzten zwei Tage versucht. Was sehr merkwürdig ist, da ich keine solchen Probleme hatte.«

Sofort riss ich die Augen wieder auf. »Hast du ihm das gesagt?«

Aiden schnaubte. »Natürlich nicht. Aber du solltest es besser wissen, als den großen Clifford Maxx zu ignorieren. Hat dir denn niemand gesagt, dass er auf dem besten Weg ist, reicher als Mark Zuckerberg zu werden?«

»Hmm«, machte ich stirnrunzelnd und zog die Schraube aus meiner Jeanstasche hervor, die mir unangenehm in die Hüfte pikste. »Wirklich?«

»Es stand überall in der Zeitung!«, rief Aiden fassungslos.

»Ach so, ja. Die Artikel, in denen mein Vater erwähnt wird, überspringe ich immer«, meinte ich leichthin und drehte das kühle Metall in meinen Fingern. »Was wollte er denn?«

»Irgendetwas wegen deiner Arbeit besprechen.«

Natürlich. Warum fragte ich überhaupt? Ich arbeitete schließlich seit einem Jahr neben meinem Studium im Maxx Tower. Damit ich mich mit dem vertraut mache, was irgendwann mir gehören würde. Als wäre ich wirklich ein verdammter Prinz, der die Ländereien seines Königsreichs bereiste, um zu wissen, woran es seinen Untertanen mangelte! Ich konnte mich jedenfalls nicht daran erinnern, mit meinem Dad seitdem über etwas anderes als die Arbeit geredet zu haben. Abgesehen natürlich von meinen Noten in der Uni. Aber das zählte irgendwie auch als Arbeit.

»Ich hab ihm gesagt, du rufst zurück«, sprach Aiden weiter.

Nun, da hatte er gelogen. »Danke«, murmelte ich trotzdem.

Aiden verengte misstrauisch die Augen. »Meld dich bei ihm, Logan«, beharrte er. »Ich habe meine eigenen nervigen Eltern, du kannst mir deine nicht auch noch aufbürden.«

»Warum nicht?«, wollte ich wissen. »Mein Vater mag dich ohnehin lieber. Du arbeitest wenigstens hart und hast ein Ziel, während ich ›mich treiben lasse und immer den leichten Weg nehme‹.«

»Das ist nicht fair von ihm, dir das vorzuwerfen«, erwiderte Aiden.

»Aber dir wird nun einmal jeder Weg leicht gemacht. Du hast gar keinen schweren zur Auswahl.«

»Vielen Dank für deinen Zuspruch«, antwortete ich trocken.

Er lachte, und sein Blick huschte zu der Schraube in meinen Fingern. »Ich mach nur Witze! Ich weiß, dass du deinen Schreibtisch sogar für was anderes benutzt, als Sex darauf zu haben. Zum Beispiel, um deine dämliche Schraubensammlung darauf abzulegen.« Er seufzte schwer. »Weißt du: Ich hätte ja schon beim Sammeln von Briefmarken Verständnisprobleme, aber deine Faszination für Schrauben ist äußerst verwirrend.«

Ich verdrehte die Augen. »Ich sammele sie nicht! Ich mache sie sauber, und wenn der richtige Zeitpunkt gekommen ist, benutze ich sie.«

»Und wie oft ist dir dein Bücherregal deswegen schon zusammengekracht?«

Das war einmal gewesen! Und nur, weil manche Schrauben etwas älter waren, hieß das nicht, dass ich das Recht hatte, sie ihrer Lebensbestimmung zu berauben. Verärgert sah ich ihn an, doch Aiden lächelte nur breit.

»Du trainierst und sammelst Schrauben«, murmelte er kopfschüttelnd. »Es stimmt, dass Milliardäre etwas exzentrisch sind, oder?«

Ich schnaubte. »Du machst Sport und backst fanatisch Zeug, das du nicht essen darfst, Aiden«, erwiderte ich. »Wer im Glashaus sitzt, sollte wirklich nicht mit Brot werfen. Und jetzt sei leise und mach deine Backshow aus, damit wir was Vernünftiges gucken können.«

»Du meinst, eine von deinen bescheuerten *Criminal-Minds*-Folgen?«

»Ich dachte eher an *Mindhunter*.«

»Weil es Spaß macht, zu lernen, warum Serienkiller ihre Opfer getötet haben?«

»Ja.« Denn das tat es.

»Gut, aber dafür musst du einen Keks essen. Ich will wissen, was du denkst.«

»Wenn ich nicht aufstehen muss und du mir den Keks holst, haben wir einen Deal.«

»Wie könnte ich dem Prinzen von Golden Heights auch nur einen Wunsch abschlagen«, meinte Aiden dramatisch, bevor er aufstand. »Möchtest du auch ein Bier?«

»Nein danke«, sagte ich. »Hatte schon zwei.«

»Und?«

»Ich will weniger trinken.« Die letzten Wochen waren zu viel gewesen. Betrunken hatte ich weniger Kontrolle als sonst über mein Arschloch-Barometer, und das gefiel mir nicht. Ich wollte bewusst entscheiden, wann ich ein Mistkerl war, um aufdringliche Leute loszuwerden. Nicht einfach nur noch ein Mistkerl sein.

Aiden hob skeptisch die Augenbrauen. »Wirklich? Wow. Wirst du etwa erwachsen?«

»Dann würde der größte Wunsch meines Vaters ja endlich in Erfüllung gehen«, antwortete ich lapidar.

»Also nein? Denn diesen Sieg gönnst du ihm nicht?«

Ich schnipste und deutete mit dem Zeigefinger auf ihn. »Exakt!«

Tatsächlich ging ich zu sehr viel weniger Partys, als ich meinem Dad erzählte. Aber ich wollte ihm auch nicht die Genugtuung geben, dass er glaubte, ich würde mich seinetwegen ändern. Da war das missbilligende Stirnrunzeln, das er mir bei meinen Erzählungen schenkte, jeden fiktiven Kater wert.

»Traumsohn«, bemerkte Aiden anerkennend, bevor er in der Küche verschwand.

Ich lachte kurz auf, bevor ich auf das eingefrorene Backshow-Bild guckte, auf dem eine dreistöckige Torte zu sehen war. Sie war schwarz und grün und wirkte unnatürlich. Irgendwie erinnerte sie mich an die Barhocker im *Blue Mate*. Und an mich.

Die Sache war die: Ich hatte in der schäbigen Bar eigentlich nichts verloren gehabt. Lexie und ich hatten keinerlei Gemeinsamkeiten. Sie hatte ein Recht darauf, mich furchtbar zu finden, denn ich war auf viele Arten und Weisen exakt der reiche Schnösel, für den sie mich hielt. Aber ich hatte nicht gelogen. Ich mochte sie. Sie ließ sich nichts gefallen, und absurderweise war das eine Eigenschaft, die ich zu schätzen wusste. Mit ihr zu reden, war ein bisschen so gewesen, wie mit Aiden abzuhängen.

In diesem Moment wanderten meine Gedanken zu Lexies tanzenden Sommersprossen und ihren Mundwinkeln, die sich nach oben zogen, während sie mit den Schneidezähnen ihre Unterlippe gefangen hielt. Zu ihren Brüsten, die sich hoben und senkten, wenn sie seufzte …

Hitze sammelte sich in meinem Körper, mein Atem wurde schwerer, und unangenehm berührt rieb ich mir über den Nacken. Shit, nein. Es war überhaupt nicht, wie mit Aiden abzuhängen. Aber trotzdem ebenso ungezwungen. Die Couch quietschte, als Aiden wieder neben mich sank und mir zwei Kekse hinhielt. Ich nahm sie entgegen, biss jedoch nicht ab, sondern neigte nachdenklich den Kopf.

»Aiden …«, begann ich langsam. »Hast du dich schon einmal absolut fehl am Platz und trotzdem unfassbar wohl gefühlt?«

Mein Freund sah mich mit gehobenen Augenbrauen an. »Was?«

Okay, die Frage war wohl genauso merkwürdig gewesen, wie sie sich angehört hatte. Ich wandte den Blick ab und räusperte mich. »Vergiss es. Ist nicht so wichtig. Es …«

»Nein, nein«, unterbrach Aiden mich und fuhr sich zögerlich durch die hellen Haare. »Ich … ich weiß, wovon du sprichst.«

»Ja?«

Er nickte. »Ja. Obwohl es bei mir meistens genau andersherum ist.«

»Was meinst du?«

»Meistens sollte ich mich wohl fühlen – fühle mich aber absolut fehl am Platz«, erklärte er.

Wieder nickte ich, denn auch das konnte ich nachvollziehen.

Ich seufzte erneut und rieb mir mit den Händen übers Gesicht. »Weißt du, in letzter Zeit denke ich irgendwie immer öfter, dass ich vielleicht einfach … ins falsche Leben reingeboren wurde. Dass ich woanders viel besser aufgehoben gewesen wäre.«

Aiden antwortete nicht, und als ich nach einigen Sekunden verwirrt aufsah, begegnete ich seinem entgeisterten Blick.

»Alter, Logan, was zur Hölle ist los mit dir? Ich weiß ja, dass du oftmals frustriert und unzufrieden bist – aber im Moment gibst du wirklich eine Menge philosophischen Depri-Mist von dir! Geht es dir gut? Brauchst du Hilfe?«

Ich musste lachen, auch wenn ich mich nicht so wirklich danach fühlte. »Es ist alles okay. Und wenn ich Hilfe bräuchte, würde ich dir Bescheid geben. Ich … Keine Ahnung. Es ist einfach das letzte Collegejahr, und ich muss mich mit so viel Quatsch rumschlagen … Was weiß ich. Meine Gedanken wandern eben. Das ist nicht verboten.«

»Ja, aber sie wandern erst seit ein paar Wochen!«

Das stimmte nicht. Sie wanderten schon länger, aber ich hatte ihn bisher nicht daran teilhaben lassen. »Es ist alles gut«, meinte ich und zuckte mit den Schultern.

»Okay.« Aiden sah mich einige Sekunden lang nachdenklich an, als überlegte er, ob er nachhaken sollte, dann griff er jedoch nach der Fernbedienung und switchte zu meinem Netflix-Account, damit wir bei der Folge weitermachen konnten, bei der wir das letzte Mal aufgehört hatten.

Beinahe erleichtert atmete ich auf und steckte mir einen der Kekse in den Mund. Ich musste Aiden tatsächlich recht geben – es waren bisher die besten. Und ich Dummkopf hatte geglaubt, dass Rosmarin nur auf Kartoffeln schmeckte. Aber nein. Nicht einmal Kräuter verhielten sich noch so, wie sie sollten.

»Die sind der Hammer!«, rief ich und schob den zweiten Keks hinterher.

Aiden lächelte zufrieden, bevor er mir doch noch mal einen fragenden Blick zuwarf, den ich großzügig ignorierte. Denn ich hatte keine Antwort, die ihn zufriedenstellen würde.

Tatsache war einfach, dass ich in den letzten zwei Wochen, seit ich den Streit meiner Eltern mitangehört hatte, angefangen hatte, alles infrage zu stellen.

Eigentlich gab es nur noch eine Sache, die ich gerade mit Sicherheit wusste: Ich hasste Shoppen.

9

Lexie

»Du gehst mit Logan Maxx *shoppen*?«

Ich konnte Carly ihre verwirrte Miene wirklich nicht übel nehmen, obwohl es toll wäre, wenn sie den Mund endlich schloss, es zog nämlich schon.

»Japp«, sagte ich nur und beugte mich im Campingstuhl vor, um meine Schuhe zu binden.

»Aber ... WAS?« Die Stimme meine Freundin wanderte eine Oktave höher. »Kein Wort an diesem Satz ergibt Sinn. Du hasst Shoppen – und soweit ich mich erinnere, hegst du für Logan auch keine sonderliche Zuneigung. Hat er dich nicht bis in den Hörsaal verfolgt, um dich dazu zu überreden, eine Verbrecherin zu werden?«

»Keine Verbrecherin! Teilzeitopportunistin«, korrigierte ich sie automatisch und bereute schon fast, ihr als Einzige von Logan erzählt zu haben. »Aber er ist ... schon okay«, fügte ich nach einer Weile zögerlich hinzu. Tatsächlich war er witziger und freundlicher gewesen, als ich erwartet hatte. Klar, er war immer noch ein arroganter Idiot. Aber einer mit Humor. Und die Art und Weise, wie sich sein T-Shirt über seinen Bizeps spannte, wenn er die Hände hinterm Kopf verschränkte ...

»*Schon okay?*«, echote meine Freundin ungläubig. »Wow! So liebe-

111

voll habe ich dich ja noch nie über einen Mann reden hören, der nicht dein Bruder ist.«

Ich schnaubte und richtete mich auf. »Er ist netter, als ich dachte, okay? Bleiben wir dabei.«

»Aha.« Mit verschränkten Armen lehnte sich Carly gegen die Küchenanrichte. »Und da dachtest du dir: Mit dem Kerl will ich shoppen gehen? Das ist ein äußerst merkwürdiger Gedankengang, Lex.«

Ich verzog das Gesicht und erhob mich aus dem Campingstuhl. Sie hatte recht. Es hörte sich albern und äußerst verdächtig an, und Carly würde keinen Frieden geben, bis ich ihr erzählte, was tatsächlich los war.

Aber das war okay. Irgendwer sollte wissen, dass ich Logans Auftrag angenommen hatte. Falls etwas passierte und ich Hilfe brauchte. Sie kannte ohnehin schon die Hälfte der Geschichte, also erzählte ich ihr auch den Rest. Nur die Drohnachricht ließ ich unerwähnt. Ich wollte nicht, dass sie sich unnötig Sorgen machte. Davon machte ich mir nämlich schon genug. Der blöde Erpresser hatte sich immer noch nicht mit weiteren Anweisungen gemeldet – was mich nervöser machte, als es eine zweite Nachricht mit einer Zeit und einem Übergabeort getan hätte.

Carlys dunkle Augen wurden mit jedem meiner Worte größer. »Wow«, formte sie mit ihren Lippen. »Du bist wirklich der aufregendste Mensch, den ich kenne.«

»Nicht mit Absicht, Carly«, sagte ich und schulterte meinen Rucksack. »Glaub mir. Ein bisschen weniger Aufregung würde mir guttun.«

»Wie viel zahlt er dir?«

»Fünftausend Dollar.« Denn das war das Geld, das für mich übrig bleiben würde.

»Du bist wirklich zu freundlich.« Carly lachte und schüttelte den Kopf. »Er hätte dir sicherlich noch sehr viel mehr gezahlt!«

Japp. Aber das würde ich nicht laut aussprechen. Also zuckte ich betont gelassen mit den Schultern. »Es ist kein so großer Job, und ich wollte ihm nicht unnötig viel Geld abknöpfen.«

»Aber er besitzt unnötig viel Geld – und du nicht!«, erinnerte sie mich ernst. »Aber egal. Vielleicht heuert er dich danach ja noch mal an. Dann kannst du deine Preise anpassen.«

»Auf gar keinen Fall«, sagte ich scharf. »Das hier ist eine absolute Ausnahme.«

Ich hasste es, zu welchen Mitteln ich greifen musste! Ich war kurz davor, wie mein Vater zu werden, und diese Vorstellung war so schrecklich, dass mir übel wurde, wenn ich nur den kleinsten Gedanken daran zuließ. Sobald ich Logan sein blödes Papier besorgt hatte, würde ich zu meinem Ausweis-Business zurückkehren und meinen Plan durchziehen. Spätestens wenn ich dreißig war, wollte ich nicht einmal mehr mit einem Zeh über eine Gesetzeslinie treten.

»Okay.« Entschuldigend hob Carly die Hände. »Und sag mir noch mal … wie *nett* genau findest du Logan jetzt?« Interessiert wackelte sie mit den Augenbrauen.

Ich lachte. »Nicht *so* nett. Und jetzt fang du nicht auch noch mit dem Blödsinn an. Es reicht ja schon, dass mein werter Bruder denkt, ich müsse mehr ausgehen.«

»Womit er natürlich recht hat«, sagte Carly. »Apropos: Weiß Ty von deinem Auftrag?«

Ich kratzte mir den Nacken. »Na ja … Nein. Nicht so wirklich«, gab ich zu. »Und es wäre toll, wenn es dabei bleiben könnte.« Bittend sah ich sie an. »Er würde sich nur unnötig Sorgen machen.«

»Unnötig?«, wiederholte Carly zweifelnd. »Lexie, ich weiß, du kannst auf dich selbst aufpassen und brauchst das Geld. Aber ein Einbruch ist schon … sehr kriminell.«

Ich verengte die Augen. »Nein, das, was da auf deinem Brot liegt, ist kriminell.« Ich deutete auf den Toast in ihrer Hand, den sie mit Nutella bestrichen und mit Dosen-Ananas belegt hatte.

Sie lächelte breit und hielt es mir hin. »Ist köstlich. Willst du auch was?«

»Da lecke ich lieber an Batterien«, erwiderte ich freundlich. »Ich muss jetzt aber ohnehin los.«

»Ein Abendkleid mit Logan Maxx kaufen.«

»Japp.«

»Du hast keine Ahnung, wie viele Studentinnen von der GHU dir jetzt gerade am liebsten die Augen auskratzen würden.«

Ich verdrehte meine – Gott sei Dank noch intakten – Augen und ging zur Tür. »So ein Hauptgewinn ist Logan jetzt auch nicht. Die sollen sich mal zusammenreißen.« Kein Kerl der Welt war es wert, einen Catfight zu starten. Egal, wie viel er mit nur einem Blick auslösen konnte. Wir Frauen mussten uns unterstützen, nicht schlechtmachen!

»Mal sehen, ob du nach einem sexy Shoppingmorgen deine Meinung änderst«, rief Carly mir hinterher.

»Was zur Hölle unterscheidet sexy Shopping von normalem?«, fragte ich irritiert und dreht mich noch mal um.

»Abendkleider und Unterwäsche sind sexy Shopping, der Rest nicht – andererseits.« Nachdenklich neigte sie den Kopf. »Mit Logan Maxx ist vielleicht *alles* sexy Shopping.«

Ich lachte und trat aus der Tür. Es wurde definitiv Zeit, zu gehen.

Golden Heights besaß ein einziges Einkaufszentrum, zu dem wir auf gar keinen Fall gehen konnten. Die Wahrscheinlichkeit, dass wir dort Studenten oder Studentinnen trafen, die Logan kannten und sich fragen würden, wer da neben ihm herlief, war zu groß. Also hatte ich vorgeschlagen, nach L. A. reinzufahren. Er war sofort einverstanden gewesen und hatte lediglich gemeint, dass er mich abholen würde.

Leider war mir keine gute Ausrede eingefallen, warum das eine schlechte Idee war. Außer die, dass ich eigentlich so wenig Zeit wie möglich mit ihm verbringen wollte. Aber ich konnte ihm schlecht sagen, dass er zu viele gute Fragen stellte, es anstrengend war, ständig aufpassen zu müssen, dass ich nichts Falsches sagte, und dass mich das unruhige Gefühl, das er mir gab, wann immer er mit dem Blick an mir hinabwanderte, störte.

Immerhin hatte er zugestimmt, mich am *Blue Mate* zu treffen. Denn ich wollte nicht, dass er wusste, wo ich wohnte. Als ich um kurz nach zehn mit dem Rad dort eintraf, war Logan bereits da. An ein schwarzes Motorrad gelehnt, den Blick auf ein schmales rotes Buch in seinen Händen gerichtet. Er trug Jeans und eine Lederjacke und hatte die Augen vor der Sonne zusammengekniffen.

Ich seufzte innerlich. Natürlich fuhr er Motorrad. Ich war nicht einmal überrascht. Es passte einfach zu ihm. Es war, als hätte er bei seiner Geburt ordentlich in die Klischee-Tombola gelangt und gleich mehrere Hauptgewinne gezogen. Ich hätte das Ganze gern albern gefunden. Die Augen über das protzige Motorrad oder die Lederjacke-und-Jeans-Kombi verdreht. Aber er trug sie so verdammt lässig und natürlich, dass ich mich stattdessen dabei erwischte, wie ich mit dem Blick jede abgewetzte Stelle seiner Jeans abcheckte und mich fragte, ob sich der Stoff rau oder weich unter meinen Fingerspitzen anfühlen würde.

Ich schluckte, und als ich abbremste, hob Logan den Kopf. »Mann, mein Rad bekommt Komplexe, wenn es dein glänzendes Motorrad sieht«, sagte ich zur Begrüßung. »Mit so was darfst du nicht rumfahren. Es raubt allen anderen zweirädrigen Verkehrsmitteln das Selbstbewusstsein.«

Logan hob einen Mundwinkel, rollte das kleine, dünne Büchlein zusammen und schob es in seine Hosentasche. Leider zu schnell, um den Titel zu lesen. Und auch wenn das Büchlein echt mini war, würde ich ihn für Misshandlung von Büchern am liebsten anzeigen!

»Hey.« Abwehrend hob er die Hände. »Wir beide können nichts dafür, dass wir hübsch sind. Wir wurden so geboren. Mein Motorrad sollte nicht darunter leiden müssen, dass dein Fahrrad sich anscheinend unter einen Lastwagen geworfen hat.«

Ich seufzte gespielt dramatisch auf und stieg ab. »Es wollte ein Babyfahrrad retten, okay? Es ist ein Held.«

Logan grinste, und mein bescheuertes Herz hüpfte in meiner Brust. »Das kann ich ja nicht wissen. Ich und mein Motorrad sind beeindruckt.«

»Gut.« Lächelnd schloss ich das Rad an die nächstbeste Straßenlaterne. »Hast du einen zweiten Helm?«, wollte ich dann wissen und nickte zum Motorrad. Als Antwort hielt er mir einen Helm hin, und ich nahm ihn wortlos entgegen.

»Kein Kommentar dazu, dass ich eine Tötungsmaschine fahre und du dich auf gar keinen Fall hinten draufsetzen wirst?«, fragte er.

Ich hob eine Schulter. »Ach, weißt du, ich bin schon mit einem Tuk-Tuk auf dem zugefrorenen Hudson River gefahren und beinahe im Eis eingebrochen. Seitdem machen mir Motorräder keine Angst mehr.«

Natürlich war ich damals absichtlich gestürzt und kalkuliert beinahe eingebrochen. Nur damit mein Dad eine gehörige Summe Schweigegeld hatte entgegennehmen können, da der Mann, dem das Tuk-Tuk gehörte, eine Heidenangst vor einer Klage gehabt hatte. Dennoch, ich war zehn gewesen und hatte ziemlichen Schiss gehabt, tatsächlich unterzugehen und zu erfrieren. Seitdem hatte ich Angst davor, Eislaufen zu gehen, aber keine Angst mehr vor jedem anderen Verkehrsmittel.

»Hm.« Logan sah mich forschend an, als wüsste er nicht ganz, ob er mir die Geschichte glauben sollte, und als überlegte er, ob ich auf Nachfrage mehr erzählen würde. Er schien jedoch zu dem – sehr klugen! – Schluss zu kommen, dass es die Mühe nicht wert war. »Ich nehme das jetzt einfach mal so hin«, sagte er schlicht, wandte sich um und zauberte auch noch eine Schutzjacke aus seiner Gepäckklappe. »Hier, zieh die über.«

»Wow! Du bist vorbereitet«, stellte ich überrascht fest und tat wie geheißen.

»Nun, ich möchte nicht, dass du dich umbringst.«

»Das ist sehr freundlich von dir.«

»Ich weiß, ich bin ein Heiliger«, sagte er und schwang das Bein über das Motorrad, bevor er mir bedeutete, mich hinter ihn zu setzen.

Ich blieb, wo ich war.

Skeptisch betrachtete ich den Sitz. Da war wirklich nicht viel Platz auf dem Ding. Ich müsste mich an ihm festhalten, während wir fuhren. Logan würde zwischen meinen Beinen sitzen, meine Oberschenkel sich an seine pressen. Während …

»Problem?« Logan, der sich bereits den eigenen Helm aufgesetzt hatte, wandte sich fragend zu mir um.

»Nein«, sagte ich hastig, zog meinen eigenen Helm über, befestigte ihn unter meinem Kinn und stieg auf. Ich war albern – und wirklich froh, dass ich eine Hose trug!

»Bist du schon mal Motorrad gefahren?«, wollte Logan wissen.

»Nein, aber Cityroller.«

Er lachte leise. »Das zählt nicht. Pass auf …«

Logan erklärte mir knapp, worauf ich achten musste und wie ich verhinderte, dass unsere Helme gegeneinanderschlugen oder ich in der Kurve vom Motorrad flog, und zehn Minuten später befanden wir uns auf der Straße.

Ich stellte sehr schnell fest, dass Motorrad zu fahren einen fantastischen Vorteil und einen schrecklichen Nachteil hatte.

Der Vorteil: Es war fast unmöglich, sich zu unterhalten.

Der Nachteil: Körperkontakt zu vermeiden, war ebenso unmöglich.

Was ich äußerst unpraktisch fand. Ich war mir sicher, dass sich andauernd irgendwelche Frauen an Logan pressten. Für ihn war das hier wahrscheinlich ein normaler Montagmorgen. Ich hingegen konnte mich nicht daran erinnern, wann ich das letzte Mal einem Mann so nah gewesen war.

Ich war keine Nonne, auch wenn Carly und Ty mir das weismachen wollten. Es hatte jemanden im meinem letzten Jahr auf der Highschool gegeben, den ich sehr gemocht hatte. Doch nach meinem Abschluss waren Ty und ich weitergezogen, weil mein Name in zu vielen verschiedenen Dokumenten und Artikeln erwähnt worden war, und ich hatte ihm nicht verraten können, wohin wir verschwanden. Das Risiko war zu groß gewesen.

Vor einem Jahr dann hatte ich was mit einem von Mace' Kellnern gehabt. Simon. Großer, nicht sehr gesprächiger Kerl, der fantastische Margaritas mixte und so unfassbar heiß gewesen war, dass ich mich furchtbar geehrt über sein Interesse an mir gefühlt hatte. Wir waren ein paar Monate miteinander ausgegangen, bevor er nach San Diego gezogen war, um Meeresbiologe zu werden.

Doch seitdem … Seitdem hatte ich niemandem mehr die Arme um die Mitte geschlungen und die Brüste an den Rücken gepresst. Und mein verräterischer Körper genoss die Nähe viel zu sehr. Genoss das Gefühl der Hitze, die Logans Oberschenkel ausstrahlten, während ich meine dagegen presste. Genoss das Spiel seiner Muskeln unter meinen Handflächen. Aber das war nicht meine Schuld – es war die von Logans Kleidung! Der Stoff seiner Lederjacke war zwar fest, aber leider nicht dick genug, um seinen ganzen Körper weich und unförmig zu machen. Und keines der beiden Adjektive traf auch nur ansatzweise auf ihn zu.

Logans Oberkörper war nämlich hart und … ähm … sehr *förmig*.
So förmig, dass ich mich davon abhalten musste, meine Hände wandern zu lassen. Weil ich wissen wollte, wie sich der Rest von ihm anfühlte. Weil es zu verdammt lang her war, dass ich …

Wir legten uns in die erste Kurve, und mein Herz schwebte plötzlich in meiner Brust. Ein Kribbeln durchfuhr mich, das nichts mit Logans Körper an meinem zu tun hatte. Fast nichts. In meinem Magen setzte ein Gefühl der Euphorie ein. Der Wind strich mir über den Nacken, erinnerte mich daran, was Freiheit bedeutete. Wir gerieten in Schieflage, doch die Welt … Die Welt rückte auf einmal ins richtige Licht. Stand für kurze Zeit still. Automatisch schlang ich die Arme enger um Logan. Spürte, wie er sich unter mir anspannte, könnte schwören, dass ich seinen schweren Atem hörte, während sich der Moment zog. Sich in die Ewigkeit streckte und mich frei auflachen ließ.

Und ich vergaß es. Dass es Logan war, an den ich mich presste. Wohin wir fuhren. Warum ich mich überhaupt auf diesen Deal eingelassen hatte. Eigentlich vergaß ich alles.

Weil der Wind mir die Gedanken aus dem Kopf blies. Die Wärme, die Logan ausstrahlte, sich sanft auf meinen Körper legte. Meine Haut anfing zu kribbeln, jedes Mal, wenn wir eine weitere Kurve nahmen.

Viel zu schnell bogen wir auf den Parkplatz der Mall ein, die ich rausgesucht hatte, und hielten an.

»Und? Noch am Leben?«, wollte Logan wissen, sobald ich abgestiegen war und er sich den Helm vom Kopf gezogen hatte. Seine Haare waren an den Seiten platt gedrückt und oben zerzaust … und ein schiefes Lächeln zierte sein Gesicht.

»Es war … toll«, sagte ich atemlos und klappte mein Visier hoch. Mein Herz klopfte in dreifacher Geschwindigkeit, und mein ganzer Körper prickelte noch immer dort, wo wir uns berührt hatten. Also scheinbar überall. »Wie … fliegen und fallen. Nur, dass man nie auf dem Boden aufschlägt oder mit einem Berg kollidiert.«

Logan lachte heiser, fuhr sich durch die Haare und nickte. Er wirkte wieder so frei und gelassen wie am Ende des Abends im *Blue Mate*.

»Freut mich! Und ja. Ich hab eigentlich nur Motorradstunden genommen, um meine Eltern zu nerven, aber …« Er hob die Schultern. »Irgendwie fühle ich mich immer lebendiger, wenn ich damit fahre. Als würde für ein paar Momente der Grauschleier der Welt abfallen und zeigen, dass es doch mehr Farben gibt als bishe…« Er brach abrupt ab und räusperte sich. »Na ja. Ist auch egal. Sollen wir?« Er wandte den Blick ab und deutete auf den Eingang des Einkaufszentrums.

Fasziniert starrte ich ihn an. War er *verlegen*? Weil er etwas halbwegs Ehrliches und Tiefsinniges gesagt hatte? Diese Emotion hätte ich ihm gar nicht zugetraut.

»Klar, lass uns gehen.« Ich hievte mir den Helm vom Kopf, zog die Jacke aus und reichte Logan beides, damit er sie wieder im Motorrad verstauen konnte.

Auf dem Weg zu den elektrischen Eingangstüren schwiegen wir, wechselten nur ab und zu einen Blick, den wir jedoch sofort wieder abbrachen, als wir bemerkten, dass der andere ebenfalls hinsah. Die frische Herbstluft zwischen uns fühlte sich heiß, dick und schwer an. Vielleicht, weil ich noch immer spürte, wie sich sein Körper unter meinen Fingerspitzen anfühlte. Vielleicht, weil er das Gefühl hatte, eben ein zu intimes Detail aus seinem Leben preisgegeben zu haben. Was immer es auch war, ich war froh, als wir in die riesige Eingangshalle des Zentrums traten und das Stimmengewirr der Kaufwütigen sowie das Rauschen der Klimaanlage über uns anschwollen. Stille war immer leichter zu ertragen, wenn sie nicht ganz so still war. Die Hintergrundgeräusche nahmen etwas von der nervösen Energie.

»Okay, wo müssen wir hin?«, fragte ich und sah mich in der riesigen Halle um.

»Ich hab keinen Schimmer. Ich geh nicht allzu oft Abendkleider kaufen«, meinte Logan trocken.

Ich hob einen Mundwinkel. »Hast du etwa keine Freundinnen, denen du rote Kleidchen schenkst, die sie für dich anziehen sollen?«

Logan schnaubte und sah mich mitleidig an. »Du guckst zu viele Liebesfilme. Ich verschenke weder Blumen noch Kleider noch Schokolade. Das Einzige, was ich freiwillig gebe, sind Orgasmen und gute Lebenstipps.«

Ich verdrehte die Augen, auch wenn mein Unterleib sich bei seinen Worten zusammenzog. »Wow. Zum Beispiel?«

Ein träges Lächeln breitete sich auf Logans Gesicht aus. »Mein erster Tipp ist immer, auf gar keinen Fall mit mir zu schlafen, weil ich danach nicht anrufen werde und du es irgendwann bereuen wirst – aber irgendwie hört nie jemand auf mich.«

Kopfschüttelnd sah ich ihn an. Wie bescheuert musste man sein, mit Logan Maxx ins Bett zu steigen? »Weißt du, immer wenn ich anfange, dich sympathisch zu finden, dann sagst du solche Dinge.«

»Na ja, du meintest doch, wir sollten ehrlich zueinander sein«, sagte er scheinheilig.

»Nicht *so* ehrlich«, erwiderte ich. »Und der Laden da vorn sieht aus, als könnte er Abendkleider haben.« Ich deutete auf ein Geschäft, das sich in goldenen Lettern als *Saints and Satin* ausgab.

Logan nickte, und wir schlenderten in die Richtung.

»Was für eine Art von Kleid, meinst du, wird bei dieser Gala erwartet?«, fragte ich. »Eher ein kurzes? Oder langes? Muss ich hohe Schuhe tragen?«

Logan sah mich an, als hätte ich ihn gefragt, mit welcher Kugel er sich am liebsten erschießen wollte. »Lexie, du musst irgendetwas anziehen, und ich kann dir dann sagen, ob ich so was Ähnliches schon einmal auf einer Feier meines Vaters gesehen habe. Mehr kann ich dir nicht bieten.«

Schwer seufzend fasste ich mir die Haare zu einem Zopf zusammen. »Mist. Ich hätte mich von Pedro beraten lassen sollen, bevor wir hergekommen sind«, murmelte ich unzufrieden.

Logan hob eine einzelne Augenbraue. »Pedro?«

»Unser Koch. Er tritt einmal die Woche als *Pretty Petra* im *Blue Mate* auf. Er versteht was von Kleidern – und singt außerdem fantastisch. Du solltest mal vorbeischauen.«

»Das hört sich tatsächlich sehenswert an«, meinte er grinsend. »Und wir werden schon irgendetwas finden.«

Ich nickte und verkniff mir ein *Aber wann?*. Denn Mann, ich war ganz schön ungeduldig beim Shoppen ...

10

Ich hatte geglaubt, dass ich ungeduldig beim Shoppen war. Doch wie sich herausstellte, war ich nichts im Vergleich zu Lexie.

»Wie können Menschen das den ganzen Tag lang machen? Ich verstehe es nicht! Mir tun jetzt schon die Füße weh, und wenn mich noch eine Verkäuferin fragt, ob ich eine A-Linie bevorzuge, boxe ich womöglich die nächste Schaufensterpuppe um!«

Wir standen im fünften Laden, und meine Motivation, die ohnehin nicht sonderlich groß gewesen war, hatte sich nach dem letzten Tüllberg, in dem Lexie ausgesehen hatte wie ein seidener Salatkopf, endgültig verabschiedet.

»Kleider hassen dich, Lexie«, sagte ich, als bereits eine eifrige Verkäuferin auf uns zuwuselte, jedoch hastig kehrtmachte, als sie Lexies Gesichtsausdruck sah. »Wir müssen es einfach akzeptieren.«

»Weißt du, wenn du überlegt hast, Cheerleader zu werden, solltest du die Idee schnellstmöglich verwerfen«, meinte sie im Plauderton und ging mit den Fingern unwirsch eine Reihe von schwarzen Kleidern durch.

»Ah, nein. Ich hab kein Rhythmusgefühl, und kurze Röcke stehen mir nicht. Und bitte, können wir was essen gehen? Ich brauche eine Pause. Oder noch besser: Wir gehen einfach wieder.«

»Also ist es okay, wenn ich in T-Shirt und Jeans bei der Gala auf-tauche?«, fragte sie hoffnungsvoll und tippte immer wieder mit dem Fuß auf dem Boden, als würde sie sich bereit machen, jeden Moment loszurennen, um diesen schrecklichen Ort zu verlassen.

»Scheiße, nein. Meine Eltern würden sofort die Polizei rufen.«

Sie seufzte schwer. »Das hatte ich befürchtet. Na ja, wir … Oh, was ist hiermit?« Sie hielt inne und zog ein schwarzes Kleid vom Stän-der.

Es hatte dünne Fusilli- oder Tortellini- oder was auch immer für Nudelträger, und der Rückenausschnitt sowie Teile an den Seiten bestanden aus diesem Stoff, der tat, als wäre er Stoff, aber in Wirk-lichkeit durchsichtig war. Das, was mir jedoch am meisten auffiel, war, dass das Kleid vorne kürzer als hinten war.

Ich griff nach dem Stoff, der sich weich und leicht zwischen meinen Fingern anfühlte, und rieb über den kurzen, vorderen Saum. »Es sieht aus, als ob sie nicht genug Material hatten«, stellte ich fest.

»Das ist Absicht.«

»Warum?«, fragte ich irritiert.

»Weil … Keine Ahnung.« Sie hob die Schultern. »Es funktioniert wie ein Vokuhila, schätze ich. Nur, dass bei dem Kleid vorne die Party stattfindet und hinten das Business erledigt wird.«

Meine Mundwinkel zuckten, was ich hastig als Gähnen tarnte. Es würde ihr zu Kopf steigen, wenn sie herausfand, wie unterhaltsam ich sie fand. Oder dass ich ihre Hände, mit denen sie sich auf der Fahrt hierher an mir festgehalten hatte, noch immer auf meinem Bauch spürte. Ihre weichen Brüste noch immer an meinem Rücken. Gott, wieso hatte sie sich derartig an mich klammern müssen? In meinem Kopf hatten wir uns nicht mehr auf einem verdammten Motorrad be-funden.

»Okay. Noch das Kleid und dann Essen«, sagte ich schroff und wandte den Blick ab. Mir gefiel es nicht. Also das Kleid schon, nur nicht, dass sie meine Gedanken derartig vereinnahmte.

Sie nickte, und im nächsten Moment suchte sie bereits mit langen Schritten nach den Umkleiden. Lexie war wirklich verdammt effizient. Als wollte sie genug Zeit sparen, um nachher noch die Welt retten zu können. Wahrscheinlich, weil sie tatsächlich immer sehr wenig zur Verfügung hatte. So viel hatte ich inzwischen über sie gelernt. Allerdings fragte ich mich, ob sie in allen Lebensbereichen so sehr auf die Zeit achtete ... Ich hoffte für sie, dass sie das nicht tat. Bei manchen Sachen sollte man sich einfach nicht hetzen. Manche Dinge musste man auskosten.

»Wieso sind Umkleiden eigentlich immer mit diesem furchtbaren Neonlicht ausgestattet?«, riss Lexie mich aus den Gedanken, blieb stehen und sah unzufrieden an die Decke, an der zwei lange Balken grässliches Licht spendeten.

»Wahrscheinlich, weil Kerzen eine zu große Brandgefahr darstellen«, erwiderte ich, packte sie an den Schultern und schob sie zu einer der hölzernen Kabinen, die mit rotem Samt verhangen waren.

»Mann, du bist wirklich ungeduldig«, stellte sie belustigt fest und schüttelte meine Hände ab.

»Sagt der Kiesel zum Stein.«

»Hey, mit deinem blöden Gerede verlängerst du nur unsere Schmach!« Verärgert zog sie die Brauen zusammen. »Und warum muss ich der Kiesel sein?«

»Weil du winzig bist«, bemerkte ich sachlich und klopfte ihr auf den Scheitel, der gerade mal so mein Kinn erreichte.

Ihr Blick hätte einer Satanistin gut gestanden. »Du bist ein Idiot.«

»Gut aussehender Idiot«, berichtigte ich sie. »Und wenn du jetzt nicht endlich dieses Kleid anprobierst, werde ich dich persönlich hier ausziehen und es dir über den Kopf zwängen.«

Der Gedanke gefiel mir mehr, als er sollte … Doch wie ich vermutet hatte, war sie eine der wenigen Frauen, die bei dieser Vorstellung nicht seufzend in meine Arme fiel. Stattdessen verdrehte die nur die Augen und verschwand in der Kabine.

Gut. Das war … gut.

»Du bist es wirklich viel zu sehr gewöhnt, Leute herumzukommandieren!«, rief sie durch den Stoff hindurch.

Ja, da hatte sie wahrscheinlich recht. »Ich gebe mein Bestes«, antwortete ich, während mein Blick einen Ständer streifte, auf dem die Kleider hingen, die Kundinnen anprobiert und zurückgegeben hatten. Eines war hässlicher als das andere.

»Weißt du, was ich nicht verstehe«, sagte ich und ließ mich auf einen pinken Stoffwürfel fallen, der selbst einem Einhorn mit Rot-Grün-Schwäche zu aufdringlich gewesen wäre. »Wieso hängen überall nur Bockwurst- und Zirkuszeltkleider aus? Ist das ein neuer Trend? Dass man entweder *alles* zeigt oder *nichts*?«

»Du fragst die absolut Falsche!«, antwortete Lexie, ihre Stimme klang durch den schweren Samtstoff gedämpft. »Ich weiß nur, dass der Fachterminus ziemlich sicher nicht Bockwurstkleid ist.«

»Aber das sollte er sein.«

»Na, dann starte doch ein TikTok-Video, in dem du das Wort an den Mann bringst. Ich bin mir sicher, alle Menschen, die dich anhimmeln, werden eine Petition starten und an die bekanntesten Modeschöpfer weltweit schicken.«

»Ich hab kein TikTok.«

»Ich würde ja schockiert die Luft einsaugen, aber dann platzt womöglich das Kleid. Wenn du mir jetzt auch noch sagst, dass du kein Twitter hast …«

»Ich bin nicht einmal auf Instagram«, gab ich zu.

Diesmal hörte ich, wie sie wirklich schockiert Luft einsog. Gekonnt dramatisch, wenn ich das bemerken durfte, was mich zum Lächeln brachte.

»Warum, wenn ich fragen darf, boykottierst du Social Media?«

Ich starrte auf meine Füße und rieb mir mit den Händen über die Beine. Ein paar Sekunden lang wog ich ab, ob ich ihr eine einfallslose Lüge auftischen sollte … Aber warum? Die Wahrheit war nicht allzu schockierend.

»Ehrlich gesagt kursieren schon so viele Informationen über mich und Bilder von mir im Internet, dass ich keine Lust habe, es auch noch freiwillig mit weiterem Material zu füllen«, sagte ich. »Und ich habe auch keinen Bock darauf, darüber zu lesen, was all diese Leute, die genau wissen, wer ich bin, aber noch nie mit mir geredet haben, über mich denken.«

Eine kurze Stille entstand, in der ich nur das Rascheln von Stoff hören konnte, dann sagte Lexie: »Ich verstehe es. Es muss … scheiße sein, dass ständig Leute über einen urteilen, die einen gar nicht kennen.«

»So wie du, meinst du?«, fragte ich interessiert.

»Entschuldige?«, kam die entrüstete Antwort.

»Du weißt, was ich meine.«

»Nein, tue ich nicht!«

Ich schnaubte und lehnte mich gegen die harte Wand. Ich wusste, dass Lexie keine drei Meter von mir entfernt stand. Aber ein Vorhang verbarg sie … und irgendwie machte es mir das leichter, ehrlich zu sein.

»Weißt du was?«, sagte ich langsam. »Du hast sogar recht. Ich bin arrogant, beizeiten auch ein eingebildeter Mistkerl. Da widerspreche ich dir gar nicht, ich bin nämlich ein unfassbar reflektierter Mensch.«

Ein Lachen ertönte. »O mein Gott, du klingst selbst arrogant, wenn du zugibst, dass du arrogant bist!«

Ich winkte ab. »Jaja, es ist ein Talent. Aber da wir gerade bei Charakterfehlern sind: Weißt du, was du bist? Voreingenommen und verurteilend!«

»*Was?*« Das einzelne Wort hallte so laut von der Decke wider, dass ich das Bedürfnis hatte, die Arme schützend über meinen Kopf zu werfen, falls sie auf mich niederkrachte. In diesem Moment war ich sehr froh, dass wir hier hinten allein und weder eine andere Kundin noch die Verkäuferin in Sicht waren.

»Ja«, beharrte ich. »Und du brauchst dich wirklich nicht so aufzuregen. Du bist da wahrlich keine Ausnahme. Aber du misst Geld, gutem Aussehen und Einfluss zu viel Bedeutung bei!«

Ein verächtlicher, hoher Ton drang zu mir heraus. »Das sagen nur Leute, die all das haben.«

»Wahrscheinlich«, stimmte ich zu und streckte die Beine aus. »Aber das ändert nichts an der Tatsache, dass dir diese drei Variablen gereicht haben, um deine Schlüsse zu ziehen. Das ist nicht fair. Nur weil man Geld hat, bedeutet das nicht, dass das Leben leicht ist. Und nur weil man gut aussieht, bedeutet es nicht, dass man arrogant und ein Arschloch ist. Ich schätze, bei mir trifft es zeitweilig zu«, sagte ich. »Aber dennoch: Es ist keine Regel.«

Wieder entstand eine Stille. Doch diesmal war sie lauter. Zäher und klebriger. Als versuchte sie, meine gesagten Worte zu übertönen.

»Logan. Das weiß ich«, sagte Lexie schließlich langsam, und diesmal tat es mir fast leid, ihr Gesicht nicht sehen zu können. »Aber ich … Ich habe nicht … nicht geurteilt …«

Ich lachte leise. Es war süß, wie schlecht sie log. »Oh, bitte, du hast mich angesehen und einen ganzen Charakterbogen von mir im Kopf erstellt.«

»Nein!«, widersprach sie, doch ihre Stimme rutschte eine Oktave höher.

»Okay, somit bist du voreingenommen, verurteilend und eine furchtbare Lügnerin.«

»Ich ...« Ich vernahm ein tiefes Seufzen, dann erschien ihr Kopf im Vorhangschlitz. »Schön. Du hast recht. Ich habe über dich geurteilt«, sagte sie hastig, als wäre es weniger schmerzhaft, das Schuldeingeständnis schnell über die Lippen zu bringen. »Tut mir leid! Das war falsch von mir, ich entschuldige mich. Aber ernsthaft: Du gibst dir auch nicht sonderlich Mühe, die Leute vom Gegenteil zu überzeugen!« Sie schob eine Hand durch den Schlitz und deutete mit dem Zeigefinger auf mich. Es sah nun ein bisschen so aus, als würde sie mitten in einer Wand feststecken. »Du hast deinen herablassenden Blick nämlich perfektioniert und bist bei allem, was du tust, extrem selbstgefällig.«

»Natürlich hab ich meinen herablassenden Blick perfektioniert – wie soll ich denn sonst all die nervigen Leute loswerden, die mich ständig mit ihren Ideen und Komplimenten belästigen?«, gab ich ungläubig zurück. »Und meine Selbstgefälligkeit ... Na ja, mein Nachname ist Maxx. Das steht irgendwie in der Jobbeschreibung.«

Lexie schnaubte, doch ich erkannte gerade noch ein Lächeln auf ihren Zügen, bevor sie den Kopf wieder zurückzog. »Ich meine ja nur«, sagte sie »Deinen Ruf an der GHU musst du dir ja irgendwie verdient haben.«

Ja, das war eine Menge harte Arbeit gewesen. »In einer perfekten Welt sollte es egal sein, was für einen Ruf man hat. Jeder würde sich sein eigenes Bild machen und sein eigenes Urteil fällen.«

»Wir sind aber auf der Erde«, erinnerte sie mich. »Die ist so weit davon entfernt, eine perfekte Welt zu sein, wie ich davon, eine Banane.«

Ich grinste. »Mir war nicht klar, dass du Ambitionen hast, eine Banane zu werden.«

»Ein Mädchen muss träumen dürfen«, antwortete sie dramatisch.

Ich lachte und schloss ein paar Sekunden die Augen. Absurderweise setzte ein warmes Gefühl der Zufriedenheit in meiner Brust ein. Ich saß hier auf einem pinken Hocker, in einem überteuerten Kleidergeschäft, in einer überfüllten Mall ... und lachte. Es war wieder einer dieser Momente, in denen ich fehl am Platz war, aber mich trotzdem wohlfühlte.

Doch Lexie hatte zugegeben, dass sie zu schnell über mich geurteilt hatte – was bedeuten musste, dass sie ihre Meinung über mich zumindest zum Teil geändert hatte. Was wiederum hieß, dass ich wirklich kein so beschissener Kerl sein konnte, wie viele Leute – und manchmal ich selbst – dachten. Etwas, das wirklich schön zu wissen war. Das gab mir ein Gefühl der Genugtuung, das meiner natürlichen Selbstgefälligkeit wahrlich nicht entgegenwirkte.

Ach, was auch immer. Für heute kam ich damit klar.

Da Lexie sich offenbar ganz auf ihr Kleid konzentrierte, zog ich mein Büchlein aus der Tasche und las weiter darüber, inwiefern Jean Paul Sartre davon überzeugt war, dass die Menschen ihre eigenen besten Folterknechte waren, während ich mit dem Fuß unruhig auf dem Boden tappte. Als Lexie mir vier Minuten später noch immer nicht ihr Kleid präsentierte, seufzte ich genervt auf.

»Bist du mal fertig?«, wollte ich wissen.

»Nein.«

»Warum nicht? Du bist da schon eine halbe Ewigkeit drin.«

»Weil du recht hattest. Kleider hassen mich«, jammerte sie. »Ich krieg es nicht zu.«

Ungeduldig stand ich auf. »Soll ich dir helfen?«

»Nein. Du weißt doch sicherlich nur, wie man Kleider auszieht.«

»Ach, ich lerne schnell«, meinte ich und trat vor.

»Trotzdem, nein danke! Ich bin halb nackt, ich ...«

Doch da hatte ich bereits den Vorhang aufgerissen.

»Logan!« Erschrocken wirbelte sie zu mir herum. Die Arme über ihre Brust geschlungen, damit das Kleid nicht hinabrutschte. »Was in Gottes beschissenem Namen ...«

»Sei nicht so blasphemisch, ist schlecht fürs Karma«, meinte ich lächelnd und ließ den Blick an ihrem Körper hinabschweifen. Alles, was ich sehen konnte, waren ihre hellen, nackten Schultern. Der Rest steckte in dem schwarzen Stoff, der eng an ihrem Oberkörper anlag und an ihrer Hüfte weit auslief.

Mein Mund wurde trocken, und plötzlich hatte ich das Gefühl, als würde sie erneut die Arme von hinten um mich schlingen. Ihre Brüste an meinen Rücken pressten. Hastig konzentrierte ich mich wieder auf Lexies Gesicht. Das Kleid sah fantastisch aus. Es war weder Wurst noch Zelt, und Lexie war ...

»Weißt du, ich mache mir gerade ernsthaft Sorgen um deine Allgemeinbildung«, sagte ich, nicht zuletzt, um meine eigenen Gedanken zu unterbrechen. »Denn du weißt offensichtlich nicht, was halb nackt bedeutet. Ich hab schon Nonnen gesehen, die deutlich mehr Haut gezeigt haben.«

Mit ungläubig großen Augen sah sie mich an. »Was?«

Mein Lächeln wurde breiter. »Na gut, das war in einem Porno, aber trotzdem ... Was ist jetzt das Problem mit dem Kleid?«

Seufzend drehte sie sich um. »Schön. Da du schon hier bist ... Der Reißverschluss klemmt. Könntest du ...?« Sie wedelte mit der Hand über ihre Schulter.

Automatisch wanderte mein Blick nach unten.

Das Rückenteil des Kleides lag zu beiden Seiten offen. Es bildete ein Dreieck, und in dieser Sekunde wurden mir zwei Dinge klar. Erstens: Lexie trug keinen BH, wahrscheinlich, weil er nicht unters Kleid gepasst hätte. Zweitens: Sie hatte die ebenmäßigste Haut, die ich je ge-

sehen hatte. Der helle Streifen, der vor mir lag, war makellos. Er war …
Doch nein. Das stimmte nicht ganz. Feine schwarze Linien fächerten
sich unter der Stelle auf, an der der Reißverschluss saß.

Ein Tattoo. Eine Pusteblume, die einige ihrer Filamente im unsicht-
baren Wind verlor.

Ich starrte die Tinte an. Konnte den Blick nicht von ihr losreißen.
Sie zerstörte das Gesamtbild. Das Tattoo wirkte so unendlich fehl am
Platz – aber wahrscheinlich fühlte es sich dennoch wohl. Ich hob die
Hand, um den Reißverschluss zuzuziehen … stattdessen berührte ich
mit den Fingern die kleinen schwarzen Fallschirme der Pusteblume.

Es war, als könnte ich meine Muskeln nicht kontrollieren. Als versuchte ich unterbewusst, das Schwarz wegzuwischen, das in Lexies
Haut gestochen worden war. Aber vielleicht wollte ich auch nur fühlen, wie sich der Eindringling auf dem weißen Gemälde anfühlte.

Die Antwort war: weich. Wie der Rest von Lexies Haut.

Kleine elektrische Impulse schossen meinen Arm hinauf, traten etwas Schweres in meiner Leistengegend los, als ich bemerkte, das eine
Gänsehaut ihren Rücken hinaufkletterte. Wortwörtlich kletterte. Jeden Wirbel erklomm, bis in ihren Nacken. Nur durch eine unschuldige Berührung. *Meine* Berührung.

»Logan?«

»Mhm?«

»Was tust du?«

Fuck.

Erschrocken zog ich die Hand zurück und sah auf.

Was zur Hölle tat ich hier?

»Ähm … Da war eine Fluse«, sagte ich schnell.

»Logan?« Lexie blickte über ihre Schulter, beide Augenbrauen gehoben.

»Mhm?«

»Vielleicht solltest du mal zum Augenarzt gehen, wenn du Tattoos schon für Flusen hältst.«

»Ah, tatsächlich. Es ist ein Tattoo«, sagte ich etwas steif und räusperte mich. »Jetzt sehe ich es auch.«

Sie bedachte mich mit einem ironischen Blick. »Der Reißverschluss?«

»Richtig.« Ich blinzelte und zog hastig den Verschluss zu. Shit. Das konnte ich nicht so stehen lassen. Welcher Vollidiot malte ungefragt das Tattoo auf einem fremden Rücken nach?

Nun, ich offensichtlich!

»Sorry, ich … Das Tattoo hat mich nur überrascht«, meinte ich und machte einen Schritt zurück. Bevor ich erneut die Kontrolle über meine Hände verlor und Lexie einfach wieder anfasste. Und diesmal nicht unschuldig.

»Warum?«, wollte sie wissen, strich das Kleid glatt und drehte sich wieder zu mir um.

»Du … siehst einfach nicht aus wie jemand, der ein Tattoo hat.«

»Ah, sind wir jetzt wieder bei dem Thema, dass man nicht zu schnell über Leute urteilen sollte?«

Ich zog eine Grimasse und rieb mir übers Gesicht. »Scheint so. Aber es ist … hübsch.«

Sie lächelte, und ihre Wangen färbten sich rosa. »Danke.«

»Hat es eine Bedeutung?«

Ich rechnete fast damit, dass sie meiner Frage wieder mit irgendeinem dummen Spruch ausweichen würde. Doch sie überraschte mich.

»Es war lange Zeit die Lieblingsblume meiner Mutter.«

»Und? Fand sie es gut, dass du ihretwegen deine Haut verunreinigt hast?«, fragte ich amüsiert.

Lexie wandte mir wieder den Rücken zu. »Keine Ahnung. Sie war schon tot, als ich es hab stechen lassen.«

Das Lächeln fiel mir abrupt vom Gesicht. »Shit.«

Lexie lachte und betrachtete sich im Spiegel. »Mach dir keinen Kopf. Das konntest du nicht wissen. Und es ist Ewigkeiten her. Ich war sechs, als sie starb.«

»Tut mir leid«, sagte ich, auch wenn es sich furchtbar lahm anhörte. Aber es tat mir leid und … Was zur Hölle sollte ich sonst sagen?

Sie winkte ab. »Es tut nicht mehr wirklich weh, weißt du. Es ist nicht viel mehr als ein sehnsuchtsvolles Ziehen in meiner Brust geblieben, wenn ich an sie denke. Ich habe Ty, mehr brauche ich nicht.«

Ich runzelte die Stirn. »Was ist mit deinem Vater?«

»Ach, der …« Ihr Blick begegnete meinem im Spiegel, und ich sah, wie ihr Gesicht hart wurde. »Der ist auf der anderen Seite des Landes.«

»Wo gen…?«

»Wie findest du das Kleid?«, schnitt sie mir das Wort ab.

Ich blinzelte und nickte dann langsam. Alles klar. Ein weiteres Thema, über das sie nicht reden wollte. Ich würde anfangen müssen, mir eine Liste zu machen.

Ich schüttelte den Gedanken ab und trat einen weiteren Schritt zurück, um genug Abstand zwischen uns zu wahren. Nur für alle Fälle. Und um ihr Platz zu geben, damit sie sich vor dem Spiegel drehen konnte.

Das Kleid sah absolut fantastisch an ihr aus. Automatisch wanderte mein Blick zu den Stellen, an denen der Stoff transparent wurde. Haut erahnen ließ, aber doch nicht wirklich zeigte.

Meine Finger zuckten. Denn ich sah zwar gern hin, aber *fühlen* war besser. War *immer* besser … Und ich wollte *alles* fühlen.

Oh, fuck, Logan, reiß dich zusammen!

Es war so typisch, dass ich das haben wollte, was ich nicht haben konnte. So verdammt typisch!

»Es ist perfekt«, sagte ich und ballte die Hände in meinen Hosentaschen zu Fäusten. Umschloss mit einer die Schraube so fest, dass sie sich in meine Haut bohrte.

»Ich weiß nicht. Ist es nicht etwas zu … extravagant?« Zweifelnd drehte sie sich, um das Kleid auch von der Seite aus zu betrachten.

»Zu auffällig? Ich meine, die Leute sollen mich ansehen und wieder vergessen.«

Ja, das konte sie sich definitiv abschminken. Niemand mit Augen im Kopf würde sie einfach so wieder vergessen. Aber das hatte nichts mit dem Kleid zu tun.

»Nein, es passt«, sagte ich deshalb. »Wirklich. Es wird eine Menge Frauen geben, die auffälliger aussehen. Du wirst gut reinpassen, aber nicht herausstechen.«

»Okay«, meinte sie und griff nach dem Preisschild am Saum. Lexie wurde so schlagartig blass, dass ich Angst hatte, sie würde in Ohnmacht fallen. »Heilige Mutter Gottes, sind in den Stoff Diamanten eingestickt, oder was?«

»Ist doch egal, ich bezahl es.«

»Na und?« Entrüstet sah sie mich an. »Das ist Wucher! Mir ist egal, wie reich du bist, niemand sollte so viel Geld für ein Kleid ausgeben müssen.«

Seufzend trat ich aus der Umkleide und zog den Samtvorhang zu.

»Ich würde gerade sogar mein Motorrad verkaufen, wenn wir dadurch endlich hier rauskommen, also zieh dich einfach um, damit wir zahlen und gehen können.«

»Logan! Das ist einfach nicht richtig«, rief sie entgeistert. »Eine vierstellige Summe für einen Fetzen Stoff zu zahlen, den ich nur einmal tragen werde. Es mag Seide und Kaschmir und was auch immer sein, aber …«

»Lexie, ich höre dir längst nicht mehr zu«, unterbrach ich sie und ließ mich wieder auf den pinken Würfel fallen. »Denn das Einzige, das ich noch langweiliger als Mode finde, ist dieses Gespräch über Mode.«

»Ich rede nicht über Mode, ich rede über den verdammten amerikanischen Kapitalismus!«

»Soll ich wieder reinkommen und dir beim Ausziehen helfen?«, bot ich großzügig an. »Du hast recht, das kann ich tatsächlich besser, als Reißverschlüsse zuziehen.«

»Wage es nicht! Und schön. Ich mach ja schon.«

Zehn Minuten später konnten wir endlich zur Kasse gehen.

Eine rothaarige Frau mit Ohrringen in der Größe meines Bankkontos lehnte hinter dem Tresen und spielte gelangweilt mit einem Ring an ihrem Finger. Fast genauso gelangweilt nahm sie das Kleid entgegen, scannte es, hob den Kopf, öffnete den Mund ... und erstarrte. Ihre Augen wurden groß, und ihr Blick saugte sich an meinem Gesicht fest.

»O mein Gott, du bist Logan Maxx!«, entfuhr es ihr in unangenehm hohen Ton.

Innerlich seufzte ich auf. Ich hasste es, mit Leuten zu reden, die es für angebracht hielten, meinen Namen mit göttlicher Ehrfurcht auszusprechen. »Ja, ich weiß.«

»O Gott! Logan Maxx! *Logan Maxx!*« Mit jedem Wort wurde ihre Stimme höher.

»Ich weiß, wie ich heiße«, antwortete ich ungeduldig. »Aber deswegen musst du nicht gleich so schreien.«

»Entschuldige.« Die Frau kicherte und lief feuerrot an. »Es ist nur, du siehst noch viel besser aus als auf Fotos!«

»Ich möchte bitte zahlen«, sagte ich mit Nachdruck.

»Besitzt du wirklich zehn Autos?«, fragte sie aufgeregt.

Ich besaß ein einziges, das ich kaum benutzte. Mein Motorrad reichte mir. »Es sind zwanzig – und ich will immer noch zahlen.«

»Oh, das glaubt mir keiner, wenn ich sage, dass du bei mir einkaufen warst!« Sie ignorierte meine Worte und zückte im nächsten Moment ihr Handy. »Kann ich ein Foto machen? Darf ich dir darauf vielleicht einen Kuss auf die Wange geben?«

Ich presste die Lippen zusammen und atmete durch. Ich wollte nicht geküsst werden – ich wollte zahlen!

Langsam lehnte ich mich vor. »Ich will das Kleid kaufen und dann gehen. Und wenn du ein Foto von mir machst, nehme ich dir das iPhone weg, trete drauf und schicke deinem Vorgesetzten zusammen mit einer Beschwerde die Scherben.«

Die Augen der Frau weiteten sich schockiert, bevor sie mir wortlos die Kreditkarte abnahm, durch ihr Lesegerät zog und das Kleid so hastig in eine Papiertüte packte, dass die erste riss und sie eine zweite nehmen musste. Aber zumindest waren wir in weniger als zwei Minuten aus dem Laden.

»Wow«, sagte Lexie tonlos, sobald wir an der oberen Brüstung der Mall standen. »Das war es, was ich damit meinte, dass du dir nicht sonderlich Mühe gibst, die Leute vom Gegenteil zu überzeugen …«

»Was?« Überrascht wandte ich mich zu ihr um.

»Na ja, du warst gerade ein Arschloch.«

Irritiert sah ich sie an. »Ich weiß. Und?«

»Noch mal: Wow. Du kannst das an- und abstellen, oder?«, fragte sie im Plauderton und verschränkte die Arme vor der Brust.

»Was?«

»Scheiße sein.«

Ach, wir waren noch immer dabei. »Na, du willst doch nicht mit mir gesehen werden, oder?«, erinnerte ich sie. »Das war die schnellste Art, sie loszuwerden.«

»Mhm«, meinte sie unzufrieden, und ich sah es ihrem gereckten Kinn an, dass sie gerade wieder anfing, mich zu verurteilen.

Fuck, nein. Ich hatte in meinem Leben eine Menge Dinge getan, auf die ich nicht stolz war, aber für dieses Gespräch gerade konnte sie mir wirklich keinen Vorwurf machen. Abrupt machte ich einen Schritt auf sie zu und baute mich vor ihr auf, sodass sie überrascht zusammenzuckte.

»Du hörst mir mal gut zu«, sagte ich eindringlich. »Wenn ich zu jedem nett wäre, der mich anspricht, würde ich meinen lieben langen Tag damit verbringen, Small Talk mit fremden Leuten auszutauschen. Also ja: Manchmal bin ich ein Arschloch. Und meiner Meinung nach ist es mein verdammtes Recht! Sänger und Schauspieler und all die Stars und Sternchen in L. A., die suchen sich das aus. Fans zu haben. Angebetet zu werden. Von fremden Leuten erkannt zu werden. Aber ich habe nicht darum gebeten, in die goldenen Ränge der millionenschweren Playboys erhoben zu werden. Ich habe nichts geleistet, außer den Namen Maxx zu tragen – und muss mich trotzdem mit dem Mist herumschlagen. Aber so ist es nun einmal. Das ist okay, ich habe nicht das Recht, mich zu beschweren, denn Shit, ich werde womöglich mal der reichste Mann Amerikas. Vorausgesetzt, Jeff Bezos wirft sein Geld weiterhin für seine lächerlichen Space-Abenteuer aus dem Fenster. Aber das heißt nicht, dass ich es genieße, von fremden Frauen darauf aufmerksam gemacht zu werden, wie ich heiße. Ebenso wenig freue ich mich darüber, von fremden Mädchen auf die Wange geküsst und auf ihren Instagramkanälen vorgeführt zu werden. Okay? Wenn ich die Wahl hätte, würde ich es vorziehen, nicht im Zirkus zu leben. Aber ich habe diese Wahl nicht. Das Einzige, was ich mir aussuchen kann, ist, wie ich auf die Leute, die mich ankreischen, reagiere. Also werde ich weiterhin unhöflich sein, wenn es mir passt.« Ich verengte die Augen. »Ist das klar?«

Lexies Lippen waren eine Spur geöffnet, und sie blinzelte nicht.

»Habe ich dich ernsthaft sprachlos gemacht?«, fragte ich nach einigen Sekunden. »Ich bin von mir selbst beeindruckt.«

Sie löste sich aus ihrer Starre und ließ die Schultern sinken. »Du hast recht. Sorry«, sagte sie schließlich. Sie klang verwirrt. Als wäre die Vorstellung, dass sie im Unrecht war, sehr verstörend. »Du … du kannst natürlich reagieren, wie du willst.«

»Ich weiß!«, sagte ich schroff und lief weiter.

»Sie war wirklich etwas aufdringlich«, fügte Lexie zögerlich hinzu.

»Ja.«

»Logan?«

»Was?«

»Du hättest es trotzdem eine Spur höflicher verpacken können.«

Ich seufzte. »Mir fehlt meistens die Geduld dazu.«

»Okay.« Sie sah mich scheel von der Seite an. »Und du hast keine zwanzig Autos, oder?«

Ein unerwartetes Lächeln zupfte an meinen Mundwinkeln, und ich fuhr mir durch die Haare. »Du wirst es nie erfahren«, wisperte ich und nahm die Rolltreppe zum Foodcourt.

11

Logan

»Mann, Logan. Du bist der hübscheste Pinguin, den ich je gesehen habe.«

Ich zog die Fliege von meinem Hals weg, um ein letztes Mal freier atmen zu können. »Besser Pinguin als Affe, Aiden«, erwiderte ich und nahm mir noch einen der Erdnussbutterplätzchen. Aiden war gestern mal wieder eskaliert.

»Ah, ich weiß nicht«, widersprach Micah und sah auf, während er mit seinen Liegestützen weitermachte. »Affen können auf Bäume klettern und Nüsse öffnen und alles, was Pinguine auch können. Pinguine hingegen sind Vögel, die nicht fliegen können. Was ganz schön peinlich für sie sein muss, wenn du mich fragst.«

»Das ist Schwachsinn. Affen können zum Beispiel nicht schwimmen«, wandte Steve ein, der vierte in der Runde, und nippte an seinem Whiskey, bevor er das Gesicht verzog, ihn abstellte und Cola zu der 200-Dollar-Spirituose dazumischte. Mein Vater wäre in Ohnmacht gefallen. »Während Aiden also grausam ertrinkt, wäre Logan schon längst mit dreißig Fischen im Magen zurück bei seiner lebenslangen Pinguinpartnerin, mit der er hübsche Eier legen und die Bäuche aneinanderreiben kann.«

»Logan und eine lebenslange Partnerin?« Micah lachte laut, hörte endlich mit seinen blöden Sportübungen auf und sprang auf die Füße, um sich zu setzen. »Das wäre absurder als ein fliegender Pinguin.«

»Ach, ich weiß nicht«, meinte Aiden und klopfte mir auf die Schulter, bevor er sich neben seinen Bruder an den Tisch setzte. »Ich glaube, in seinem Inneren ist Logan ein schrecklicher Romantiker und wartet nur auf die Richtige. Oder?«

Ich wandte mich von meinem Spiegelbild ab und lächelte breit. »Korrekt. Da sind nur Rosenblüten und Regenbögen in meiner Brust und Herzchen und Pralinen in meinem Kopf.«

»Pralinen.« Steves Augen leuchteten auf. »Jetzt hab ich Lust auf Pralinen.«

Steve hatte immer Lust auf Essen. Wenn er mit Aiden zusammenwohnen würde, wäre das Keks- und Brotproblem sofort gelöst.

»Leute, jetzt hört mal auf zu schwafeln, und lasst uns anfangen«, sagte Aiden ungeduldig und trank sein Whiskeyglas leer.

»Mann, wenn Dad wüsste, dass du während der Saison trinkst«, sagte Micah kopfschüttelnd, der sein Sportprogramm zugegebenermaßen sehr viel ernster nahm als Aiden.

»Aber er wird es nie erfahren, denn sonst weiß er bald, wer mit vierzehn seinen Jaguar kaputtgefahren hat«, antwortete er freundlich und schenkte sich großzügig nach.

»Ich meine ja nur.« Verteidigend hob Micah die Hände. »Du hast Sonntag ein Spiel …«

»Okay, wir fangen an«, unterbrach Aiden ihn und nickte Steve auffordernd zu.

»Wollt ihr ernsthaft zu dritt pokern?«, fragte ich zweifelnd und zog meine Schuhe an.

»Nee.« Steve winkte ab. »Ich hab mir ein neues Trinkspiel ausgedacht. Jeder zieht eine Karte, der mit der niedrigsten muss einen Schluck nehmen.«

Ich grinste. »Inspirierend.«

»Wir müssten dieses inspirierende Spiel nicht spielen, wenn du dich einfach krank stellen und die Party deines Dads verpassen würdest«, erinnerte mich Micah mit hoffnungsvollem Blick. »Es ist nämlich nicht witzig, ein Trinkspiel zu starten, bei dem man selbst nichts trinken kann. Und wir wollen gleich noch zu den Kappa Kappa Gammas, die starten ein Bierpong-Turnier. Wir brauchen dich. Niemand wirft betrunken so gut wie du, Logan. Nicht einmal Aiden.«

»Hey!«, beschwerte der sich sofort. »Du weißt genau, dass du das letzte Mal meinen Ball weggepustet hast! Sonst hätte ich genauso oft getroffen wie Logan.«

»Du bist ein sehr schlechter Verlierer, Aiden.« Ich seufzte schwer. »Und die Partys meines Vaters sind nicht optional. Er würde wahrscheinlich ein Attest von mir fordern, wenn ich nicht komme.« Außerdem wollte ich heute Abend ausnahmsweise wirklich gehen.

»Ich hab nicht verloren, ich wurde manipuliert!«, sagte Aiden bissig, bevor er hinzufügte: »Wenn du gehen *musst*, kann ich auch mitkommen. Deinen Vater ablenken, während du dich betrinkst.«

Das hörte sich fantastisch an, aber heute würde kein Tropfen Alkohol über meine Lippen kommen. »Nein danke. Ich komm schon klar.«

»Sicher?«, fragte mein Kumpel zweifelnd. »Nutzt dein Vater diese Ereignisse nicht immer dafür, dir in ernstem Tonfall zu sagen, dass es an der Zeit ist, Verantwortung zu übernehmen und dich deiner Zukunft zu stellen?«

Okay, vielleicht konnten ein paar Tropfen Bier doch nicht schaden. »Ja, das ist einer seiner Klassiker«, sagte ich und richtete mich auf, nachdem ich auch den zweiten Schuh gebunden hatte. »Aber ist egal, der Abend wird schnell vorbei sein. Vielleicht komme ich dann noch nach zu den Kappas.« Da ich hoffentlich was zu feiern hatte. »Lasst mir was von dem guten Whiskey übrig.«

»Wird gemacht«, rief Micah und salutierte. »Mann, Logan, ich bin froh, dass du dein Lächeln wiedergefunden hast.«

»Ja, in den letzten Wochen warst du schwer erträglich«, stimmte Steve zu. »Schlimmer als Micah während seiner Taylor-Swift-Phase.«

»Hey!«, beschwerte sich Micah sofort. »Taylor Swift ist eine *Göttin*, die es nicht verdient hat, von deinem dreckigen Mund besudelt zu werden.«

Ich lachte leise und war einfach nur froh, dass sie nicht weiter über mein schlecht gelauntes Ich der letzten Wochen sprachen. Mit dem hatte ich nämlich vorerst abgeschlossen. Ja, meine Eltern hatten mich belogen. Ja, ich hatte jedes Recht, mich selbst zu bemitleiden. Aber es half mir nicht, mein Ziel zu erreichen. Denn zum ersten Mal seit Jahren hatte ich eins. Mein eigenes, nicht das meines Dads. Und nach der Zeit, die ich mit Lexie verbracht hatte, war ich überzeugt davon, dass ich es verdammt noch mal erreichen konnte.

Wir würden das Dokument stehlen, und ich würde endlich Antworten bekommen. Diese Vorstellung reichte, um mich vergessen zu lassen, dass ich gleich in einen Raum voller Leute treten musste, von denen der Großteil mich für einen verwöhnten Bengel hielt, der das Imperium seines Vaters in den Sand setzen würde. Weil ich nicht genug Präsenz zeigte. Weil ich den leichten Weg nahm. Weil ich alles in den Schoß geworfen bekam. Wie sollte ich da den hohen Standards, die mein Vater gesetzt hatte, gerecht werden?

»Leute, ich gehe«, sagte ich und griff nach dem Autoschlüssel, der an einem Haken neben der Tür hing. Da ich Lexie abholen würde, musste ich dieses Mal den Wagen nehmen. Abendkleider vertrugen sich nicht gut mit Motorrädern.

Aiden blickte auf und sah mich forschend an. »Bist du sicher, dass du allein gehen willst? Mir würde es wirklich nichts ausmachen, mitzukommen, Logan.«

Ach, manchmal war es wirklich ätzend, dass Aiden ein so guter Freund war. »Du kannst nicht mit, Aiden.«

»Warum nicht?«

»Ich …« Zögerlich kratzte ich mir den Nacken. »Ich nehme schon wen anderen mit.«

»Was?« Schockiert drehte Steve sich zu mir um.

»Wen?« Micah sah mich an, als hätte ich verkündet, ich wolle jetzt als Stripper anheuern.

»Eine Frau«, antwortete ich schlicht.

»Was?«

»Shit, Aiden, schrei leiser!«

»Ich kann nicht. Du nimmst nie Frauen mit zu den Veranstaltungen deines Vaters!«

Bei denen, die gleich eine Straftat für mich begehen würden, machte ich eine Ausnahme. »Es ist keine große Sache«, murmelte ich und zog die Tür auf.

»Doch!«, widersprach Steve. »Wer ist dieses sagenumwobene Wesen? Ist sie was Besonderes?«

»Nein, sie …« Ich hielt inne. Na ja, Lexie war schon ein wenig was Besonderes, aber nicht so, wie er dachte, also … »Nein«, wiederholte ich.

»Du hast auch schon mal überzeugender gelogen«, bemerkte Aiden. »Wie heißt sie?«

»Sie heißt …« Ich brach ab. Keine Namen. Das hatte ich Lexie versprochen. »Ist egal«, murmelte ich deswegen. »Viel Spaß euch. Vielleicht bis nachher.«

Bevor sie weiter nachbohren konnten, schlüpfte ich aus der Tür.

Lexie hatte mich wieder angewiesen, sie beim *Blue Mate* aufzugabeln, und so langsam glaubte ich, dass sie entweder unter der Theke schlief oder aber mir nicht genug vertraute, um mir zu sagen, wo sie tatsächlich wohnte. Da sie die misstrauischste und heimlichtuerischste Person war, die ich kannte, vermutete ich stark Letzteres.

Und das ärgerte mich. Sie sollte langsam wissen, dass ich sie weder verpfeifen noch eine Klippe runterschubsen würde. Ich mochte sie. Sie war ehrlich. Ehrlicher als alle Menschen in meinem Leben. Und witzig und ... Ich konnte den Gedanken nicht zu Ende bringen, denn in diesem Moment entdeckte ich Lexie.

Ruckartig setzte ich mich gerader hin und starrte mit offenem Mund aus dem Fenster. Denn Lexie Shaw im Abendkleid ... Fuck.

Alles, was ich sah, lud mich dazu ein, fühlen zu wollen. Der transparente Stoff des Kleides, durch den ihre helle Haut schimmerte. Der sich an ihre Taille und Hüften schmiegte wie fremde Hände. Ihre rötlich glänzenden Lippen. Nicht zu aufdringlich und trotzdem das Erste in ihrem Gesicht, das meinen Blick anzog. Ihre Haare waren an der einen Seite mit Hilfe mehrerer Spangen ordentlich festgesteckt ... und alles, woran ich denken konnte, war, sie herauszuziehen. Meine Hände darin zu vergraben und zu fühlen, ob die blonden Strähnen, die wie ein goldener Wasserfall über ihre Schultern glitten, tatsächlich so weich waren, wie sie aussahen. Herauszufinden, wie oft ich sie um meinen Finger wickeln konnte, während ich ihr die rote Farbe von den Lippen küsste. Nicht nur fühlte, sondern auch schmeckte. Alles an ihr. Ich wollte wissen, ob Lexie nur seufzte, wenn sie von meinem Motorrad stieg. Oder auch an meinen Lippen. Wie es sich anfühlen würde, wenn sie einfach nachgab. Sich fallen ließ. Und ob sie mir einen kleinen Teil ihrer Kontrolle schenken würde, wenn ich im Gegenzug meinen Mund ...

Die Beifahrertür ging auf. »Hey«, begrüßte sie mich lächelnd.

Ich klappte den Mund zu. Riss mich zusammen. Denn ich war hart. Ich hatte sie nur angesehen und war hart. Scheiße. Ich wandte den Blick ab, versuchte, mich zu entspannen. Vielleicht hatte sie nicht gesehen, dass …

»Weißt du, den Mund so weit offen zu haben, ist gefährlich«, meinte sie im Plauderton und sank in den Sitz. »Nachher fliegt noch ein Insekt rein, und du erstickst.«

Fuck. »Ich …« Ich presste die Lippen zusammen. Sollte es nicht sagen. Aber ich konnte nicht anders. »Du siehst unfassbar schön aus, Lexie.«

»Oh.« Der Gurt, den sie gerade über die Schulter gezogen hatte, schnappte geräuschvoll zurück in seine Halterung. Überrascht sah sie mich an. Sie trug nur Wimperntusche zu dem rötlich glänzendem Lippenzeug, das mich auf falsche Ideen brachte. Und vielleicht war es das Schwarz des Kleides, aber ihre Augen wirkten grüner als sonst.

»Na ja«, sagte sie schließlich, wandte sich wieder und versuchte erneut, sich anzuschnallen. »Es ist das Kleid. Und die Schuhe! Und die Schminke …«

»Du siehst unfassbar schön aus«, wiederholte ich langsam. »Nicht dein Kleid. Nicht deine Schuhe. Du.«

»Oh«, wiederholte sie und warf mir über die Schulter einen hastigen Blick zu. »Ähm … danke. Du siehst auch okay aus.«

Ich lachte heiser. Gott, sie war schlecht darin, Komplimente zu geben. Fast noch schlechter als darin, sie anzunehmen. »Ebenfalls danke. Ich mag eigentlich keine Smokings.«

»Na ja, so, wie es aussieht, mögen sie aber dich.« Sie mied meinen Blick, aber ihre Wangen verfärbten sich rosa.

Das Lächeln auf meinen Lippen wurde breiter. Es machte Spaß, Lexie erröten zu lassen. Es fühlte sich an, als würde sie jedes Mal einen Teil ihrer Selbstbeherrschung für mich aufgeben.

Und ich wollte, dass sie sie verlor.

»So«, brach sie die angespannte Stille, die sich über uns senkte, sobald ich den Wagen gestartet hatte. »Das ist also Auto Nummer eins. Ich werde jetzt mitzählen, und wenn es wirklich zwanzig sind, verliere ich jeglichen Respekt vor dir.«

»Du hast also Respekt vor mir?«

Ich bekam aus dem Augenwinkel mit, wie sie schmunzelte. »Vielleicht ein wenig. Lass es dir nicht zu Kopf steigen.«

»Zu spät, befürchte ich.« Ich warf ihr einen entschuldigenden Seitenblick zu. »Mein Herz ist warm geworden, und mir ist auch ein wenig schwindelig ...«

»Hört sich für mich an, als wärst du betrunken. Sicher, dass du fahren kannst?«

Ich grinste. »Tatsächlich bleibe ich heute nüchtern. Um unserer Erfolgschancen zu vergrößern«, meinte ich und bog auf die Hauptstraße ab, die aus Golden Heights heraus auf den Freeway führte.

»Vorbildlich.«

»Ich weiß.«

»Deine Eltern werden da sein, oder?«

»Ja.« Sie waren die einzigen Anwesenden, die uns zum Verhängnis werden könnten. Wenn meine Mutter realisierte, dass ich eine Frau zu einer offiziellen Veranstaltung mitgebracht hatte, würde sie Lexie verzückt mit Fragen bombardieren und sie nicht mehr in Ruhe lassen. Und dann würde sie keine Zeit haben, dem Sicherheitsmann die Schlüsselkarte zu stehlen. Und ohne die kamen wir nicht in die Etage des Büros.

»Hast du ihnen erzählt, dass du wen mitbringst?«

»Nein«, gab ich zu, »ich dachte, das könnte eine hübsche, kleine Überraschung sein.«

»Hast du mich gerade hübsche, kleine Überraschung genannt?«, fragte sie irritiert.

Ich lachte. Das waren nicht die Worte, die mir bei ihr einfielen.

»Nein, aber ich kann, wenn du willst.«

»Nicht nötig. Ich bin heute Abend weder eine kleine Überraschung noch Lexie Shaw. Ich bin Rose Goodwin.«

Ich verzog das Gesicht. Sie und ihre Namen. »Rose? Du bist doch keine achtzigjährige alte Dame.«

»Ich hätte noch Tabitha im Angebot.«

Ich rieb mir mit der Faust über die Schläfe. »Gott, die Leute werden denken, dass ich eine Escort-Dame engagiert habe.«

Verwirrt runzelte sie die Stirn. »Was ist falsch an Tabitha?«

»Es klingt zu exotisch. Können wir nicht bei Lexie bleiben?«

»Schön«, kapitulierte sie seufzend. »Aber dann Lexie Clover, in Ordnung?«

»Deal.«

Lexie nickte. »Okay. Was genau erzählen wir deinen Eltern?«

»Dass du mein Date für den Abend bist.«

»Aha.« Sie klang nicht überzeugt. »Und wo haben wir uns kennengelernt?«

»In der Uni. Ist doch klar.«

»Aber was, wenn sie nachsehen und keine Lexie Clover in den Unterlagen der GHU finden?«, wollte sie wissen.

Ich schnaubte und warf ihr einen ironischen Blick zu, während ich auf den Freeway fuhr. »Den Backgroundcheck machen sie erst, wenn wir heiraten sollten. Ich habe heute nicht vor, dir einen Antrag zu machen, wir sind also safe.«

Ich konnte regelrecht hören, wie sie die Augen verdrehte. »Du solltest das Ganze etwas ernster nehmen! Dein Arsch steht ebenso auf dem Spiel wie meiner.«

»Ich nehme es ernst«, versicherte ich ihr. Für mich stand viel mehr auf dem Spiel als für sie. Denn wenn wir es heute nicht schafften, in das Büro einzusteigen, würde es womöglich nie funktionieren. »Aber ich mache mir mehr Gedanken darüber, wie du die Karte stehlen und das Schloss knacken willst, als darüber, ob meine Eltern dich mögen.«

»Logan, weder das Schloss noch die Karte sind ein Problem.«

»Gut. Meine Eltern ebenso wenig.«

»Was ist mit den anderen Gästen?«, fragte sie zögerlich, und als ich sie von der Seite her ansah, bemerkte ich, wie sie ihre Hände im Schoß knetete.

»Unglaublich. Das Marmormädchen ist nervös!«, stellte ich verblüfft fest.

»Das *was*?«

»Nichts«, sagte ich hastig. »Und du musst nicht nervös sein.«

»Ich bin nicht nervös!«, widersprach sie.

»Du hast Schweiß auf der Stirn.«

»Es ist heiß hier.«

Die Klimaanlage des Wagens dröhnte in meinen Ohren, doch ich nickte. »Klar.«

Sie stöhnte und ließ den Kopf gegen die Lehne fallen. »Okay, ich bin nervös.«

»Warum? Weil du in das Büro einbrechen musst?«

»Sei nicht albern. Nein. Ich bin nervös, weil ich aussehe, wie ein Teil der High Society und das nicht ferner von der Wahrheit sein könnte! Wenn ich jetzt als Kellnerin verkleidet wäre, kein Problem … Aber so fühle ich mich, als würde ich die absolute Lüge leben.«

»Es ist nur ein Kleid, Lexie«, sagte ich sanft. »Du versteckst keine Drogen in deiner Unterwäsche und kein Falschgeld im Innenfutter.«

Sie antwortete nicht.

»Oder?«, hakte ich unruhig nach.

Sie lachte und schlug mir gegen die Schulter. »Nein, du Depp. Es ist nur … Ich fühle mich nicht wohl. Ich sah in meinem Leben noch nie so schick aus.«

»Was? Nie?«

Das konnte ich kaum glauben. Sicherlich hatte es irgendwelche Familienfeiern oder Hochzeiten gegeben, zu denen sie eingeladen gewesen war.

Doch sie schüttelte den Kopf.

»Was ist mit deinem Abschlussball?«, wollte ich wissen. Jedes Mädchen takelte sich für den auf.

»Ich hatte nie einen.«

»Warum?«

»Aus Gründen.«

Ich seufzte schwer und hätte meine Stirn gern gegen das Lenkrad geschlagen. Doch das erschien mir keine sichere Fahrweise zu sein. Stattdessen sagte ich mit gesenkter Stimme: »Lexie, ich weiß, du bist gern die geheimnisvollste Frau im Raum … aber kannst du mir zumindest diese eine Frage ehrlich und mit mehr als zwei Worten beantworten? Ich fühle mich nämlich langsam, als wäre ich auf einem Date mit einer Backsteinmauer.«

Ihre Mundwinkel zuckten. »Das hier ist kein Date!«

»Ist mir egal: Warum warst du nicht auf deinem Abschlussball?«

Ich nahm den Fuß etwas vom Gas, als jemand überraschend vor mir einscherte, und bekam nur am Rande mit, wie Lexie auf ihre Fingernägel sah. »Ich kann verstehen, dass es dich nervt«, sagte sie schließlich langsam. »Ich glaube, ich fände es auch frustrierend, mit mir zu reden.«

»Nur, wenn man dir Fragen stellt.«

»Du stellst andauernd Fragen! Du bist der reinste Quizmaster.«

»Okay, ja, es ist sehr oft frustrierend. Ich meine … Was soll ich mit der Information, die du mir gibst, Böses anfangen?«

Sie runzelte die Stirn, doch schließlich gab sie sich geschlagen. »Ich hab mit vierzehn die Schule abgebrochen und meinen Highschool-Abschluss nachträglich gemacht.«

Mein Mund klappte auf, und ich sah sie verblüfft an. »Du hast die Schule abgebrochen?«

Sie seufzte schwer, das Gesicht zur Windschutzscheibe gewandt. »Genau wegen diesem Blick erzähle ich so ungern von mir.«

»Nein, nein. Das ist ein … höflich neugieriger Blick«, versicherte ich ihr hastig. »Warum hast du abgebrochen?«

»Mir blieb keine andere Wahl. Ich musste gehen.«

Mehr sagte sie nicht, und ich hakte nicht weiter nach. Sie würde mir ohnehin nicht mehr erzählen. Aber ich wollte es wissen.

Alles.

Woher sie kam. Was sie so vorsichtig hatte werden lassen. Was sie vor mir verbarg, und was sie mir zu zeigen bereit war. Ich wollte wissen, wovor sie Angst hatte. Ich wollte wissen, woran ihre Mutter gestorben und was mit ihrem Vater passiert war. Ich wollte … dass sie mir vertraute.

Mein Rücken versteifte sich, und mein Herz klopfte unruhig in meiner Brust. Das hatte ich noch nie gewollt. Den Respekt einer Frau, ja. Ihren Körper, ständig. Aber das Vertrauen … niemals.

Und in Lexies Fall wollte ich alles.

12

Lexie

Ich hatte es ihm erzählen wollen.

Das war beunruhigender als die schwarzen Mörder-High-Heels an meinen Füßen, die gut als Stichwaffe herhalten würden. Beunruhigender als die Tatsache, dass ich letzten Montag, als Logan mein Tattoo berührt hatte, die Augen geschlossen und den Atem angehalten hatte. Mir vorgestellt hatte, wie seine Hände höher wanderten. Das Kleid von meinen Schultern streiften und nicht nur auf meinem Rücken eine Gänsehaut hinterließen.

Aber damit, dass mein Körper etwas wollte, das ich niemals haben konnte, kam ich klar. Logan erzählen zu wollen, dass Ty und ich fluchtartig die Stadt verlassen hatten, weil unser Vater nach einem schiefgelaufenen Coup als Betrüger festgenommen worden war und wir nicht dem Jugendamt zum Opfer hatten fallen wollen jedoch? Das war zu viel.

Ich biss die Zähne zusammen, und als wir wenig später anhielten, öffnete ich etwas zu schnell die Autotür, um wieder etwas Abstand zwischen uns zu bekommen. Wie machte der Kerl das? Wie konnte er mir derartig … unter die Haut gehen? Mich dazu bringen, ihm das Schlimmste und gleichzeitig Beste erzählen zu wollen, das Ty und mir je passiert war? Ihm beichten zu wollen, dass wir mit nichts außer

Tys Gitarre, meinem rostigen Fahrrad und den Kleidern auf unserem Leib durch das ganze Land gereist waren. Allein und doch endlich frei.

»Alles okay?«

Ich blinzelte und sah auf. Logan war neben mich getreten, und erst jetzt registrierte ich den imposanten Maxx Tower, der stark an einen überdramatischen, blinkenden Penis erinnerte und automatisch die Frage aufwarf, was genau der Architekt hatte kompensieren müssen.

Dank meiner Schuhe reichte ich Logan jetzt bis zur Nase. Sein Gesicht wurde zur Hälfte von einer Laterne erleuchtet, während seine andere Seite im Schatten lag. Ich spürte seinen Blick trotzdem auf meiner Haut. *Unter* meiner Haut.

Doch dort hatte er nichts verloren! Niemand hatte das.

»Alles gut«, versicherte ich ihm und wandte mich ab.

Ich musste klarer denken, und das konnte ich nicht, wenn ich ihn ansah. In seinem verdammten Smoking, der seine Schultern zu muskulös, seinen Rücken zu breit wirken ließen. Zu viel preisgab und doch zu viel für die Fantasie übrig ließ. Eigentlich hatte ich überhaupt nichts für Anzugträger übrig, aber Logan … Logan trug ihn wie der Weihnachtsmann den Beutel voller Geschenke.

Absolut natürlich, stilecht und mit einer Selbstsicherheit, die ich nie würde nachempfinden können.

»Okay, gehen wir rein«, meinte ich entschlossen und riss mich am Riemen. Es war egal. Alles egal. Ich würde dem niemals nachgeben.

»Lass uns vorsichtig sein, ja? Ich kann in diesen Schuhen nicht wegrennen.«

Logan lachte leise, sodass mein Nacken kribbelte. Sodass sich meine Schultern sofort entspannten. »Alles klar. Solange du mich reden lässt und wie sonst immer gekonnt allen Fragen ausweichst, dürfte nichts schiefgehen. Der kahlköpfige Security, der gleich ganz bestimmt am

Eingang stehen wird, ist übrigens der Typ, der die Schlüsselkarte hat. Sie ist blau und hängt an seinem Gürtel.«

Ich nickte, atmete tief durch und konzentrierte mich wieder aufs Wesentliche. Ich war aus einem bestimmten Grund hier – und der war nicht, über Logans Schultern zu sinnieren! Gott, ich war lächerlich. »Gut. Wird der Sicherheitstyp die Karte im Laufe des Abends brauchen?«

»Ich denke nicht.«

»Okay.« Also war es egal, wann ich sie ihm stahl. Das war von Vorteil.

Wir hielten auf den Eingang des riesigen Gebäudes zu, der tatsächlich von zwei schwarzgewandeten Securitys flankiert wurde. Zwei Riesen, und einer von ihnen war tatsächlich ein Glatzkopf, so, wie Logan es vorhergesagt hatte. Doch da lenkte mich etwas von den beiden ab.

Ich blinzelte. Ach, du scheiße, war das ein *roter Teppich*?

Um Gottes willen, ja. Das war es. Und die Leute standen dort Schlange, als wäre das der Eingang zu einem Edel-Klub, nicht zum Hauptsitz eines Medienkonzerns! Außerdem gab es …

»Logan, du hast nichts von Fotografen gesagt«, zischte ich und zog den Kopf zwischen die Schultern, als uns vereinzelte Blitzlichter erreichten. Verbarg mich hinter Logans Körper, damit ich auf den Bildern nicht zu erkennen sein würde, während mein Magen sich verkrampfte.

»Ist doch egal, oder?«, fragte er verwirrt.

»Nein, ist es nicht!« Ich presste die Lippen zusammen und atmete tief durch. Ignorierte mein heftig klopfendes Herz. »Bleib bei mir, okay? In der Nähe. So, dass man mein Gesicht nicht sieht.«

»Okay«, sagte er. Die Frage war deutlich zu hören, doch er stellte sie nicht, sondern griff wortlos nach meiner Hand und zog mich näher zu sich, bevor er direkt auf den Eingang zuschlenderte.

Seine Finger waren groß und rau und besitzergreifend. Doch als Logan sie mit meinen verschränkte, strich er mit dem Daumen zärtlich und beruhigend über meinen Handrücken ... und mir kam es so vor, als würde nur diese eine Geste wirklich zu ihm gehören. Als wäre alles andere nicht echt. Aber der Daumen, der über meinen Handrücken kreiste, war seiner. Das, was *er* wollte, niemand anderes. Und dieser Gedanke schickte kleine elektrische Impulse meinen Arm hinauf.

Ich schluckte. Klasse.

»Müssen wir uns nicht hinten anstellen?«, fragte ich, als er einfach auf den Eingang zuhielt. Die Fotografen schienen uns nicht bemerkt zu haben. Knipsten stattdessen die Gäste ab, die in der Schlange warteten.

Logan sah amüsiert zu mir herunter. »Mein Nachname steht oben auf dem Tower, Lexie. Also nein. Wir müssen uns nicht hinten anstellen.«

Ich bekam nicht einmal die Möglichkeit, über meine eigene Naivität den Kopf zu schütteln – natürlich musste Logan Maxx niemals irgendwo anstehen! –, als wir bereits das rote Samtband erreichten, das den Eingang abschirmte. Hinter dem wir außer Sichtweite der Fotografen sein würden. Erleichtert ließ ich die Schultern sinken.

»Hey, Ronald«, begrüßte Logan die große menschliche Schrankwand, die das Band für uns abknipste.

»Na, Logan? Heute mal pünktlich?«, wollte er wissen und ließ uns passieren. Aber nicht, ohne mir einen langen, neugierigen Blick zuzuwerfen.

»Je eher ich hier bin, desto eher kann ich gehen«, antwortete Logan. »Und hübsche Frauen anzustarren, ist äußerst unhöflich.«

Der Bärenmann, der seinen kahlen Kopf mit einem buschigen Bart wieder wettmachte, grinste schelmisch. »Sorry. Es ist nur ... Du hast noch nie jemanden mitgebracht.«

»Es gibt immer ein erstes Mal«, meinte er leichthin. »Ron, das ist Lexie. Lexie, das ist Ron. Er war den Großteil meiner Jugend über mein Bodyguard und sieht es seitdem als sein Recht an, seine Nase tief in meine Angelegenheiten vergraben zu dürfen.«

Trotz der Nervosität, die in meinen Muskeln ächzte, musste ich lachen. »Hey«, sagte ich und reichte ihm die Hand.

Denn das war es, was Logans Date oder Freundin oder was auch immer tun würde, oder nicht? Abgesehen davon sah er furchtbar nett aus ... und als er sich vorbeugte, um mir die Hand zu schütteln, blitzte eine blaue Karte seitlich an seinem Gürtel auf. Sie war mit einem einfachen silbernen Clip befestigt.

»Hi«, erwiderte er und schüttelte meine Hand.

»Ist mein Dad schon da?«, wollte Logan wissen.

»Ja, er hat mich drum gebeten, ihm Bescheid zu geben, wenn du auftauchst.«

»Natürlich hat er das«, murmelte Logan kaum hörbar, bevor er lauter hinzufügte: »Danke, Ron. Ich such ihn gleich. Bis nachher.«

Lächelnd sah ich zu dem Riesen auf. »War wirklich nett, dich kennenzulernen, ich ... Argh.« Quietschend stolperte ich über eine der Wellen des roten Teppichs, ließ Logans Hand los und knickte zur Seite. Mitten auf Rons Stahlbrust. »Oh, Shit, diese Schuhe sind einfach zu viel für mich«, fluchte ich, während mein Gesicht zu brennen anfing und ich mich hastig, noch immer an Rons Körper gedrängt, wieder aufrappelte.

Der Security gluckste nur und griff mir unter die Arme ... sodass sein Jackett sich weiter öffnete. »Kein Ding. Ich würde auf den Teilen auch nicht laufen wollen.«

»Niemand will das«, versicherte ich ihm, lächelte ihm noch einmal zu und ließ mich dann von Logan, der ungeduldig meine Hand genommen hatte, weiterziehen.

Die elektrischen Türen vor uns öffneten und schlossen sich wieder, als wir in den kleinen Raum zwischen Eingang und Eingangshalle getreten waren.

»Okay«, sagte Logan und lehnte sich nah zu mir herüber, sodass seine Lippen mein Ohr streiften.

Mein ganzer Körper versteifte sich, und mein Atem verfing sich in meinem Hals. Konnte er das bitte lassen?

»Hast du die Karte gesehen?«, wollte er im Flüsterton wissen.

»Meinst du diese Karte?«, fragte ich interessiert und ließ das blaue Plastik aus dem Ärmel meines Cardigans blitzen.

Logan blieb abrupt stehen. »Was zur …?!«

Ich stieß mit meiner Schulter sacht gegen seine. »Logan, ich habe einen ausgezeichneten Gleichgewichtssinn«, flüsterte ich lächelnd und schob die Karte in meine kleine schwarze Handtasche. »Und ja, ich finde High Heels sind ein Folterinstrument, aber trotzdem: Wenn ich hinfalle, dann mit Absicht.«

»Unglaublich.« Kopfschüttelnd starrte er mich an.

Ich winkte ab. »Es ist nichts.«

»Aber ich stand direkt daneben und hab nichts mitbekommen! Das ist beeind…«

»Ist es nicht«, unterbrach ich ihn und strich mir über das Kleid. »Man sollte nicht stolz darauf sein, Menschen besonders raffiniert bestehlen zu können.«

Denn ich war nicht wie mein Vater. Und die Tatsache, dass ich heute Abend eine Grenze übertrat, die ich eigentlich nie wieder hatte übertreten wollen, ließ meinen Magen rumoren.

Aber was blieb mir schon für eine Wahl? Der Erpresser hatte sich zwar immer noch nicht mit weiteren Anweisungen gemeldet – um mich nervös zu machen? Mich leiden zu lassen? Ich wusste es nicht –, aber ich gab mich nicht der Hoffnung hin, dass er mich einfach vergessen hatte. Er würde sich melden und mir sagen, wo und wann ich die 20 000 Dollar hinterlegen sollte. Und ich würde vorbereitet sein.

Die erste Hürde war jedenfalls schon mal gemeistert. Der Rest sollte nicht allzu schwer sein. Durch das Milchglas sah ich bereits, dass die Eingangshalle voller Menschen war. Es würde leicht sein, unbemerkt den Raum zu verlassen.

»In Ordnung«, murmelte Logan und drückte meine Hand, bevor wir durch die zweite elektrische Schiebetür traten. Klassische Musik und gedämpfte Gespräche wehten mir entgegen. Es roch nach teurem Wein und hochwertigem Parfüm und … ein grelles Blitzlicht explodierte in meinem Gesicht.

Nein!

Ich zuckte so heftig zusammen, dass ich beinahe die Handtasche fallen ließ, als auch schon der zweite Blitz aufleuchtete.

Scheiße. Nein!

Abrupt wirbelte ich herum und verbarg meinen Kopf an Logans Halsbeuge. Ich spürte seinen Puls an meinen Lippen, als er einen Schritt nach hinten stolperte. Doch er war Gott sei Dank standfest genug, um nicht umzukippen.

»Leg deine Arme um mich, damit es nicht aussieht, als würde ich einen Anfall haben!«, flüsterte ich scharf.

»Ich soll … Was?«, erwiderte Logan irritiert, doch er hob die Arme, und im nächsten Moment spürte ich einen warmen, angenehmen Druck auf meinem Rücken. Seine Finger an meinem Nacken. Dort, wo der Stoff meines Cardigans endete.

»Was passiert hier gerade? Dass du *mich* nicht bestehlen sollst, weißt du, oder?«, fragte er.

»Die Kameras!«, zischte ich und atmete hektisch ein, sodass der Geruch nach frisch gemähtem Gras und etwas Herberem in meine Nase stieg. Logans Geruch, wie mir eine Sekunde später klar wurde. Mein Mund wurde trocken, und hastig drehte ich das Gesicht so, dass meine Nase nicht mehr auf Logans Haut auflag. Ich hatte gerade wahrlich andere Probleme! »Du hast nicht gesagt, dass hier drinnen auch Journalisten sein würden.«

»Ich habe es nicht gewusst«, sagte er leise, und sein raues Kinn streifte meine Schläfe. »Aber was ist so schlimm daran?«

Mein Magen hüpfte auf und ab, das Adrenalin rauschte in meinen Ohren, und ich grub die Fingernägel in Logans Schultern. War der Blitz von der Seite oder von vorn gekommen? Für uns oder für jemand anderen bestimmt gewesen?

Scheiße, wenn die Journalisten mein Gesicht bereits eingefangen hatten … Das war gar nicht gut. Warum hatte ich nicht an Kameras gedacht? Natürlich wurden auf solchen Veranstaltungen Fotos geschossen!

»Lexie? Was ist so schlimm daran?«, wiederholte Logan mit Nachdruck.

Ich biss die Zähne aufeinander. Witzige Frage!

Nun, schlimm war, dass ich einen Vater hatte, der bald aus dem Knast kam und definitiv versuchen würde, uns zu finden. Schlimm war, dass es in den USA noch einige andere Leute gab, die leider mein Gesicht kannten und nicht gut auf alle Menschen zu sprechen waren, die die Gene meines Vaters in sich trugen. Schlimm war, dass ich in Golden Heights bleiben wollte – was unmöglich war, wenn ungemütliche Leute anfingen, hier nach Ty und mir zu suchen.

Aber all das konnte ich Logan unmöglich erzählen!

»Logan«, wisperte ich und spürte, wie er mit der Hand langsam über meinen Rücken fuhr. Auf und ab. Er wusste nicht, was los war, aber offenbar war ihm klar, dass ich mich beruhigen musste. Ich schloss die Augen und atmete tief durch. Er hatte vollkommen recht.

»Logan«, wiederholte ich, »mein Gesicht darf weder im Internet noch in einer Zeitung landen, okay?«

Er prustete. »Lexie, das ist …«

»Logan«, unterbrach ich ihn scharf, bevor ich vorsichtig das Kinn hob, den Blick seiner dunkelblauen Augen suchte und ihn fest ansah. »Du musst mir vertrauen, wenn ich sage: Es wäre äußerst schlecht, wenn ich morgen als Schlagzeile im People Magazine lande. Okay? *Bitte.* Mich darf hier niemand mit dir fotografieren.«

Das Lächeln fiel von seinem Gesicht. »Was zur Hölle führst du für ein Leben, Lexie?«, fragte er, doch seine Stimme klang nicht vorwurfsvoll oder entgeistert. Eher schockiert. Vielleicht traurig. Mitfühlend. Für mich und meine Umstände.

Ich schluckte. »Die Kameras … Bitte … Kannst du noch mal ein Arschloch sein? Für mich? Und dafür sorgen, dass mich niemand ablichtet?«

Ich spürte, wie er schwer durchatmete. Wie sich seine Brust einmal kräftig hob und senkte, dann nickte er und ließ mich los. »Bleib so stehen, ja?«

»Okay«, murmelte ich, doch er hatte mich bereits umrundet, und der angenehme Geruch von Rasen und Mann verflüchtigte sich.

»Hey«, hörte ich ihn keine Sekunde später blaffen, seine Stimme eine Oktave tiefer und so eisig, dass ich erschauderte. »Was soll der Mist? Lauere ich vor Ihrem Hauseingang herum, um *Sie* blind zu machen? Ich bin hier, um die Firma zu unterstützen, nicht, um mich morgen im Internet oder irgendeinem Magazin bewundern zu können. Wenn ich heute Abend noch einmal Ihre Kamera im Gesicht habe, sorge ich dafür, dass Sie nie wieder zu Maxx Industries eingeladen werden. Und jetzt löschen Sie die Bilder.«

Jemand antwortete, doch die Stimme war zu leise und eingeschüchtert, als dass ich sie hätte hören können.

Ich konnte das durchaus nachvollziehen. Denn die Autorität, die in Logans Stimme mitgeschwungen war ... Ich schluckte. Rieb mir über den Nacken, an dem noch immer die Erinnerung an seine Berührung klebte.

Automatisch fragte ich mich, wie Logan wohl aufgewachsen war. Ob er sich seine gekonnt autoritäre Art von seinem Vater abgeguckt hatte. Oder ob er sie sich selbst angeeignet hatte, weil so viele Leute Teil seines Lebens waren, er aber eigentlich lieber in Ruhe gelassen werden wollte.

Ich hörte Logans schwere Schritte über die klassische Musik hinweg, die in dem großen Raum von Decken und Wänden widerhallte, und im nächsten Moment stand er wieder neben mir.

»Okay, ich glaube, er wird uns nicht mehr belästigen«, sagte er, und erleichtert atmete ich durch.

»Danke«, flüsterte ich und drückte seine Hand.

»Kein Problem.« Seine Stimme war leise, doch ich spürte seinen eindringlichen Blick auf mir.

»Sollen wir uns ... unter die Leute mischen?«, schlug ich vor. »Sichergehen, dass uns möglichst viele hier unten sehen, bevor wir uns zum Büro stehlen?«

»Klar«, meinte Logan, und als ich zu ihm aufblickte, bemerkte ich, dass er mich tatsächlich immer noch anstarrte. Als wäre ich ein seltenes Tier im Zoo.

Mein Magen zog sich zusammen. »Was?«, wollte ich wissen.

»Wirst du von der Polizei gesucht, Lexie?«, fragte er steinern.

»Was?« Entgeistert sah ich ihn an. »Nein! Sei nicht albern.«

»Oh, ich bin nicht albern«, sagte er trocken. »Tatsächlich habe ich das Gefühl, dass jede absurde Frage, die ich dir stellen würde, nicht albern wäre.«

Ich schluckte schwer und wandte mich von ihm ab. Ich machte ihm keine Vorwürfe dafür, dass er das dachte. Meine Vergangenheit war an guten Tagen kompliziert, an schlechten eine absolute Katastrophe. Trotzdem …

»Logan«, sagte ich schließlich, »weißt du noch, wie du nicht aufgrund deines Geldes oder Standes beurteilt werden willst? Ich will nicht aufgrund meiner Vergangenheit beurteilt werden, können wir also einfach vergessen, was passiert ist?« Hoffnungsvoll sah ich ihn an.

Sein Kiefer arbeitete, und seine Augen schienen noch eine Spur dunkler zu werden, als sein Blick forschend über mein Gesicht glitt. Doch dann murmelte er: »Es fällt mir wirklich schwer, irgendetwas zu vergessen, was mit dir zu tun hat, aber schön. Ich kann gern so tun. Wir haben ohnehin Wichtigeres vor.«

»Richtig.« Ich nickte entschlossen und blickte mich um.

Der Raum war in etwa so groß wie Logans Ego. Vermutlich aber noch um einiges größer. Die Außenwände waren komplett verglast und spiegelten das pompös eingerichtete Innenleben wider. Hohe, schmale Stehtische verhüllt von schweren, goldglänzenden Leinentüchern standen überall verteilt und wurden von hektisch herumwuselnden Kellnern mit bunten Horsd'œuvres und feinperligem Champagner bestückt. Ausnahmslos alle Häppchen sahen aus, als kämen sie aus den Geschlechtsorganen eines Fisches. Pompöse Tulpengestecke auf Tischen und an Wänden vollendeten das protzige Bild, und die Musik rührte nicht aus Lautsprechern, sondern von einem kleinen Podest mit fünf Musikern – vier Streichern und einem Pianisten – her.

Ich fühlte mich, als wäre ich mitten in *Der große Gatsby* gestolpert. Das Einzige, was noch mehr glitzerte als die Tischdecken, waren die Kleider der anwesenden Damen.

Meine Lippen öffneten sich, und ich ließ den Blick an den langen weinroten Vorhängen emporwandern, die die Innenwände ausschmückten, bis mein Kopf in den Nacken fiel. Die Decke war unfassbar hoch. Wie das Firmament einer Kirche wölbte sie sich zu einem Himmel aus Glas und Licht über uns. Tausende kleine Lampen blinkten wie Sterne zu uns herab. Auf einmal kam ich mir so furchtbar klein und unwichtig vor, dass ich fast davon überzeugt war, ich könnte anfangen auf einem Bein hüpfend *If you're happy and you know it* zu singen, und niemand würde mich beachten.

Ausprobieren wollte ich es dann aber doch nicht.

»Das hier … ist krass bizarr«, murmelte ich.

Logan hob zynisch einen Mundwinkel. »Ist es dir noch nicht aufgefallen: Mein *Leben* ist krass bizarr.«

Doch, das hatte ich bereits geahnt, als die Kassiererin seinen Namen gekreischt und er nicht einmal darüber nachgedacht hatte, ob er fünfundzwanzigtausend Dollar erübrigen konnte.

»Okay, auf in die Schlacht«, sagte er schließlich und griff erneut nach meiner Hand.

Seine Finger schlossen sich um meine, als würden sie das jeden Tag tun, und mein Magen flatterte nervös auf. Die Geste hatte etwas Natürliches, Warmes und Intimes an sich, das sich fremd und vertraut zugleich anfühlte. Fremd, weil ich seit Ewigkeiten nicht mehr jemandes Hand gehalten hatte. Vertraut, weil die Berührung nicht unangenehm, sondern … beruhigend war. Logans Körperwärme ging auf mich über und trieb meinen Herzschlag an. Stellte die Härchen auf meinen Armen auf.

Es war albern. Es war unschuldig. Aber alles, was ich gerade spüren konnte, waren seine großen, rauen Finger um meine.

»Sind die Leute hier alle reich?«, wollte ich wissen. Mehr, um mich von meinen eigenen Gedanken abzulenken, als dass es mich wirklich interessierte.

»Gott, nein. Die wenigsten sogar. Bis auf ein paar exklusive Gäste ist das hier eine firmeninterne Feier. Ein Dankeschön an alle Mitarbeiter und Mitarbeiterinnen«, erklärte Logan und zog mich tiefer in die Menge hinein.

Diverse Frauen mit aufgetürmten Vogelnestfrisuren in Abendkleidern, Männer mit farbigen Anstecktüchern in ihren Smokings und sogar die vollkommen in weiß gekleideten Kellner grüßten ihn, als wir an ihnen vorbeikamen. Logan bedachte alle mit einem höflichen, wenn auch etwas abwesenden Nicken, während er weitersprach:»Mein Dad veranstaltet die Gala einmal im Jahr, lässt das beste Essen und den besten Champagner reichen und drückt seinen Leuten so seine Wertschätzung aus.«

»Das klingt nach gar keiner schlechten Idee, um die Mitarbeiter glücklich zu machen«, stellte ich fest.

»Oh, es ist brillant«, sagte Logan tonlos. »Die Leute lieben es. Sich herauszuputzen und sich zu betrinken. Einen Abend so zu tun, als wären sie vom gleichen Kaliber wie die Familie Maxx. Es ist eine sehr funktionale Farce. Mein Dad versteht was davon, unzufriedenen Menschen gerade genug zu geben, um sie nicht allzu frustriert werden zu lassen. Er gibt ihnen die Möglichkeit, Dampf abzulassen – und das nächste halbe Jahr hat er seine Ruhe.«

Logans Worte hörten sich sachlich an, doch seine Stimme war es nicht. Im Gegenteil. Sie war so bitter, dass ich ihm gern etwas Zucker in den Mund gestopft hätte.

»Ach ja. Wenn man vom Teufel spricht …«, murmelte er auf einmal.

Fragend blickte ich auf … und entdeckte einen großen Mann mit angegrautem Haar, glatt rasiertem Kinn und vollkommen schwarzem Smoking, der in unsere Richtung schritt. Er hatte den Gang eines Mannes, der entweder sehr dringend auf die Toilette musste, oder aber genau wusste, wo er hinwollte. Sein Anzug war die reinste satanische Huldigung. Schwarzes Hemd, schwarze Fliege, schwarzes Jackett. Aber all das stand ihm makellos.

Die Leute wichen zur Seite, als wäre er Mose und sie das Meer, während er ein freundliches, aber dennoch reserviertes Lächeln aufgesetzt hatte, das keine Sekunde lang von seiner Miene wich.

Er sah nicht bedrohlich oder gemein oder unhöflich aus. Er wirkte schlichtweg wie ein Mann, der Macht und Einfluss hatte und sich dessen vollauf bewusst war. Und er steuerte direkt auf uns zu.

Logans Hand um meine verkrampfte sich, bevor er sie abrupt losließ und sie stattdessen in seine Hosentasche steckte.

Ich setzte ein freundliches Lächeln auf und trat diskret einen Schritt zur Seite. Offenbar wollte Logan nicht den Eindruck erwecken, dass uns mehr als eine oberflächliche Bekanntschaft verband, und dabei unterstützte ich ihn gern. Denn ... mehr verband uns auch nicht.

Der ältere Mann blieb vor uns stehen, und selbst wenn ich ihn nicht von Hunderten Fotos als Clifford Maxx erkannt hätte, wäre mir klar gewesen, wen ich da vor mir hatte. Denn er verhielt sich schlichtweg so, als würde ihm die Welt gehören – und in seinem Fall stimmte es sogar zur Hälfte. Na ja, zu einem Viertel.

Was hatte ein Mann von seinem Kaliber wohl zu sagen?

13

Lexie

»Logan.«

Okay. Das war enttäuschend.

»Dad«, antwortete Logan schlicht, den Rücken und die Schultern gestreckt. Das Kinn gehoben, die Augen starr. Als könnte er es sich nicht erlauben, zu blinzeln. Alles an ihm wirkte hart und angespannt. Ganz anders als der Logan aus dem Auto, der Witze gemacht und breit gelächelt hatte.

Ich rieb mir über die plötzlich enge Brust und trat vorsichtig noch einen Schritt zur Seite.

»Du bist früh hier, ich habe erst in einer Stunde mit dir gerechnet«, fuhr sein Vater fort und lächelte. »Aber freut mich, dass du deine Verpflichtungen ernst nimmst.« Im nächsten Moment schwenkte sein Blick zu mir. »Du hast allerdings nicht erwähnt, dass du jemanden mitbringst. Andererseits hättest du mich ja auch anrufen müssen, um es mir zu erzählen, und dazu schienst du in den letzten Wochen nicht in der Lage zu sein.«

»Ich hatte viel zu tun«, antwortete Logan gelassen, doch er hätte immer noch hervorragend als Brett für ein Wohnbauhausprojekt herhalten können. »Aber jetzt bin ich ja da. Und meine Begleitung ist eher spontan mitgekommen. Lexie, das ist mein Vater, Clifford Maxx.

Dad, das ist Lexie.« Er wedelte unwirsch mit den Händen zwischen uns hin und her.

Wenn sein Vater das steife Verhalten seines Sohnes merkwürdig fand, so ließ er es sich nicht einmal ansatzweise anmerken. Stattdessen beugte er sich nur vor und reichte mir die Hand. »Freut mich, dich kennenzulernen, Lexie. Du musst ja was Besonderes sein, wenn Logan sich dazu bereit erklärt, dich mitzubringen.«

Meine Wangen wurden heiß. »Oh, nein. Nichts Besonderes. Wir sind nur befreundet, und Logan weiß, wie gern ich den Maxx Tower einmal von innen sehen wollte,« beeilte ich mich zu sagen, bevor ich die Hand ergriff. »Aber die Freude ist ganz meinerseits.«

Mr Maxx' Händedruck war fest und förmlich – gab aber keinerlei Anlass zu dem Kieferknacken, das ich aus Logans Richtung wahrnahm. Sein Vater wirkte nicht böse oder gefährlich oder angsteinflößend. Warum zur Hölle ließ Logans Körpersprache dann vermuten, dass er seinem Vater gern ein Regenbogengesicht verpassen wollte?

»Bist du schon herumgegangen und hast die wichtigsten Leute begrüßt?«, wandte Mr Maxx sich wieder an seinen Sohn und musterte ihn aus kaum merklich verengten Augen. Als wartete er auf eine Antwort, die er bereits kannte.

»Nein«, sagte Logan leise und senkte den Blick. Etwas, das er nie freiwillig tat. Leute so lange anzustarren, bis es ihnen unangenehm wurde, war doch praktisch sein Hobby. »Ich wollte zuerst dir Hallo sagen. Ron meinte, du hättest mich gesucht?«

Sein Vater schüttelte den Kopf. »Wollte nur sichergehen, dass du auch auftauchst. Solche Firmengalas sind wichtig, um in direkten Kontakt mit den Mitarbeitern zu treten – und da du es nicht einmal geschafft hast, in direkten Kontakt mit *mir* zu treten, wollte ich dich lieber mit eigenen Augen sehen.«

Logan schnaubte. »Ach, weil du der Meister der direkten Kommunikation bist, ja?«, meinte er spöttisch. »Und ich werde die anderen schon noch begrüßen. Wo ist Mom?«

»Sie holt sich etwas an der Bar … aber sie wird entzückt darüber sein, dass du eine weibliche Begleitung dabeihast.«

»Na, ich hoffe doch zumindest ebenso entzückt wie du darüber, dass ich meine Verpflichtungen ernst nehme«, murmelte Logan kaum hörbar, doch dem Gesicht seines Vaters entnahm ich, dass er jedes Wort vernommen hatte. Zumindest zuckte ein Muskel an seinem Kiefer.

»Verpflichtungen sind nichts Schlechtes, Logan«, sagte er mit gesenkter Stimme und trat einen Schritt näher. »Sie erinnern einen daran, dass man nicht allein auf dieser Welt ist und Rücksicht besser als Egoismus ist.«

Unruhig trat ich von dem einen Bein auf das andere, während ich zwischen den beiden Männern hin- und hersah. Das war eine sehr subtile Art und Weise gewesen, seinem Sohn zu sagen, dass er ihn für egoistisch und rücksichtslos hielt.

Logan erwiderte jedoch nichts darauf. Er verteidigte sich nicht. Er erklärte seinem Vater nicht, dass er falschlag. Ich hätte mich wohler gefühlt, wenn er es getan hätte. Wenn er wieder … er selbst werden würde. Denn mir hätte er so was nicht durchgehen lassen. Doch er starrte seinen Dad weiterhin nur ungerührt an, bis der peinlich berührt zu mir sah und sich räusperte.

»Was machst du denn, Lexie?«, fragte er.

»Ähm, ich studiere«, antwortete ich hastig. »BWL.«

»Ah, darüber habt ihr euch also kennengelernt?«, zog er den völlig falschen Schluss und sah zurück zu seinem Sohn.

»Ja«, war alles, was Logan zu sagen hatte.

»Gut. Gut, gut«, murmelte Mr Maxx. »Lexie, hast du denn Handels- und Gesellschaftsrecht belegt?«

»Ähm, nein«, sagte ich und rang die Hände. »Aber ich bin auch noch nicht so weit wie Logan.«

»Ah, aber du *wirst* es belegen?«

Logan schnaubte. »Dad, lass es. Ich habe es nicht belegt, ich werde es nicht belegen, schließ damit ab!«

Maxx Senior hob die Augenbrauen. »Mit dem Handelsrecht vertraut zu sein, kann äußerst nützlich sein, wenn du Maxx Industries irgendwann mal leitest.«

»Es interessiert mich aber nicht.«

Mr Maxx seufzte schwer. »Im Leben geht es nicht immer darum, was einen interessiert.«

Logan hob eine einzelne Augenbraue. »Oh, glaub mir, mir ist mehr als bewusst, dass es zumindest in *meinem* Leben nicht darum geht.«

Sein Vater stieß frustriert einen langen Schwall Luft aus. »Logan, es tut mir leid, dass ich dich nach der Highschool nicht in meinem Privatjet um die Welt hab fliegen lassen. Ich weiß, es war schrecklich von mir, dir ein Ultimatum zu stellen und dich entweder BWL studieren oder dir einen Job suchen zu lassen. Aber wenn wir dich nur das tun lassen würden, was dich *interessiert*, würdest du den ganzen lieben Tag lang betrunken und bekifft mit Aiden pokern. Verzeih mir also, dass ich mir etwas anderes für deine Zukunft wünsche als eine Gefängniszelle oder ein Krankenhausbett.«

»Ach, du liebe Güte«, sagte Logan gedehnt und fuhr sich durch die Haare. »Multimilliardär, Vater des Jahres *und* Wahrsager. Wie viele Talente besitzt du noch? Mann, du bist dermaßen beeindruckend, Dad, dass ich kaum glauben kann, dein Sohn zu sein!«

»Logan …«, begann sein Vater, doch bevor er weitersprechen konnte, wurde er von einer schlanken Frau mittleren Alters mit dunkelroten Haaren, dünn zusammengepressten Lippen und dunkelblauem Chiffonkleid unterbrochen, die sich energisch bei ihm einhakte.

»Ich habe dich um eine einzige Sache gebeten, Cliff«, sagte sie. »Heute kein Streit, weißt du noch? Also, was soll das hier? Und, Logan, du solltest es besser wissen, als deinen Vater zu provozieren!«

»Aber ich bin so verdammt gut darin, Mom, und du erzählst mir doch immer, dass ich mich auf meine Stärken konzentrieren soll«, erwiderte Logan trocken.

Die Frau verdrehte die Augen und sah sich um, vielleicht um sicherzugehen, dass keiner den kleinen Familienstreit beobachtete. Dabei blieb ihr Blick auf meiner nervösen Persönlichkeit liegen, und verblüfft öffnete sie die Lippen.

»Wer bist du denn?«, fragte sie.

»Hey«, sagte ich schwach. »Ich bin Lexie, und ich sollte Sie wirklich allein lassen, damit …«

»Wage es nicht«, knurrte Logan kaum hörbar, bevor er seinen schweren Arm um meine Schultern schraubte und mich näher heranzog. »Mom, das ist Lexie. Eine Freundin von mir. Und ich würde sehr gern noch quatschen, aber ihr müsst uns entschuldigen: Wir müssen all den wichtigen Leuten in diesem Raum Hallo sagen.« Ohne ein weiteres Wort des Abschieds wandte er sich um und schob mich durch die Menschenmenge.

Ich konnte trotzdem noch hören, wie seine Mutter perplex zu ihrem Ehemann sagte: »Logan hat ein *Mädchen* mitgebracht?«

»Wow«, murmelte ich. »Du hast wirklich noch nie jemanden zu einer dieser Veranstaltungen mitgenommen, oder?«

»Doch«, widersprach er, während er sich weiter zum Rand des Raumes vorarbeitete. »Meinen besten Freund. Aiden.«

»Ah … Dein bester Freund. Das ist schon eine große Konkurrenz«, bemerkte ich seufzend. »Okay, sei ehrlich: Hätte ihm das Kleid besser gestanden als mir?«

Logans Mundwinkel zuckten, und er zog seinen Arm kaum merklich enger um meine Schultern. »Ich fürchte, ja«, meinte er entschuldigend und beugte sich zu meinem Ohr herab. »Aber das ist nicht deine Schuld. Er ist auf dem besten Weg, Profi-Sportler zu werden, und hat nun einmal einen wunderschönen Körper.«

Ich musste lachen, und mein Herz entspannte sich etwas, denn Logans Schultern taten es auch. Wenn auch nicht viel.

Es war mehr als deutlich, dass er eigentlich nicht hier sein wollte. Dass das Gespräch mit seinen Eltern ihn sehr wütend gemacht hatte.

»Also nur Aiden? Sonst niemanden?«, hakte ich nach. »Es gäbe doch bestimmt etliche Frauen, die sich darum reißen würden, dich zu so einer Party zu begleiten.«

»Damit sie dann meine überneugierige Mutter kennenlernen und mich und meinen Dad beim Streiten beobachten können?« Logan lachte. »Nein danke. Darauf kann ich verzichten. Es reicht, dass mein Vater mich wütend und aggressiv macht. Das wünsche ich niemand anderem.«

Ich biss mir auf die Unterlippe, sollte die nächsten Sätze wahrscheinlich für mich behalten … aber das Wort *sollte* hatte mir schon immer Kopfschmerzen bereitet.

»Dein Vater scheint kein Monster zu sein, Logan«, sagte ich deswegen vorsichtig. »Er war anfangs sehr nett und freundlich, ist nicht laut geworden …«

»Natürlich war er das. *Du* warst anwesend«, meinte er trocken und nickte einem Mann in Nadelstreifenanzug zu. »Abgesehen davon erhebt mein Vater seine Stimme nicht. Er agiert mithilfe von Schuld- und Pflichtgefühlen allein. Er ist kein Arschloch. Er ist kein schlechter Mensch. Aber er ist auch niemals zufrieden – am allerwenigsten mit mir. Unterm Strich ist er also nur ein weiterer Mensch, der über mich urteilt und Schwachsinn über mich verbreitet, weil er es nicht besser weiß.«

»Also … hast du nicht angefangen, BWL zu studieren, weil er dir ein Ultimatum gestellt hat und du eigentlich um die Welt jetten wolltest?«, fragte ich zögerlich.

Logan blieb stehen und sah mit verengten Augen zu mir herab. »Doch. Das stimmt. Ich wollte nach Europa, ein Jahr herumreisen, um herauszufinden, was ich mit meinem Leben anfangen möchte. Dad wollte, dass ich endlich lerne, hart zu arbeiten – keiner von uns beiden hat gewonnen.«

»Und deswegen bist du noch immer wütend?« Skeptisch sah ich ihn an. »Oder warum hast du gerade einen Roboter imitiert?«

Logan antwortete nicht. Denn ein breiter Mann mit ausdünnendem Haar und prächtigem schwarzem Schnäuzer war an uns herangetreten, und beinahe sofort hatte sich seine Haltung wieder verändert. Es war, als hätte ihm jemand fein säuberlich einen Stock in den Hintern geschoben. Und die Worte, die aus Logans Mund kamen, als Mr Schnauzer anfing zu sprechen, waren so glatt und höflich, dass ich eine Gänsehaut bekam.

Offenbar war der Kerl einer der wichtigen Leute, von denen Logans Vater gesprochen hatte, und auf ihn folgten noch diverse andere Geschäftsfrauen und -männer. Ich sagte nicht viel, auch wenn Logan mich jedem einzelnen vorstellte. Weil ich nichts zu erzählen hatte. Stattdessen verbrachte ich meine Zeit damit, Logan zu beobachten.

Es war faszinierend, denn er war plötzlich ein ganz anderer Mensch. Er war ein Geschäftsmann. Er war höflich, aber nicht zu persönlich. Er war distanziert, aber nicht zu kühl. Amüsant, aber nicht Hahalustig. Er war nie zu viel oder zu wenig. Er bewegte sich stetig in einer annehmbaren, geschäftlichen Mitte.

Es war, als hätte ihn jemand geklont und dann ein Programm namens *Wie verhalte ich mich als brillanter Milliardenerbe, der bald die Welt regieren wird?* auf seine Festplatte geladen.

Mann, das musste anstrengend sein! Sich nicht so verhalten zu können, wie man wollte. Allen Menschen das sagen zu müssen, was sie hören wollten. Doch Logan zeigte keine Erschöpfung oder Schwäche, und nach einer halben Stunde wusste ich nicht mehr, ob er mir etwas vorgespielt hatte oder den Anzugträgern.

»Du … du bist wirklich verdammt gut darin, über die Geschäfte deines Vaters zu reden und Leuten das Gefühl zu geben, unentbehrlich für die Firma zu sein«, sagte ich, als wir wieder allein waren.

Logan rieb sich über das Kinn und ließ den Nacken kreisen. Das machte er immer, wenn er nervös oder aufgebracht war, fiel mir auf.

»Jaja«, murmelte er. »Ich bin fantastisch darin. Ich mag Zahlen. Ich mag es, zu reden und zu diskutieren. Probleme zu lösen. Ich werde vermutlich einen unglaublich guten CEO für Maxx Industries abgeben.«

Stirnrunzelnd sah ich ihn an. Logan schaffte es in den unmöglichsten Situationen, arrogant zu wirken. Doch jetzt gerade, als er tatsächlich etwas gesagt hatte, mit dem er hätte angeben können … wirkte er einfach nur erschöpft.

»Du … scheinst nicht besonders glücklich darüber zu sein«, stellte ich verwirrt fest.

Er seufzte schwer, den Blick auf einen Punkt über meiner Schulter gerichtet. »Es ist nicht beeindruckend, dass ich gut darin bin. Ich begleite meinen Dad zur Arbeit, seit ich fünf bin. Ich weiß, wie der Hase läuft.«

»Trotzdem«, widersprach ich. »Du kannst stolz darauf sein!«

Logan lachte freudlos und sah mir in die Augen. »Gott, du hast wirklich keine Ahnung, was es bedeutet, der Sohn von Clifford Maxx zu sein, oder?«, fragte er. »Niemand ist stolz darauf, dass ich gut in dem bin, in dem ich gut sein sollte. Niemanden interessiert es, ob ich brillant bin oder nicht. Es gibt nur zwei Richtungen, die mein Leben einschlagen kann: Entweder ich erfülle die Erwartungen aller … oder ich versage. Es gibt kein Zwischending.«

Ich schnaubte. »Blödsinn. Natürlich gibt es das. Die Welt ist nicht schwarz und weiß.«

Langsam beugte er sich vor, sein Blick war so eindringlich, dass mein nächster Atemzug sich in meiner Lunge verfing. Oder vielleicht war er es, der mir die Luft wegatmete. Denn unsere Gesichter waren nur noch Zentimeter voneinander entfernt.

»Meine ist es, Lexie.«

Seine Miene war so ernst und erschöpft, dass mein Herz in der Brust stolperte. »Das kannst du nicht so meinen.« So zynisch konnte selbst er nicht sein!

»Es ist die Wahrheit.«

»Nein«, widersprach ich leise und schüttelte den Kopf. »Du kannst sehr erfolgreich sein. Du teilst dein Leben nur in die falschen Kategorien ein.«

Logan seufzte. »Ach ja?«

»Ja. Erfolg hat nichts mit Geld und Macht zu tun. Erfolg hat mit Respekt und Anstand und Freundschaft zu tun. Man kann etwas im Leben erreichen, ohne im Forbes Magazin zu stehen.«

»Nicht in meiner Welt«, erwiderte er kühl.

Meine Stimme wurde hart. »Dann solltest du die Welt vielleicht wechseln. Sie hört sich nämlich scheiße an.«

Das brachte ihn zu meiner Überraschung zum Lachen. »Ich glaube, du bist die einzige Person, die so denkt.«

»Nein. Denn du tust es doch auch«, sagte ich direkt.

Logan öffnete den Mund, vielleicht, um zu widersprechen. Doch er hielt inne. Er sagte nichts. Womöglich, weil er nicht wusste, ob er das Recht hatte, ehrlich zu antworten.

Ich würde es nie erfahren, denn in diesem Moment erfüllte statisches Rauschen den Raum, bevor ein Mikrofon quietschte und alle Anwesenden sich automatisch zur kleinen Bühne umwandten, auf der bis eben noch die Musiker gesessen hatten. Ihre Stühle waren beiseite geschoben und durch ein kleines Podium ersetzt worden, auf das nun Clifford Maxx stieg.

»Guten Abend«, sagte er mit freundlicher Stimme, und die Menge brach in Beifall aus.

»Erschreckend, wie wenig mein Vater leisten muss, um bejubelt zu werden, oder?«, murmelte Logan nah an meinem Ohr. »Er wird jetzt eine fünfminütige Rede über Loyalität und Respekt und Ehrlichkeit halten und dabei verschweigen, dass er selbst nichts von alledem hält und ein verdammter Heuchler ist.«

Ich wandte den Kopf und verengte die Augen. »Fünf Minuten, sagst du?«

»Ja, warum?«

»Na, wenn wir heute Abend noch verschwinden wollen, dann jetzt«, sagte ich. »Wenn alle deinen Vater anstarren. Wo müssen wir lang?«

Logan blinzelte, als hätte er einen Moment vergessen, weshalb wir überhaupt hier waren. Dann nickte er und zog mich sanft am Ellbogen zurück. Wir standen glücklicherweise bereits am Rand der Menge, und niemand blickte auf, als wir uns rückwärts aus dem Raum zurückzogen und schließlich nach rechts in einen menschenleeren Flur verschwanden, der zu einer Reihe mit Aufzügen führte.

»Gib mir die Schlüsselkarte. Wir brauchen sie für den Fahrstuhl am Ende des Ganges«, sagte Logan und beschleunigte seinen Schritt.

Ich folgte ihm und war froh, dass ich vorausschauend Filz unter meine Schuhe geklebt hatte, damit meine Absätze nicht so verräterisch laut auf dem Boden widerhallten.

Der Lift am Ende des Flurs war kleiner und schmaler als die anderen, und als wir eintraten und ich Logan die Schlüsselkarte reichte, die er in einen Schlitz an der Innenseite einführte, fiel mir auf, dass es nur einen einzigen Knopf gab, den man drücken konnte.

Stirnrunzelnd sah ich zu Logan, während ein unruhiges Gefühl in mir aufstieg. »Ist das ein privater Aufzug nur für eine bestimmte Etage?«

Er nickte, während der Aufzug sich in Bewegung setzte. Völlig lautlos und fast ohne Ruckeln.

»Wow. Dieses Gebäude ist der Hammer«, stellte ich fest und lehnte mich gegen die kühle Metallwand hinter mir. »Eigentlich ist die ganze Firma der Hammer. Ich würde sehr viel mehr als nur ein Papier stehlen, um irgendwann mal hier arbeiten zu dürfen.«

Logan hob überrascht die Augenbrauen. »Du träumst davon, in einem Büro zu sitzen und Zahlen von einer Excel-Tabelle in die nächste zu schieben?«

Ich lächelte. »Ja. Denn das hört sich an, als würde man eine Krankenversicherung und vielleicht sogar eine Zahnzusatzversicherung bekommen.«

»Jeder Mitarbeiter kriegt eine Zahnzusatz«, bestätigte Logan.

Seufzend legte ich eine Hand auf meine Brust. »That's the dream!«

Logan schüttelte schnaubend den Kopf. »Du träumst echt sehr bescheiden.«

Wieder lächelte ich, doch diesmal fiel es mir schwerer, die Mundwinkel zu heben. »Wenn man kein Geld und keine Perspektive hat, dann passt man seine Träume an«, sagte ich. »Damit die Enttäuschung nicht so groß ist.«

Logan sah mich nachdenklich an, während der Fahrstuhl hielt und eine kleine Glocke unsere Ankunft ankündigte. Die Türen gingen auf, doch anstatt auszusteigen, blieb er einfach stehen. Den Blick unverwandt auf mein Gesicht gerichtet, sodass mir schrecklich heiß wurde.

»Ich glaube, das war das Ehrlichste und Persönlichste, was du mir je erzählt hast«, stellte er leise fest.

Hitze schoss mir in die Wangen, und ich beeilte mich, die Schlüsselkarte aus dem Schlitz zu ziehen. »So persönlich ist das nicht«, log ich und trat aus der Tür in einen einsamen, verdunkelten Flur, der von einer Rezeption aus dunklem Holz dominiert wurde. Automatisch suchte ich den Gang nach Kameras ab. Doch ich fand keine. Und Logan hätte es mir gesagt, wenn es hier oder in dem Büro welche gäbe. Also entspannte ich mich wieder und fragte: »Wie ist es bei dir? Was ist dein Zukunftsplan?«

»Meiner?«, fragte Logan hölzern, während sich die Aufzugstür mit einem metallischen Klicken hinter uns schloss. »Das ist eine gute Frage. Ich kenne nur *den* Zukunftsplan. Studium beenden, hier einsteigen, die Medien-Weltherrschaft an mich reißen.«

Er klang alles andere als begeistert.

»Okay, aber nehmen wir mal an, dein Dad hätte dich nicht zum BWL-Studium gedrängt. Was hättest du dann gemacht? Ich meine … Was würdest du mit deinem Leben anfangen wollen, wenn du die freie Wahl hättest?«

Logan antwortete nicht darauf. »Lass uns gehen«, sagte er knapp und ging auf eine gläserne Tür zu, die in einen weiteren kurzen Flur führte.

»Du hast nicht geantwortet«, erinnerte ich ihn.

Ruckartig wandte Logan sich zu mir um. »Weil es eine sinnlose Frage ist, Lexie«, antwortete er scharf. »Eine völlig irrelevante Frage, die mir nicht ohne Grund noch nie jemand gestellt hat! Es ist egal, okay? Ich hab im Moment nur ein Ziel – und das ist es, dieses Papier zu bekommen. Können wir uns darauf konzentrieren?«

»Okay.« Abwehrend hob ich die Hände. »Tut mir leid, dass ich gefragt habe.«

»Das ist okay, es …« Er stieß ein frustriertes Seufzen aus und rieb sich mit beiden Händen übers Gesicht. »Sorry, ich …Gott ich hasse es, dieser … Ich will eigentlich nicht dieser Typ sein, der …« Er kniff die Augen zusammen und hielt inne.

»Dieser Typ, der was?«, hakte ich nach.

»Ist egal.« Er wandte mir den Rücken zu und machte eine ausladende Handbewegung nach vorn. »Das hier ist die Tür. Bitte sehr.«

Einige Sekunden lang starrte ich unzufrieden seinen Hinterkopf an, dann seufzte ich jedoch leise und trat vor.

Zeit, an die Arbeit zu gehen.

14

Lexie

Besagte Tür bestand aus dunklem Mahagoni mit goldenem Griff. Kein Schild hing daran. Kein Schild hing daneben. Die Tür sah nur solide und teuer aus und gab keinen Hinweis darauf, wessen Büro sich dahinter verbarg.

»Logan …«, sagte ich langsam und drehte mich um. »Derjenige, den du bestehlen willst, muss ein ziemlich hohes Tier hier sein.«

»Könnte man so sagen«, murmelte er, doch er wich meinem Blick aus.

Ein ungutes Gefühl machte sich in meinem Bauch breit, und ich verengte die Augen. Ich sah nach links zu der Fensterfront. Ein Meer aus Lichtern erstreckte sich unter mir. Los Angeles lag uns zu Füßen. Shit, wir waren wirklich verdammt hoch. Ziemlich sicher sogar im obersten Stockwerk des Towers … und im obersten Stockwerk saß meistens eine ganz bestimmte Person. Meine Hände verkrampften sich, und meine Zähne schabten übereinander.

»Logan«, wiederholte ich und sah ruckartig zu ihm auf. »In wessen Büro steigen wir ein?«

»Warum ist das wichtig?«, fragte er. »Solltest du nicht schon längst dabei sein, das Schloss zu knacken?« Er gestikulierte zur Tür.

»Logan!«, zischte ich und funkelte wütend zu ihm hoch. »*Wessen* Büro ist das hier?«

Er seufzte, und endlich erwiderte er meinen Blick. »Du weißt doch schon längst, zu welchem Büro diese Tür führt. Muss ich es auch noch aussprechen?«

»Ja, verdammt!«, fuhr ich ihn an. »Denn wir haben gesagt, dass wir ehrlich zueinander sind – und du hast mir verschwiegen, dass du deinen beschissenen *Vater* ausrauben willst!« Ich stieß mit den Händen gegen seine Brust – doch er bewegte sich nicht vom Fleck.

»Sprich leiser, okay?«, bat Logan und zog meine Hände von seinem Anzug, hielt sie jedoch fest an den Gelenken umschlossen. Vielleicht, weil er Angst hatte, dass ich ihn noch ernsthaft angriff – was gerade durchaus im Bereich des Möglichen war. Denn der Mistkerl hatte mich bewusst angelogen! Magensäure stieg meinen Hals hinauf, und Wut brodelte in mir. »Du wusstest, dass ich wahrscheinlich Nein sagen würde, wenn mir klar wird, dass das hier nichts weiter als ein Rachefeldzug ist«, zischte ich und versuchte, ihm meine Fäuste zu entziehen, doch er verstärkte seinen Griff nur. Ich könnte mich vermutlich befreien, doch dann würde Logan im schlimmsten Fall mit Platzwunde am Kopf enden, und *so* wütend war ich dann auch wieder nicht. Da war ich mir zumindest fast sicher.

»Es ist *kein* Rachefeldzug«, stellte Logan nüchtern klar. »Und du musst nur Folgendes wissen: Mein Vater hat mich belogen, und die Wahrheit steht auf einem Dokument in seinem Büro. Und ich bezahle dich, um die Tür zu öffnen – nicht, um mich anzufallen. Hättest du also die Güte, deine Aufgabe zu erledigen?«

Abrupt ließ er meine Hände los, sodass sie schwer zu meinen Seiten fielen.

Ich presste die Lippen zusammen und sah ihn einige Atemzüge lang weiterhin wütend an, dann wirbelte ich herum, zog mein Dietrichset aus der Handtasche und ging vor der Tür in die Hocke. »Dieser Streit ist noch nicht vorbei!«, warnte ich ihn, während ich den Hook und einen besonders schmalen Pick ins erste Schloss einführte.

»Was macht es denn für einen Unterschied?«, wollte Logan kühl wissen. »Du hast dich darauf vorbereitet, in das Büro eines reichen, arroganten Mannes einzubrechen – und genau das tust du. Die Tatsache, dass er mein Vater ist, ändert nichts daran.«

Doch, das tat es. Denn das machte die Sache persönlich – und Menschen taten dumme Dinge aus persönlichen Gründen. Ich hatte keine Ahnung, *was* ich hier eigentlich gerade unterstützte.

Das erste Schloss klickte, ich ersetzte den schmalen Pick mit einem dickeren und konzentrierte mich auf das zweite.

Soweit ich wusste, könnte Logan seinem Vater private Passwörter stehlen und morgen sein gesamtes Konto leer räumen, um sich … einen Kampfanzug zu kaufen, mit dem er Clifford Maxx umbringen wollte! Gut, ich war mir nicht sicher, wo er so einen Anzug herkriegen wollte, aber es war möglich!

»Ich habe nichts Böses vor, Lexie«, sagte Logan leise, als hätte er meine Gedanken gelesen. »Niemand wird verletzt werden. Kein Schaden wird entstehen. Aber dieses Blatt Papier – es sollte ohnehin mir gehören. Ich habe das Recht, es zu lesen. Und ich weiß, du hast ein Vertrauensproblem, doch es ist die Wahrheit.«

Ich sah über meine Schulter zu ihm hoch. Musterte sein ernstes Gesicht … und ich glaubte ihm.

Ich konnte mir nicht helfen.

Denn Logan war ein guter Kerl, egal, was er dem Großteil der Menschheit glauben machen wollte. Er würde mich nicht verraten, und er hatte bestimmt einen guten Grund, in dieses Büro einzusteigen. Ich hatte keine Ahnung, warum ich mir da so sicher war – aber ich *war* mir sicher.

Oder zumindest hoffte ich es.

»Okay«, flüsterte ich, schluckte und zog den Hook langsam nach vorn … Das zweite Schloss gab nach.

Ich rappelte mich vom Boden auf, verstaute meine Dietriche und machte eine ausladende Bewegung. »Nach dir.«

Logan streckte die Hand nach der Klinke aus – und den Bruchteil einer Sekunde zögerte er. Dann jedoch drückte er sie nach unten und trat in den dahinterliegenden Raum. Es war dunkel und still, doch das blieb nicht lang so.

»Hältst du es für klug, das Licht anzumachen?«, fragte ich und blickte zur Deckenleuchte.

»Hier ist niemand, und je mehr wir sehen, desto schneller finden wir, was wir suchen«, meinte er schulterzuckend und schloss die Tür hinter mir.

»Auch wieder wahr«, murmelte ich. »Apropos suchen … Was suchen wir?«

»Ein Geheimfach«, erklärte Logan abwesend, während er bereits die Briefbeschwerer aus Messing anhob und Schubladen aufriss.

Ich schnaubte. »Dein Ernst?«

»Ja. Clifford Maxx ist ein Fan von Detektivromanen, und ich weiß, dass er eins hier hat einbauen lassen …« Er hob hastig Locher, Tacker und Stifte aus einer Schublade und tastete den Boden darunter ab. »Er ist paranoid. Denkt dauernd, dass jemand hier einbrechen könnte.«

»Na, wer würde denn so etwas tun?«, fragte ich ironisch und ging direkt zu den dicken Bücherregalen, die eine ganze Wand ausmachten, wo ich ein Buch nach dem anderen herauszog und wieder zurückstellte.

Logan schnitt eine Grimasse. »Er wird wohl nicht mit mir gerechnet haben«, gab er zu. »Und was machst du da?«

»Ich dachte, vielleicht löst eines der Bücher einen Mechanismus aus.«

Er lachte leise. »Wie suchen ein kleines Fach – keinen Geheimgang, der zu den Reliquien der Tempelritter führt! Ich hab gehört, wie mein Vater meiner Mutter erzählt hat, dass er darin nur die wichtigsten Dinge aufbewahrt, und es gibt irgendeinen Mechanismus, über den sie sich lustig gemacht hat …«

»Vielleicht hat sie sich ja darüber lustig gemacht, dass der Mechanismus superklischeehaft durch ein Buch ausgelöst wird«, gab ich bissig zu bedenken und fuhr damit fort, das Regal zu untersuchen und auch die Seiten nach einem Hohlraum abzuklopfen, bevor ich in der dritten Regalreihe mit der Suche weitermachte.

Logan schnaubte. »Ich glaube nicht, dass …« Er wurde von einem leisen Knacken unterbrochen, als eine quadratische Klappe am Fuß des Regals sich öffnete.

»Du sagtest?«, wollte ich unschuldig wissen.

»Das gibt es doch nicht.« Kopfschüttelnd ließ er vom Schreibtisch ab und kam zu mir. »Wie viel Glück kann man haben?«

»Ich nenne es weibliche Intuition.«

Logan verdrehte die Augen, ging auf die Knie und blickte ins Fach.

»Und?«, wollte ich wissen und beugte mich etwas vor. »Ist es das richtige?«

»Ich glaube schon, hier ist …« Er brach ab, und ich wusste sofort, warum.

Ruckartig sah ich zur Tür. Da war ein sanfter, heller Ping-Laut gewesen. Als wäre jemand soeben mit dem Fahrstuhl auf dieser Etage angekommen.

»Fuck!«, fluchte Logan leise, und ich sah gerade noch, wie er ein gefaltetes Stück Papier aus dem Fach zog und in seiner Tasche verschwinden ließ, bevor er es wieder schloss und auf die Füße sprang.

Ein fröhliches Pfeifen ertönte – das leider mitten in der mir nicht bekannten Melodie abbrach. Schritte näherten sich.

Meine Handflächen wurden feucht, und das Herz schlug mir bis zum Hals. Shit. Das war nicht gut.

Mein Blick zuckte hoch zu der flimmernden Decke. »Verdammt, das Licht!« Ich wollte zur Tür stürzen, um es auszuschalten, doch Logan hielt mich am Handgelenk zurück.

»Nein, lass das Licht an!«, wisperte er. »Derjenige wird es schon längst gesehen haben und denkt sonst, dass wir etwas Verbotenes tun!«

»Aber wir *tun* etwas Verbotenes«, zischte ich ungläubig.

»Nein«, widersprach Logan, blickte zur Tür, zu mir und wieder zurück. »Nein, nein. Wir sind nicht hier, um etwas zu stehlen, wir sind hier, um … um …« Er erstarrte – und nickte. »Ja«, sagte er fest, und bevor ich fragen konnte, was *Ja* zu bedeuten hatte, machte er einen Schritt auf den Schreibtisch zu … und fuhr mit ausgestrecktem Arm über die Oberfläche.

Briefbeschwerer, Papiere, ein Gefäß voller Stifte und die Computermaus flogen durch die Luft und krachten scheppernd zu Boden.

Das Blut wich mir aus dem Gesicht. »Bist du *wahnsinnig*?«, fuhr ich ihn panisch an. »Warum machst du auch noch Lärm! Warum …?«

Doch die letzten Worte blieben mir in der Kehle stecken, als Logan mich an der Hüfte packte, rückwärts gegen den Schreibtisch drängte und im nächsten Moment darauf hob.

»Was zur Hölle tust du?«, fragte ich fassungslos.

»Ablenken.« Er trat zwischen meine Beine.

Meine Augen weiteten sich. »Was? Ich …«

Logan umfasste mein Gesicht und senkte seinen Mund hart auf meinen.

Ich war zu schockiert, um mich zu bewegen.

Es war, als würde Logan mir den Sauerstoff aus dem Kopf küssen. Seine Lippen trafen bestimmt auf meine, während er die Finger in meinen Haaren vergrub und mit der Hüfte meine Beine weiter spreizte.

Eine Zehntelsekunde lang wusste ich einfach nicht, was passierte. Doch dann hörte ich die Schritte direkt hinter der Tür, etwas in meinem Kopf klickte … und innerlich fluchend schlang ich einen Arm um Logans Hals.

Er wollte eine Ablenkung schaffen, er konnte eine haben!

Mit der anderen Hand zerrte ich sein Hemd aus der Hose, glitt mit den Fingern darunter, um es vollkommen vom Gürtel zu befreien … und fand glatte, heiße Haut. Muskeln, die sich unter meiner Berührung anspannten.

Logans Hand landete auf meinem Bein, und kurz darauf schob er auch schon das Kleid hoch. Strich mit rauen Fingern über meinen nackten Oberschenkel und trieb damit einen Schauer durch meinen Körper. Hitze in meinen Unterleib. Mein Herzschlag beschleunigte sich. Ein Kribbeln breitete sich in meiner Brust aus. Logans Geruch nach frisch gemähtem Gras und der herbe Duft, den ich noch nicht ganz zuordnen konnte, strömten auf mich ein, und mir wurde schwindelig.

Die Zeit verlangsamte sich. Die Sekunden streckten sich zu Minuten. Das Lampe über uns verblasste. Die Lichter der Stadt zu unserer Linken verschwammen zu einer glühenden Masse.

Logans Nase stieß gegen meine, bevor er erneut meine Haare durcheinanderbrachte und seine große, warme Hand in meinen Nacken wandern ließ. Mit dem Daumen mein Kinn kaum merklich anhob.

Unsere Blicke trafen sich. Verhakten sich.

Ich spürte seinen warmen Atem auf meinem Gesicht. Spürte die Hitze, die sein Körper ausstrahlte, in jeder meiner Poren. Und als Logan mich diesmal küsste, war ich vorbereitet. Als seine Lippen diesmal meine vereinnahmten, öffnete ich meine.

Der Kuss war stürmisch und drängend. Heiß und gemächlich. Er war süß und herb. Hart und weich.

Er war alles auf einmal.

Meine Lider flatterten. Logan strich mit dem Daumen über meine Wange. Kleine, helle Blitze zuckten durch meinen Körper. Ich ließ den Kopf tiefer nach hinten sinken, tiefer in Logans Berührung ... Ich verlor jegliches Zeitgefühl.

Ich wusste nicht mehr, wo ich war. Was ich hier tat.

Ich wusste nur noch, dass Logan nach Erdnussbutter und Mann schmeckte. Dass seine Finger auf meinem bloßen Schenkel heiße Schauer hinterließen. Dass sich unkontrolliert Hitze in mir sammelte. Dass mein Atem immer flacher wurde. Dass ich nicht anders konnte, als den Kuss zu vertiefen. Mit der Zunge federleicht über Logans Unterlippe zu streichen.

Logans Rückenmuskeln erstarrten unter meiner Berührung. Seine Fingerkuppen gruben sich in mein Bein ... und im nächsten Moment zog er mich ruckartig an der Hüfte näher an den Schreibtischrand und erwiderte den Kuss. Seine Zunge traf auf meine, ließ helle Farbpunkte vor meinem Auge explodieren. Ich keuchte auf, schloss die Beine um seine Hüften, um mehr Reibung zu erzeugen. Ihn noch näher an mich zu ziehen. Bis ich ihn hart und unnachgiebig zwischen meinen Schenkeln spürte. Da, wo ich ihn brauchte. Eine süße Schwere glitt in meinen Unterleib. Der Daumen seiner einen Hand presste sich in die Innenseite meines Oberschenkels, während er seine andere Hand von meinem Nacken löste. An meine Taille legte und mich so eng an sich zog, dass kein Blatt Papier mehr zwischen uns gepasst hätte.

Meine weichen Brüste an seiner harten Brust. Seine Lippen an meinem Hals, hinter meinem Ohr, wieder besitzergreifend auf meinen. Er nahm und er gab, und ich bekam nicht genug. Streckte mich ihm entgegen, bis mein Rücken im Hohlkreuz lag, bis ...

»Ach, du grüne Neune. Was geht denn hier vor sich?«

Ich schrak zusammen und riss den Kopf zurück. Instinktiv stieß ich Logan von mir und klammerte mich an der Kante der Tischplatte fest. Denn wir waren nicht mehr allein.

Natürlich waren wir nicht mehr allein. Ich hatte die Schritte gehört, wir hatten Lärm gemacht, mir war klar gewesen, dass wir erwischt wurden – so, wie von Logan beabsichtigt.

Aber ich hatte es vergessen.

Ich leckte mir über die Lippen und schluckte.

Einfach *vergessen*.

Da waren Logans Lippen und seine Hände gewesen und die Hitze …

Mein Kopf war völlig leer gewesen.

»Shit«, stieß Logan aus, sein Atem ging flach und kurz. Sein Blick verweilte eine Sekunde lang auf meinem Gesicht, seine dunkelblauen Iriden waren fast nicht mehr von seinen Pupillen zu unterscheiden, bevor er zu der Frau im Türrahmen sah. »Shit«, wiederholte er und vergrub eine Hand in seinen Haaren.

Er wirkte verdammt überzeugend. So als wüsste er gerade wirklich nicht, was passiert war.

Ich konnte das sehr gut nachvollziehen, denn … *Was zur Hölle?*

Ich führte die Finger langsam an meine kribbelnden Lippen, ignorierte das Pochen zwischen meinen Beinen. Wollte sichergehen, dass ich mir all das gerade nicht eingebildet hatte, bevor mein Blick ebenfalls zur Tür wanderte. Eine ältere Frau im pinken Rüschenkleid stand dort. Sie hatte eine dicke Hornbrille auf der Nase und helle graue Locken.

»Ups«, brachte ich steif hervor, sprang hastig vom Tisch und strich mein Kleid glatt. Versuchte, mein hämmerndes Herz unter Kontrolle zu bringen.

»Logan! Was zur …? Was tust du hier?« Der Kopf des Neuankömmlings lief scharlachrot an, und betreten sah sie zwischen Logan und mir hin und her.

»Entschuldigen Sie, Mrs Row«, sagte Logan und räusperte sich verlegen. »Ich … ich wollte Lexie die Aussicht von hier oben zeigen, also habe ich mir die Schlüsselkarte von Ron geliehen, und die Tür zum Büro stand offen, und … Fuck.« Mit der Hand fuhr er sich übers Gesicht. »Wir haben wirklich nicht geplant … Es …« Er brach ab und seufzte schwer. »Bitte, bitte, könnten Sie das hier einfach für sich behalten? Es ist peinlich genug, dass Sie uns erwischt haben. Wenn mein Dad …«

»Ihr … Was? Die Tür stand offen?«, sagte sie mit Kieks-Stimme. »Aber … Na ja, selbst dann: Ihr solltet wirklich nicht hier oben sein.«

»Ich weiß«, erwiderte Logan sofort und verzog das Gesicht. »Es ist dämlich und das Ganze wirklich mal wieder keiner meiner Glanzmomente.« Er seufzte so schwer und tief, dass sogar ich Mitleid mit ihm bekam – und ich wusste, dass er wirklich keins verdient hatte! »Sorry. Mist. Wir räumen hier alles wieder auf und sind sofort weg, Mrs Row. Wirklich. Aber wenn mein Vater wüsste, was ich …« Er zog eine Grimasse. »Könnten Sie …« Flehend sah er sie an.

Sie ließ einen hohen, pfeifenden Luftzug aus und trat einen Schritt zurück. »Schön, von mir wird keiner etwas erfahren«, kapitulierte sie. »Aber jetzt macht, dass ihr hier rauskommt. Ich räume auf und schließe ab. Die Tür sollte nämlich eigentlich nicht offen sein. Aber Mr Maxx wird es wohl beim ganzen Stress mit der Gala vergessen haben.«

»Danke, Mrs Row«, sagte Logan ernst, nahm mich an der Hand und zog mich aus der Tür. Er ließ mich nur noch einmal los, um der rotköpfigen – wie ich vermutete – Sekretärin einen Kuss auf die Wange zu drücken. »Sie sind die Beste. Sie haben eine Gehaltserhöhung verdient.«

Mrs Rows Gesicht erglühte mittlerweile im schönsten Sonnenuntergangsrot, und sie winkte verlegen ab. »Jaja. Verschwindet.«

Logan grinste breit, und ich hob unbeholfen die Hand.

»Ähm, nett, Sie kennenzulernen, und sorry, dass Sie das mitansehen mussten«, sagte ich holprig, bevor wir durch die Tür in den Rezeptionsbereich und schließlich in den Fahrstuhl verschwanden.

»*Sorry, dass Sie das mitansehen mussten?*«, echote Logan, sobald sich die Türen geschlossen hatten, und sah mich kopfschüttelnd an.

Ich entzog ihm meine Hand. Die Berührung war zu viel. Das alles … Es sollte nicht sein. Es konnte nicht …

Ich räusperte mich und starrte auf den Boden. »Sie hat ein Kreuz getragen«, murmelte ich. »Vielleicht haben wir sie durcheinandergebracht.«

Und Mann, ich wusste, wie sie sich fühlte.

15

Die Stille, die auch zehn Minuten später noch zwischen uns herrschte und nun das Autoinnere erfüllte, dröhnte in meinen Ohren.

Meine Handflächen waren feucht, sodass ich ständig ihre Position ums Lenkrad wechselte, und ich schwitzte unter dem Hemd und Sakko. Aber keins der beiden Dinge lag an der Hitze, die den Wagen erfüllte, auch wenn ich womöglich der Einzige war, der sie spürte.

Denn fuck. Ich war nervös.

Diesmal wusste ich es.

Diesmal konnte ich mir nicht vormachen, dass es etwas anderes war. Auch wenn ich nicht bestimmen konnte, *warum* genau ich nervös war. Denn es gab zu viele Gründe.

Da war der Zettel in meiner Jacketttasche, den ich noch immer nicht geöffnet hatte und der ein Loch durch den Stoff zu brennen schien. Da war die Schlüsselkarte, die Lexie abgewischt und dann einfach im Fahrstuhl fallen lassen hatte. Da war die Frage, ob Mrs Row wirklich dichthalten würde … Und da war der Kuss.

Der verdammte Kuss, der noch immer auf meinen Lippen brannte.

Ich hatte es für die beste Idee gehalten, so zu tun, als wären wir nur zum Rummachen in das Büro meines Vaters gekommen. Irgendein Mädchen da mithochzunehmen und meinem Dad praktisch den Mittelfinger damit zu zeigen, sie auf seinem Schreibtisch zu vernaschen, war, wie ich mir leider eingestehen musste, kein untypisches Verhalten für mich.

Der Plan war gut gewesen. Ich hatte nur mittendrin vergessen, dass es einer gewesen war.

Weil ich Lexie wollte. Es schon seit Tagen tat, auch wenn es mir nicht in den Kram passte. Und weil Lexie den verdammten Kuss erwidert hatte.

Ich hatte erwartet, dass sie mir den Vogel zeigen oder mich wegschubsen würde. Doch stattdessen waren ihre Hände unter meinem Hemd gewesen. Ihre Beine um meine Hüften. Ihre Lippen so gierig, wie ich mich noch immer fühlte. Sie hatte es auch gewollt. *Mich*. Ich hatte es an ihrem hektischen Atem gehört. An ihren fordernden Lippen gespürt. An der Art und Weise, wie sie sich in meinen Rücken gekrallt hatte.

Sie hatte einen Teil ihrer Kontrolle verloren. Und allein der Gedanke daran machte mich wieder hart. Denn von Lexie Shaw gewollt zu werden, war wie eine verdammte Droge gewesen. Wenn Mrs Row, die langjährige Assistentin meines Vaters, nicht hereingekommen wäre, hätte ich für nichts mehr garantieren können. Es war …

Ein Hupen hinter mir ertönte, und ich blinzelte. Die Ampel vor mir war auf Grün gesprungen. Ich drückte aufs Gas und versuchte, mich wieder voll und ganz aufs Fahren zu konzentrieren. Denn es war egal. Es war eine dumme Idee gewesen. *Wir* wären eine dumme Idee. Und noch heute würden wir ihr ein Ende bereiten. Denn der Auftrag war erledigt. Sobald ich Lexie am *Blue Mate* abgesetzt hatte, würden wir uns nicht wiedersehen.

Ich ließ die Schultern kreisen und warf ihr einen hastigen Seitenblick zu. Sie hatte die Schuhe von den Füßen gekickt und starrte aus dem Fenster. Kaute auf ihrer Unterlippe herum, während sie abwesend eine ihrer goldenen Strähnen um den Finger wickelte. Der schwarze Stoff war ihre Oberschenkel hochgerutscht und gab ihre Haut frei. Ließ mich daran denken, wie sie die Schenkel gespreizt hatte …

Mühsam riss ich mich von ihr los und sah wieder nach vorn.

Ich hatte das Gefühl, dass der falsche-richtige Kuss im Büro meines Vaters nur der Anfang von etwas sehr Heißem gewesen war, das ich auf gar keinen Fall verpassen wollte. Aber ich sollte es. Musste es sogar.

Es gab Wichtigeres. Weil ich dank des Zettels jetzt endlich herausfinden konnte, wer ich wirklich war, und ich darauf all meine Energie verwenden sollte. Und weil ich sie belogen hatte …

Ich biss die Zähne aufeinander, während ich mit dem Zeigefinger nervös auf das Leder des Lenkrads schlug. Mein Magen verkrampfte sich, bevor er nervös aufflatterte. Das schlechte Gewissen nagte an mir. Ich schuldete ihr eigentlich eine Erklärung. Nein, *diverse* Erklärungen.

Ich hielt an einer weiteren Ampel und schloss kurzzeitig die Augen. Ich könnte einfach die Klappe halten. Lexie zum *Blue Mate* fahren, ihr das Geld geben und mit der Sache abschließen.

Aber ich hatte das Verlangen, heute kein Arschloch zu sein. Nicht vor ihr. Sie hatte was Besseres verdient. Und … ich wollte was Besseres sein.

Schwer seufzend setzte ich mich aufrechter hin. »Lexie, es tut mir leid«, sagte ich leise.

Ich hörte, wie ihr Kleid raschelte, als sie sich zu mir umwandte, hielt den Blick jedoch auf die Straße gerichtet. »Was tut dir leid?«, wollte sie wissen, bevor sie zögerlich hinzufügte: »Dass du mich geküsst hast?«

Meine Mundwinkel zuckten. Was für eine bescheuerte Frage. »Nein.« Denn das könnte mir nicht leidtun, selbst wenn mein Leben davon abhinge. Der Kuss war … zu kurz gewesen. Fantastisch und

womöglich nicht echt und trotzdem viel zu kurz. »Der Kuss war ...
nötig«, sagte ich.

»Nötig«, wiederholte sie leise. »Ja. Du hast recht. Er war ... eine
gute Idee.« Sie räusperte sich, und aus dem Augenwinkel bekam ich
mit, wie sie mich fragend betrachtete. »Um davon abzulenken, warum
wir eigentlich in diesem Büro waren.«

»Klar«, murmelte ich und starrte so fieberhaft auf die Ampel, dass
das Rot vor meinen Augen verschwamm. Wollte keinen weiteren Blick
auf ihre Lippen riskieren.

»Wenn es nicht der Kuss ist, was tut dir dann leid?«, hakte sie nach.

»Dass ich dich angelogen habe«, gab ich zu. »Ich hätte dir sagen
sollen, dass es das Büro meines Vaters ist. Aber du hattest recht – ich
hatte Angst, dass du dann abspringst.«

»Okay. Danke.«

Die Ampel wechselte auf Grün, und ich fuhr wieder an. »Gut«,
murmelte ich.

Ich hörte, wie Lexie durchatmete. Am liebsten würde ich sie ansehen. Doch ich wagte es nicht. Denn ich würde ja doch nur schauen,
ob ihre Lippen noch geschwollen waren. Ihre Wangen gerötet.

»Logan, was immer es ist, du solltest es ihm sagen«, sagte sie leise.

»Deinem Vater. Und deiner Mutter.«

»Was?« Verwirrt runzelte ich die Stirn. Meine Gedanken hätten
nicht ferner von meinen Eltern sein können.

»Warum du so verdammt wütend auf sie bist«, stellte sie klar. »Ich
bin mir ziemlich sicher, dass es etwas mit dem Zettel in deiner Tasche
zu tun hat, und du musst mir nicht erzählen, was draufsteht, aber ...
Du bist sehr, sehr wütend auf deine Eltern, und das solltest du sie wissen lassen.«

Ich presste die Lippen zusammen und umklammerte das Lenkrad
fester. Sie sagte das so, als wäre es einfach. Als könnte ich einfach all

den Frust und all die Wut, die ich über die Jahre angestaut hatte, mit einem Mal rauslassen. Als müsste ich sie nur laut aussprechen und sie würden von allein verschwinden.

»Kommunikation und Ehrlichkeit wird in meiner Familie nicht großgeschrieben«, sagte ich schließlich kühl, während ich auf den Freeway fuhr.

»Ja, in meiner auch nicht«, wisperte sie, bevor sie seufzte. »Aber ich bereue es heute, weißt du? Meinem Vater nie gesagt zu haben, wie wütend ich auf ihn bin. Und ich trage die Wut immer noch mit mir herum, und wer weiß, ob ich sie irgendwann überhaupt noch loswerde. Aber mein Dad …« Sie räusperte sich. »Er befindet sich auf der anderen Seite des Landes. Deiner ist hier. Deine Mutter auch. Du hast noch die Chance, ehrlich zu ihnen zu sein.«

»So ehrlich, wie sie zu mir waren?«, fragte ich bitter.

»Du solltest es besser machen wollen als sie. Das ist alles, was wir versuchen können. Nicht so zu enden wie sie.«

Ich lachte freudlos auf. »Aber ich bin auf bestem Weg dorthin, Lexie! Ich bin charmant, wenn ich will. Ich bin ein Arschloch, wenn ich will. Die Leute sehen mich an, als wäre ich etwas Besseres, und irgendwann werde ich ihnen glauben. Ich trage viel zu oft enge Anzüge, die mich zu strangulieren drohen. Ich gehe zweifelhafte Geschäfte mit zwielichtigen Leuten ein – nichts für ungut. Ich werde zu meinem verdammten Vater, obwohl er … obwohl er …« Ich brach ab und schüttelte den Kopf. »Obwohl er die verdammte Genugtuung nicht verdient hat! Und nächstes Jahr werde ich bei Maxx Industries einsteigen, meine Seele verkaufen, weitere Milliarden scheffeln, irgendeine hübsche, sozial-respektable Frau heiraten, damit ich irgendwann meinem eigenen Sohn das Gefühl geben kann, nicht gut genug zu sein! Und da erzählen mir alle Leute, was für ein beschissen tolles Leben ich doch habe.«

»Mann«, murmelte Lexie, und zu meiner Überraschung spürte ich, wie sie sacht meine Schulter drückte. »Du hasst alles am Maxx Tower, oder? An dem Leben, das für dich ausgesucht wurde. Die Anzüge, die Erwartungen. Alles.«

Ich starrte stur auf die Straße. Sie hatte recht. Natürlich hatte sie recht. Und dennoch ...

»Möglicherweise bin ich gerade etwas extrem geworden. Mir wurde im Leben eine Menge geschenkt«, sagte ich angespannt. »Es wird mir ... leicht gemacht. Ich sollte mich nicht darüber beschweren.« Vor allem nicht, während sie neben mir saß.

»Aber du kannst«, erwiderte sie schlicht. »Dich beschweren. Ich meine nur ...« Sie räusperte sich. »Jeder hat andere Probleme. Jeder das Recht, sich darüber aufzuregen. Es ist ja nicht so, als hättest du dir ausgesucht ... nun, reich und Logan Maxx zu sein.«

Ein Lächeln zupfte an meinen Mundwinkeln. Trotz allem. Trotz meiner Wut und meinem Frust. Und die Wärme, die sich in meiner Brust ausbreitete, hatte rein gar nichts mit diesen schlechten Emotionen zu tun. »Soso ... versuchst du etwa gerade, weniger verurteilend und voreingenommen zu sein?«

Sie seufzte schwer. »Mach es nicht kaputt, indem du mich darauf hinweist. Es fällt mir nämlich wirklich schwer.«

Mein Lächeln wurde breiter. »Du schlägst dich ganz gut.«

»Danke ... Und ehrlich, Logan: Wenn du all das so schrecklich findest, warum schmeißt du dann nicht alles hin? Warum tust du nicht das, was du willst? Wovon du träumst? Es ist dein Leben, Logan.«

Ich wünschte, es wäre so einfach. »Ich kann nicht«, sagte ich leise.

»Warum?«

Mein Kiefer knackte. »Weil mein Vater dann recht hat. Damit, dass ich nichts zu Ende bringe. Dass ich nicht hart arbeiten kann. Dass ich mich auf meinem Namen ausruhe. Weil die Medien sich das Maul zerreißen und mich wie den letzten Idioten hinstellen werden. Abgesehen davon … Ich bin fast mit dem Master fertig. Es wäre albern, jetzt noch abzubrechen.«

Lexie antwortete nicht direkt. Ich spürte ihren Blick weiterhin auf mir, doch ich hatte nicht das Verlangen danach, sie anzusehen. Ich wollte nicht wissen, ob sie mich dafür verurteilte, dass ich einfach so nachgab. Oder mich dafür bemitleidete, dass ich keine wirkliche Wahl hatte.

Doch ihre Worte ignorieren, konnte ich auch nicht.

»Aber … wenn es dich nicht glücklich macht?«, fragte sie leise. »Solltest du nicht auch die Möglichkeit haben, das zu verfolgen, was dich begeistert? Deinen eigenen Traum zu leben – und nicht den deiner Eltern?«

Ich schluckte und knibbelte mit dem Zeigefinger an einem Faden, der aus dem Lenkrad ragte.

Vielleicht. Vielleicht hatte sie recht.

Aber … was waren überhaupt *meine* Träume? Meine Ziele?

Es war absurd, aber mir hatte noch niemals jemand diese Frage gestellt. Weshalb ich mir noch nie offensiv Gedanken über eine Antwort gemacht hatte. Irgendwie war immer klar gewesen, was meine Träume sein müssten. Was meine Ziele sein sollten. Wie mein Leben aussehen würde. Hatte ich überhaupt eigene Träume? Gab es überhaupt etwas, das ich … unbedingt wollte?

Außer Lexie?

Ich rieb mir über die Stirn und zuckte mit den Schultern, verzichtete jedoch darauf, ihr zu antworten.

Lexie hatte ihre bescheidenen Träume. Ihre erreichbaren Ziele.

Meine Träume würden wahrscheinlich alles andere als bescheiden sein. Meine Ziele nicht erreichbar. Warum mir also darüber Gedanken machen?

Die nächsten zwanzig Minuten verbrachten wir schweigend. Aber es war ein seltsam angenehmes Schweigen. Ich hatte nicht das Gefühl, dass Lexie von mir erwartete, zu sprechen … und ich genoss es, keine Erwartung erfüllen zu müssen. Erst als wir vom Freeway abfuhren und ein Schild uns darauf aufmerksam machte, dass wir zurück in Golden Heights waren, brach ich die Stille.

»Lexie, kann ich dich nach Hause fahren?«

»Ich dachte, das ist es, was du gerade tust«, bemerkte sie amüsiert.

»Nein, ich meine nicht zum *Blue Mate*, sondern … nach Hause.«

Es war dunkel, die Gegend nicht die beste, und ich hatte ein Auto. Das Mindeste, was ich für sie tun konnte, war, sie direkt vor der Tür abzusetzen.

»Oh«, sagte sie überrascht und zupfte nervös an ihrem Kleidersaum. »Ähm … das wäre schon okay, schätze ich, aber mein Fahrrad steht noch am *Blue Mate*.«

»Ach, richtig.«

Ich wusste nicht, ob sie es nur als Ausrede nahm oder mir immer noch nicht genug vertraute. Aber der Gedanke, dass es Letzteres war, deprimierte mich, also ließ ich ihn einfach fallen und fuhr zum *Blue Mate*. Das Neon-B flackerte noch immer unkontrolliert, und mehrere bullige Typen standen rauchend vorm Eingang.

Mir gefiel das nicht.

Nichts an dem, was Lexie mir erzählt hatte, gefiel mir, wenn ich genau darüber nachdachte. Dass sie zwei Jobs haben, dass sie Ausweise fälschen und Prüfungsergebnisse stehlen musste. Dass sie nicht in der Zeitung stehen durfte und sich selbst Dutzende Namen gab.

Ich parkte am Straßenrand und schaltete den Motor aus, bevor ich sie eindringlich von der Seite aus betrachtete.

»Lexie, du wohnst nicht in der Bar, oder?«, fragte ich leise.

»Was?« Verblüfft hob sie die Augenbrauen, bevor sie einmal kurz lachte. »Nein. Gott, nein. Ich wohne … weiter außerhalb.«

Außerhalb? Noch weiter außerhalb als hier? Shit, wohnte sie in Golden Low? Aber natürlich wohnte sie dort. Was für eine Frage. Sie hatte kein Geld, sie hatte eine zwielichtige Vergangenheit, wo sollte sie sonst wohnen?

Ich rieb mir mit Daumen und Zeigefinger über die Augen, bevor ich tief durchatmete. »Lexie, es tut mir leid, aber ich muss dich das fragen: Steckst du in Schwierigkeiten? Brauchst du Hilfe?«

Ich konnte sie nicht haben. Nicht einmal für eine Nacht. Es wäre dumm und rücksichtslos. Aber ich konnte ihr zumindest das bieten.

Sie blinzelte mehrfach, bevor sie die Stirn runzelte. »Was?«

»Dein Gesicht darf nirgendwo erscheinen. Du weißt, wie man Schlösser knackt, Schlüsselkarten stiehlt, hast gefühlt fünfzig verschiedene Namen parat …« Ich lachte trocken. »Ich weiß nicht, ob dir das klar ist, aber das ist nicht normal.«

Sie rang die Hände ineinander und wandte das Gesicht ab. »Ja, du hast recht«, gestand sie leise. »Ich bin nicht normal. Mein Leben ist es nie gewesen … bis ich nach Golden Heights gekommen bin. Und ich will, dass es so bleibt. Das ist alles, was ich mir wünsche. Normalität. Und sobald ich das Geld von dir habe, kehrt es hoffentlich wieder dorthin zurück. Also nein, ich brauche keine Hilfe. Ich schleppe nur noch ein paar Überreste aus meiner Vergangenheit mit mir herum, aber jetzt ist alles okay.«

Das Geld.

Mein Herz zog sich zusammen, und ein bitterer Geschmack flutete meinen Mund. Richtig, das Geld. Der Grund, warum sie sich überhaupt mit mir abgegeben hatte.

»In Ordnung«, sagte ich, lehnte mich zu ihr hinüber und öffnete das Handschuhfach, in dem ein dicker gelber Umschlag lag.

Ich konnte Lexie schlucken sehen, als sie sich vorbeugte und ihn hervorzog. »Da sind die restlichen 12 500 Dollar drin?«

»Ja.« Ich lehnte mich im Sitz zurück. »Willst du lieber noch mal nachzählen?«

»Nein.« Ihre Wangen liefen pink an. »Ich vertraue dir. Abgesehen davon.« Sie lächelte. »Ich weiß, wo deine Uni wohnt.«

Ich nickte. »Die Uni, auf der ich dich ignorieren soll, korrekt?«

Lexie sah zu mir und dann wieder zum gelben Umschlag.

Sie könnte es zurücknehmen. Dass ich so tun sollte, als würde ich sie nicht kennen. Dass wir uns nicht wiedersehen würden. Ich *wollte*, dass sie es zurücknahm. Dass sie mich fragte, ob ich sie nicht doch noch nach Hause bringen, mit nach oben kommen wollte. Dass sie es mir erlaubte, mich ein paar Stunden in ihr zu verlieren. Mir ein paar Stunden dabei half, zu vergessen. Das Dokument in meiner Tasche zu ignorieren.

Und sie zögerte. Ich erkannte es daran, wie sie auf ihre Unterlippe biss. Wie sie die Ecken des Umschlags zwischen ihren Fingern rollte. Ich wartete darauf, dass sie mir widersprach ... doch sie tat es nicht. Stattdessen nickte sie nur und schnallte sich ab, während mein Herz eine Etage tiefer sank.

»Ja. Nun. Das ... war es dann wohl«, sagte sie langsam.

Ich versuchte, mein Gesicht neutral zu halten. »Scheint so.«

Ihr Blick zuckte zu der Tasche, in der ich das Papier versteckte, doch dann sah sie mir wieder in die Augen. »Also dann ... war nett, mit dir ...« Sie räusperte sich. »Geschäfte zu machen.«

Wieder nickte ich, den Blick noch immer auf ihr Gesicht gerichtet. Auf ihre grünen Augen, die immerzu Fragen stellten, die ich nicht verstand.

Die Luft flirrte, war erfüllt mit ungesagten Worten, als Lexie die Hand ausstreckte. Als erwartete sie von mir, dass ich sie schüttelte.

War das ihr beschissener Ernst?

Zu meiner Überraschung überlegte sie es sich auf halbem Wege jedoch anders und umarmte mich stattdessen. Ihr einer Arm wanderte um meinen Hals, ihr anderer um meine Seite, bevor sie die Wange sanft an meine presste.

Verwirrt öffnete ich den Mund, bevor ich zögerlich den Arm um ihren Rücken legte, darauf bedacht, mit meinen Fingern keine nackte Haut zu berühren. Denn Lexies Haut … Sie würde mir meine Kontrolle nehmen.

»Das andere hat sich zu förmlich angefühlt«, wisperte sie an meinem Ohr. »Ich meine, wir haben vorhin ziemlich hart rumgemacht, also …«

Ich musste lachen.

Ich fühlte mich nicht danach. Denn ich wollte eigentlich nicht fahren. Ich wollte nicht allein mit dem tonnenschweren Zettel in meiner Tasche zurückbleiben. Ich wollte Lexie nicht ignorieren, und ich wollte nicht, dass dieser Abend endete. Aber meine Mundwinkel verzogen sich trotzdem. Der Knoten in meiner Brust löste sich einige Sekunden wieder.

»Ich habe es mir also nicht nur eingebildet«, stellte ich fest.

Ich spürte, wie Lexie an meiner Wange lächelte, bevor sie sich umständlich von mir löste. »Nein«, sagte sie, wandte den Blick ab und öffnete die Tür. »Das ist passiert. Wir haben da eine sehr überzeugende Vorstellung hingelegt.« Sie räusperte sich, bevor ihr Blick kurz wieder zu meinem Gesicht flackerte. »Sehr gut geschaltet von dir.«

»Danke«, erwiderte ich etwas lahm und beobachtete sie dabei, wie sie sich den Umschlag unter den Arm klemmte und aus dem Auto kletterte.

»Also dann.« Sie nickte mir zu, die Hand an die Scheibe gelegt.

Bevor sie die Tür zuschlagen konnte, öffnete ich jedoch noch einmal meinen Mund. »Lexie.«

Sie zog das Metall wieder ein Stück auf und hob ihre Augenbrauen.
»Ja?«

Ich lächelte breit. Konnte mich nicht zurückhalten. »Du küsst fantastisch.«

Ihre Wangen erröteten ein letztes Mal, bevor sie eine wegwerfende Handbewegung machte. »Was hast du erwartet? Ich tue nur Dinge, in denen ich gut bin! Aber ... du warst auch okay.«

»Okay?«, wiederholte ich und verzog das Gesicht.

»Na gut, vielleicht ein kleines bisschen besser als okay. Ein klitzekleines bisschen.« Sie ließ Daumen und Zeigefinger fast aufeinandertreffen.

Schnaubend, aber noch immer lächelnd beugte ich mich vor. »Wenn du jetzt noch in diesem Auto sitzen würdest ...«... *würde ich dir verdammt noch mal das Gegenteil beweisen.*

Lexie erwiderte mein Lächeln, und sie wusste, was ich hatte sagen wollen. Da war ich mir sicher. Doch sie antwortete nicht mehr. Sie winkte nur, dann schlug sie die Tür zu.

Ich blieb, wo ich war, und beobachtete sie dabei, wie sie den Umschlag voller Geld achtlos in den Korb an ihrem Lenker warf, ihr Fahrradschloss öffnete und dann mit einem letzten Blick auf mich davonfuhr.

Ich sah ihr nach, bis sie um die nächste Biegung verschwand. Erst dann wandte ich mich wieder nach vorn und starrte aus der Windschutzscheibe in die Nacht. Die Kerle vor dem *Blue Mate* waren wieder nach drinnen verschwunden. Der Bürgersteig vollkommen leer. Ich hörte nichts bis auf das Surren der blauen Neonbuchstaben und gedämpfter Musik. Keine Stimmen, keine Motorengeräusche.

Ich war allein. Allein mit dem Stück Papier, das mich seit Wochen in meinen Träumen verfolgte.

Zögerlich umfasste ich den Autoschlüssel ... ließ jedoch in der nächsten Sekunde wieder von ihm ab und zerrte das weiße, gefaltete Schuldeingeständnis meiner Eltern aus meiner Sakkotasche.

Es war glatt, noch immer blütenrein, zweimal perfekt in der Mitte gefaltet. Nichts ließ vermuten, dass es bereits vierundzwanzig Jahre alt war.

Es sah schlichtweg aus, als hätten meine Eltern es nur ein einziges Mal angerührt, und das, um es in dem lächerlichen Geheimversteck meines Vaters zu verstauen.

Ich biss die Zähne aufeinander, starrte es an und nahm einen letzten, tiefen Atemzug, bevor ich es öffnete. Mein Blick flog nur über die erste und dann über die unteren drei Zeilen, denn alles andere interessierte mich nicht.

Kalifornien: Adoptionsbericht

Biologische Mutter: - *Eileen Hamlin*
Biologischer Vater: Nicht bekannt
Kind: Logan Hamlin

Meine Finger wurden feucht, und mein Herzschlag beschleunigte sich, während ich das Papier langsam auf das Lenkrad sinken ließ. Der Name meiner Mutter war per Hand hinzugefügt worden. Eigentlich war die Zeile leer, aber jemand hatte die beiden Wörter per Hand dort hinzugefügt.

Hamlin. Eileen Hamlin.

Der Name fühlte sich so verdammt fremd an. Dabei sollte er das doch nicht sein, oder?

Ich kniff die Augen zusammen und schüttelte den Kopf. Ich hätte eigentlich Hamlin heißen sollen. Logan Hamlin. Und keiner hatte es für nötig befunden, mir das zu sagen.

Mit zitternden Händen faltete ich das Papier zusammen, bevor ich es zurück in meine Tasche steckte und den Motor startete.

Meine Augen brannten, ebenso wie meine Brust, doch ich ließ sie beide nicht gewinnen. Stattdessen riss ich mich zusammen, so, wie ich es gelernt hatte, und scherte auf die Straße aus.

Wenigstens hatte ich endlich einen Namen. Wenigstens hatte ich endlich die Chance, herauszufinden, wer ich eigentlich hätte sein sollen. Und wenn meine beschissenen Eltern, nein, Adoptiveltern, mir schon nicht erzählen wollten, wer ich war und woher ich kam, dann würde es vielleicht meine biologische Mutter tun.

Ich schluckte, blinzelte mehrfach, damit die Ampel vor mir wieder scharf wurde, und schloss die Finger fester um das Lenkrad.

Hamlin. Logan Hamlin.

Es wäre so viel leichter gewesen, diesen Nachnamen zu tragen – und ich wollte verdammt noch mal wissen, warum er mir nicht vergönnt gewesen war!

16

Lexie

Mein Herz klopfte immer noch, als ich eine Viertelstunde später endlich zu Hause ankam und mich schwer atmend mit dem Rücken gegen die Haustür lehnte. Der Abend war … und Logan war … und ich war ….

Ich schluckte, schüttelte den Kopf, versuchte, das blöde Kribbeln loszuwerden, das meine Lippen seit einer Stunde vereinnahmte. Das nichts bei mir verloren hatte. Denn ich war immun! Immun gegen gutes Aussehen. Immun gegen seine verdammten Hände auf meinem Körper. Immun …

Du küsst fantastisch.

Meine Mundwinkel zuckten, und zitternd atmete ich aus. Wer sagte so etwas? Gott, Logan war ein Idiot. Es war … Gut, dass ich ihn nicht mehr wiedersehen würde.

Abwesend kramte ich meinen Schlüssel raus, um den Briefkasten zu öffnen, was ich heute Morgen versäumt hatte. Ich wiederholte die Worte in meinem Kopf, ignorierte das Ziehen in meiner Brust, das sie hervorbrachten … als mir ein weißer Zettel vor die Füße segelte. Verdutzt starrte ich zu Boden. Er war einmal in der Mitte zusammengefaltet, und es stand kein Name drauf.

Oh, großer Gott. Wenn sich die beiden Jungs über uns, deren Religion ein krasser Bass und ein gut gesetztes Saxophon-Solo waren, jetzt darüber beschwerten, dass Carly und ich heute Abend laut Musik aufgedreht hatten, bevor ich zu Logans Event verschwunden war …

Genervt bückte ich mich, öffnete den Zettel – und erstarrte. Er war nicht von den Jungs. Er war von niemandem aus dem Haus.

Ich weiß von dir. Ich weiß von Sarah Langdon. Schlimme Dinge werden passieren, wenn ich das Geld nicht kriege. Du hast zwei Wochen. Dann erwarte ich die volle Summe mittags hinter den Müllcontainern an der Ecke Second Street und Greenwood Road.

Das Papier rutschte mir aus der Hand und segelte erneut zu Boden. Blut rauschte laut in meinen Ohren, und ich ballte meine zitternden Finger zu Fäusten.

Diesmal war die Nachricht nicht mit Schreibmaschine verfasst worden, sondern per Hand. Vielleicht, weil es dem Erpresser zu dämlich geworden war, das E einzufügen zu müssen. Doch sie hatte denselben Effekt. Panik gemischt mit leiser Verzweiflung schäumten in mir auf, betäubten meine Glieder. Etliche Sekunden lang stand ich einfach nur stocksteif da – bevor ich mich hastig bückte, den Zettel erneut aufriss und auf die Zeilen starrte.

Leider hatten sie sich nicht verändert.

Eine Faust zurrte sich um mein Herz und drückte zu. Woher kannte der Erpresser diesen Namen? Wie konnte es sein, dass …?

»Scheiße«, wisperte ich und kniff die Augen zusammen.

Er wusste viel zu viel. Es ging nicht um meine illegalen Ausweisgeschäfte. Es ging um mehr. Es ging um das, was damals passiert war. Er hatte sich mit seiner zweiten Nachricht absichtlich Zeit gelassen. Da war ich mir fast sicher. Er hatte gewollt, dass ich unruhig und nervös wurde. Und jetzt gab er mir noch einmal zwei Wochen – damit ich noch länger litt. Damit ich weitere vierzehn Tage unruhig schlief und den Stein in meinem Magen nicht loswurde. Das war nicht das Werk eines Studenten, der sich was dazuverdienen wollte.

»Scheiße!«, wiederholte ich und presste mir beide Fäuste gegen die Stirn, versuchte, meinen Atem zu regulieren. Ich sog Sauerstoff durch die Nase ein, stieß ihn durch den Mund wieder aus und ratterte im Kopf immer wieder dieselben Worte herunter: *Es ist doch egal. Dann weiß der Erpresser eben mehr, als du dachtest. Alles wird gut werden. Er will 20 000 Dollar. Ich habe 20 000 Dollar.* Es war unwichtig, was er wusste oder woher er kam, solange er wieder verschwand. Es hatte sich nichts geändert ... Der Einsatz war nur erhöht worden. Vielleicht hatte der Erpresser Sorge, nicht genug Druck aufgebaut zu haben. Vielleicht hatte er noch eine Schippe draufsetzen wollen. Es war irrelevant. Unterm Strich konnte ich ihn auszahlen. Kein Grund zur Panik. Ich hatte einen Ort, ich hatte einen Termin, ich hatte das Geld. Ich besaß bereits alles, um dieses Problem zu lösen. Entschlossen steckte ich das Papier ein und atmete noch einmal durch, bevor ich die Treppen erklomm.

Sarah Langdon.

Der Name sprang in meinen Gedanken hin und her. Bereitete mir Kopfschmerzen. Gott, wie lang war es her, dass ich ihn gehört hatte?

Ich schluckte, drängte jede Erinnerung daran gewaltsam aus meinem Kopf und beschleunigte meinen Schritt. Nahm zwei Stufen auf einmal. Öffnete hastig unsere Tür und lief durch die leere Küche.

Ja, es war gut, dass ich Logan nie wiedersehen würde. Es war besser. Sicherer. Ich *wollte* ihn gar nicht wiedersehen. Warum sollte ich?

Du siehst unfassbar schön aus, Lexie.

Ein Lächeln zupfte an meinen Mundwinkeln ... fiel jedoch von meinem Gesicht, als der Zettel des Erpressers in meiner Tasche raschelte.

Nein. Logan Maxx war … Nein!

Seufzend ließ ich mich auf mein Bett fallen und vergrub das Gesicht in meinem Kissen. Versuchte, alles zu vergessen. Den Kuss und das ziehende Gefühl in meiner Brust, wann immer ich an ihn dachte. Die Drohnachricht in meiner Tasche und Sarah Langdon. Die Tatsache, dass mein Kapitel mit Logan vorbei war. Dass wir keine Freunde, keine Bekannte, *nichts* sein konnten.

Ich kniff die Augen zusammen.

Alles wird gut.

Wenn ich es nur oft genug dachte, würde ich mir irgendwann schon selbst glauben.

»O mein Gott … o mein Gott … Ich sterbe!«

»Du stirbst nicht, Carly!«

»Woher willst du das wissen?«, antwortete sie schnaufend, während der Schweiß ihr übers Gesicht rann. »Du bist noch nie gestorben! Du weißt nicht, wie es aussieht oder sich anfühlt. Und glaub mir: Mein Körper gibt mir deutliche Signale dafür, dass ich gerade verrecke.«

Ich musste lachen, bevor ich ein weiteres Mal in die Luft boxte, wie es der in schwarzen Spandex-Shorts gekleidete Muskelprotz und die Gruppe aus zehn Frauen, die vor ihm aufgereiht standen, zwanzig Meter vor uns taten.

Die Schlagfolge war etwas schwer zu erkennen, da Carly und ich uns halb hinter einem Palmfarn versteckten, aber die Grundzüge bekamen wir mit.

»Ich rufe den Krankenwagen, wenn es so weit ist«, versprach ich atemlos und duckte mich tiefer hinter die Palmwedel, als der Trainer in unsere Richtung sah.

Theoretisch durften wir nicht hier sein. Klar, das war ein öffentlicher Park, aber wir hatten uns nicht bei seinem Kickbox-Kurs angemeldet – weil wir ihn uns nicht leisten konnten. Doch hinter einer Mini-Palme versteckt die Choreo nachzuahmen, war irgendwie halb legal.

Okay, nein. War es nicht. Aber solange der Muskel-Otto uns nicht entdeckte, so wie vor zwei Wochen schon einmal, sollten wir kein Problem haben. Und alle kostenlosen Kurse, die wir im Internet gefunden hatten, waren nun einmal nur halb so gut.

»Ich habe keine Ahnung, was ich hier eigentlich tue«, gab Carly zu, die auf der Stelle auf und ab hopste und dabei wild mit den Fäusten herumwedelte. Es sah ein wenig so aus, als wäre sie ein neunzigjähriger Opa, der kleinen Kindern verbieten wollte, Fußball gegen seine Garage zu spielen. »Aber es ist anstrengend. Es muss also richtig sein.«

Ich grinste, während ich fortfuhr, rhythmisch mit den Fäusten Löcher in die Luft zu schlagen, bevor ich mit dem Bein hinterherkickte. Der Kuss, der niemals mehr werden würde, und die Drohnachricht von gestern hatten mich mit einer Menge überschüssiger Energie zurückgelassen. Einer Energie aus dummem Verlangen und stumpfer Wut.

Carly sah mir kopfschüttelnd zu. »Gott, ich hasse, wie sportlich du bist!«, beschwerte sie sich, bevor sie stöhnend die nächste Schrittfolge nachahmte.

»Hey, ich muss eben immer darauf vorbereitet sein, wegzulaufen!«, erinnerte ich sie. »Mir bleibt keine andere Wahl, als Sport zu machen.« Zugegebenermaßen hatte mein Vater mich, seit ich ein Kind war, verschiedene Kampfsportarten üben lassen: *Nur für alle Fälle.* Vielleicht sollte ich dankbar dafür sein.

»Ich mache auch Sport!«, verteidigte Carly sich.

Ich lachte. »Nein, du putzt enthusiastisch und *nennst* es Sport. Das ist ein Unterschied.«

»Ich kann nichts dafür, dass Gott mir weder Muskeln noch Disziplin geschenkt hat«, sagte sie gespielt beleidigt. »Liebe Güte, ich bin so schrecklich unsportlich, ich hab beim Joggen schon Schnecken über mich lachen hören.«

Zweifelnd hob ich die Augenbrauen. »Schnecken können lachen?«

»Ach, jetzt bist du also Todes- und Schneckenexpertin?«, wollte Carly wissen und schnalzte missbilligend mit der Zunge. »Und muss man bei dieser Übung den Bauch anspannen?« Sie pikste mit den Fingern auf ihrem Bauch herum. »Ich hoffe nicht, denn es klappt nicht.«

»Weißt du, ich finde es schön, wie du immer im Stillen leidest«, sagte ich fröhlich. »Und dass du mitkommst, obwohl du dich dann die ganze Stunde über beschwerst.«

»Ach, ich bin nicht hier, um vernünftig Sport zu machen«, meinte Carly und winkte ab. »Ich bin nur mitgegangen, um dich zu fragen, wie es denn jetzt gestern Abend mit Logan McHot war. Du hast mir immer noch nicht erzählt, wie es gelaufen ist.« Jedes einzelne Wort kam abgehackt und mit einem Röcheln über ihre Lippen. Aber ihre Augen glitzerten sehr aufmerksam und auffordernd.

»Hab ich nicht?«, fragte ich und stellte mich auf die Zehenspitzen, um Muskel-Otto dabei zu beobachten, wie er die Klasse anwies, sich auf den Boden zu legen und Sit-ups zu machen. Entweder das, oder alle waren unisono in Ohnmacht gefallen.

»Nein!«, rief Carly und glitt neben mir auf die Erde, um so zu tun, als würde sie Sit-ups machen, während sie in Wirklichkeit nur die Arme vor- und zurückbewegte, den Oberkörper aber auf dem Boden ließ.

»Wir sollten nicht so viel reden, wenn wir derart außer Atem sind«, sagte ich.

Sie schnaubte belustigt und richtete sich auf ihre Ellbogen auf. »Und du solltest meinen Fragen eleganter ausweichen.«

Ich zog eine Grimasse und musste mich bewusst davon abhalten, in

Gedanken nicht wieder den ganzen gestrigen Abend, insbesondere die Büro-Episode, durchzuspielen. Das hatte ich bereits die ganze Nacht getan. Was auch der Grund dafür war, warum ich schwer atmend und mit erhitztem Körper aufgewacht war.

»Schön, es lief ganz gut«, sagte ich deshalb nur vage.

»Oh, komm schon! Ich bin deine beste Freundin. Das kann nicht die einzige Information sein, die ich bekomme«, erwiderte Carly ungläubig. »Sieh mich an, Lexie.« Sie deutete an ihrem erschöpften Gesicht und klatschnassen Top hinab. »Ich will etwas hören, das die Tatsache wettmacht, dass ich aussehe wie ein Springbrunnen.«

Ich seufzte leise und fuhr damit fort, Sit-ups zu machen. Doch jedes Mal, wenn ich meinen Oberkörper wieder zu Boden sinken ließ, begegnete ich Carlys düsterem Blick. »Der Auftrag lief gut«, fügte ich schließlich hinzu, weil ich mich verpflichtet fühlte, ihr mehr zu erzählen. »Ich habe eine Menge Leute in Abendkleid gesehen. Ich hab Clifford Maxx kennengelernt, der wirklich sehr eindrucksvoll und ein wenig gruselig ist. Wir haben das Papier gefunden, das Logan gesucht hat. Ich habe mein Geld bekommen. Alles ist super.« Jetzt musste ich nur warten, bis der Übergabetag kam, dann konnte ich den Albtraum hinter mich bringen. Gott, der Erpresser wusste wirklich, wie viele Wochen man seinen Opfern Zeit lassen musste, um sie so richtig zermürbt und nervös zu machen!

»Es gab gar keine Schwierigkeiten? Bei so viel Security? Niemand hat gemerkt, dass ihr in dieses Büro eingebrochen seid?«, hakte Carly nach.

»Ähm … Nein.«

Ich bemerkte eine Sekunde zu spät, dass es ein taktischer Fehler gewesen war, *Ähm* zu sagen.

Carlys Augen wurden groß, und abrupt setzte sie sich hin. »Ihr wurdet erwischt?«

Mist. Ich hatte gehofft, dass mein Gesicht rot genug sein würde, damit sie nicht so leicht darin lesen konnte. »Nicht so wirklich«, sagte ich ausweichend und sprang zurück auf die Füße, als es die Sportgruppe ebenfalls tat.

Carly blieb, wo sie war. »Hörst du dir selbst zu?«, wollte sie ungläubig wissen. »Du gibst lauter beunruhigende, sehr ungenaue Dinge von dir, die mein ohnehin gerade schon rasendes Herz zum Platzen bringen. Ich habe mich geirrt. Das Kickboxen ist es nicht, was mich umbringen wird. Deine blöden, unpräzisen Antworten sind es.«

»Ich verrate dir, was passiert ist, wenn du die nächsten zwei Übungen durchhältst und versprichst, nicht skandalös nach Luft zu schnappen, sobald ich mit der Geschichte geendet habe«, sagte ich und hoffte inständig, dass sie wirklich so unsportlich war, wie sie behauptet hatte.

War sie womöglich. Aber ihre Unsportlichkeit wurde von ihrer Neugier übertroffen. Carly schaffte es unter großer Anstrengung, mit einer Menge Blasphemie und den schillerndsten Schimpfwörtern, die nächsten zehn Minuten mit dem Bein Löcher in die Luft zu kicken und unsichtbare Angreifer zu vermöbeln. Doch sobald ich ihr erzählte, was im Büro von Logans Vater passiert war ...

»Du hast ihn geküsst!?«, fragte sie ungläubig und schnappte skandalös nach Luft. Trotz Versprechen. »Und da hast du es gestern Nacht nicht für nötig gehalten, mich zu wecken und mir jede Einzelheit zu berichten?«

Nein, ich hatte das Geld verstecken müssen. »Es war kein echter Kuss, Carly! Er war nur Tarnung.«

»Ist mir doch egal. Und wenn du ihn geküsst hast, um Schlangengift aus seiner Unterlippe zu saugen. Du kannst nicht wahllos reiche, heiße Milliardenerben küssen, ohne mir davon zu erzählen!« Sie schien ehrlich aufgebracht zu sein. Andererseits pochte die Vene auf ihrer Stirn vielleicht nur, weil sie nebenbei Kniebeugen machte.

»Es war harmlos«, log ich und winkte ab, während ich meine brennenden Oberschenkel ignorierte.

Carly schüttelte den Kopf. »Du magst ihn. Es ist nie harmlos, einen Kerl zu küssen, den man mag.«

Ich sah sie ungläubig an. »Das nimmst du zurück. Ich mag ihn nicht! Er ist ein arroganter Blödkopf.«

Meine beste Freundin verdrehte die Augen. »Weißt du, wie oft in meinem Leben ich dich habe rot werden sehen? Genau viermal. Das erste Mal, als du mir gestanden hast, dass du dich nicht mit mir anfreunden, sondern mich eigentlich bestehlen wolltest. Das zweite Mal, als du zugegeben hast, dass dein Vater im Knast sitzt. Das dritte Mal, als du bei dem Ende von *Wall-E* angefangen hast zu weinen. Und das vierte Mal war, als du gerade diese Geschichte erzählt hast. Du hast deine Blutzirkulation besser im Griff als alle Menschen, die ich kenne. Wenn es die also peinlich ist, über Logan zu reden, dann nur, weil du ihn heiß findest, du ihn dir viel zu oft nackt vorstellst und absolut nicht einsehen willst, dass ausgerechnet du auf einen reichen Schnösel wie Logan stehst. Den Typ Mensch, den du nicht müde wirst, lautstark zu verachten.«

Empört öffnete ich den Mund, um ihr zu widersprechen … Doch sie lag mit ihrer Einschätzung so goldrichtig, dass ich ehrlich gesagt etwas sprachlos war.

Denn Logan *war* ein reicher Schnösel. Und ich mochte ihn. Ich konnte mir nicht erklären, wann das passiert war, aber … Ach, er war eben kein ganz so großes Arschloch und nur halb so unausstehlich, wie ich es gern hätte. Aber das war irrelevant. Er war er, und ich war ich, und wir würden uns nicht wiedersehen. Ende der Geschichte.

Carly lächelte wissend. »Siehst du ihn wieder?«

Och, Mann. Konnte sie endlich aufhören, meine Gedanken zu lesen? »Nein.«

»Weil …?«

»Der Auftrag erledigt ist und ich es eben nicht tue. Ich will es auch gar nicht«, behauptete ich, auch wenn ich mir nicht ganz sicher war, ob das der Wahrheit entsprach. Doch die Wahrheit zählte nicht. Ich konnte nicht anfangen, einen Kerl wie Logan zu daten. Ich konnte es mir nicht leisten, so viel Aufmerksamkeit auf mich zu ziehen. Seit der zweiten Drohnachricht erst recht nicht. Abgesehen davon war ich mir zwar ziemlich sicher, dass Logan mich mochte, aber ebenso sicher war ich mir, dass all die Gerüchte über ihn, die ihn als Frauenheld und Herzensbrecher darstellten, absolut wahr waren. Darauf, eine weitere Kerbe in seinem Bettpfosten zu werden, konnte ich getrost verzichten.

»Okay«, sagte Carly gedehnt, auch wenn sie mich weiterhin skeptisch ansah. »Dann mal was ganz anderes: Willst du heute Abend zufällig mit auf eine Party kommen, auf der er möglicherweise auch ist?«

»Was?« Mit offenem Mund sah ich sie an.

Sie zog eine Grimasse, hörte auf mit den Kniebeugen und boxte wieder die Luft vor sich. »Oh, das hätte ich unerwähnt lassen sollen. Lass es mich noch mal versuchen: Hast du Lust, heute Abend mit auf eine Party auf der GHU zu kommen? Es gibt Tequila-Shots für zwei Dollar.«

Ich lachte trocken auf. »Deine Verkaufsargumente sind klasse, aber nein!«

»Komm mit, Lexie!«, beharrte meine Freundin und wandte sich um, sodass ihre Luftfäuste nun mir galten. »Das wird lustig. Du hast es dir verdient, endlich mal ein wenig zu entspannen.«

Das fand ich auch. Aber ich hatte mir eher eine Tafel Schokolade, ein gutes Buch und mein Bett vorgestellt. »Nein«, wiederholte ich deswegen.

»Komm schon! Ty und Mace sind auch dabei. Und vor allem Mace lässt seine Bar doch sonst nie allein. Du wirst Logan wahrscheinlich nicht einmal über den Weg laufen. Es ist die erste Party der Alpha Omegas, es werden viel zu viele Menschen da sein.«

Wahrscheinlich nicht war mir nicht gut genug. »Ich will nicht.«

»Lexie, du kannst machen, was du möchtest. Aber du lässt dir da eine Chance entgehen, endlich mal etwas locker zu werden.«

Entrüstet sah ich sie an. »Wovon redest du? Ich kann locker sein!«

Sie schenkte mir einen ironischen Blick. »Das ist gelogen. Du kannst arbeiten. Du kannst dir Sorgen machen. Du kannst Probleme lösen. Du kannst wahrscheinlich fünf Holzbretter mit deiner Stirn zerbrechen. Aber du kannst nicht locker sein! Komm schon. Hab ein wenig Spaß. Trink was, tanze, vergiss ein paar Stunden alles, was du gern vergessen würdest.«

Ich nagte an meiner Unterlippe und blickte wieder über den Palmfarn zu der Sportgruppe, bevor ich Carly erneut fixierte.

Vergessen, was ich vergessen wollte, klang tatsächlich recht schön. Ich hasste die Unruhe, die mich seit gestern alle paar Stunden überfiel. Aber …

»Oh, Shit, er hat uns gesehen.« Carly sprang erschrocken in die Luft und gestikulierte zu dem Muskelmann, der, die Hände wütend in die Seiten gestemmt, auf uns zustapfte.

»Argh, Mist, lauf!«, wies ich sie an, und hastig griffen wir nach unserer Wasserflasche, bevor wir in die entgegengesetzte Richtung davonrannten.

»Ich spüre meine Beine nicht mehr!«, rief Carly keuchend, während ich über die Schulter sah und dem Trainer ein paar Schimpfwörter von den Lippen ablas, auf die seine Mutter wirklich nicht stolz gewesen wäre.

»Es ist ein guter Schmerz – und ich kann locker sein!«, beharrte ich atemlos.

»Kein Schmerz ist gut – und dann beweis es mir!«, gab Carly röchelnd zurück.

Und dann kam erst einmal nichts als armseliges Schnappatmen von uns.

17

Logan

Es war merkwürdig, wie bedeutungsschwer ein Name sein konnte. Dass man Angst vor ihm haben, Erwartungen an ihn stellen und ihn verfluchen konnte.

Ein paar Buchstaben sollten nicht so viel Macht haben. Und trotzdem engten mich M, A und X seit vierundzwanzig Jahren ein …. Dabei war Maxx nicht einmal mein verdammter richtiger Name.

Mein richtiger Name war Hamlin. Nach meiner biologischen Mutter: Eileen Hamlin.

Der Name, zusammen mit dem Bild von Lexies glasigen Augen und geschwollenen Lippen, ließ mich seit gestern nicht mehr los. Hatte mich kaum schlafen lassen, sodass ich jetzt völlig übermüdet auf der Couch saß und versuchte, mehr über sie herauszufinden.

Doch es gab Dutzende Frauen mit diesem Namen. Von keiner wusste ich, ob sie mich zur Welt gebracht hatte oder nicht. Manche waren zu alt, andere zu jung, wieder andere hatten nie in den USA gelebt.

Andererseits sollte ich diese vielleicht auch nicht direkt ausschließen. Ich hatte keine Ahnung, ob meine Eltern mich vielleicht aus Großbritannien hatten einfliegen lassen. Als wäre ich eine verdammte exotische Frucht, die sie nicht im Supermarkt hatten finden können.

Vielleicht hatten sie ein Bild von mir im Internet gesehen und sich gedacht: Was für ein süßer Fratz, den kaufen wir.

Der Gedanke war so verstörend, dass ich die Finger von der Tastatur zurückzog. Shit. Ich wusste doch noch nicht einmal, ob ich meiner biologischen Mutter ähnlich sah! Mir war mein ganzes Leben lang gesagt worden, dass ich die Augen meines Vaters und die Nase meiner Mutter hätte, was natürlich Bullshit war, da ich mit ihnen nicht verwandt war! Aber Ähnlichkeit war subjektiv. Wie sollte ich also diese Nadel im Heuhaufen finden?

»Hi«, kam es von der Tür her. Aiden spazierte herein, Sporttasche um die Schulter geschlungen, Haare feucht, wahrscheinlich von der Dusche nach dem Training.

»Hey«, antwortete ich und schloss den Laptop auf meinem Schoß.

Ich wollte ihm noch nicht von Eileen Hamlin erzählen. Ich brauchte Zeit, um es zu verarbeiten. Um die Adresse meiner biologischen Mutter zu finden. Dann konnte ich immer noch überlegen, ob ich es irgendwem erzählen wollte oder nicht.

Wahrscheinlich eher nicht. Denn wenn die Presse herausfand, dass ich adoptiert war – mein Leben würde zur Hölle werden. Also noch mehr als bisher.

»Wie war das Training?«, wollte ich wissen und warf den Laptop neben mir auf die Couch.

»Brutal. Hab gestern zu viel getrunken und war heute dementsprechend verkatert – hab mich in die Endzone übergeben.« Er ließ die Tasche fallen, zog seine Wasserflasche daraus hervor und stürzte den Inhalt hinunter.

»Shit!« Ich verzog das Gesicht – aber nur, um mein Lachen zu tarnen. »Dein Trainer muss glücklich gewesen sein.«

»Sehr. Meine Ohren klingeln immer noch. Das menschliche Stimmorgan ist wirklich zu unfassbar lauten Dingen in der Lage.«

»Wurdest du gebenched?«

Er schnaubte und winkte ab. »Natürlich nicht. Hab eine Verwarnung bekommen … Apropos zu viel trinken: Heute Abend. Party der Alpha Omegas. Du, ich, eine Flasche Whiskey. Bist du dabei?«

Ich lachte. »Ich dachte, du bist verkatert.«

»Na und? Schon mal was von Kontertrinken gehört?«

»Du hast morgen ein Spiel.«

»Na, dann kotz ich eben meinem Gegner in die Endzone. Sendet die richtige Message, finde ich.«

Ich schüttelte belustigt den Kopf, ehe ich wieder ernst wurde. »Ich weiß nicht. Hab irgendwie keine Lust.«

»Keine Lust?«, echote Aiden ungläubig. »Du hast keine Lust, auf eine Party zu gehen?«

»Ja.« Ich hatte geglaubt, dass mir der Zettel das Gefühl geben würde, feiern zu wollen. Aber das Gegenteil war der Fall.

Alles, was ich tun wollte, war, Eileen Hamlin zu finden.

»Bist du krank?« Besorgt sah Aiden mich an.

»Nein, nur müde.«

»Warum?« Er runzelte die Stirn. »Hast du die mysteriöse Frau von gestern doch mitgebracht und sie dich vom Schlafen abgehalten?«

Fuck, ich wünschte, es wäre so. »Nein.«

»Warum bist du dann nach der Gala nicht noch zu den Kappas gekommen?«

»Warum stecke ich auf einmal in einem Verhör?«, stellte ich die Gegenfrage.

»Weil …« Ich würde den Grund nie erfahren, denn in diesem Moment klopfte es an der Tür.

»Wir sind hier noch nicht fertig«, sagte Aiden und deutete mit dem Finger auf mich.

»Okay, Mom«, erwiderte ich und griff wieder nach dem Laptop, während Aiden die Tür öffnete.

»Oh. Mr Maxx.«

Erschrocken ließ ich den Laptop fallen und hob den Kopf. Doch ich hatte mich nicht verhört. Mein Vater stand in der Tür.

Im grauen Anzug, mit unleserlicher Miene auf dem Gesicht.

Mein Magen zog sich abrupt zusammen, und ich sprang auf, bevor ich wusste, was meine Füße taten. »Dad«, begrüßte ich ihn steinern.

»Was tust du hier?«

Mein Vater hatte mich in den letzten fünf Jahren ganze dreimal hier besucht. Und das eigentlich immer nur in Begleitung meiner Mutter. Ihn jetzt hier zu sehen ... Scheiße. Das war kein gutes Zeichen.

»Ich möchte mit dir reden«, sagte er ruhig, bevor sein Blick zu Aiden glitt. »Allein.«

»Warum?«

»Allein«, wiederholte er.

»Schön.« Ich biss die Zähne aufeinander und streckte meinen Arm in Richtung meines Zimmers aus. »Nach dir.«

Mein Dad nickte und verschwand durch die Tür, während Aiden mich mit gehobenen Augenbrauen ansah. Ich zuckte nur mit den Schultern und folgte meinem Vater. Oder Nicht-Vater.

Vorsorglich schloss ich die Tür hinter mir, bevor ich mit verschränkten Armen davor stehen blieb.

Mein Vater sah sich um. Ließ den Blick über das ungemachte Bett und meinen mit Büchern, Blättern und Schrauben vollgemüllten Schreibtisch gleiten. Ich war mir sicher, dass er eine Menge dazu zu sagen hätte. Doch offenbar war er nicht hier, um meinen Lebensstil zu kritisieren ... Was mich nervös machte. Es konnte kein Zufall sein, dass er gerade *heute* auftauchte.

»Also?«, fragte ich, als er nach mehreren Minuten noch immer nichts gesagt hatte.

»Du bist gestern einfach verschwunden«, stellte er fest, ließ von meinen Möbeln ab und fixierte mein Gesicht.

»Ja, war nicht mehr in Partystimmung«, sagte ich knapp.

»Warum nicht?«

»Konnte nichts trinken und finde Streichmusik langweilig.«

»Ah, natürlich.« Er hob zynisch einen Mundwinkel. »Aber bevor du gegangen bist, scheinst du dich ja gut amüsiert zu haben.«

Ich erwiderte nichts darauf. Ich würde ihn nicht noch dabei unterstützen, mich zu kritisieren.

»Lexie scheint nett zu sein«, fuhr er schließlich fort.

»Das ist sie.«

»Mhm. Hast du sie extra mitgenommen, um in mein Büro einzubrechen, oder hast du sie dazu überredet mitzumachen?«

Meine Eingeweide gefroren zu Eis. »Entschuldige?«

»Logan, für wie dumm hältst du mich? Ich habe Kameras in meinem Büro.«

Scheiße.

Kameras.

Natürlich. Im Flur hatte er keine, aber ... Fuck. Warum zur Hölle hatte ich daran nicht gedacht?

Ich gab ihm nicht die Genugtuung, schockiert oder ertappt zu wirken. Dann wusste er eben, dass ich in seinem Büro gewesen war. Dann wusste er eben, was ich wusste.

Irgendwann hätten meine Eltern es sowieso erfahren. Warum also nicht jetzt? Dann konnte mein Leben mit einem Mal implodieren. Das würde ein hübsches Feuerwerk geben.

»Und?«, fragte ich freundlich und neigte den Kopf. »Hast du was Interessantes gesehen?«

Mein Vater schüttelte kaum merklich den Kopf. »Du bist zu weit gegangen, Logan. Du hast diesmal wirklich eine Grenze überschritten.«

»Was?«, fragte ich kühl, und mein Kiefer knackte. »*Ich habe eine Grenze überschritten?* Weißt du denn nicht, was ich mitgenommen habe?«

»Natürlich weiß ich es.«

»Natürlich?«, echote ich hölzern, und das Eis in meinen Adern schmolz so schnell, dass mir schwindelig wurde. Es wurde von etwas Heißem und Hässlichem ersetzt, das es mir schwer machte, zu atmen. Das mir die Luft aus der Lunge und jeden freundlichen Gedanken aus dem Kopf sog. »*Natürlich?* Und dann kommst du hierher, und alles, was du mir zu sagen hast, ist: *Du bist zu weit gegangen, Logan?* Denn scheiße, Dad! Ich habe das Gefühl, nicht weit genug gegangen zu sein!« Ich ballte die Fäuste, und meine Stimme war mit jedem Wort lauter geworden, doch es war mir egal. Mein Vater mochte niemals seine Stimme erheben – aber hey, ich war nicht sein richtiger Sohn, es sollte also niemanden wundern, wenn ich diese Eigenschaft nicht mit ihm teilte! »Dann bin ich eben bei dir eingebrochen. Dann habe ich mir die Information, die ihr mir seit verdammten vierundzwanzig Jahren vorenthaltet, selbst geholt! Willst du mir allen Ernstes einen Vorwurf machen, dass ich es *wissen* wollte?«

Mein Vater rieb sich den Nasenrücken. »Seit wann weißt du es?«

»Seit Wochen! Seit ihr vor dem Freitagsdinner so unvorsichtig darüber geredet habt, dass eure Adoptionsagentin euch zu ihrem verdammten sechzigsten Geburtstag eingeladen hat, zu dem ihr natürlich nicht gehen könnt, weil niemand wissen darf, dass sie überhaupt existiert!«

Mein Vater seufzte.

Er *seufzte.*

Als wäre diese Situation erschöpfend. Als wäre dieses Gespräch *anstrengend*. Für *ihn*.

»Du hättest es uns sagen sollen. Dass du das Gespräch gehört hast.«
Die Wut in mir kochte über, und mit beiden Fäusten schlug ich gegen die verschlossene Tür hinter mir. »*Ich* hätte es euch sagen sollen? Hörst du dir zu?«

»Es hätte dir die Sache vereinfacht«, fuhr er ungerührt fort. »Ich hätte dir das Papier gegeben, Logan. Ich hätte dir den Namen deiner biologischen Mutter verraten, wenn du mich darum gebeten hättest.«

»Oh, entschuldige, dass ich nicht daran geglaubt habe, dass es dich interessiert, *ehrlich und aufrichtig* zu sein«, gab ich zurück.

»Logan. Ich verstehe, dass du wütend bist …«

»Oh, ich bin nicht wütend«, unterbrach ich ihn, während mein Puls schmerzhaft an meinem Hals pochte. »Für das, was ich empfinde, gibt es kein Wort! Ihr habt mich jahrelang belogen. Ihr habt über meinen Kopf hinweg entschieden, dass mich nicht zu interessieren hat, aus wessen verschissenen Uterus ich stamme! Ihr habt mir vorenthalten, *wer ich bin!* Und das ist unentschuldbar.«

Ich war so verdammt laut geworden, dass die Worte in meinem Rachen brannten. Ich grub die Fingernägel so fest in meine Handballen, dass es wehtat, nahm den Schmerz jedoch kaum wahr. Alles, was ich sehen konnte, war das ausdruckslose Gesicht des Mannes, von dem ich bisher geglaubt hatte, dass er mich zumindest genug respektierte, um ehrlich zu mir zu sein.

Doch ich hatte mich geirrt.

Stille legte sich über uns. Eine eisige, erstickende Stille, die den Bäumen vor meinem Fenster das Rascheln raubte. Meinem Atem seinen Laut. Endlose Sekunden lang starrte mein Vater mich einfach nur an. Wortlos, regungslos.

Dann, nach einer gefühlten Ewigkeit, senkte er den Blick.

Als er ihn das nächste Mal hob, lag ein resignierter Ausdruck auf seinem Gesicht. »Okay.«

»Okay?« Meine Stimme hörte sich blechern und hohl an. »Das ist alles, was du dazu zu sagen hast?«

»Ja.«

»Nein!«, herrschte ich ihn an. »Das reicht mir nicht.«

»Was willst du denn noch hören?«

»Keine Ahnung! Vielleicht: *Entschuldige, dass wir versäumt haben, es dir zu erzählen?*«, brüllte ich.

Er holte tief Luft. »Aber wir haben es nicht versäumt. Es war Absicht. Und ich würde mich entschuldigen, Logan, aber da es unentschuldbar ist ...«

»Ist das dein beschissener Ernst?«, fuhr ich ihn an.

»Ja«, erwiderte er, seine Stimme war noch immer erzürnend ruhig. »Du wolltest Ehrlichkeit. Oder nicht?«

Ein bitterer Geschmack flutete meinen Mund, sodass ich meine Lippen fest zusammenpresste. Als könnte ich ihn so zum Verschwinden bringen. »Ja, will ich«, sagte ich kalt. »Also: Hattet ihr vor, mir jemals davon zu erzählen?«

»Nein. Denn es macht keinen Unterschied.«

»Für *mich* schon!«

»Aber das sollte es nicht«, sagte er ernst.

»Erzähl du mir nicht, wie ich mich zu fühlen habe!« Ich stopfte die Fäuste in meine Tasche, aus Angst, dass sie sich sonst verselbstständigten. Ich war so verdammt zornig, dass ich nicht wusste, wohin mit meiner Energie. Wohin mit meinen Gedanken. Wohin mit dem Eis und der Hitze, die meine Poren erfüllten und alles starr und hart und kalt machten und gleichzeitig alles in Brand setzten.

Ehrlich. Lexie hatte mir gesagt, ich solle ehrlich sein ... und das würde ich sein.

»Weißt du, ich hab mich all die Jahre gefragt, warum du nie zufrieden mit mir sein kannst. Warum ich nie etwas richtig mache. Warum ich nie genug zu sein scheine. Aber jetzt weiß ich es: Ich kann niemals wie du werden – weil ich eben nicht zu dir gehöre. Wie sollte ich der perfekte Sohn sein … wenn ich gar nicht dein Sohn bin! Ich bin nicht der Mann, den du gern hättest. Ich bin nicht der Mann, der ich dachte zu sein. Ich bin … *gar nichts.* Und jetzt sag mir noch einmal, dass es für mich keinen Unterschied machen sollte!«

Mein Vater schloss die Augen, und ich sah, wie seine Brust sich schwerfällig hob und senkte. Dreimal. Dann murmelte er: »Das stimmt nicht, Logan. Du bist nicht gar nichts. Und ich habe nie von dir verlangt, der *perfekte* Sohn zu sein. Niemand ist perfekt. Alles, was ich wollte, ist, dass du anfängst, deine Verantwortung ernst zu nehmen. Dass du dich anstrengst. Dass du anfängst, hart zu arbeiten. Denn du hast eine Menge im Leben geschenkt bekommen. Es sehr leicht gehabt – weil du mein Sohn *bist.*«

»Ja.« Ich lachte bitter. »Du hast recht. Ich habe Geld geschenkt bekommen. Ich habe Macht geschenkt bekommen. Ich habe Ansehen geschenkt bekommen. Alles ist leicht. Gemocht zu werden. Verehrt zu werden. Verurteilt zu werden und überzeugend so zu tun, sich einen Scheiß dafür zu interessieren. Aber es ist *nicht leicht,* dein Sohn sein zu müssen. Von der einen Hälfte der Welt erzählt zu bekommen, wie großartig man ist. Zu Hause zu hören, dass man nicht genug ist. Und es ist sicher nicht leicht, Verantwortung zu übernehmen, um die ich nie gebeten habe. Die ich nie haben wollte. Du hast entschieden, was ich mit meinem Leben anfangen will. Du hast entschieden, dass es mich nicht zu interessieren hat, ob ich adoptiert wurde oder nicht. Du hast entschieden, dass ich nicht hart genug arbeite, und du hast entschieden, dass ich mich in den letzten fünf Jahren nicht geändert habe. Aber ich entscheide jetzt, dass es Zeit für dich ist zu gehen.«

»Logan …«

»Raus«, sagte ich leise, öffnete die Tür und trat zur Seite, um ihm den Weg freizugeben. »Zeig mich an, wenn du mich dafür bestrafen willst, in dein Büro eingestiegen zu sein. Doch Lexie hat *nichts* damit zu tun. Ansonsten habe ich dir nichts mehr zu sagen.«

Und er ging. Ohne mir zu widersprechen. Ohne mich in meine Schranken zu weisen. Ohne das letzte Wort behalten zu wollen.

Mein Vater hatte noch nie auf das gehört, was ich sagte. Meine Wut und meinen Frust noch nie vollkommen ernst genommen. Doch es gab immer ein erstes Mal.

Mich sollte ein Gefühl des Triumphs überkommen.

Ich hatte in meinem Leben noch keinen Streit mit meinem Vater gewonnen. Noch nie das hundertprozentige Gefühl gehabt, im Recht zu sein. Heute war es so weit – doch als er die Tür hinter sich schloss, fühlte ich mich dreckig und leer.

Und noch immer unfassbar wütend.

Denn das alles machte nicht ungeschehen, was passiert war. Das alles gab mir nicht das Gefühl, zu verstehen, wer ich war oder wer ich eigentlich sein sollte. Was ich tun sollte.

Ich biss die Zähne so fest aufeinander, dass es wehtat, bevor ich im nächsten Moment die Tür aufriss und ins Wohnzimmer trat, wo Aiden auf dem Sofa saß. Er sah mich besorgt an. Womöglich, weil die Wände zwar dick waren, aber meine Stimme auch verdammt laut. Bevor er allerdings den Mund öffnen und fragen konnte, was los war, kam ich ihm zuvor.

»Wo ist diese Party? Und warum trinkst du noch nichts, Aiden?«, wollte ich wissen, durchquerte den Raum und zog die Whiskeyflasche aus der Vitrine gegenüber des Pokertisches. Ich machte mir nicht die Mühe, zwei Gläser herauszuholen, denn wir würden sie nicht brauchen.

Mein bester Freund öffnete erneut den Mund … überlegte es sich dann auf halbem Weg anders. Vielleicht, weil ich etwas verzweifelt aussah. Vielleicht, weil er gehört hatte, worum es beim Streit gegangen war. Und bei Gott, es war mir egal, welchen Grund er hatte! Alles, was zählte, war, dass er »Immer her damit« murmelte und die Flasche entgegennahm.

Denn das war alles, was ich gerade brauchte.

18

Lexie

Ich konnte nicht locker sein.

Ich hatte mir eingeredet, dass ich dazu in der Lage wäre, und war mitgekommen, um es Carly zu beweisen – aber es war absoluter Schwachsinn gewesen.

Der Bass dröhnte viel zu laut in meinen Ohren und ließ das Blut unangenehm in meinem Körper vibrieren. Das gedämpfte Licht reflektierte sich grell von der Spiegelwand hinter der schwarzen Bar. Der Geruch von Rauch, Alkohol und schwitzenden Menschenkörpern drang mir in die Nase und rumorte in meinem Magen. Die Musik wurde nur von dem Gelächter der Umherstehenden und Tanzenden übertönt, die ausgelassen mit den Armen schwenkten, fröhlich Bier und Tequila auf den Boden verschütteten, bevor sie mit Leuten rummachten, die sie vor zehn Minuten kennengelernt hatten. Es hatte also alles, was eine gute Party brauchte ... und mich mit hochgezogenen Schultern in der Ecke stehen ließ.

O großer Gott, ich war eine achtzigjährige Oma, gefangen im Körper einer Einundzwanzigjährigen! Ich war nervös, weil ich Angst hatte, dass irgendwer von den Anwesenden mich erkannte und betrunken etwas sagte, was mich in Bedrängnis bringen konnte. Außerdem musste ich von dem Sekt, den ich zu Hause bereits mit Carly getrunken hatte, dauernd auf die Toilette. Mir war in meinem T-Shirt-Kleid zu kalt, die Musik zu laut und die betrunkenen Leute viel zu hektisch … Zusammengefasst: Ich war erbärmlich. Warum konnte ich hier dran keinen Spaß haben?

Ich mochte Partys. Solange sie im *Blue Mate* mit meinen Freunden und niemandem sonst stattfanden. Aber in so großen Menschenmengen fühlte ich mich selten wohl. Zu viele fremde, neugierige Blicke. Und dass ich die letzte Viertelstunde damit verbracht hatte, nach einem bestimmten Menschen Ausschau zu halten, half mir auch nicht dabei, mich zu entspannen.

Carly immerhin schien sich zu amüsieren. Sie grinste so breit, dass ich ihr ein Snickers quer in den Mund klemmen könnte. Ty ebenso … Mace hingegen lehnte direkt neben mir an der Wand und starrte mit verengten Augen in die Menge.

»Das war eine dumme Idee. Ich will jetzt schon nicht mehr hier sein.«

»Dito«, meinte ich und verzog das Gesicht. »Warum findest du es schrecklich?«

Er warf mir einen knappen Blick zu, bevor er einen Mundwinkel hob. »Ich bin zu alt für den Scheiß.«

»Sechsundzwanzig ist nicht zu alt«, widersprach ich schnaubend.

»Sag mir das noch mal, wenn du sechsundzwanzig wirst, eine Bar führst und die Verantwortung für fünf Mitarbeiter trägst«, murmelte er.

»Oh, hört auf, so miesepetrig zu sein«, rief Carly, die mit den Armen über dem Kopf auf der Stelle tanzte. »Ernsthaft: Wisst ihr, was euer Problem ist? Ihr könnt euch nicht entspannen!«

»Ich bin so geboren worden«, verteidigte ich mich laut. »Was soll ich tun?«

Carly verdrehte die Augen. »Bitte, das kann nichts Genetisches sein.«

Dann deutete sie zu Ty, der keine zwei Meter weiter mit breitem Grinsen an der Theke stand, mit dem Fuß wippte und mit der Barkeeperin flirtete.

Tja, Ty war in seinem früheren Leben auch buddhistischer Mönch gewesen und ständig entspannt! Mit ihm durfte man mich wirklich nicht vergleichen!

»Ich hab ein schlechtes Gefühl, Pedro und Erin allein gelassen zu haben«, murmelte Mace und runzelte die Stirn. »Ich sollte besser zurückgehen.«

»Nein, das wirst du nicht! Du wirst dich amüsieren«, befahl Carly. »Ihr beide arbeitet verdammt hart, ihr habt euch eine Auszeit verdient.«

»Worüber reden wir?«, wollte Ty wissen, der sich von der Bar zurückgekämpft hatte.

»Darüber, dass Mace und Lexie Langweiler sind!«

»Ah.« Er tat, als würde ihn das überhaupt nicht überraschen. »Ja, darüber denke ich ständig nach. Aber sie sind solche Langweiler, dass mir meistens langweilig dabei wird.« Er grinste und drückte mir eine Bierflasche in die Hand, bevor er Carly und Mace jeweils eine Cola überreichte.

Ungläubig sah Carly ihn an. »Was soll denn der Mist?«, fragte sie und deutete auf ihr Getränk.

»Du bist noch keine einundzwanzig«, sagte Ty schulterzuckend.

»Aber in ein paar Monaten!«

»Okay.« Er nickte. »In ein paar Monaten bringe ich dir Bier.«

Mit geöffnetem Mund starrte Carly ihn an. »Seit wann bist du so regelverliebt? Im *Blue Mate* krieg ich auch immer Alkohol.«

»Ich tue so, als hätte ich das nicht gehört«, sagte Mace.

»Du schenkst ihr Alkohol aus?«, fragte Ty schockiert und sah mich böse an.

»Du nicht?«, gab ich irritiert zurück. »Du verkaufst dauernd Bier an Zwanzigjährige, was ist anders an Carly?«

»Ja, Ty, was ist anders?« Ihre Stimme hatte einen süßlichen Ton angenommen, und sie stemmte die Hand in die Seite.

»Die anderen sind nicht so unschuldig wie du«, meinte mein Bruder.

»Was?« Perplex sah Carly ihn an.

»Du bist ein Idiot, Ty«, sprach ich das Offensichtliche aus. »Und ist Mace auch so lächerlich unschuldig, oder warum kriegt er nur Cola?«

Ty zuckte mit den Schultern. »Mace trinkt nicht.«

Der nickte zur Bestätigung.

Carly schnaubte. »Ich glaube, du bist der einzige Typ, der eine Bar besitzt und Alkohol verpönt.«

Mace hob eine Augenbraue. »Und du bist die einzige Kunststudentin, die ihren Kühlschrankinhalt nach Haltbarkeitsdatum sortiert.«

Ich musste lachen, denn es war die Wahrheit. Nach Haltbarkeitsdatum, Verwendung und dann nach Farbe.

Carly starrte ihn einen Moment verblüfft an. »Woher ...?« Im nächsten Moment wirbelte sie zu meinem Bruder herum. »Ty! Du meintest, du hörst auf, dich darüber lustig zu machen.«

Er zog eine Grimasse. »Ja, aber ich hab nicht versprochen, es nicht weiterzuerzählen. Dafür ist es zu witzig.«

Carly verdrehte die Augen und öffnete geraden den Mund, um sicherlich etwas nicht ganz so Freundliches zu erwidern, als ein dunkelhaariger Typ sie lächelnd am Arm berührte.

Überrascht wandte sie sich um, bevor ihre Miene sich erhellte. »Hey, Evan! Ich wusste gar nicht, dass du kommst. Das hier sind meine Freunde: Ty, Mace und Lexie. Leute, das ist Evan. Er studiert mit mir.« Sie deutete der Reihe nach auf uns.

»Hey!«, begrüßte er uns, ehe er zu Carly meinte: »Und die Party des Jahrhunderts lasse ich mir doch nicht entgehen.«

Aus den Augenwinkeln bekam ich mit, wie Ty mit zusammengekniffenen Lidern die Hand von dem Typen betrachtete, die noch immer auf Carlys Arm lag.

O Gott. Er hatte wirklich einen zu großen Beschützerinstinkt, wenn es um die *unschuldige* Carly ging. Ich wusste schon, warum ich ihm verboten hatte, etwas mit ihr anzufangen.

»Ich hab übrigens deine Arbeit zum Thema *Freiheit* gesehen – Alter, Carly, du bist krass talentiert!«

Meine beste Freundin zog peinlich berührt die Schultern hoch und lächelte beschämt. »Danke. Es hat auch unglaublich viel Spaß gemacht.«

»Das glaub ich. Hey, ich hole mir kurz was zu trinken, hast du dann ein paar Minuten Zeit? Ich hab ein paar Fragen zu den Materialien, die du benutzt hast. Sind die Silberfolienelemente ernsthaft Joghurtbecherdeckel? Und hast du den Rand gemalt oder ernsthaft Fäden eingenäht?«

»Oh, du bist der Erste, dem es auffällt! Ja zu beidem. Aber Öl, Müll und rote Fäden sind einfach eine unterschätzte Kombo. Ähnlich wie Pizza Margherita und Ahornsirup.« Carly grinste breit. »Und klar, lass uns gern gleich drüber quatschen.« Denn es gab nichts, worüber sie lieber redete als über ihre Arbeit.

»Cool.« Evans Blick glitt zu der Cola in ihrer Hand. »Soll ich dir auch einen Drink mitbringen? Bier, Wein?«

»Wein, gern! Bis gleich.«

Er zwinkerte ihr zu, dann glitt er zur Bar.

Carly lächelte selig. »Evan ist wirklich der Beste! Hat mir schon superoft geholfen, wenn ich was nicht verstanden habe, und irgendwie ist es süß, einen solchen Fan meiner Arbeit zu haben.«

Ty schnaubte so laut, dass es mich überraschte, dass kein Bier aus seiner Nase kam. »Das kann nicht dein Ernst sein, Carly! Der Kerl will dich ins Bett kriegen! Deswegen ist er *der Beste*.«

Carly verdrehte die Augen. »Nein, er kennt mich und meine Arbeit und will sich gern mit mir darüber unterhalten. Das ist alles.«

»O bitte, er hat dich angesehen, als wärst du die Schlagsahne auf seiner Eiscreme!«

Carly hob pikiert das Kinn. »Weißt du, Ty, du bist wirklich der pessimistischste Mensch, den ich kenne. Wenn man Gutes von Leuten erwartet, wird einem auch Gutes passieren.«

Ty riss die Augen auf und fuhr sich mit der Hand in die Haare. »Oh. Mein. Gott. Das hast du gerade nicht gesagt.«

»Doch«, erwiderte sie. »Und weißt du, was ich noch sage? Die meisten Menschen sind toll und ehrlich und freundlich. Man muss ihnen nur die Chance geben, das zu zeigen.«

Ty sah aus, als hätte sie ihm gerade erzählt, der Weihnachtsmann brate Kinder in seiner Plätzchenfabrik.

»Carly, bei allem, was mir heilig ist: Mit der Einstellung liegst du morgen früh im nächsten Graben.«

»Oder mit dem heißen Evan im Bett«, erwiderte ich grinsend.

Verärgert sah Ty mich an. »Aber das ist es nicht, was sie will!«

Carly prustete. »Woher willst du wissen, was ich will?«

»Du hustest Regenbogen und Herzchen, Carly! Du bist nicht der Typ dafür, wahllos mit Kunststudenten ins Bett zu springen.«

»Und du hustest größtenteils schlechte Energie und Mist, Ty. Und du bist definitiv der Typ, der gleich eine von mir gescheuert bekommt.« Sie funkelte ihn an. »Ty: Ich bin nicht deine Schwester! Du musst nicht auf mich aufpassen. Also hör auf, mich so zu behandeln«, sagte sie, bevor sie uns stehen ließ und Evan an die Theke folgte.

»Auf mich musst du übrigens auch nicht aufpassen«, fügte ich hinzu und nahm einen Schluck Bier, während er mit zusammengepressten Lippen Carly hinterherstarrte.

»Du bist es, die diese bescheuerte Find-my-friends-App heimlich auf meinem Handy installiert hat! Dabei hättest du sie Carly unterschummeln sollen. Denn der Depp wird sie und ihre herzliche, absurd freundliche und vertrauensvolle Art ausnutzen.« Seine Stimme ähnelte mehr einem Knurren. »Das wisst ihr genauso gut wie ich.«

Ich seufzte. »Du reagierst über, Ty.« Und wenn er nicht wollte, dass ich heimlich Peilsender auf seinem Handy installierte, musste er aufhören, es so unvorsichtig oft herumliegen zu lassen.

»Tue ich nicht! Ich kenn mich mit Typen aus, die Frauen nur ins Bett bekommen wollen.«

»Ja, weil du selbst einer von denen bist«, erinnerte ich ihn.

»Hey!« Böse sah er mich an. »Auf wessen Seite stehst du eigentlich?«

»Auf Mace'. Er ist still und nervt nicht.«

Mace lächelte breit und prostete mir mit seiner Cola zu. »Danke. Viele sagen, dass das meine beste Eigenschaft ist. Und Ty, der Kerl war weder schmierig noch unfreundlich. Stell dich nicht so an, Carly ist alt genug, selbst zu entscheiden, mit wem sie ins Bett will und mit wem nicht – und Lexie, dieser Kerl da hinten starrt dich an.«

Das Herz sprang mir in die Kehle, und hastig sah ich in die Richtung, in die Mace gerade geblickt hatte. Doch es war nicht Logan, der da in der Menschenmenge stand und unhöflich in meine Richtung starrte. Es war der rothaarige Tobias, dem ich vor ein paar Wochen einen Ausweis verkauft hatte.

Sein Blick war so intensiv und unangenehm, dass ich mich mit dem Rücken zu ihm drehen musste, um mich davon abzuhalten, ihm seufzend entgegenzuschreien, dass er viel zu auffällig war.

»Kennst du den Typen?«, fragte Mace.

»Ja, er ist ein … Kunde«, murmelte ich. Auch er wusste, was ich in meiner Freizeit so tat, ich konnte das Wort also bedenkenlos benutzen.

»Ein Kunde, der wirklich keine Ahnung davon hat, unauffällig zu sein«, bemerkte mein Bruder kopfschüttelnd.

»Ja. Leider.« Ich seufzte schwer. »Ich geh wohl besser mal kurz raus, damit er sich wieder einkriegen kann.« Ich drückte Ty mein Bier in die Hand. »Wehe, das ist leer, wenn ich wiederkomme. Bis gleich!«

Es kam mir ohnehin gelegen, denn so konnte ich der stickigen Luft entkommen und würde ein paar Minuten nicht ständig von verschwitzten Leuten angerempelt werden. Also zwängte ich mich durch die Menge und schließlich durch die Tür der *Golden Bar*, der einzigen Bar auf dem Campus, an dem Alkohol ausgeschenkt wurde – und ein weiterer Beweis dafür, dass die ganze Universität wirklich nicht sehr einfallsreich war, was Namen anging.

Genau das dachte ich, als ich auf die Golden Road trat und in Richtung des Golden Parks schlenderte. Der Bass pochte noch immer in meinen Ohren, obwohl die Tür zur Bar die größte Lärmbelästigung eindämmte. Aber die Party beschränkte sich offenbar nicht nur auf diesen einen Ort, denn lauter angetrunkene, kichernde Tweens streunten auf dem Pflasterweg umher und tummelten sich im Park. Allesamt mit riesigen Musikboxen, sodass *The Weekend* gegen die *Jonas Brothers* und *Childish Gambino* gleichzeitig antrat. Niemand von ihnen gewann. Aber mein Drang, doch noch ein wenig weiter wegzugehen, wurde unermesslich groß.

Kurz fragte ich mich, ob ich so große, ausufernde Partys überhaupt jemals gemocht hatte. Ich war nur auf wenigen gewesen, da ich erst zu jung und dann zu beschäftigt gewesen war. Aber irgendwie hatte ich mich immer fehl am Platz gefühlt, wenn mich zu viele Menschen umgaben.

Ich schlenderte durch den Golden Park, am marmornen Brunnen vorbei und bog am Hauptgebäude nach rechts ab zu den Sportanlagen. Dahinter lag eine weitere kleine Grünfläche, auf der es hoffentlich etwas ruhiger war. Mindestens zehn Minuten würde ich Tobias nämlich geben müssen, um sich entweder einzukriegen oder aber die Bar zu verlassen.

Weit kam ich leider nicht, denn bereits hinter der nächsten Biegung wurde mir klar, dass ich dort keine Ruhe finden würde. Denn männliches, lautes Stimmgewirr schwoll mir entgegen – und es klang noch dazu unnötig aggressiv.

Ja, das musste ich mir nicht antun.

Ich wollte gerade wieder umdrehen, als ich jemanden rufen hörte: »… mit eurem Schwachsinns-Scheiß in Ruhe. Ihr müsst mir nicht beweisen, dass ihr den IQ eines verbrannten Toastbrots habt, das wusste ich bereits nach nur einem Blick auf euch.«

Mitten in der Bewegung hielt ich inne. Ich kannte die Stimme. Auch wenn ich sie noch nie so wütend, erschöpft … und angetrunken gehört hatte.

»Glaubst du etwa, nur weil du der Sohn des allmächtigen Maxx bist, machen wir dir keinen Stress, oder was?«, brüllte jemand.

»Ja, echt mal!«, rief jemand anderes.

»Nein. Ich glaube, selbst wenn ich jemand völlig anderes wäre, hättet ihr nicht die Eier, Stress zu machen«, antwortete Logan, und stöhnend kniff ich die Augen zusammen, bevor ich mich umwandte.

Ich sollte gehen. Doch offenbar legte Logan sich gerade betrunken mit zwei Typen gleichzeitig an, und ihre Umrisse, die der Schatten des Hauptgebäudes preisgab, sahen leider sehr wuchtig und groß aus, und ehrlich gesagt wusste ich nicht, ob er Erfahrung damit hatte, sich körperlich selbst zu verteidigen …

»*Was hast du gesagt?*«

Der größere der beiden machte einen Schritt auf Logan zu und packte ihn am Kragen.

Shit. Widerwillig bog ich vom Weg ab und stapfte über den Rasen, bis ich die Gestalten genauer erkennen konnte. Der blonde, bullige Typ, der Logan überrascht losließ, als er mich bemerkte, erinnerte mich stark an einen Laib Toastbrot mit Kopf. Sein Freund hingegen sah aus, als hätte Gott versucht, einen Menschen zu erschaffen, der einem Bleistift so ähnlich wie möglich war. Er war groß, aber so dünn, dass ein Wolf mit großem Lungenvolumen ihn wahrscheinlich umpusten konnte.

Der eine war somit behäbig, der andere ein Zweig im Wind.

Damit kam ich klar.

»Hey«, sagte ich freundlich, steckte die Hände in die Taschen meines Kleides und wippte auf den Fußballen vor und zurück. »Gibt es ein Problem?«

Logan riss den Kopf zu mir herum. Schock spiegelte sich auf seinem Gesicht.

»Kennst du sie?«, wollte der bullige Typ wissen.

Einige Sekunden lang starrte Logan mich nur unverwandt ab. Dann schüttelte er den Kopf. »Noch nie gesehen«, sagte er, und sein Blick wurde eisig, bevor er in Richtung des Hünen ergänzte: »Genauso wenig wie dich, denn deine Hackfresse hätte ich mir gemerkt.«

Ich seufzte laut auf. Was zur Hölle tat er? Er provozierte sie *absichtlich!* Als wünschte er sich, dass sie auf ihn losgingen.

»Logan, was soll das?«, zischte ich.

»Verschwinde, fremde Frau«, sagte er angespannt und schüttelte erneut den Kopf.

Ich presste die Lippen zusammen. Oh, er war ja in einer klasse Stimmung. »Was wird das hier?«

»Das geht dich nichts an«, sagte Bleistift genervt. »Hat dir niemand beigebracht, dass du nachts nicht allein auf dem Campus herumlaufen solltest?«

»Doch. Euch auch?«

Das Toastbrot schnaubte. »Verschwinde, Blondie.«

»Ich kann nicht«, meinte ich entschuldigend und ärgerte mich selbst darüber. »Wisst ihr, ich möchte euch nicht wehtun. Könntet ihr also einfach eures Weges gehen und den angetrunkenen Blödmann hier allein lassen?« Ich gestikulierte zu Logan. »Er hat nämlich einiges verdient, aber keine lebensgefährlichen inneren Blutungen.«

Die beiden Kerle starrten mich einige Sekunden lang entgeistert an ... dann fingen sie gleichzeitig an zu lachen.

»Versuchst du gerade, uns zu drohen?«, japste der Bulligere der beiden.

Ich lächelte ebenfalls. »Genau das ist es, was ich tue. Sehr klug von dir.«

»Alter, hast du dich mal angesehen? Du bist superklein!« Er deutete an meinem Körper hoch und runter. »Wir sind es, die *dir* nicht wehtun wollen. Also verschwinde, solange du noch kannst.«

»*Debbie*«, sagte Logan ungeduldig. »Hör auf sie. Geh einfach, okay? Das hier ist nicht dein Kampf.«

»Das hier ist der Kampf von *niemandem*«, blaffte ich ihn an.

Bleistift grunzte unzufrieden. »Er hat uns beleidigt. Er hat es verdient, eine Lektion erteilt zu bekommen.«

»Wenn du Lektionen erteilen willst, werde Lehrer!«, erwiderte ich scharf. »Und ich sage es zum letzten Mal: Verschwindet und euch wird nichts passieren. Denn ihr seid leider sehr groß, und wenn ich von hier unten zuschlagen muss, kann es sein, dass ich euer Nasenbein zu tief in eure Gehirne ramme – und euch umbringe. Was ich wirklich, wirklich nicht tun will, denn eigentlich habe ich nichts gegen euch. Also werde ich euch erst in die Knie zwingen und dann zuschla-

237

gen müssen, was peinlich und schmerzhaft zugleich wird. Also tut euch den Gefallen und geht einfach.«

»Hör auf …« Logan sah mich starr an, und an seiner Stirn pochte deutlich eine Ader – wahrscheinlich, weil er mich kannte und wusste, dass ich es ernst meinte.

Die beiden Kerle waren jedoch nicht so schlau. Der größere der beiden verdrehte die Augen und kam auf mich zu, hob beide Hände und machte Anstalten, sie auf meine Schultern zu legen, wahrscheinlich, um mich wegzuschieben.

Doch ich ließ ihn nicht.

Blitzschnell zog ich die Hände aus den Taschen und tauchte unter seinem ausgestreckten Arm weg. Ich packte seine Finger, wandte mich um und nutzte den Schwung, um sie auf seinem Rücken zu fixieren, bevor ich seinen Ellbogen nach oben drückte, sodass es den Typen automatisch in die Knie zwang. Er strauchelte, versuchte, sich zu wehren und erwischte mich mit der anderen Hand, an der er einen klobigen Ring trug, schmerzhaft an der Wange. Das hinderte mich trotzdem nicht daran, mein Knie in sein Kreuz zu pressen, sodass er mit dem Gesicht voran zu Boden ging, während ich seinen rechten Arm in komischem Winkel auf seinem Rücken fixiert hielt.

»Du solltest wirklich nicht anfassen, was dir nicht gehört«, sagte ich und ließ ihn abrupt los.

Bleistift sah mich entsetzt an … Im nächsten Moment verschwand er in die Dunkelheit. Sein Freund ließ sich nicht lange bitten und folgte ihm, sobald er sich schockiert aufgerappelt hatte.

»Was zur Hölle?«, entfuhr es Logan.

»Fuck, war das anstrengend«, fluchte ich und schüttelte meine Beine aus, die eine Menge Druck abbekommen hatten.

Diesen Move hatte ich seit Ewigkeiten nicht mehr benutzt! Nicht mehr, seit Norman Heyes aus der achten Klasse gemeint hatte, dass meine Mutter eine tote, armselige Leiche war, über die es sich wirklich nicht mehr lohne zu weinen.

»Ich hab dich nicht darum gebeten, das zu tun«, stieß Logan hervor. Mit verengten Augen wirbelte ich zu ihm herum. »Ach? Also hätte ich sie dich lieber verprügeln lassen sollen?«

»Ja, vielleicht«, sagte er und trat auf mich zu, sodass seine Fußspitzen gegen meine stießen.

»Oh, bitte, du wärst im Krankenhaus gelandet!«, zischte ich und reckte das Kinn. »Und was zur Hölle sollte das? *Noch nie gesehen. Verschwinde, fremde Frau* ...«

»*Du* warst es, die mir gesagt hat, ich solle dich ignorieren, wenn ich dich auf dem Campus sehe!«, rief er. »Du hast sehr deutlich gemacht, dass du nichts mit mir zu tun haben willst!«

»Ja, wenn gerade nicht zwei Typen drauf und dran sind, dich zusammenzuschlagen!«

»Ich kann mich zusammenschlagen lassen, wann immer ich will«, erwiderte er kalt, und sein Gesicht war nun so nah, dass ich die hellen Lichtsprenkel in seinen dunkelblauen Iriden zählen könnte. »Du hast hier nichts verloren, Lexie. Du hättest nicht bleiben müssen, du hättest nichts tun müssen, du kannst aufhören, die Heldin zu spielen.«

Meine Eingeweide zogen sich zusammen, und mein Hals sich mit ihnen. »Hör auf damit«, fuhr ich ihn an und konnte nicht anders, als wütend mit den Händen gegen seine Brust zu stoßen.

»Womit?«

»*Ein Arschloch zu sein!* Ich weiß, dass du eigentlich keines bist. Du musst also nicht versuchen, mich davon zu überzeugen.«

»Oh, aber ich bin eins, Lexie«, sagte er nüchtern und richtete sich auf, sodass er mich jetzt um mehr als einen Kopf überragte. Aber er konnte mich nicht einschüchtern. Ebenso wenig, wie er meine Meinung ändern konnte.

»Nein«, wisperte ich leise. »Du bist betrunken und wütend und verletzt – ich weiß nur nicht, warum. Aber es ist nicht okay von dir, deine Wut an mir auszulassen. Ich habe dir nämlich gerade geholfen. Keinen Welpen getreten.«

Logan schnaubte. »Ich bin nicht *so* betrunken und …« Mitten im Satz brach er ab, und seine wütende Miene fiel urplötzlich in sich zusammen. »Shit, Lexie. Blutest du?« Besorgt griff er nach meinem Kinn, bevor er es sanft zur Seite drehte und meine Wange ansah.

Die Berührung brannte auf meiner Haut, und ich vergaß zu atmen. »Was?« Ich blinzelte. Verwirrt wischte ich mir über die Wange … und zwei Sekunden später starrte ich meine blutigen Finger an. »Mist«, fluchte ich. »Der Blödmann hat einen Ring getragen. Welche Männer tragen heutzutage noch einen Ring?«

»Alle verheirateten?«

»Am Zeigefinger!«

»Gangster-Rapper und Piraten?«, schlug Logan vor und strich mit dem Daumen sacht über mein Kinn.

Ich schnaubte und ignorierte die Gänsehaut, die meinen Rücken hinabfloss. Ebenso wie seinen Geruch, der mich plötzlich penetrant umhüllte. »Ist es sehr schlimm?«

»Ich glaub nicht, dass du eine Narbe bekommst, aber es blutet und …« Er brach ab und packte meine Hand. »Hör auf, da mit deinen dreckigen Patschefingern dranzugreifen.«

»Ich will gucken, ob es wehtut!«

»Wenn du das Blut weiter verwischst, siehst du gleich aus wie ein Vampir, der keine Serviette benutzen kann. Komm mit. Ich mache die Wunde sauber und klebe ein Pflaster drauf.«

Perplex blinzelte ich ihn an. »Was?«

»Ich wohne im Freemont-Gebäude, das sind keine fünf Minuten

von hier«, sagte er, bevor er die Hand langsam von meinem Kinn sinken ließ.

Ein nervöses Prickeln breitete sich über meinen ganzen Körper aus … und ungläubig schüttelte ich den Kopf. »Du tust es schon wieder!«

Er hob die Augenbrauen. »Was tue ich?«

»Erst ein Arschloch und dann plötzlich nett sein! Und wenn ich ehrlich bin, reicht es mir langsam! Mir wird nämlich schwindelig, wenn ich dir nur dabei zusehe.«

Logan hob einen Mundwinkel und trat einen Schritt zurück. »Du hast recht. Es ist nicht fair von mir, meine Wut an dir auszulassen. Deswegen … höre ich für heute Abend auf, ein Arschloch zu sein. Kommst du dann?« Er machte eine ausladende Handbewegung.

Unsicher trat ich von einem Bein aufs andere. Doch schließlich kapitulierte ich. Ich konnte nicht mit blutverschmiertem Gesicht zurück auf die Party gehen. Es war nicht Halloween. Also schrieb ich kurz eine Nachricht in Tys, Mace', Carlys und meinen Gruppenchat, bevor ich nickte. »Schön, wohin müssen wir?«

Logan deutete nach rechts, und ich folgte ihm. Dieser Teil des Campus war leer und leise. Unsere Schritte waren das Einzige, was den Frieden der Nacht störte und von den großen Wohnheimgebäuden um uns herum widerhallte.

»Es war leichtsinnig von dir, dich mit den beiden anzulegen und sie absichtlich zu provozieren«, meinte ich nach einer Weile. Einfach, weil irgendwer es ihm sagen musste.

»Ich weiß«, antwortete er ohne Umschweife.

Ich nickte, und einige Momente lang waren wir still, bis Logan fragte: »Sei ehrlich zu mir, Lexie: Bist du ein Ninja?«

Meine Mundwinkel zuckten, und ich verschränkte die Arme vor

meinem Körper. »Nein«, sagte ich, bevor ich meine Stimme tiefer stellte. »Ich bin Batman.«

Logan warf mir einen nachdenklichen Seitenblick zu. »Ich weiß, dass du dich über mich lustig machst, aber ein bisschen glaube ich dir.«

»Das solltest du«, erwiderte ich ruhig. »Ich bin hochgefährlich.«

»Ja, bist du«, sagte er leise und sah wieder nach vorn. Er hatte die Stirn gerunzelt, und er atmete mehrfach tief ein und aus, bevor er wieder sprach. »Lexie?«

»Ja?«

»Ich hasse es, dass du weißt, wie man einen erwachsenen Mann niederstrecken kann.«

Ich verdrehte die Augen. »Wieso? Weil es dich in deiner Männlichkeit angreift?«

»Nein«, erwiderte er nüchtern. »Weil es bedeutet, dass du es lernen musstest.«

»Oh.« Ich schluckte, und mein Magen zog sich unangenehm zusammen. »Mach dir keine Gedanken. Vielleicht bin ich auch einfach nur Kampfsportenthusiastin.«

»Lexie?«

»Ja?«

»Bist du Kampfsportenthusiastin?«

Ich biss mir auf die Unterlippe und senkte den Blick. »Nein.«

»Das dachte ich mir.«

19

Lexie

Ich wusste nicht, wie genau ich mir vorgestellt hatte, dass Logan lebte – doch als wir in sein Apartment traten, war ich nicht im Mindesten überrascht über das, was ich sah.

Allein das Wohnzimmer war so groß wie meine gesamte Wohnung. Ein Pokertisch stand in der Mitte des Raumes, ein riesiger Kühlschrank und eine offene Küche nahmen die rechte Ecke ein, eine breite Porno-Ledercouch und ein gigantischer Fernseher die linke. Und dann war da noch eine gläserne Vitrine mit einer Menge teuer aussehenden Gläsern und Whiskeyflaschen, die den Großteil der Wand neben der Couch verbarg.

»Bescheiden und schlicht hast du es hier«, sagte ich, während ich den Blick weiter schweifen ließ. »Eine richtige Studentenbude.«

Logan gab einen Ton von sich, den ich nicht ganz einem verächtlichen Schnauben oder amüsierten Lachen zuordnen konnte. Aber das spiegelte optimal seine gespaltene Persönlichkeit wider, war also irgendwie passend.

Plötzlich stieß er ein tiefes Seufzen aus, bevor er in die Küche ging und sich ein Glas Wasser holte. »Möchtest du auch was?«

Ich schüttelte den Kopf, verschränkte die Hände hinterm Rücken und beobachtete ihn dabei, wie er das Wasser hinunterstürzte. Ich sollte mich unwohl in diesem Raum fühlen. Er war nur eine weitere Bestätigung dafür, wie unterschiedlich Logans und meine Welten waren. Stattdessen wurde mir seltsam warm. Weil es … ein privater Teil aus Logans Leben war. Und als er das Glas wegstellte, wieder zu mir trat und mich an den Schultern in ein Zimmer zur Linken dirigierte, in dem ich nur kurz einen Blick auf ein breites Polsterbett, einen mit Büchern – und … waren das Schrauben? – überfüllten Schreibtisch und einen makellos sauberen Boden werfen konnte, bevor er mich in ein direkt anliegendes Bad geleitete, kam es mir wie das Natürlichste auf der Welt vor, hier zu sein. Weil ich mich seltsam wohl in Logans Gesellschaft fühlte.

»Wohnst du allein hier?«, wollte ich wissen, als er mich auf dem geschlossenen Toilettendeckel drückte.

»Nein. Aiden wohnt im Zimmer gegenüber«, meinte Logan abwesend, während er bereits im Schrank unterm Waschbecken rumorte.

»Und ihr habt beide euer eigenes Badezimmer?«

»Jap.«

»Wow«, murmelte ich.

»Ja, es ist ganz praktisch«, sagte Logan, bevor er einen weißen, kleinen Koffer mit einem dicken roten Kreuz darauf aus dem Schrank fischte.

»Ein Erste-Hilfe-Koffer«, sagte ich beeindruckt. »Verletzen sich Menschen in deiner Gegenwart öfter?«

Er kniete vor mir auf dem Boden, weshalb der ironische Blick, den er mir zuwarf, etwas durchtrieben wirkte. »Nein, aber meine Mutter hat darauf bestanden, dass ich einen habe.«

»Kluge Frau.«

»Sie hat ihre guten und schlechten Momente«, erwiderte er und wandte das Gesicht ab, um den Koffer zu durchstöbern.

Ich betrachtete nachdenklich seine Miene, die auf einmal verschlossen wirkte.

So. Seine Mutter trug also Mitschuld an seinem heutigen Verhalten.

Ich räusperte mich. »Logan, du musst mich nicht verarzten. Wirklich. Es brennt nur ein bisschen. Alles gut.«

»Halt die Klappe und lass dir helfen«, war seine freundliche Antwort, bevor er aufstand, einen Waschlappen anfeuchtete und sich über mich beugte.

Erschrocken zuckte ich zurück. »Was tust du?«

»Dir das Blut vom Gesicht wischen, damit du nicht mehr aussiehst wie eine Serienmörderin.«

»Oh, aber …« Die Worte *Das kann ich auch selbst machen* blieben mir im Hals stecken. Denn Logan umfasste bereits sanft mein Kinn und fing an, vorsichtig meine Wange abzutupfen. Ich schluckte. Sein Gesicht war meinem schrecklich nah. Er roch nach Whiskey und frisch gemähtem Gras … und als sein Atem über meine Lippen strich, brach ein Kribbeln darauf aus, und das Herz schlug mir plötzlich bis zum Hals. Hastig schloss ich die Augen. Die Erinnerung an das, was passiert war, als wir uns das letzte Mal so nah gewesen waren, drängte sich in meinen Kopf, und es war leichter, wenn ich ihn nicht ansehen musste. »Das ist nicht nötig«, flüsterte ich und zuckte zusammen, als er mit dem Lappen den Schnitt erreichte.

»Doch, ist es«, erwiderte er. »Das ist das Mindeste, was ich für dich tun kann. Nachdem du dich für mich geprügelt hast.«

Ich musste lächeln … und als er von mir abließ, vermisste ich sofort seine Berührung. Ich blinzelte. »Ich hab mich nicht für dich geprügelt.«

»O doch, das hast du«, meinte er und hob amüsiert die Augenbrauen. »Es war ziemlich heroisch. Ich bin mir sicher, dass Barden bereits Lieder darüber verfassen.«

Ich lachte. »Es war nötig. Ich wollte nicht dafür verantwortlich sein, dass du im Krankenwagen landest.«

»Ach, es wäre schon nichts passiert«, murmelte er.

»Doch, das wäre es. Denn du bist betrunken und wütend, und das ist keine gute Kombi. Vielleicht solltest du aufhören, mich zu verarzten. Nachher schlitzt du mir in deinem Zustand noch aus Versehen das Gesicht auf.«

Er schnaubte. »Glaub mir, ich bin nur halb so betrunken, wie ich gern wäre«, sagte er, zog ein Fläschchen aus dem Koffer und sprühte etwas von dem Inhalt auf meine Wange. Es war unangenehm kühl, aber tat nicht weh.

»Ich schätze, du hattest einen … schwierigen Tag«, sagte ich vage.

Logan sah mir in die Augen, und einer seiner Mundwinkel wanderte nach oben. »Untertreibung des Jahrhunderts«, meinte er, bevor er ein Pflaster aus dem Koffer kramte und über meine Wunde klebte. »So. Jetzt siehst du nicht mehr aus wie ein Vampir, sondern wie ein Kind, das mit einem Maschendrahtzaun gespielt hat«, meinte er und sank nach hinten, auf den kalten Fliesenboden.

Ich lächelte nicht, sondern sah ihn weiter ungerührt an.

»Was ist passiert?«, fragte ich leise. »Ich dachte, du wärst glücklich, dass du dieses sagenumwobene Papier endlich in den Händen hältst.«

»Ja …«, murmelte er und presste die Handballen auf sein Gesicht. »Das dachte ich auch.« Er seufzte schwer, dann stand er auf.

Ich folgte ihm zurück in sein Schlafzimmer, in dem er eine kleine Lampe auf seinem Nachttisch anschaltete, bevor er eine Wasserflasche davon zog und sich auf sein Bett setzte. Den Rücken gegen das Kopfteil gelehnt, die Augen geschlossen. »Danke, Lexie.«

»Wofür?«

»Dafür, dass du mich davon abgehalten hast, ein noch größerer Idiot zu sein als sonst.«

Ich nickte und trat näher. »Geht es dir gut?«, fragte ich und setzte mich schließlich zögerlich neben ihn auf die Matratze. Zog die Schuhe aus und legte die Beine neben seine.

»Nicht wirklich. Nein«, erwiderte er und schüttelte kaum merklich den Kopf.

Auf Logans Bett zu sitzen, fühlte sich viel zu intim an ... aber er sah so erschöpft aus. So erschöpft von seinem Leben, dass ich nicht anders konnte, als höher zu rutschen und mich neben ihn an das Polster zu lehnen. Ich stieß meine Schulter sacht gegen seine, doch er blickte nicht auf. Er hielt die Augen weiterhin geschlossen. Also betrachtete ich sein Profil, den dunklen Wimpernkranz, der auf seinen Wangenknochen auflag, die gerade Nase ... und schwieg. Sagte nichts. Fragte nicht danach, warum es ihm nicht gut ging. Was los war. Wieso er sich mit zwei Kerlen auf einmal hatte anlegen müssen. Ich war einfach da – und wartete. Gab ihm Raum zu entscheiden, was er sagen wollte. *Ob* er etwas sagen wollte.

Endlose Sekunden vergingen. Zogen sich zu zähen Minuten, die mir zwischen den Zähnen zu kleben schienen ... und dann, nach einer halben Ewigkeit, sagte Logan zwei Worte: »Eileen Hamlin.«

Überrascht hob ich die Brauen. Er hatte die Augen wieder geöffnet und blickte nun direkt in meine.

»Was?«

»Eileen Hamlin. Das ist der Name, für den ich das Papier gestohlen habe.«

Ich runzelte die Stirn. »Wer ist Eileen Hamlin?«

Logan schluckte, zögerte einen Augenblick ... »Meine Mutter«, wisperte er schließlich. »Meine biologische Mutter. Ich bin adoptiert.«

Verwirrt blinzelte ich. »Was? Nein. Nirgendwo im Internet steht, dass du ...« Ich brach ab, und der Groschen fiel.

Mir wurde schwer ums Herz, schwer von Mitgefühl. Denn auf einmal verstand ich es. Die Wut auf seine Eltern. Seine Verzweiflung, das Papier und somit den Namen seiner biologischen Mutter zu bekommen. Er hatte es nicht gewusst. Seine Eltern hatten es ihm nicht verraten.

Dabei belastete es ihn ohnehin schon, dass niemand ehrlich zu ihm war. Und dann wurde er von den zwei Menschen, die ihm am nächsten stehen sollten, derartig belogen …

»Oh«, hauchte ich und schluckte den dicken Kloß in meinem Hals hinunter.

»Ja, oh«, bestätigte Logan und nahm einen Schluck aus der Wasserflasche, bevor er sie achtlos neben sich warf.

Ich blickte starr auf meine Hände und sank das Kopfteil hinab, gegen seine Schulter. Es war, als wollte mein Körper ihm die Nähe geben, die er brauchte. Auch wenn die unschuldige Berührung mein Herz zum Flattern brachte. Auch wenn eine kleine Stimme in meinem Kopf flüsterte, dass ich Abstand nehmen sollte. Bevor es … zu spät war.

»Verstehe«, meinte ich und brachte meine innere Stimme zum Schweigen. »Deswegen konntest du nicht zu einem Privatdetektiv gehen. Er hätte mehr Geld mit der Info verdient als mit deinem Auftrag.«

»Jap.«

»Das ist eine ziemlich heikle Sache.«

»Jap.«

»Warum erzählst du es mir dann?«

Er lachte trocken und rieb sich über die Stirn. »Weil ich es irgendwem erzählen *muss*, Lexie … und weil ich dir vertraue.«

In meiner Inneren wurde es eng. Denn die Wärme und das Mitgefühl und das Kribbeln, das mich durchströmten, war zu viel für meinen Brustkorb. Die Emotionen, die seine Worte auslösten, so tief und groß, dass sie nicht hineinzupassen schienen. Mir war nicht bewusst

gewesen, dass Logans Vertrauen etwas war, das ich haben wollte ...
doch jetzt erschien es mir wie das kostbarste Geschenk, das ich je bekommen hatte.

Ich war eine Diebin. Eine Teilzeitopportunistin. Er wusste nichts über meine Vergangenheit, ich weigerte mich jedes Mal, ihm etwas zu erzählen – und dennoch vertraute er mir. Sah mich an, als würde er keine Sekunde daran zweifeln, dass ich seine Geheimnisse für mich behielt. Dass sie gut bei mir aufgehoben waren.

Ich schluckte erneut, musterte forschend sein Gesicht. Verharrte an seinen dunkelblauen Augen, in denen sich das Licht der Nachttischlampe reflektierte. Sein Blick war unverwandt auf mich gerichtet.

»Wissen deine Eltern ... dass du es weißt?«

»Ja.« Zynisch hob er die Mundwinkel. »Mein Vater hat mir heute einen kleinen Besuch abgestattet. Er weiß, dass wir bei ihm eingebrochen sind. Und auch, was fehlt.«

Mein Herz setzte einen Schlag aus. »*Was?*«

»Alles gut«, sagte er hastig und drückte beruhigend mein Knie. »Du interessierst ihn nicht. Er gibt allein mir die Schuld. Wirklich.«

Ich schluckte und presste eine Hand auf meine Brust, die sich zusammengezogen hatte. »Okay. Und ... was hat er gesagt?«

»Dass es keinen Unterschied macht.«

»*Entschuldige?*« Ungläubig sah ich ihn an. »Es macht keinen Unterschied, ob deine Eltern dich dein Leben lang belogen haben oder nicht?«

Logans Lippen verzogen sich zu einem Lächeln. Diesmal einem echten, das meinen Magen flau werden ließ. Mir plötzlich bewusst machte, dass Logans Hand noch immer auf meinem Knie lag ... und ich nicht daran dachte, sie wegzuschieben.

»Danke«, wisperte er. »Das hilft mir. Zu wissen, dass es nicht falsch von mir ist, wütend zu sein.«

»Natürlich nicht!« Ich drückte seine Hand. Ließ sie dort liegen. Auf seiner. Für ihn. Oder für mich. »Wie kann er so was Dämliches sagen? Und wie kannst du daran zweifeln, dass du das Recht hast, wütend zu sein?«

Er seufzte. »Ich weiß es nicht. Aber in letzter Zeit ... zweifele ich gefühlt an allem. Vielleicht bin ich einfach ... ins falsche Leben geboren worden. Wenn ich bei meiner richtigen Mutter aufgewachsen wäre, wäre ich womöglich ein völlig anderer Mensch. Ich kann langsam nicht mehr unterscheiden, zu was meine Eltern mich gemacht haben und wer ich selbst entschieden habe zu sein. Was ich tue, weil ich es will, und was, um irgendwen zufriedenzustellen – und dabei das exakte Gegenteil zu bewirken. Ich weiß manchmal einfach nicht, wer ich bin ... und vielleicht liegt es ja daran? Dass ich meine Wurzeln nicht kenne.«

Ich verflocht meine Finger mit seinen und schüttelte den Kopf. Lächelte ihm warm zu. Denn ich verstand ihn. »So fühlt sich jeder mal, Logan. Wirklich. *Jeder.* Ich wache jeden dritten Tag mit dem Gedanken auf, wer und wo ich jetzt wohl wäre, wenn mir das Leben andere Karten zugelost hätte. Und es ist okay. Nicht zu wissen, wer du bist. Wer du sein willst. Du hast noch den Rest deines Lebens, um das herauszufinden. Aber weißt du, was ich die anderen zwei Tage denke, wenn ich ohne Zweifel aufwache? Dass es gut ist, ich zu sein. Egal, wie viele Sorgen ich habe. All die Menschen, die ich liebe, hätte ich sonst vielleicht nie kennengelernt. Und ich verrate dir jetzt ein Geheimnis: Ich zumindest muss deine richtige Mutter nicht kennenlernen, um zu wissen, dass ich ...« Ich zögerte, biss mir auf die Unterlippe, rang mich durch. »... dass ich dich mag. Dass du ein guter Kerl bist, der zwar ein paar Ego-Probleme hat, aber auch ziemlich witzig ist. Und klug. Und mir ist vollkommen klar, dass ich mit diesen Worten besagtes Ego-Problem füttere, aber ...« Ich lächelte unsicher. »Du gibst mir

nie das Gefühl, schlechter zu sein als du. Weniger wert. Und das ist …
eine gute Eigenschaft.«

Verwirrt sah er mich an. »Du bist nicht schlechter. Und ganz
bestimmt nicht weniger wert. Wieso sollte ich dir da das Gefühl geben?«

Ich lachte leise. »Eben. Also. Du bist du. Auch ohne deine Eltern.
Adoptiv oder echt. Aber wenn du Eileen Hamlin trotzdem finden
willst … Dann tu das. Hol dir Antworten.«

Er schluckte, und ich spürte die Hitze seiner Handfläche plötzlich
überdeutlich durch den Stoff meines Kleides, während er mit den Fingerspitzen über meine bloße Haut strich.

»Ach, es ist ohnehin egal«, meinte er. »Ich habe zwar ihren Namen,
aber ich werde sie wahrscheinlich niemals finden. Er ist zu generisch.
Es gibt zu viele Eileen Hamlins.«

»Ich kann dir helfen«, sagte ich. Ohne nachzudenken. Einfach nur,
weil ich diesen bitteren Gesichtsausdruck hasste und wollte, dass er
wieder verschwand. »Ich hab … Mittel und Wege.«

Logan hob amüsiert die Augenbrauen und drehte seine Hand, sodass unsere Flächen nun aufeinanderlagen. »Natürlich hast du die.
Aber ich wollte eigentlich aufhören, dich dafür zu bezahlen, Zeit mit
mir zu verbringen.«

Hitze flutete meine Wangen. »Ich will kein Geld. Ich helfe dir so.
Als … Freundin.« Das Wort prickelte auf meiner Zunge. Als wäre es
sauer.

»Freundin?«, fragte Logan amüsiert. »Sind wir das denn? Freunde,
meine ich.«

»Klar«, sagte ich und hatte doch das Gefühl, dass ich log.

»Hmm«, machte er und malte Kreise auf meinen Handrücken, ließ
den Blick über mein Gesicht wandern und blieb an meinen Lippen
hängen, bevor er murmelte: »Das Problem ist nur, Lexie, dass ich

viele Freunde habe … Und wenn ich an dich denke, passt du irgendwie nicht ganz ins Schema.«

Die Hitze in meinen Wangen verstärkte sich. Breitete sich in meiner Brust aus. »Ist das so?«

»Ja.«

»Weil … all deine anderen Freunde langweilig sind?«

»Nein.«

»Weil sie nur männlich sind?«

Er lächelte, ließ meine Hand los, fuhr federleicht mit den Fingerkuppen meinen nackten Arm hinauf. Und eine Gänsehaut folgte jeder seiner Berührungen. »Nein, das ist nicht der Grund.«

»Vielleicht, weil sie alle keine Schlösser knacken können?«, fragte ich atemlos.

»Nein. Denn das ist selbstverständlich ein Kriterium, nach dem ich alle meine Freunde auswähle.«

Ich musste lachen. Nervös, aber ehrlich. Ich wollte noch einen weiteren, albernen Punkt anbringen, konnte mich allerdings nicht konzentrieren. Denn sein Oberschenkel streifte meinen, und seine Hand war inzwischen noch höher gewandert.

»Lexie«, wisperte Logan, während er mit dem Zeigefinger an meinem Hals entlangstrich. Genau über meinem heftig schlagenden Puls. »Denkst du wirklich, dass ich ein guter Kerl bin?«

Ich schluckte, wünschte, er würde aufhören, mir in die Augen zu sehen. Wünschte, er würde nie wieder damit aufhören. »Ich weiß, dass du ein guter Kerl bist«, murmelte ich. »Leider. Das macht es mir nämlich unendlich schwer, an meinen Vorurteilen festzuhalten.« Und ich hatte das Gefühl, dass ich das müsste. Um nicht gleich etwas sehr Dummes und womöglich Fatales zu tun. Doch sie entglitten immer wieder meinen Fingern. Mit jedem Wort, das Logan sagte. Mit jeder seiner Berührungen. Bis mein Kopf mit Watte gefüllt war. Bis da nur noch die Stille und sein leises Lachen waren, das ich tief in meinem Bauch spürte.

Sein Gesicht war nun so unendlich nah. Kleine Lichtreflexe funkelten in seinen Augen.

»Okay«, wisperte er. »Aber erinnere mich doch noch mal kurz ... Dürfen Freunde das hier?«

Er griff mit einer Hand in meine Haare, hob sacht mein Kinn an. Meine Hand verkrampfte sich in dem Stoff meines Kleides. »Ja. Das ist okay.«

»Was ist hiermit?« Er hob auch die andere Hand. Legte sie federleicht an mein Gesicht, strich mit dem Daumen über meine Unterlippe.

Eine Gänsehaut fächerte sich meinen Rücken hinab ... und waren seine Augen vorhin auch schon so dunkel gewesen? »Auch in Ordnung«, hauchte ich.

»Und das hier?«, wollte er leise wissen und küsste mich. Sacht. Vorsichtig. Kurz. Trotzdem spürte ich die Berührung seiner Lippen in meinem ganzen Körper. Bis in die Zehenspitzen.

»Nun ...« Mein Herz flatterte in meiner Brust, mein Atem ging schneller. »Das würde unsere Freundschaft verkomplizieren, denke ich.«

Er lächelte breit. »Ach, so wichtig ist mir unsere Freundschaft nicht«, murmelte er und senkte den Mund erneut auf meinen.

Und diesmal küsste er mich richtig. Da war keine Vorsicht mehr. Da war nur noch Hitze. Nur noch Verlangen. Dasselbe, das sich bei mir in den letzten Minuten aufgebaut hatte. Das meine Hände zum Zittern brachte. Und ich vergaß, warum ich gehen sollte. Warum das hier eine dumme Idee war. Denn sobald seine Lippen auf meine trafen, war mein Kopf leer gewesen. Wir mochten beide nicht wissen, wer wir waren – doch gerade wussten wir zumindest, was wir wollten. Und warum sollte ich es mir nicht ein einziges Mal nehmen?

Ich seufzte auf, schlang den Arm um seinen Hals und erwiderte den Kuss. Drängte meine Zunge seiner entgegen. Setzte mich aufrechter hin, um ihn besser erreichen zu können, und ließ meine Hände wandern. Seine muskulösen Schultern hinab, über seinen flachen Bauch. Während jede Bewegung seiner Lippen kleine Blitze direkt zwischen meine Beine schickte.

Da war so viel Hunger in seinen Küssen. Seinen Berührungen. Aber auch so viel Zärtlichkeit, dass mein Herz sich mit jeder Sekunde zusammenzuziehen und gleichzeitig wieder auszudehnen schien. Meine Emotionen wirbelten unkontrolliert in meinem Körper umher, und ich hatte Angst, sie genauer zu betrachten, also konzentrierte ich mich ausschließlich darauf, sie zu fühlen.

Ich schob meine Hände unter sein T-Shirt, zerrte es ihm über den Kopf, wollte endlich Haut auf Haut spüren, während er dasselbe machte.

Seine Nägel kratzten über meine Beckenknochen, hinterließen heiße Schlieren, als er mein Kleid hochschob und ich den Po hob, damit er es mir vom Körper schälen konnte.

»Ich nehme es übrigens zurück«, meinte er atemlos. »Dass du aufgeben solltest, Kleider zu tragen. Denn ich liebe Kleider. Sehr praktisch.«

Ich musste lachen, das in ein Stöhnen überging, als er mit den Lippen meinen Hals hinabwanderte, feuchte Spuren auf meiner erhitzten Haut hinterließ, während er den Verschluss meines BHs öffnete und die Träger federleicht meine Arme hinabzog. Jeden Zentimeter meiner Haut dabei mit seinen Fingern liebkoste. Sich Zeit ließ. Als würde er jede Berührung genießen. Selbst die, die für andere reine Praxis waren.

»Deine Haut ist so unfassbar weich«, murmelte er, warf den BH achtlos beiseite und umschloss im nächsten Moment mit den Lippen meine rechte Brustwarze.

Ich keuchte auf und ließ mich tiefer in die Matratze sinken, während Feuchtigkeit sich zwischen meinen Schenkel sammelte. Wie konnte sich etwas so richtig anfühlen, obwohl ich es seit Wochen in meinem Kopf als Falsch abgetan hatte?

Logan beugte sich über mich, erkundete mit rauen Fingerkuppen meine Rippenbögen. Küsste meine rechte Wange, meine linke Wange, bevor er die Lippen erneut leidenschaftlich auf meine presste. Und da ich insgeheim seit Wochen darauf wartete, das hier zu tun, erwiderte ich den Kuss, gab ihm alles, was ich hatte. Sei es nur für diese eine Nacht. Logan umschloss mit den Händen meine Brüste, strich mit den Daumen über die aufgerichteten Spitzen … bis ich an seinen Lippen keuchte.

Ich wollte mehr.

Seufzte zufrieden auf, als er seine Finger tiefer wandern ließ… bevor er am Rand meines Slips innehielt. Ich drängte ihm meine Hüfte entgegen, schob mich ein Stück hoch, damit er mich endlich dort berührte, wo ich ihn haben wollte. Doch seine Hand blieb, wo sie war. Und wo waren seine Lippen hin?

»Worauf wartest du?«, wollte ich ungeduldig wissen und öffnete die Augen.

Logan sah auf mich herab. Er lag auf einem Arm aufgestützt neben mir. Seine Pupillen waren geweitet, sodass sie fast seine Iriden verschluckten. Sein erhitzter Blick glitt gemächlich meinen Oberkörper hinab. Verweilte hungrig auf meinen Brüsten, bevor er an dem Dreieck zwischen meinen Beinen ankam. »Ich warte darauf, dass du mir sagst, was du magst. Wo du es magst«, sagte er rau. »Ein paar Richtungsanweisungen können nie schaden.«

Ich lachte, zog seinen Kopf zu mir herunter und küsste ihn erneut. Bekam nicht genug von seinem Mund. Dem Geschmack von Logan und mehr. Vermisste ihn bereits jetzt. »Ich dachte, Männer fragen nicht gern nach dem Weg.«

»Sie tun es, wenn sie wollen, dass die Frau ans Ziel kommt«, flüsterte er an meinen Lippen und zeichnete die Ränder meiner Unterwäsche nach, fuhr sacht mit den Fingerknöcheln über den Stoff, sodass mein Becken ihm entgegenzuckte. »Also?«

Wieder lachte ich … und ich liebte, dass er mir die Nervosität nahm. Dass er es wie das Natürlichste auf der Welt behandelte, mich zu fragen, was ich mochte. Dass nichts an diesem Moment merkwürdig war. Dass ihm offenbar wichtig war, dass ich genauso viel Spaß hatte wie er. Dass ich mit ihm so viel lachen konnte. Egal wo. Egal wann.

Also tat ich das, worum er mich gebeten hatte. Nahm seine Hand und glitt damit unter den Stoff. Zeigte ihm die Stelle, an der ich ihn am meisten brauchte … glitt mit zwei seiner Finger durch meine Feuchtigkeit zu dem engen Nervenbündel, zeigte ihm, welchen Druck ich mochte … und wimmerte auf, als er meiner Anweisung folgte.

Gott, der Kerl lernte schnell.

Erneut zog ich ihn zu mir heran, biss ihm sacht in die Unterlippe, während er mit einem Finger in mich sank und gleichzeitig mit dem Daumen meine Mitte umkreiste.

Es war zu viel. Die Empfindungen zu übermächtig. Ich stöhnte an seinem Mund, krallte die Finger in seine Schultern …

Logan hielt inne. »Gott, hör auf, solche Töne von dir zu geben!«

»Was?« Ich blinzelte. Wovon redete er? Und konnte er bitte weitermachen?

»Lexie … Du hast mich noch nicht einmal richtig berührt, aber wenn du noch einmal so stöhnst, dann *komme* ich.«

»Oh. Ich …« Er rieb mit dem Daumen über die richtige Stelle, und ich stöhnte kehlig auf.

Abrupt zog Logan die Hand zurück.

»Was tust du?«, fragte ich ungläubig und blickte auf.

Sein Gesicht war vor Anstrengung verzerrt, und seine Brust hob und senkte sich heftig. »Ich hab gesagt, du sollst damit aufhören.«

Ich grinste breit. »Sorry … war dir noch nicht klar, dass ich sehr schlecht darin bin, Anweisungen zu befolgen? Und wie war das? Ich soll dich berühren?«

Ich drehte mich in seine Richtung und fuhr mit den Fingern seinen Oberkörper hinab. Zeichnete jeden Muskelstrang nach. Glitt über die Mulden seines Sixpacks, bevor ich seine Jeans öffnete, sie über seine Hüften schob und mit der Hand in seine Briefs glitt. Seine harte, lange Erektion umschloss.

Logan keuchte auf und gab im nächsten Moment einen frustrierten Ton von sich, der sich nicht zwischen einem Lachen und Seufzen entscheiden konnte. »Du musst aufhören. Wirklich«, sagte er gepresst, zog meine Hand aus seiner Hose, bevor er sich über mich beugte und die oberste Schublade seines Nachtschranks aufriss. »Es reicht jetzt.« Er zerrte mir den Slip von den Beinen, stieß dann die Hose von seinen, ließ die Briefs folgen und rollte das Kondom über seinen Schaft. Ich beobachtete ihn bei jeder Bewegung, betrachtete seinen Körper … und Gott, der Kerl war wunderschön. Überall.

Und als er sich zwischen meinen Beinen positionierte, die Hände in meinen Haaren vergrub und mich tief küsste, während er in mich sank, explodierte Wärme in meinem gesamten Körper. Bis in meine Zehenspitzen. Der Moment war so klar … so vollkommen, dass mir das Herz schmerzte. Auf die beste Art und Weise.

Ich keuchte auf, schloss die Augen und rieb über die glatte Haut seines Rückens. Spürte, wie sich seine Muskeln unter meiner Berührung anspannten, während er sich tiefer schob, sich zurückzog, erneut in mich eindrang. Es war ... perfekt. Alles. Und die Hitze, die sich auf meinen Unterleib legte, wurde unerträglich.

»Ich entschuldige mich jetzt schon«, murmelte Logan. Küsste meine Stirn, mein Kinn, meine Lippen. »Ich glaub nicht, dass ich lang durchhalte.«

Ich schlang die Beine um ihn, zog ihn noch näher an mich, bis sein Atem mein Atem wurde. Seine Wärme meine Wärme. Sein Körper meiner. »Ist mir egal«, gab ich zurück und stöhnte, als er über genau den richtigen Punkt rieb. »Außerdem bin ich selbst schuld. All diese frivolen Töne aus meinem Mund.«

»Eben«, erwiderte er grimmig, bevor er lächelte und mit der Hand zwischen unsere Körper wanderte ... und endlich beendete, was er angefangen hatte.

Ich wimmerte auf, während sich alles in mir zusammenzog und wir uns beide unseren wirbelnden Emotionen ergaben.

Und wie sollte etwas ein Fehler sein, dass so verdammt gut war?

20

Ich wachte auf, weil mir kalt war.

Blinzelnd öffnete ich die Augen und versuchte, zu verstehen, woran das lag, denn ich hatte die Bettdecke bis zum Kinn gezogen … Der Platz neben mir allerdings war leer.

»Lexie?«, murmelte ich verwirrt. Das Laken roch nach ihr. Nach uns. Doch niemand antwortete.

Stirnrunzelnd hob ich den Kopf. Ich war mir ziemlich sicher, dass wir gestern zusammen eingeschlafen waren. Sie hatte den Rücken an meine Brust geschmiegt, während sie meinen Arm um ihre Taille festgehalten hatte, als wäre er ihr letzter Strohhalm.

Ich hatte Ewigkeiten nicht einschlafen können, weil mein Herz zu laut in meiner Brust gehämmert und meine Gedanken sich überschlagen hatten. Und da waren wieder diese Geräusche gewesen, die Lexie machte. Diesmal im Schlaf, aber ebenso effektiv …

Also hatte ich ihr wie ein verdammter Stalker beim Träumen zugesehen, während in meinem Inneren etwas unfassbar Leichtes, Glückliches gegen etwas Schweres, Bitteres gekämpft hatte. Denn ich hätte erst mit ihr reden sollen, bevor ich mit ihr schlief. Hätte reinen Tisch machen sollen. Aber ich hatte nicht mehr richtig denken können, als sie ihre Hand auf meine gelegt hatte, und … Shit.

War sie gegangen? Ohne ein Wort?

Aus irgendeinem Grund traf mich dieser Gedanke härter als erwartet. Ich bekam auf einmal ein merkwürdig schlechtes Gewissen, weil sonst ich immer derjenige war, der nachts einfach verschwand und … Verdammt, fühlten die Frauen sich dann alle so mies wie ich jetzt?

»Fuck«, stieß ich aus, rollte mich auf den Rücken und legte eine Hand auf meine Stirn.

Ich weiß, dass du ein guter Kerl bist.

Ich schluckte und kniff die Augen zusammen. Ich war nur halb so gut wie der Kerl, für den sie mich hielt. Und ich musste es ihr sagen, oder? Dass ich … mehr wusste, als sie ahnte. Dass ich immer noch nicht ganz ehrlich zu ihr gewesen war.

Aber wie, wenn sie einfach gegangen …

»Alter, wo warst du gestern Abend plötzlich? Da pass ich einmal nicht auf, und schon bist du … Oh. Du bist nicht Logan«, kam es aus dem Wohnzimmer.

Augenblicklich saß ich kerzengerade im Bett. Meine Tür war nur angelehnt, weshalb ich die Stimme so deutlich gehört hatte. Sie gehörte Aiden.

»Ihr College-Boys seid wirklich die klügste Sorte Mensch!«, antwortete jemand anderes amüsiert. Lexie.

Aiden lachte und sagte etwas, allerdings so leise, dass ich ihn nicht verstehen konnte. Lexie lachte nun ebenfalls … und ohne nachzudenken, sprang ich so schnell aus dem Bett, dass mir schwindelig wurde.

Was tat sie da draußen? Wieso lag Lexie nicht in meinem Bett, sondern quatschte stattdessen mit diesem Idioten Aiden? Das erschien mir … sehr falsch!

Ich lief bereits zur Tür, als mir auffiel, dass ich nackt war. Shit. Nicht, dass ich mich für meinen Körper schämen würde, aber Unterhaltungen mit seinem besten Freund und der Frau, mit der man die

Nacht verbracht hatte, führte man dann doch besser bekleidet. Hastig schlüpfte ich in die Jeans, suchte nach meinem T-Shirt, fand es aber nicht … Na gut, halb bekleidet war auch okay, oder?

»Und die Hübschesten sind wir auch«, hörte ich Aiden sagen. »Und wer, wenn ich fragen darf, bist du? Wenn schon nicht Logan?«

Ja, halb bekleidet war okay.

Ich stieß die Tür auf – und da wusste ich, wo mein T-Shirt war. Lexie trug es. Es reichte ihr bis zu den Knien, aber das auch nur, weil sie es mit den Händen am Saum nach unten zog. Bei dem Geräusch der Tür wandte sie sich um. Sie sah mich an … und lächelte.

Das Herz stolperte in meiner Brust, und neues Verlangen sammelte sich in meiner Leistengegend. Ich hatte geglaubt, dass Lexie im Abendkleid nicht mehr hübscher werden konnte. Doch ich hatte mich geirrt. Das hier war wohl die schönste Lexie. Mit nackten Füßen, verwischter Schminke, chaotischen Haaren und einem warmen Lächeln auf den Lippen. Sie war sonst immer so verschlossen, geheimnisvoll. Dieses Lächeln allerdings war so ehrlich und offen, dass es mir die Kehle zuschnürte. Dass ich mehr wollte. Jetzt. Morgen. Nächste Woche.

Shit, ich steckte in ernsthaften Schwierigkeiten.

»Ich wollte mir nur ein Glas Wasser holen«, sagte sie.

»Aber stattdessen versüßt du meinen Morgen«, ergänzte Aiden fröhlich, dessen Grinsen meiner Meinung nach viel zu unverschämt war. »Schickes Kleid übrigens.«

Lexie sah an meinem T-Shirt hinab, und ihre Wangen liefen rosa an. »Danke. Ist aus der neuen Armani-Kollektion.«

Meine Mundwinkel zuckten. »Hugo Boss.«

Sie schnaubte belustigt. »Natürlich. Mein Fehler.«

»Ach, ist doch egal, wer es gemacht hat. Dir steht es viel besser als Logan«, meinte Aiden leichthin. »Und wir haben kaltes Wasser im Kühlschrank, wenn du willst.«

»Okay.« Unsicher – eine Emotion, an die ich mich bei ihr noch gewöhnen musste – blickte sie zu meinem Zimmer und dann zu ihren nackten Beinen. Als überlegte sie, ob es sich nicht lohnen würde, sich erst einmal anzuziehen. Sie kam jedoch anscheinend zu dem Schluss, dass es die Sache nicht wert war. Denn sie zuckte nur mit den Schultern, ließ den Saum des T-Shirts los und ging zum Kühlschrank. »Ich sollte eine Medaille bekommen«, sagte sie. »Dafür, dass ich die Einzige bin, die ein T-Shirt trägt!«

Ich blinzelte, sah erst an meinem bloßen Oberkörper hinab und dann zu Aiden – der lediglich eine Jogginghose trug.

»Alter, Aiden. Zieh dir was an«, meinte ich kopfschüttelnd.

Er grinste nur. »Wer im leeren Kleiderschrank sitzt, sollte nicht mit T-Shirts werfen – und was? Eifersüchtig, weil meine Muskeln schöner sind als deine und deine hübsche Freundin hier das bemerken könnte?«

Ich verdrehte die Augen. »Benimm dich, Aiden. Wir sind nicht allein.«

»Ach, mir macht das nichts«, sagte Lexie unschuldig und legte eine Hand auf ihre Brust. »Ihr könnt sehr gern einen Contest starten. Ihr stellt euch einfach nebeneinander, ich mach ein paar Fotos, schicke sie meiner besten Freundin und hänge sie dann überall in der Uni auf, bevor ich fair abstimmen lasse, welche Muskeln schöner sind. Wir sind doch schließlich eine Demokratie! Außerdem würden sich sicherlich einige Mädchen aus eurem Fanklub über die Bilder freuen.«

Oh, bitte. Aiden zog ungefähr auf jeder Party, direkt nach seinem zweiten Bier, das Shirt aus. Es würde mich nicht wundern, wenn schon längst ein Kalender mit der Überschrift *Aiden – sein Sixpack, sein Leben* existierte und als Merch der Golden Heights University verkauft wurde.

»Du gehörst also nicht zum Logan-Maxx-Fanklub?«, wollte Aiden beiläufig wissen.

Lexie grinste. »Nein. Wenn überhaupt gehört Logan *meinem* Fanklub an.«

Ja. Ich war der verdammte Präsident.

»Interessant«, sagte mein bester Freund gedehnt und musterte mich mit zusammengekniffenen Augen, bevor er sich wieder Lexie zuwandte, die inzwischen den Kühlschrank geöffnet hatte: »Sag mal, fremde Frau ... Hast du auch einen Namen? Und hast du Logan zufällig auf eine Gala von seinem Vater begleitet?«

Lexies Blick zuckte sofort misstrauisch zu mir, bevor sie meinte: »Ach. *Fremde Frau* gefällt mir gut. Einer hübschen Alliteration konnte ich noch nie widerstehen. Und ... wieso fragst du?«

Ich seufzte. Ja, sie hatte ein Vertrauensproblem. »Ich hab ihm nichts gesagt.«

»Hat er wirklich nicht«, bestätigte Aiden. »Deswegen bin ich ja neugierig.«

»Hm, okay. Dann war ich vielleicht mit ihm auf einer Gala ... Und warum habt ihr grauen, unförmigen Matsch im Kühlschrank?« Stirnrunzelnd zog sie ein Einmachglas aus dem Kühlschrank, das aussah, als würde jemand sein Gehirn darin lagern.

Na, vielleicht war es ja meins. Das würde einiges erklären.

»Ach, das ist nur mein Mutterteig«, sagte Aiden.

»Dein ... Was?« Ihre Augenbrauen schossen in die Höhe.

Ich seufzte. »Es ist Sauerteig. Aiden ist Brotfanatiker«, erklärte ich.

Einige Sekunden lang blinzelte sie mich verständnislos an – dann lachte sie laut. »Wirklich? Footballer und Brotfanatiker?« Sie nickte zu dem Trikot, das über einem der Stühle am Pokertisch hing.

»Die beste Kombo«, erwiderte Aiden überzeugt.

»Mhm.« Unzufrieden musterte sie uns, bevor sie das Wasser aus dem Kühlschrank nahm und sich ein Glas einschenkte. »Ihr seid wirklich fies. Ihr nehmt mir all meine Vorurteile.«

»Und deine Kleidung offenbar noch dazu«, murmelte Aiden unschuldig.

Wieder lachte sie … und ich zog die Augenbrauen zusammen. So witzig war Aiden wirklich nicht. Und er hatte nicht einmal seinen dämlichen »Football ist mein Brotjob und Brot mein Hobby«-Witz gemacht.

»Okay, du kannst jetzt wieder in dein Zimmer gehen, Aiden«, sagte ich laut. Ich wollte Lexie nicht … teilen.

Machte mich das zu einem Idioten? Womöglich.

Kümmerte mich das? Scheiße, nein.

»Nein danke. Hier ist es viel interessanter«, meinte er nur.

»Aiden …«, knurrte ich.

»Schon gut«, grätschte Lexie rein und nahm mich an der Hand. »Wir gehen. Ich muss ohnehin gleich los. Er kann ruhig seinen Mutterteig pflegen.« Sie grinste Aiden ein letztes Mal zu, bevor sie mich hinter sich her in mein Zimmer zog und die Tür schloss.

»Dein bester Freund ist sehr witzig«, sagte sie amüsiert und leerte das Glas. »Er hat mich angesehen, als wäre ich ein Alien. Oder zumindest ein Sauerteigbrot, das in sich zusammengefallen ist. Dabei sollte man meinen, dass er ständig irgendwelchen halb nackten Freundinnen von dir über den Weg läuft.« Sie prustete, stellte das Glas ab und suchte sich ihre Kleidung zusammen.

Ich senkte den Blick. Nein. Sie hatte unrecht. Ich behielt keine Frauen über Nacht hier. Aidens Blick war gerechtfertigt.

Sie zog sich mein T-Shirt über den Kopf, warf es auf das zerwühlte Bett und brachte BH und das Kleid von gestern an ihren angestammten Platz.

Zu schnell für meinen Geschmack. Denn ich hatte nicht übel Lust, sie einfach gegen die nächstbeste Wand zu pressen und gestern zu wiederholen. Doch die alte Lexie war zurück. Die, die immer in Eile war. Noch Wichtiges vorhatte. Ihr Gesicht war kein Marmor mehr, aber es erzählte mir auch keine Geschichte. Ihr Blick glitt über meinen Schreibtisch, auf dem sich die Bücher und Arbeitsblätter stapelten. Über meinen Collegeblock, der gefüllt mit Notizen zu diversen Vorlesungen war. Über die heimatlosen Schrauben, die ich sammelte.

»Weißt du, du hast behauptet, dein Dad hätte sich gewünscht, dass du anfängst hart zu arbeiten, er aber nicht gewonnen hätte ...«, sagte sie. »Für mich sieht es nicht so aus, als würdest du *nicht* hart arbeiten.«

Ich hob eine Schulter. »Ich hab nie behauptet, dass ich nicht hart arbeiten würde. Aber das muss er ja nicht wissen.«

Kopfschüttelnd sah sie mich an. »Du bist wirklich nicht der Kerl, für den ich dich gehalten habe, Logan.«

»Ist das gut oder schlecht?«

»Ich weiß es nicht.« Ihre Worte schienen sie selbst zu überraschen.

Einige Sekunden lang sahen wir uns einfach nur an. Verhakten die Blicke miteinander, während Fetzen der letzten Nacht in meinen Gedanken aufblitzten ...

Lexie schluckte, als hätte sie es mir am Gesicht ablesen können, und wandte sich hastig ab. »Ich sollte gehen. Ich muss noch einen Berg an Arbeit für die Uni erledigen, und heute Abend bin ich im *Blue Mate*, also ...«

»Okay«, murmelte ich und trat einen Schritt auf sie zu. Wollte fragen, ob wir uns wiedersahen. *Wann* wir uns wiedersahen. Ob wir die Nacht so ... an die hundertmal wiederholen könnten. Unter der Dusche. Gegen die Wand. Im Auto. Ich hatte eine Menge Fantasie. Und ich würde es nie leid werden, sie dabei zu beobachten, wie sie die Kontrolle verlor. Wie sie versuchte, ihr Stöhnen zurückzuhalten, aber nicht konnte. Außerdem sollte ich mit ihr reden. Ja, ich sollte endlich ehrlich sein. »Lexie, können wir kurz …«

»Nicht nötig.« Sie winkte ab.

»Na ja, ich …«

»Nicht nötig«, wiederholte sie fest. »Wirklich. Es war … schön. Die ganze Nacht. Danke. Ich melde mich, wenn ich was zu Eileen Hamlin finde, okay?« Sie schulterte ihre Handtasche, stellte sich auf die Zehenspitzen und küsste mich kurz. Im nächsten Moment war sie aus der Tür, und keine Sekunde später hörte ich auch die vom Apartment zuschlagen. Während ich noch immer perplex an Ort und Stelle stand.

Moment. Was war hier gerade passiert?

»Sooo …«, sagte Aiden hinter mir. »Eine Frau, die über Nacht geblieben ist. Und da dachte ich naiv, der blaue Fleck auf meinem Oberschenkel in der Form von Texas wäre das Interessanteste, was ich heute sehen würde.«

Ich wandte mich um, mit den Gedanken noch immer bei Lexie, die einfach verschwunden war. Wie konnte es sein, dass sie keinerlei Redebedarf hatte und ich mich fühlte, als würde mein Kopf platzen?

»Logan!«, sagte Aiden lauter. »Die Frau, die du in deinem Bettchen hast schlafen lassen.«

Ich blinzelte und sah ihn irritiert an. »Ja? Und?«

Aiden grinste. »Du lässt nie jemandem bei dir schlafen, Logan. Du schmeißt sie immer nach dem Akt raus.«

Dem Akt. O Mann, ich musste dem Kerl mal ein Lexikon kaufen, damit er andere Worte lernte. »Und?«, wiederholte ich.

»Na, wer zur Hölle ist sie?«, fragte er ungeduldig.

Ich seufzte und ging an ihm vorbei ins Wohnzimmer. Die Worte *Sie ist niemand* lagen mir bereits auf der Zunge. Doch ich brachte sie nicht über die Lippen. Denn scheiße, Lexie war nicht niemand.

Ich konnte Aiden ihren Namen nicht verraten. Ich hatte es ihr versprochen. Aber das hieß nicht, dass ich nicht halbwegs ehrlich sein konnte. »Sie ist ... jemand.« Ja, das war ein guter Anfang.

»Jemand?«, echote Aiden. »Jemand Wichtiges?«

»Keine Ahnung. Sie ist eben ... da. Und real. Und ehrlich. Weißt du, alle sagen mir immer nur das, von dem sie denken, dass ich es hören will. Aber sie ... Sie ist so verdammt *echt*. Ohne Glitzer.« Ich fuhr mir mit beiden Händen durch die Haare. »Weißt du, was ich meine?«

Ich goss mir selbst ein Glas Wasser ein, denn mein Mund war seltsam trocken, und als ich mich umdrehte, bemerkte ich, dass Aiden mich mit offenem Mund ansah.

»Bist du gerade allein bei dem Gedanken an sie rot geworden?«

Ich blinzelte. »Was? Nein.«

»Nun, entweder das, oder du reagierst allergisch auf Wasser«, stellte er fest.

»Ich bin nicht rot geworden!«, widersprach ich genervt ... doch meine Wangen fühlten sich irgendwie heiß an.

»O mein Gott.« Aiden legte dramatisch eine Hand an die Stirn. »Es ist passiert. Steve und Micah meinten, dass es so kommen würde. Dass wir uns auf das Schlimmste gefasst machen müssen. Aber ich hätte niemals gedacht, dass es noch in diesem Jahrzehnt so weit sein wird!«

»Wovon zur Hölle redest du?«

»Davon, dass du dich verknallt hast. Oder sogar verliebt. Ich bin noch nicht sicher.«

Mein Magen zog sich ruckartig zusammen. »Ich bin nicht *verliebt*, sei nicht albern«, meinte ich verärgert. Ich war nur ... von ihr besessen? Auf freundliche, sexuelle, nicht stalkerhafte Art und Weise?

Aiden hob eine Augenbraue. »Also ist sie ein bedeutungsloser One-Night-Stand?«

»Nein.«

»Eine … Freundin mit gewissen Vorzügen?«

»Nein, sie … Ich … Keine Ahnung.«

»Wirst du sie wiedersehen?«

»Ich weiß es nicht.«

»War es eine einmalige Sache?«

»Gott, Aiden, hör auf, Dinge zu fragen, die niemand wissen kann!«

Mein bester Freund grinste breit. »Oh, Logan. Ich weiß, das hörst du bestimmt andauernd, aber: Du weißt wirklich besorgniserregend wenig.«

Fuck. Er hatte recht. Wenn es um Lexie ging, traf das den Nagel auf den Kopf.

Aber das könnte ich ändern. Oder?

21

Ich bekam das Lächeln einfach nicht aus meinem Gesicht. Wie eine Klette hing es an mir, und egal, wie oft ich den Kopf schüttelte, es wollte einfach nicht weggehen. Es war die reinste Zecke! Nicht mein bester Vergleich, aber selbst meine bedauernswerte Einfallslosigkeit konnte mir die Stimmung nicht verderben.

Denn letzte Nacht war … fantastisch gewesen. Ein Rausch, für den ich weder Drogen noch Alkohol gebraucht hatte. Ich war so verdammt zufrieden. Und Logan war … Er und seine Hände waren … Und sein Mund …

Gott, ich wurde allein bei dem Gedanken daran kurzatmig – und ich bereute es keine Sekunde lang, ihn einfach in seinem Zimmer stehen gelassen zu haben.

Denn ich wollte nicht, dass wir die Nacht mit unüberlegten Worten kaputt machten. Hatte nicht darüber reden wollen, was passiert war. Auch wenn ich Logan am Gesicht hatte ablesen können, dass er einiges zu sagen gehabt hätte.

Doch die Nacht war perfekt gewesen, der Morgen danach … zu viel. Zu echt. Es war, als hätte die aufgehende Sonne auch die Realität mit sich gebracht.

Denn ich hatte bleiben wollen. Ich hatte den Tag mit Logan verbringen wollen. In seinem Bett. Oder im Kino oder sonst wo. Und ich konnte es mir schlichtweg nicht leisten, mich in Logan Maxx zu verlieben, in den Typ, der auf offener Straße erkannt wurde. Der für den Rest seines Lebens von irgendwelchen Fotografen abgelichtet werden würde. Also war ich gegangen. Bevor es … schlimmer wurde.

Ich würde ihm helfen, seine Mutter zu finden. Ich wollte, dass er glücklich war. Nur eben nicht … glücklich mit mir.

Aber es war okay. Logan würde keine solchen Erwartungen haben. Herrgott, er war nicht der Prince of Golden Heights, er war der King of One-Night-Stands. Und bei mir brauchte er wahrlich kein schlechtes Gewissen zu haben. Die Nacht war *alles* gewesen, was ich je hätte wollen können. Und die Erinnerung daran würde für immer mir gehören.

Es war genug.

Ich schluckte, schloss die Augen und atmete tief durch.

Ich war ich, er war er. Ein Wir ein lächerlicher Gedanke.

Ja, es war genug.

Mein Fahrrad stand noch an seinem angestammten Platz, und ich nutzte die Fahrt nach Hause, um mir den Kopf vom Fahrtwind durchpusten zu lassen. Der September näherte sich dem Ende, und es war frisch draußen. Doch die Wärme der letzten Stunden verflüchtigte sich trotzdem nicht. Sie blieb stur in meiner Brust sitzen, und als ich das Fahrrad vor unserer Haustür an eine Laterne anschloss, war selbst mein Lächeln noch da.

Während ich die klinkenlose Haustür aufdrückte, scrollte ich durch die Dutzenden Nachrichten von Ty und Carly, in denen sie wissen wollten, wo ich war und was ich mit wem tat. Ich tippte zurück, dass sie sich beruhigen sollten und dass es mir gut gehe, lief die Treppen hinauf und öffnete die Tür zur Wohnung …

»O mein Gott, das ist das Kleid von gestern! Du warst wirklich nicht zu Hause. Ich dachte, ich hätte dich heute Morgen vielleicht einfach verpasst.«

Ich schrak zusammen, und mein Blick fiel auf die breit grinsende Carly, die an unserem Küchentisch saß und mit einem Erdnussbuttersandwich so heftig in meine Richtung wedelte, dass all ihre Gewürzgurkenscheiben davon herunterrutschten – was meiner Meinung nach ein Gewinn für das Brot und uns alle war.

»Was?«, fragte ich verwirrt.

»Du bist gestern Nacht nicht nach Hause gekommen«, wiederholte Carly, als ich die Tür hinter mir schloss.

Mist.

»Bitte sag mir, dass es wegen Logan Maxx war«, fuhr sie unbeirrt fort. »Ich wollte schon immer wissen, ob er gut im Bett ist.«

Ich blinzelte – und meine Wangen fingen Feuer.

O Mann.

Carlys Augen wurden so groß wie Untertassen und ...

»Nun, das ist er«, murmelte ich und wandte den Blick ab. »Sehr gut sogar.«

»Nein!« Sie sog die Luft ein, und das Brot fiel ihr aus der Hand. Es platschte mit der falschen Seite voran auf den Tisch. »Du hast ernsthaft mit Logan Maxx geschlafen?«

»Carly, senk deine Stimme«, zischte ich und musste lachen. Denn sie sah mich an, als hätte ich ihr soeben gebeichtet, dass ich das Internet erfunden hatte.

»*Nein!* Aber ... Du ... du machst sonst nie ...«

Ich hob eine Schulter. »Ausnahmen bestätigen die Regeln?«, sagte ich vorsichtig.

»O mein Gott, erzähl mir alles.«

»Es ist keine große Sache, Carly«, behauptete ich und zog mir die Schuhe aus.

Meine Freundin runzelte die Stirn. »Moment. Die Nacht war keine große Sache oder … Logans … ähm, Logan war keine große Sache?«

Ich prustete. »O mein Gott, du meinst es ernst, wenn du *Erzähl mir alles* sagst, oder?«

»Ich mache keine Witze über wichtige Informationen, die meine beste Freundin und den Prince of Golden Heights betreffen.«

Ich verzog das Gesicht. Das war wirklich ein alberner Spitzname.

»Ich hab ihn eben zufällig getroffen … bevor zufällig eins zum anderen führte … und ich zufällig die Nacht bei ihm verbracht habe.«

»Oh, bitte.« Carly verengte die Augen. »Bei dir passiert *nie* etwas zufällig. Du bist ein Kontrollfreak.«

Ja, das stimmte natürlich. Aber gestern war ich es nicht gewesen. »Ist doch egal. Es war eine einmalige Sache.« Ich winkte ab. »Erzähl mir lieber, ob du noch mit diesem Evan mitgegangen bist.«

»Nee. Ich …« Sie zuckte mit den Schultern und knibbelte an ihrem Daumennagel. »Es hat sich nicht ergeben. Ich wollte lieber … Also, ich war stattdessen noch lang mit Mace und Ty unterwegs. Die beiden sind witzig zusammen. Wie ein altes Ehepaar.«

Ich schmunzelte. Ja. Da hatten sich zwei gefunden, und ihre Streitereien darüber, wer mit dem Abwasch dran war, waren legendär. »Na dann …« Ich nickte und wollte mich am Tisch vorbeidrängen, in meinem Zimmer verschwinden. Ich wollte allein sein. Noch ein wenig in Erinnerungen schwelgen. Bevor mich die Realität einholte.

»Argh, Lexie! Du kannst mich nicht hier so sitzen lassen«, beschwerte sich Carly sofort.

Mist. »Was denn?«

»Du hast mir wieder zu wenige Informationen gegeben.«

Ich seufzte. »Es war eine … schöne Nacht«, sagte ich vorsichtig.

»Aha.« Sie verschränkte die Arme vor der Brust. »Magst du ihn?«

»Natürlich mag ich ihn, sonst hätte ich nicht mit ihm geschlafen.«

»Ja, aber … *magst magst* du ihn?«

»Nein«, erwiderte ich und hasste es, dass ich nicht wusste, ob ich log.

Carly sah mich skeptisch an. Sie glaubte mir offenbar genauso wenig wie ich mir selbst.

»Carly, ich muss jetzt wirklich noch was geschafft bekommen. Ich muss zwei Essays schreiben, und ich arbeite die nächsten vier Abende, also …«

Sie ließ resigniert die Schultern sinken »In Ordnung. Kann ich dir mit irgendetwas helfen?«

Oje, lieber nicht. Dann würde sie mich die ganze Zeit nur zu Logan ausfragen, und ich gab mir doch gerade Mühe, sein Gesicht wieder zu verdrängen. »Nein, nein. Das krieg ich schon hin«, sagte ich daher hastig.

»Schön. Aber weißt du was? Am Dienstag ist bei euch nie viel los. Da kann ich mich zu dir an die Bar setzen und mit dir quatschen.« Sie runzelte die Stirn. »Solange du Tys Fanklub verscheuchst.« Sie wandte den Blick ab. »Der geht mir nämlich wirklich auf die Nerven.«

Fanklub.

Bei dem Wort glitten meine Gedanken direkt wieder zu Logan, der in Jeans und mit nacktem Oberkörper in seiner Tür gestanden und mich angesehen hatte, als wäre sein Kopf mit nichts außer unserer gemeinsamen Nacht gefüllt. Wie konnten Blicke so … intensiv sein?

Ich schluckte und schüttelte das Bild ab. »Das krieg ich hin. Aber keine Fragen zu Logan!«, sagte ich warnend.

Carly verzog das Gesicht. »Schön. Aber du darfst mich im Gegenzug nicht dafür verurteilen, wenn ich mir wieder Ahornsirup über meinen Burger kippe.«

Ich seufzte dramatisch. »Okay, *ich* verurteile dich nicht – aber Gott und jeder Mensch mit Geschmacksknospen werden es tun.«

Carly lachte. »Mit denen komm ich klar …« Sie stand auf, drückte mich fest an sich und wisperte mir ins Ohr: »Und freut mich, dass du einen schönen Abend hattest. Du hast sehr viel mehr von denen verdient.« Dann schob sie mich in mein Zimmer und zog die Tür hinter mir zu.

Mein Blick fiel direkt auf die Drohnachricht, die auf meinem Nachtisch lag.

Shit.

Ich schluckte und rieb mir übers Gesicht, ehe ich zum Kalender an der Wand sah. In dreizehn Tagen würde ich das Geld übergeben, und … Mein Blick blieb an nächstem Mittwoch hängen. Er war rot umrandet, und ich hatte ein Ausrufungszeichen hineingemalt.

Ich ließ mich auf mein Bett sinken. Ich hatte es beinahe verdrängt. Hatte es verdrängen müssen, um zu funktionieren. Und ich würde es wieder tun. Würde das Ziehen in meinem Herzen verdrängen, wenn ich an Logan dachte. Und was nächster Mittwoch für ein Tag war und was er bedeuten könnte …

Am Dienstagabend hatte ich immer noch keines meiner Probleme erfolgreich verdrängt. Erst recht nicht, was morgen für ein Tag war. Und ich war nicht die Einzige, die Probleme damit hatte, das unheilvolle Datum – das merkwürdigerweise viel schlimmer war als die Geldübergabe die Woche drauf – zu ignorieren. Denn Ty war seltsam wortkarg an dem Abend, seine Schultern angespannt, und er sah immer wieder auf die Uhr. Dabei konnte er nicht wissen, wann Dad genau aus dem Gefängnis entlassen wurde. Es war nicht so, dass sich um Punkt Mitternacht die Pforten seiner Zelle öffneten und er auf direktem Weg nach Golden Heights fliegen würde. Erstens wusste er nicht, wo wir waren. Zweitens war ich mir fast sicher, dass er irgendwelche Bewährungsauflagen bekam, die ihm verboten, den Staat zu verlassen.

Aber Dad war noch nie gut darin gewesen, Regeln und Auflagen zu respektieren. Und wenn der Erpresser uns gefunden hatte ...

»Lexie, was machst du?«, riss Mace mich aus den Gedanken, und ich zuckte zusammen, als kalte Flüssigkeit über meine Hand schwappte. Das Bier, das ich gerade gezapft hatte und das nun den Saum meines Ärmels tränkte.

»Shit«, fluchend zog ich das Glas unter dem Zapfhahn hervor, während Mace den Kopf schüttelte.

»Das Bier gehört *ins* Glas«, erinnerte er mich trocken.

Ich schnitt eine Grimasse. »Wirklich? Na, das muss man mir sagen, das kann ich ja nicht wissen.«

Düster sah er mich an.

»Jaja, schon gut. Ich pass besser auf«, versprach ich.

»Gut. Das Gleiche gilt für dich, Ty!«, fügte er hinzu und deutete mit dem Zeigefinger auf meinen Bruder, der gerade aus der Küche kam. »Du hast heute zwei verdammte Teller fallen lassen.«

»Ich wollte gucken, ob die Schwerkraft noch funktioniert oder wir uns auf das Ende der Welt vorbereiten müssen«, erklärte er völlig ernst. »Es war also in unser aller Interesse.«

Mace seufzte schwer. »Leute, ihr könnt euch nicht benehmen, wie ihr wollt, nur weil ihr meine Freunde seid.«

»Was? Aber warum tue ich dann jeden Tag so, als würde ich dich mögen?«, antwortete Ty irritiert. »Das ergibt keinen Sinn für mich.«

Ich grinste. »Ja, da ist eine eindeutige Lücke in deiner Argumentation.«

Mace stieß genervt die Luft aus.

»Hast du schon mal gehört, dass man mit Honig mehr Fliegen fängt als mit einem Fass Essig, Mace?«, fragte Carly unschuldig, die wie versprochen an der Theke saß und gerade mit den Überresten ihres Burgers den restlichen Ahornsirup auf ihrem Teller aufsaugte.

Er runzelte die Stirn. »Was soll das denn heißen? Dass ich die Ausstrahlung eines Fasses Essig habe?«

»Nee. Deine Ausstrahlung ist die eines Serienkillers …«

Ungläubig öffnete Mace den Mund.

»… aber einer von denen, der nur die bösen Buben umbringt!«, fügte Carly hastig hinzu.

Ty lachte leise. »Sind Lexie und ich Fliegen in deiner Analogie?«

»O ja.« Carly nickte. »Obwohl ich Lexie eher als Schmetterling sehe und du eher eine Mücke bist.«

»Eine Mücke?« Gespielt getroffen legte er eine Hand auf seine Brust.

»Ja. Denn du kannst deinen Stachel einfach nicht für dich behalten«, ergänzte sie säuerlich.

Diesmal war es an Mace und mir zu lachen, während Ty nur die Lippen zusammenpresste.

»Mann, wenn das der Honig ist, von dem du geredet hast, versuche ich das vielleicht wirklich mal öfter«, meinte Mace leichthin zu Carly, bevor er wieder in der Küche verschwand.

Ty sah meine beste Freundin noch immer miesepetrig an. »Und ich hab dir noch die Haare gehalten, als du letzten Samstag den Rasen der GHU gedüngt hast.«

Carly zog die Schultern hoch, während ich sie ungläubig ansah. »Ich muss dir von meiner Nacht erzählen, aber du verschweigst mir, dass du dich abgeschossen hast?«

»Es war ein Versehen. Ich hab ein Trinkspiel gespielt. Immer, wenn Ty mich aufregt, musste ich einen Schluck nehmen. Und du kennst deinen Bruder.« Sie fuchtelte in Tys Richtung, der nur laut schnaubte.

»Oh, bitte. Du verträgst einfach nichts, Carly.«

Ja, das war die volle Wahrheit. Carly war ein Leichtgewicht. Wenn sie zu lang an einer Wodkaflasche roch, kippte sie meistens schon um.

Aber ich würde meiner besten Freundin nicht in den Rücken fallen, also sagte ich nur: »Lass sie in Ruhe, Ty.«

»Okay, dann kommen wir doch zu dir … Kannst du mir endlich sagen, wo zur Hölle du Samstag auf einmal hin verschwunden bist? Und jetzt erzähl mir nicht wieder, du musstest E. T. dabei helfen, nach Hause zu telefonieren!«

»Äh … Okay. Dann musste ich noch wichtige Einkäufe tätigen«, sagte ich. »Die Welt retten. Mails beantworten. Krebs heilen …«

»Mhm, schon klar.« Mitleidig sah er mich an. »Und sag mal: Diese wichtigen Einkäufe sehen nicht zufällig so aus wie der Typ, der gerade reinkommt?«

Verwirrt hob ich den Blick – und erstarrte. Das Herz rutschte mir drei Etagen tiefer. Logan hatte soeben die Bar betreten.

Carly verrenkte sich sofort den Hals und lächelte wissend, als sie ihn entdeckte. »Ich hab mir genau den richtigen Abend ausgesucht, um zu kommen«, murmelte sie zufrieden, doch ich ignorierte sie.

Ich starrte noch immer Logan an, während meine Kehle sich enger schnürte und meine Lippen anfingen zu kribbeln. Er trug Jeans und ein T-Shirt und … Aus irgendeinem Grund verpasste mir sein legerer Aufzug eine Ganzkörpergänsehaut. Denn objektiv betrachtet, hatte er im Smoking noch besser ausgesehen. Aber Anzug und Fliege waren nicht mit dem Logan zu vereinbaren, den ich kennengelernt hatte, Jeans und T-Shirt hingegen … oder noch besser *ohne* T-Shirt …

»Was zur Hölle, Lexie?«, fragte Ty amüsiert. »Dass ich das noch mal erleben darf: Du wirst *rot*. Du hattest ja wirklich was mit dem Kerl!«

Auch ihn ignorierte ich. Stattdessen richtete ich mich gerader auf und stellte die einzig höfliche Frage, die mir einfiel: »Was machst du hier, Logan?«

»Dir auch Hallo«, bemerkte er lächelnd … Und sein Lächeln, Gott, sein Lächeln …

»Ähm, hallo … Was machst du hier?«, fing ich mich hastig und wünschte, Ty und Carly würden verschwinden und uns nicht so intensiv anglotzen.

»Offenbar eine gute Show abliefern«, sagte er langsam und blickte dezent irritiert zu Carly und Ty, die das letzte Mal so ungeniert gestarrt hatten, als ein Kerl mit einem Einhorn-Gesichtstattoo in die Bar gekommen war.

Ty grinste nur, während Carly entschuldigend die Hände hob. »Sorry, wir sind sehr unhöflich. Es ist nur … Der sagenumwogende Logan Maxx in dieser bescheidenen Spelunke …«

O nein. Mein Magen zog sich abrupt zusammen.

Logan Maxx.

Der Name blinkte wie eine rote Warnleuchte vor meinen Augen auf – und Tys Kopf fuhr ruckartig in die Höhe. Jegliches Lächeln war aus seinem Gesicht verschwunden. Mit geweiteten Augen sah er zu Logan – und dann zu mir. »Logan … *Maxx?*«, presste er zwischen den Zähnen hervor.

Shit.

Ich rieb mir über die Stirn, öffnete den Mund, um zu widersprechen, doch es hatte keinen Zweck.

»Oh«, machte Carly sofort schuldbewusst und zog den Kopf ein. »Das hätte ich nicht sagen sollen.«

»Er ist Logan Maxx, Lexie?«, fragte Ty mit tödlich ruhiger Stimme. »Du hast Logan *Live your life to the fucking* Maxx gevögelt?«

Logans Augenbrauen zogen sich abrupt zusammen. »Was hast du gerade gesagt?«

Scheiße. Ich hatte gewusst, dass mein Bruder so reagieren würde. »Nicht hier, Ty«, sagte ich leise und zerrte ihn in die Küche. Über Tys Schulter sah ich Logans verwirrten Ausdruck, doch damit würde ich mich später beschäftigen müssen. Erst einmal galt es, das nicht ganz so, wie von den meisten Besuchern dieser Bar vermutet, gelassene Gemüt meines Bruders zu beruhigen. Pedro und Mace waren nirgendwo zu entdecken, und ich war dankbar dafür. Die Tür zur Küche schwang hinter uns zu, und erst dann ließ ich Ty los.

»Logan Maxx?«, zischte er.

Ich rieb mir mit Daumen und Mittelfinger über die Augen, bevor ich sein wütendes Gesicht wieder scharf stellte. »Und wenn er es wäre, Ty?«

Ungläubig sah er mich an. »Dein verdammter Ernst?«

Diesmal schaffte ich es, die Hitze aus meinem Gesicht fernzuhalten. »Ja«, erwiderte ich gezwungen ruhig. »Du warst es, der mir gesagt hat, ich solle mir jemanden suchen, Ty!«

»Aber nicht *ihn*. Nicht Mr It-Boy, dem Frauen und Fotografen nachjagen. Lex. Gott.« Er kniff die Augen zusammen und rieb sich fieberhaft über die Stirn, an der bereits eine Ader pochte. Mein alter Bekannter. »Du solltest es besser wissen. Wir können uns Typen wie ihn in unserem Leben nicht leisten! Bist du wahnsinnig, dich mit ihm einzulassen? Und mir dann verdammt noch nicht einmal davon zu erzählen?«

»Ich muss dir nicht jedes Detail meines Lebens auf die Nase binden, Ty!«, fuhr ich ihn an. »Du bist *nicht* mein Aufpasser. Und als ob du mir jeden Namen der Frauen verrätst, mit denen du schläfst!«

»Das würde ich aber, wenn eine von ihnen fucking Dua Lipa oder ein berühmtes Topmodel wäre!«

»Nun, Logan kann meines Wissens nach nicht singen, und modeln tut er auch nicht«, erwiderte ich trotzig.

»Er trägt den Nachnamen *Maxx*, Lexie!«

»Na und?« Der Zorn schwappte rot und heiß durch meine Adern – vielleicht weil ein kleiner Teil von mir ihm recht gab. Weil ich tief in meinem Inneren wusste, dass ich genauso reagiert hätte wie er. Denn es war dumm gewesen, mich mit Logan einzulassen. Aber … ich hatte mir nicht zu helfen gewusst! Und ich vertraute Logan. Er würde uns nicht verraten. »Ich lasse mich nicht mit ihm fotografieren, Ty, ich *schlafe* nur mit ihm, meine Güte. Und es war auch nur das eine Mal. Also komm runter.«

»Aber er ist hier, oder nicht?« Ty ging vor mir auf und ab, fuhr sich immer wieder durch die Haare, die bereits nach allen Seiten abstanden. »Ihr seid offenbar … befreundet oder was auch immer, und … Scheiße, Lexie, muss ich es dir buchstabieren? *Ein* Foto mit ihm, und wir sind geliefert! Dad kommt morgen aus dem Knast, Lex. *Morgen.* Und wenn das Erste, was er sieht, ein Foto von dir mit Loverboy da draußen ist, steht er innerhalb einer Woche bei uns auf der Matte. Ganz zu schweigen von all den liebenswürdigen Freunden, die er sich die letzten zwei Jahrzehnte lang gemacht hat.«

»Das weiß ich, Ty, okay?«, stieß ich frustriert aus. »Ich weiß das alles. Und ich bin *immer* vorsichtig.«

»Bis jetzt!«

»Ja, aber doch nur, weil …«

»Weil, *was?*«

»Weil … weil ich … weil er …« Doch ich wusste nicht, wie ich den Satz beenden sollte. Was ich sagen wollte. Sagen konnte.

Und ich hasste es. So in die Ecke gedrängt zu werden. So unsicher zu sein. Denn das war eine Emotion, die ich mir schon längst ausgetrieben hatte! Ich …

»Ähm, Leute?« Carly steckte den Kopf durch die Tür und sah missbilligend von Ty zu mir und zurück. »Ihr flüstert scheiße. Wir haben alles gehört. Nur damit ihr Bescheid wisst.«

Shit.

22

Ich schlafe nur mit ihm.

Merkwürdigerweise war das der Satz, der noch immer in meinem Kopf hing, als Lexie mich am Arm aus dem *Blue Mate* zerrte und gewaltsamer als nötig ihre Fahrradschlösser löste. Nicht die Ihr-Vater-kam-morgen-aus-dem-Knast-Sache. Oder der »Ein Foto mit ihm, und wir sind geliefert!«-Ausbruch von ihrem Bruder.

Denn mir war immer klar gewesen, dass Lexies Leben auf hundert verschiedene Arten und Weisen schwierig war. Nicht *so* schwierig, aber dennoch.

Und natürlich wollte ich wissen, *wieso* ihr Dad im Knast saß – denn es hörte sich so an, als wäre ihrer noch beschissener als meiner, und das war nun einmal beeindruckend – und warum Leute hinter ihnen her waren. Aber …

Ich schlafe nur mit ihm.

Das gefiel mir nicht. Weniger als die Tatsache, dass meine Mutter innerhalb der letzten drei Tage an die zwanzig Mal angerufen und sogar an die Tür geklopft hatte. Weniger als die Tatsache, dass mein Vater unseren kompletten Streit einfach vergessen zu haben schien. Doch ich ignorierte beide. Brauchte Zeit und Ruhe. Wollte keine Ausreden mehr hören.

Ich schlafe nur mit ihm.

Bei diesem Satz wusste ich allerdings nicht, ob ich ihn ignorieren konnte.

Lexie griff wieder nach meinem Arm und zog mich die Straße entlang, während sie ihr Fahrrad nebenherschob.

»Wohin gehen wir?«, fragte ich.

»Irgendwohin, wo mein Bruder nicht ist«, sagte sie angespannt. »Er kann die Schicht allein beenden.«

»Okay.« Das fand ich gut. Denn der Kerl hatte mich angesehen, als wäre ich persönlich für die Klimakrise verantwortlich.

»Okay«, wiederholte sie und ließ mich los. »Was … wolltest du, Logan? Ich hab deine Mutter noch nicht gefunden. Ich …«

»Ich bin nicht wegen meiner Mutter hier«, sagte ich. Vielleicht war es dumm von mir gewesen, herzukommen. Aber Shit … ich hatte sie sehen wollen. Ganz einfach.

»Warum dann?«, wollte sie wissen.

»Ist das jetzt wirklich das, worüber du reden willst?«, fragte ich im Plauderton. »Denn meine Fresse, dein Bruder kann mich wirklich nicht ausstehen.«

Zögerlich warf sie mir einen Blick zu. »Es ist nichts Persönliches.«

»Das habe ich mitbekommen.«

Sie verzog das Gesicht. »Was hast du … noch mitbekommen?«

»Alles«, erwiderte ich schlicht. »Weißt du, die Tür zur Küche ist nicht massiv. Es ist eine *Schwingtür*. Da war oben und unten sehr viel Platz für Schall.«

»Ja. Mist«, flüsterte sie, blieb stehen und rieb sich mit Daumen und Zeigefinger über die Augen. »Das hätte nicht … Du solltest nicht … Das alles war nicht …«

»Es ist okay«, sagte ich leise und zog sanft die Hand von ihrem Gesicht. »Lexie, ich weiß, du wolltest mir vermutlich nichts von alledem erzählen, aber … Ich würde diese Information nie gegen euch verwenden. Ich will euch nichts Böses, okay? Dein Bruder hätte nicht so ein Arsch deswegen sein müssen.«

Sie schluckte, bevor sie müde über ihre Augen rieb. »Er lag nicht falsch, Logan. Und es ist sein Recht, ein Arsch deswegen zu sein. Für ihn war es die letzten Jahre härter als für mich. Er hat mehr dafür aufgegeben, dass wir beide jetzt …« Zitternd holte sie Luft, bevor sie mich fest ansah. »Ich hätte den Auftrag von dir nie annehmen dürfen. Es ist … kompliziert.«

»Weil dein Dad im Knast sitzt und euch nicht finden soll?«, fragte ich.

Sie presste die Lippen zusammen – nickte jedoch. Auch wenn es etwas steif wirkte. »Nicht nur er.« Seufzend schloss sie die Augen, öffnete sie dann wieder. »Logan: Weißt du noch, als du mich gefragt hast, warum ich die Schule abbrechen musste?«

»Ja«, antwortete ich. »Aber du musst es mir nicht sagen, wenn du …«

»Mir wäre es lieber, wenn du die richtige Geschichte kennst, als dir aus den Fetzen, die du gehört hast, die grässlichsten Märchen zusammenreimst«, unterbrach sie mich. »Wir haben niemanden umgebracht oder so. Dad auch nicht. Wir sind keine … Schwerverbrecher.« Ihr Blick wurde plötzlich ernst, als wäre es ihr unendlich wichtig, dass ich ihr glaubte. Dass ich sie in meinem Kopf nicht zu einem Mega-Bösewicht machte, der die Weltherrschaft an sich reißen wollte.

»Okay«, flüsterte ich und nickte. Denn es war glasklar, dass sie es nicht mochte, Ausweise zu fälschen. In Büros einzusteigen …

»Gut.« Erleichtert ließ sie die Schultern sinken. »Also. Ich musste die Schule abbrechen, weil mein Vater …« Sie betrachtete ihre Fingernägel und ging im nächsten Moment wieder los. Vielleicht fiel es ihr leichter zu reden, wenn ihre Beine etwas zu tun hatten. »Weil mein

Vater in den Knast gewandert ist und Ty und ich fluchtartig den Staat verlassen mussten. Ich war vierzehn, er sechzehn. Keiner von uns mündig. Sie hätten uns in ein Heim gesteckt und vermutlich getrennt, also sind wir weggelaufen.«

Ich nickte und schwieg. Wollte keine Fragen stellen, weil ich Angst hatte, sie könnte dann aufhören, zu reden. Denn ich wollte es wissen. Alles über sie. Alles, was sie bereit war zu geben.

»Er sitzt noch. Bis morgen«, fuhr sie fort. »Er ist wegen Dutzender Dinge angeklagt worden, aber Gott, Dad ist charmant, er hat selbst die Richterin und die gegnerischen Anwälte noch auf sieben Jahre runterhandeln können.« Sie lachte freudlos auf. »An guten Tagen war er ein Dieb. An schlechten ein Betrüger und Schwindler. Und er war kein furchtbarer Dad. Er hat nach unseren Hausaufgaben gefragt und versucht, uns ein besseres Leben zu bieten, aber …« Sie schluckte und senkte den Blick. »Er hat uns auch sehr oft für seine Betrugsversuche benutzt. Uns vorgeschickt, um armen, dementen, aber reichen Damen vorzuspielen, dass wir ihre Enkel sind. Oder uns so tun lassen, als würden wir Spenden für den Regenwald sammeln, die auf sein Konto gegangen sind. Weil wir minderjährig waren. Uns konnte nicht allzu viel passieren, wenn wir etwas Verbotenes gemacht haben. Wir waren süß, die Leute wollten uns nicht verpetzen. Es war das perfekte Arrangement.« Ihr Mund wurde zu einer dünnen Linie. »Aber ich bin kein schlechter Mensch«, sagte sie so leise, dass ich sie kaum verstand. »Ich weiß, was Richtig und Falsch ist. Es ist nur manchmal … manchmal schwer, die zwei zu unterscheiden, wenn dein Vater ein Leben in der Grauzone führt. Wir haben ihn gebeten, aufzuhören, sich einfach einen richtigen Job zu suchen, und er hat es immer wieder versprochen, aber …« Sie seufzte. »Er mochte es. Den Nervenkitzel. Die Herausforderung. Sagen wir einfach, es gab Dutzende *Letzte Male.*«

Mein Mund war trocken, und meine Hände zuckten. Ich wollte sie in den Arm nehmen. Sie so lange besinnungslos küssen, bis sie alles vergessen hatte, was sie seit Jahrzehnten belastete. Ihr immer wieder sagen, dass es sie nicht zum schlechten Menschen machte, wenn ihre Umstände sie zu schlechten Taten zwangen.

Doch ich hielt mich zurück. Wartete weiter ab. Denn fuck: Es war kein Wunder, dass sie Vertrauensprobleme hatte.

»Sein letzter Deal ... Er war zu groß. Ging zu weit. Dad meinte, wir sollten ihm noch ein letztes Mal helfen, dann würde er ein für alle Mal Schluss mit den Betrügereien machen. Die Sache sei groß genug, sodass wir für den Rest unseres Lebens ausgesorgt hätten, also ... Gott, ich war so dumm. Ty wollte es nicht machen, aber ich habe ihn überredet, und ...« Sie kniff die Augen zusammen. »Und Dad hat in großem Rahmen eine fiktive Stiftung für benachteiligte Kinder und Jugendliche gegründet. Dreimal darfst du raten, wer besagte Jugendliche spielen durfte.«

Ich schluckte. »Oh, Shit.«

»Ja.« Sie lachte bitter auf, konnte mir immer noch nicht in die Augen sehen. »Er hat einflussreiche Sponsoren gesucht, die ihn dabei unterstützen. Manche von den Sponsoren waren wirklich keine guten Menschen«, wisperte sie. »Eher gefährliche Menschen, die ihre Narben am Kinn nicht von einem Fahrradunfall, sondern einer Messerstecherei haben. Die illegal Waffen verkaufen oder andere schlimme Dinge getan haben und sich mit den Spenden vermutlich eine weiße Weste erkaufen wollten. Aber Shit, er hatte bestimmt fast eine Million Dollar zusammen. Und dann ...« Sie zog die Augenbrauen zusammen. »Ich weiß nicht wie, aber die Polizei hat Wind davon bekommen und das Ganze auffliegen lassen. Dad festgenommen. Das Geld konfisziert. Vermutlich ist es zurück an die Spender gegangen. Ich habe keine Ahnung. Aber die Opfer seines Betrugs waren *wütend*, Logan. Natürlich waren sie es. Und dann war da das Jugendamt ... Also sind wir einfach abgehauen. Auf die andere Seite des Landes. Sind von Ort zu Ort gezogen, bis wir … hier gelandet sind.« Zitternd holte sie Luft. »Aber Dad hat so viele Leute wütend gemacht. Und sie alle kennen unsere Gesichter, also … Wenn wir in der Presse landen, dann sind wir, wie Ty so schön gesagt hat, geliefert. Denn einige von Dads *Bekannten* würden vermutlich nicht zögern, uns zu benutzen, um Dad zu verletzen. Auch wenn es aussichtslos wäre – denn Dad haben Geld und sein nächster Betrug schon immer mehr interessiert als Ty und ich.« Sie schluckte, hielt inne und nickte. »Ja, das war meine dramatische, traurige Geschichte. Den Rest kannst du dann in der Netflix-Serie über mich und Ty sehen.«

Meine Mundwinkel zuckten … und ich griff nach ihrer Hand. Ich wollte sie trösten, ihr helfen … Doch ich hatte so das Gefühl, dass Lexie Trost nicht gewohnt war. Hilfe nicht annehmen wollte. Sie wollte kein Mitleid, sie wollte nur, dass ich verstand. Also gab ich ihr nur etwas von meiner Wärme. Denn ihre Finger waren eiskalt.

»Ich weiß, dass du kein schlechter Mensch bist, Lexie«, flüsterte ich. »Du bist … einer der besten Menschen, die ich kenne.«

»Ich bin auch eine Betrügerin, Logan«, erwiderte sie mit belegter Stimme. »Jede Woche tue ich so, als würde ich die GHU besuchen …«

»Um dein Leben zu finanzieren. Gott, Lexie – du hast einen richtigen Job, der offenbar nicht reicht. Und ich wünschte, dass du keine Ausweise fälschen, keine Prüfungsergebnisse stehlen müsstest. Aber ich verstehe, warum du es tust. Du bist *kein* schlechter Mensch. Deine Umstände sind nur *beschissen*.«

Sie lachte freudlos auf und warf mir einen Seitenblick zu. »Das sind sie, oder?«

Ich nickte fest und drückte ihre Hand. Einige Momente lang liefen wir einfach nur still weiter den Gehweg hinunter. Schließlich sagte ich: »Danke.«

»Wofür?«

»Dafür, dass du mir das erzählt hast.« *Dafür, dass du mir eine Chance gibst, dich wirklich kennenzulernen.*

»Dir auch danke«, murmelte sie.

»Wofür?«

»Dafür, dass du mich nicht verurteilst. Dass du nicht einmal zusammengezuckt bist. Dass du nicht *Oh, Lexie, Süße, mein armes Küken* oder etwas ähnlich Abscheuliches gesagt hast.«

Ich musste lachen. Gott, wie konnte sie selbst nach ihrer Geschichte ihren Humor noch nicht verloren haben? »Nein, nein. Du bist, wenn überhaupt, mein süßes Huhn. Viel zu alt für ein Küken.«

Sie schnaubte, doch ihre Mundwinkel zuckten – und in diesem Moment wusste ich, dass ich hundert dämliche Federviehwitze machen würde, nur um sie lächeln zu sehen.

Shit, Aiden hatte recht. Anscheinend war ich doch verliebt.

Wer hätte damit rechnen sollen?

Ich schluckte und wandte hastig das Gesicht ab. Aus Angst, sie könnte mir die Emotionen an den Augen ablesen. Denn wenn das jemand konnte, dann Lexie.

Doch sie sah mich nicht an. Stattdessen betrachtete sie unsere miteinanderverhakten Hände. Nicht skeptisch, aber … verwirrt?

»Hast du deswegen gelernt, Schlösser zu knacken? Wegen deinem Dad?«, wollte ich wissen. Nicht zuletzt, um sie davon abzuhalten, allzu genau über unsere verwobenen Finger nachzudenken. Denn ich hatte das vage Gefühl, dass das nicht gut für mich enden würde.

»Nein. Ich hab gelernt, Schlösser zu knacken …weil mir nie viele Türen offen standen und ich den Wunsch hatte, die zu öffnen, die mir im Weg stehen«, meinte sie leise und hob den Blick. Ein amüsiertes Funkeln lag in ihren Augen. »Und weil es praktisch ist, wenn man einen Bruder hat, der andauernd seine Schlüssel verliert.«

Ich lachte. »Ah, verstehe.«

»Ja.« Sie blieb stehen und stellte das Fahrrad neben einer Straßenlaterne ab.

»Warum halten wir an?«, fragte ich verwundert.

»Weil ich hier wohne«, sagte sie und deutete mit dem Kopf über meine Schulter.

Verwundert sah ich auf und nahm das graffitiverschmierte Backsteingebäude vor mir in Augenschein. Golden Low at its best. Gott, wie sehr schämte ich mich gerade für meinen Kontostand? Aber Lexie war es anscheinend egal, und das Dach schien noch ganz zu sein, und … »Eure Haustür hat kein Schloss«, stellte ich fest.

Lexie hob einen Mundwinkel. »Ich weiß.«

»Du *weißt*?«

»Na ja, es ist schwer zu übersehen!«

»Und trotzdem … *wohnst* du hier?«

Sie seufzte. »Meine Mansion wird gerade renoviert, und mein Poolboy ist im Urlaub. Was soll ich tun?«

Ich zog entschuldigend eine Grimasse. »Alles klar. Sorry.«

»Ach, ist schon okay. Es ist eine Bruchbude. Auch das ist schwer zu übersehen. Aber Carly und ich machen das Beste draus.« Sie ließ meine Hand los, um ihr Fahrrad anzuschließen – drei Schlösser, was mir nun vollkommen legitim erschien –, während ich zögerlich von einem Fuß auf den anderen trat. Nicht wusste, was ich tun sollte. Was ich sagen sollte. Was mein … verdammter Plan war.

Ich legte mir die Worte zurecht. Eines alberner als das andere. Überlegte, wie ich formulieren sollte, was ich formulieren wollte … als Lexie zuerst das Wort ergriff.

»Logan?«, flüsterte sie und sah zu mir auf. Sie stand direkt vor mir. Ihre grünen Augen seltsam hell in dem schummrigen Laternenlicht.

Ich schluckte. »Ja?«

»Was machst du hier?«

»Nun, ich bin dir nachgelaufen …«

Sie lächelte matt. »Okay … dann: Was hast du im *Blue Mate* gemacht?«

Ich ließ den Blick über ihr Gesicht gleiten, blieb an ihren Lippen hängen. »Ich mag die Kellnerin, die dort arbeitet.« Die besagten Lippen verzogen sich zu einem Lächeln. »Ist das so?«

»Ja. Und …« Zitternd holte ich Luft, zwang mich, ihr wieder in die Augen zu sehen. »Ich … bin noch nicht fertig mit dir, Lexie.«

Ihre Wangen erröteten. »Nein, natürlich nicht. Ich habe dir doch versprochen, dass ich Eileen Hamlin …«

»Das meine ich nicht, und das weißt du«, sagte ich. Legte sacht eine Hand an ihre Wange. »Mir hat die Nacht nicht gereicht. Ich will mehr.«

Ich sah, wie sich ihre Pupillen weiteten. Hörte, wie ihr Atem hektischer wurde. »Warum sagst du das?«

»Weil es die Wahrheit ist.«

Sie schluckte. »Logan …«

»Bevor du Nein sagst«, unterbrach ich sie. »Sag einfach Ja.«

Sie lachte, schloss kurz die Augen. Sank in meine Berührung. »Logan … Du hast doch bestimmt jede Nacht eine andere.«

Ich schüttelte den Kopf. »Nicht, seit ich dich kenne.«

»Aber …«

»Ich will *dich*, Lexie«, flüsterte ich, meine Stimme war seltsam rau. »Ich mag *dich*. Ich weiß, mein Ruf ist scheiße, aber … ich tue eben dumme Dinge, wenn ich gestresst und frustriert bin.«

»Ich fühle mich geehrt«, erwiderte sie trocken.

»Nein«, sagte ich hastig und umfasste ihren Oberarm. Fuhr mit dem

Daumen über ihre Wange. »Dich wollte ich auch, als ich nicht betrunken oder high war. Und auch schon davor.«

»Oh, Logan.« Sie legte die Hand auf ihre Brust. »Du bist ein solcher Romantiker.«

Stöhnend legte ich den Kopf in den Nacken. »Ich bin *jetzt* nüchtern, Lexie. *Jetzt* hier, weil ich es will. Ich wollte dich sehen, okay? Ich bin ins *Blue Mate* gegangen, einfach, weil ich dich sehen wollte. Ich kann nicht schlafen, weil ich an dich denke und dich will und ...« Ich brach ab und schob meine Hand in ihren Nacken. Beugte mich zu ihr hinunter. »Es ist okay, wenn du Nein sagst. Wenn du mich nach Hause schickst. Ich gehe, wenn es das ist, was du willst. Aber wenn du es nicht willst ...«

»Logan«, wisperte sie, und ihre Hände verkrampften sich in dem Stoff meines T-Shirts, während sie ihre Stirn federleicht gegen meine sinken ließ. »Das hier ist dumm. Du hast Ty gehört. Du hast meine Geschichte gehört ...«

»Ist das dein einziges Argument, Lexie?« Wir waren uns nun so nah, dass wir dieselbe heiße, schwere Luft atmeten. Dass ihre Brüste meine Brust streiften. Dass jegliche Kälte aus ihren Fingerspitzen gewichen war.

»Ich ... Vielleicht, aber ...«

»Aber was?«, murmelte ich. »Ich habe keinen Papparazzi mitgebracht, und was macht eine weitere Nacht schon aus? Und dann eine weitere?«

Sie biss sich auf die Unterlippe. »Na, wenn du es jetzt so ausdrückst ...«

»Ich will dir nicht wehtun, Lexie. Ich will dich nicht verraten. Ich will dir keine Angst einjagen. Aber ich will *dich* ... und mir ist der Rest egal. Also sag mir, dass ich gehen soll oder küss mich.«

Sie küsste mich.

Sie wartete nicht ab. Sie überlegte nicht. Sie schlang die Arme um meinen Hals, stellte sich auf die Zehenspitzen und küsste mich einfach. So ehrlich und direkt, wie Lexie nun einmal war.

Ich war von etlichen Frauen geküsst worden, aber noch nie hatte ich so sehr von einer geküsst werden wollen. Und noch nie hatte ich das Gefühl gehabt, dass mir eine mehr als nur diesen Kuss anbot. Dass sie ihre Seele in die Berührung legte. Dass sie mir etwas gab, das sie niemals leichtfertig losließ.

Ihre Kontrolle und ihre Gefühle und ... ihr Vertrauen.

Ich schlang den Arm um ihre Taille, zog sie näher an mich, während ich mit der freien Hand in ihre Haare sank, die Lippen auf ihren öffnete – und erwiderte, was sie mir gab. Bis mir schwindelig wurde. Bis die Welt ein Wirbel aus Farben war und das Einzige, das Sinn ergab, Lexies Gesicht.

Es war gut gewesen, zumindest teilweise ehrlich zu sein.

Was den unehrlichen Rest anging ... Er war irrelevant. Überhaupt nicht mehr wichtig. Lexie musste es nicht wissen, ich es nicht aussprechen. Das hier war richtig, und es war wichtiger. Also vergaß ich den ganzen Rest.

23

Lexie

Ich wachte auf, weil mir unfassbar warm war.

Gähnend öffnete ich die Augen … und sofort wusste ich auch, warum. Logan hatte den Arm um mich geschlungen, das Kinn auf meinen Scheitel gepresst, den Rest meines Körpers an seinen gezogen. Sodass meine Lippen auf seiner nackten Brust ruhten und unsere Beine ein einziges Wollknäuel waren. Die Decke lag eng um uns gezogen – und Gott, der Kerl war die reinste Heizung. Eine muskulöse, gut riechende Heizung, die meine Haut kribbeln ließ.

So vorsichtig wie möglich zog ich den Kopf zurück und betrachtete sein Gesicht. Er hatte den Mund leicht geöffnet, während seine Wimpern dunkel auf seinen Wangenknochen auflagen. Ich hatte das seltsame Verlangen, seine Augen mit Mascara vollzukleistern, nur um herauszufinden, ob er dann überhaupt noch würde sehen können, weil seine Wimpern so lächerlich lang und dicht waren. Ich grinste, malte mit dem Zeigefinger die Konturen seines Gesichtes nach und verhakte meine Ferse enger mit seiner Wade. Denn mir war heiß, aber loslassen wollte ich ihn auch nicht.

Ich bereute es nicht. Ihm von meinem Dad erzählt zu haben. Ihn mit nach oben genommen zu haben.

Ich bereute nichts.

Denn Ty mochte recht haben, es war eine dumme Idee ... Aber dumme Ideen waren immer die besten. Und diese hier – auf diese hier wollte ich nicht verzichten. Denn mein Herz war seltsam leicht, und immer, wenn Logan mich berührte, vergaß ich all meine Sorgen. Das schaffte sonst nur eine Flasche Tequila. Und der Morgen danach war definitiv schöner mit dem nackten Mann, der sich an mich presste, als mit den Kopfschmerzen, die meinen Schädel spalteten.

»Du bist sehr viel besser als eine Flasche Tequila«, wisperte ich und küsste sacht seinen rauen Kiefer.

»Das ist das Schönste, was mir je jemand gesagt hat«, murmelte er.

Ich lachte leise. »Du bist ja schon wach.«

»Ich habe geträumt, mich würde jemand anstarren.«

»Du hast verrückte Träume«, meinte ich unschuldig. »Denn jeder weiß, dass Anstarren unhöflich ist.«

Logan hob einen Mundwinkel. »Was du nicht bist?«

»O doch, sehr. Aber normalerweise weiß ich es besser zu verbergen.«

Er lachte und zog den Arm noch enger um mich. »Ich muss dich enttäuschen, Lexie. Du warst bereits bei unserem ersten Treffen äußerst offensichtlich unhöflich.«

»Du hast mich umgerannt und dann meine Schuhe beleidigt!«, erinnerte ich ihn.

»Umgeschlendert. Und ich hatte nichts gegen deine Schuhe. Sie waren nur ein gutes Mittel, um deine Aufmerksamkeit auf mich zu lenken ...«

»Trotzdem«, widersprach ich stur. »Ich finde, das war ein wunderbarer Anlass dafür, unhöflich zu sein.«

»O ja. Definitiv«, sagte er und zog mit der Hand eine Linie von meinem Hüftknochen meine Taille hinauf, über meinen Rippenbogen, bis sie an meinem Hals zum Liegen kam. »Ich mag die unhöfliche Lexie. Sie sagt mir nämlich ihre Meinung.«

Ich lächelte breit. »Das ist sehr gut. Denn ich habe eine Menge Meinungen«, wisperte ich und küsste ihn. Einfach, weil es mir wie Zeitverschwendung vorgekommen wäre, es nicht zu tun. Und wenn es eines gab, das ich nicht verschwendete, dann war es Zeit.

Logan erwiderte den Kuss, bis mir ganz schwindelig wurde.

»Mann, ich muss heute Morgen eigentlich in die Uni«, murmelte ich, als wir uns schließlich lösten, denn der Gedanke, einfach den ganzen Tag mit Logan im Bett liegen zu bleiben, war sehr verlockend.

»Lass sie sausen.«

»Und ich hab heute Mittagsschicht im *Blue Mate*.«

»Sag ab.«

»Ich brauch das Geld.«

»Ich gebe dir das Geld.«

»Oh, endlich fragt mich ein Mann, ob ich mich für ihn prostituieren kann. Und ich dachte schon, mein Traum wird nie wahr«, meinte ich seufzend.

Er zog eine Grimasse. »Okay, vergiss das mit dem Geld. Sag trotzdem ab. Ich … brauche dich hier.«

Ich lachte. »Wirklich?«

»Ja.« Ernst sah er mich an. »Wenn nicht alle paar Stunden jemand unhöflich zu mir ist, wächst mein Ego auf unermessliche Größe. Es wäre unvorsichtig von dir, mich unbeaufsichtigt zu lassen.«

Mein Lachen wurde lauter, und ich küsste ihn erneut. Es war merkwürdig, dass manche Menschen einen zum Lachen bringen konnten, ohne sich sonderlich Mühe zu geben. Einen vergessen lassen konnten, dass man seine Zähne noch nicht geputzt hatte.

Wenn auch nicht lang.

»Okay, ich überleg es mir. Ich geh aber erst mal kurz ins Bad«, flüsterte ich und löste mich von ihm. »Zähne putzen. Duschen. Denn du bist unfassbar heiß.«

Er lächelte breit. »Danke.«

Ich verdrehte die Augen und gab ihm einen Schubs gegen die Brust.

»Du bist unmöglich.«

»Unmöglich und unhöflich gesellt sich gern.«

Grinsend schwang ich die Beine aus dem Bett. »Das könnte sein.« Im nächsten Moment zog ich Logans T-Shirt über – es lag nun einmal am nächsten und roch so verdammt gut! –, tapste zur Tür und lugte vorsichtig in die angrenzende Wohnküche. Carlys Zimmer lag auf der gegenüberliegenden Seite, doch ihre Tür war fest verschlossen.

Sie war vermutlich noch nicht wach, es war erst kurz vor neun und sie eine kategorische Langschläferin. Was gut war. Denn ich traute es ihr zu, Logan unverblümt zu fragen, ob er gut im Bett war. Sie war zwar unglaublich nett – aber auch unglaublich neugierig. Aber vielleicht hatte sie auch gar nicht mitbekommen, dass er da war? Ich hatte sie zumindest nicht nach Hause kommen hören.

Hastig ging ich ins Bad, benutzte die Toilette, wusch mich und putzte die schlafende Katze aus meinem Mund … Mir fiel erst ein, dass heute der Tag war, an dem Dad aus dem Gefängnis freikam, als ich die Zahnbürste zurück in ihr Glas stellte.

Shit. Mein Herz zog sich zusammen, und ich schloss die Augen, um durch die aufkeimende Panik hindurchzuatmen. Es war eine seltsame Angst, die mich erfüllte, wenn ich an meinen Vater dachte. Denn einerseits wollte ich ihn nie wiedersehen, aber andererseits … Er war unser Dad. Die einzige Familie, die wir noch hatten. Und vielleicht hatten ihn sieben Jahre im Gefängnis ja verändert?

Dad wird sich nie ändern, Lexie. Es wird nie ein letztes Mal geben. Tys Worte von vor sieben Jahren drangen in meinen Geist. Gott, er würde ausrasten, wenn Dad plötzlich vor unserer Tür stünde. Ich war wütend auf ihn gewesen, doch Ty? Ty war fuchsteufelswild gewesen.

Und ich verstand es. Er hatte immer schon mehr abbekommen. Mehr tun müssen.

Nein, es war besser, wenn wir ihn nie wiedersahen.

Tief atmete ich durch, freute mich schon darauf, mich einfach wieder von Logan ablenken zu lassen, und schlüpfte zurück ins Zimmer. Logan saß auf dem Bett, mit dem Rücken an die Wand gelehnt. Er hatte seine Boxershorts angezogen, war ansonsten aber immer noch nackt.

Ja, es war sehr klug von mir gewesen, ihm das T-Shirt zu stibitzen. Denn ich könnte den halb nackten Logan stundenlang anstarren. Und da wir schon etabliert hatten, dass ich unhöflich war …

»Wer ist Sarah Langdon?«

Mein Herz setzte einen Schlag aus, und die abgeflaute Panik traf mich wie ein Feuerball in der Brust. Ich riss den Blick zu seinem Gesicht.

»Was?«, krächzte ich. Woher …?

»Sarah Langdon.« Er deutete auf den Zettel auf meinem Nachttisch, sein Gesicht war seltsam ernst. Der Kiefer angespannt. »Und wer erzählt dir, dass schlimme Dinge passieren werden, wenn du ihm kein Geld gibst?«

Eiswasser schwappte durch meine Adern, und mein Kiefer zersprang fast vor Anspannung. »Sag mal, hast du in meinen verdammten Sachen gewühlt?«

Logan hob beide Hände. »Der Zettel lag offen auf deinem Nachttisch. Es war ein Versehen. Sorry, ich wollte nicht …« Er stieß einen Schwall Luft aus und fuhr sich durch die Haare. »Lexie, was *ist* das für eine Nachricht?«

»Eine, die dich nichts angeht«, erwiderte ich bissig, ging zum Nachttisch und stopfte die Drohnachricht in eine der Schubladen meines Schreibtisches.

»Lexie«, sagte Logan sanft und rutschte zum Bettrand. »Es tut mir leid, okay? Es war ehrlich ein Versehen. Aber die Nachricht ... hört sich verdammt noch mal *nicht gut* an.«

»Das tun Drohnachrichten selten«, presste ich zwischen den Zähnen hervor und stieg im nächsten Moment in eine Jeans. Ich kam mir auf einmal zu nackt vor. »Gott, es gibt wenige Dinge, die ich mehr hasse, als Leute, die feige Nachrichten schicken, die einen in Angst und Schrecken versetzen. Das ist wirklich das Letzte. Aber es ist nicht der Rede wert. Vergiss sie einfach wieder.«

Logan starrte mich an. Ich sah, wie er schluckte, wie sein Blick unruhig von meinem Gesicht zu meinem Schreibtisch flackerte. »Lexie ... Ich muss ... ich ...«

»Lass es gut sein«, unterbrach ich ihn. »Das mit der Nachricht hat sich schon erledigt.« So gut wie zumindest.

»Aha«, sagte er tonlos und stand auf. Schloss die Augen und atmete tief durch. »Und wer ist Sarah Langdon?«

»Niemand.«

»Lexie«, wiederholte er eindringlich und griff nach meinen Händen.

»Sie ist ... jemand, den ich mal kannte. Jemand aus einem anderen Leben«, erwiderte ich widerwillig und wandte das Gesicht ab. Ja, Logan wusste mehr als die meisten. Aber ich hatte Regeln. Selbst Carly wusste nicht von ... Sarah Langdon. »Es ist egal, Logan. Also, könntest du es einfach gut sein lassen?«

Denn er sollte mich vergessen lassen. Nicht an schlimme Dinge erinnern.

Er seufzte schwer, und ich spürte seine Fingerspitzen an meiner Wange. »Brauchst du Hilfe, Lexie?«

Ich schüttelte den Kopf, mein Nacken war so steif, dass einige meiner Wirbel knackten. »Ich hab alles unter Kontrolle. Wirklich.«

»Okay«, murmelte er und hob mein Kinn an, damit ich ihn ansehen musste. »Es ist deine Sache. Ich vertraue dir. Du weißt, was du tust.«

Ich schluckte. Ja, meistens. Aber bei ihm …

»Gut«, flüsterte ich. »Ich glaube, es wäre besser, wenn du jetzt …«

»Ich denke nicht«, unterbrach er mich. »Ich bleibe.«

Ich blinzelte. »Aber …«

»Nur, weil gerade kurz die Stimmung gekippt ist, renne ich jetzt ganz bestimmt nicht weg.« Er schnaubte. »Du machst heute blau, schon vergessen? Das haben wir gerade erst beschlossen.«

Meine Mundwinkel zuckten. Gott, ich hatte scheinbar keinerlei Kontrolle über mein Gesicht. »Na ja, gut, aber ich sollte vermutlich mit Ty …«

»Kein Streit heute.«

»Aber die Uni …«

»Keine Uni heute.«

»Wir könnten deine Mutter …«

»Meine Mutter kann warten«, unterbrach er mich, ehe er mich amüsiert ansah. »Mann, Lexie, verstehst du das Konzept von Blaumachen?«

»Nun … nein«, rutschte es mir dann heraus. Ich hatte keine Zeit zum Blaumachen.

Logan lachte. »Blaumachen bedeutet: keine Arbeit, keine Sorgen. Ich weiß, heute ist …« Er räusperte sich, bevor er zögerlich hinzufügte: »Ein stressiger Tag. Wegen deinem Dad. Aber ich finde, du hast dir eine Auszeit verdient – und zufällig bin ich Kaiser der Auszeiten und kann dir da helfen.«

»Mann. Prince of Golden Heights. King of One-Night-Stands und Kaiser der Auszeiten«, zählte ich auf. »Wie viele Titel besitzt du noch?«

Er runzelte die Stirn. »King of One-Night-Stands?«

»O ja. Den Titel habe *ich* dir gegeben«, sagte ich. »Aber, Logan, wir ...«

»... machen heute irgendetwas Schönes«, beendete er meinen Satz. »Irgendetwas, das dich von ... allem ablenkt.«

Ein Lächeln breitete sich auf meinem Gesicht aus.

Ablenkung. Ja, das war genau das, was ich mir für heute gewünscht hatte. Und wäre es so schlimm, ausnahmsweise einen Tag freizumachen? Mein Handy auszustellen, die gefälschten Ausweise Ausweise sein zu lassen und Uni sowie Drohbriefe einfach zu ignorieren?

»Okay«, hauchte ich, und ein aufgeregtes Kribbeln setzte in meiner Brust ein. »Dann ... lass uns irgendetwas Schönes machen.«

»Gut.« Er schlang die Arme um meine Taille. »Was stellst du dir vor?«

Ich dachte darüber nach. Was würde ich machen, wenn ich *alles* tun konnte, was ich wollte? Wenn ich einen ganzen, freien Tag vor mir hatte?

Wo konnte ich mich entspannen? Wann hatte ich mich das letzte Mal frei gefühlt. »Ich möchte zum Strand«, meinte ich. »Und ... ich möchte Motorradfahren lernen.«

Logan grinste breit. »Wirklich?«

»Ja. Es hat Spaß gemacht, bei dir hinten drauf zu sitzen. Es war wie ... schweben.«

Er nickte. »Okay. Dann ... bring ich dir Motorradfahren bei.«

Mein Herz machte einen Hüpfer. »Wirklich? Also, ich bin ja schon alles gefahren, aber ich fühle mich verpflichtet, dir zu sagen, dass ich technisch gesehen keinen Führerschein habe.«

Seine Augen wurden groß. »Was?«

»Okay, lass uns los.« Ich grinste. »Ich schreib nur kurz Mace und Ty, dass ich heute nicht komme. Dann wird Motorrad gefahren.«

»Lexie! Du hast keinen …«

Ich löste mich von ihm und winkte ab. »Na ja, es erschien mir unsinnig Geld auszugeben, um etwas fahren zu dürfen, das ich mir nicht leisten kann.«

»Und dann willst du direkt an ein Motorrad ran?«

Ich zuckte mit den Schultern. »Wie schwer kann es schon sein? Es ist praktisch ein motorisiertes Fahrrad, oder?«

Logan verzog gequält das Gesicht. »Bitte sag das nicht zu laut. Motorräder könnten dich hören.«

Ich prustete. »Ich bin schon mit einem Tuk-Tuk auf dem gefrorenen Hudson River gefahren, weißt du noch? Ich hab keine Angst. Das klappt bestimmt alles. Glaub mir.« Selbstsicher nickte ich.

»O mein Gott, das tut mir leid!« Ich schlug mir eine Hand gegen die Stirn. »Aber der Spiegel ist nur zerkratzt. Nicht kaputt.«

»Du solltest auf dem Parkplatz bleiben, nicht das Ganze … wortwörtlich in den Sand setzen«, rief Logan ungläubig und starrte auf sein motorisiertes Fahrrad, das sich gerade gefährlich nah an einer Gruppe von Palmen am Strand sonnte.

Schuldbewusst wandte ich mich zu ihm um. Er sah so gequält aus, dass ich automatisch nach Daumenschrauben an seinen Händen Ausschau hielt. »Sorry«, sagte ich zerknirscht, rannte zum Motorrad und versuchte, es hochzuhieven … aber heilige Mutter Gottes, das Ding war schwer! Ein Glück, dass mein Bein nicht unter ihm lag. Ich hatte keine Ahnung, wie genau das hier passiert war. Der Parkplatz an dem Strandstück, an dem wir standen, war eigentlich groß genug, um einer Anfängerin wie mir genug Platz zu bieten. Aber …

»Du bleibst wohl besser dabei, Tuk-Tuks zu fahren«, murmelte Logan und hockte sich neben mich, um mir mit dem Motorrad zu helfen.

Ich musste lachen. »Quatsch, das war ein Versehen, ich will noch mal.«

Er seufzte schwer und warf mir einen Seitenblick zu. »Okay. Aber weit weg von der Palmengruppe. Und das ist das letzte Mal …«

24

Logan

Es war nicht das letzte Mal. Denn Lexie hatte viel zu viel Spaß an der Sache – und ich mochte es, wenn sie Spaß hatte. Außerdem hatte ich anscheinend keinerlei Selbstkontrolle, was sie betraf. Auch wenn ich jede Schramme, die mein Motorrad bekam, tief in meinem Herzen spürte – bevor Lexie die Wunde mit ihrem Lachen direkt versorgte.

Es war nur ein Motorrad. Auch wenn ich froh war, als sie nach einer Stunde endlich aufgab und wir es uns am Strand, im Halbschatten der Palmen, gemütlich machten. Denn es war zwar *nur* ein Motorrad, aber eben ein wunderschönes, glänzendes, liebenswürdiges …

»Ich nehme es zurück. Es ist kein motorisiertes Fahrrad«, sagte Lexie, die neben mir lag, ihren Kopf auf meine Brust gebettet hatte und sich Weintrauben aus der Packung stibitzte, die irgendwo auf meiner rechten Seite lag. »Es ist möglicherweise etwas komplexer.«

»Meinst du, ja?«, fragte ich trocken.

Sie sah sich kurz um, wie um sicherzugehen, dass der Strand noch immer leer war – etwas, das sie ungefähr alle zehn Minuten tat –, dann legte sie ihr Kinn auf meine Brust und grinste zu mir hoch. »Hab ich dir oder hab ich deinem Motorrad wehgetan, Logan?«

»Ja«, antwortete ich.

Sie biss sich auf die Unterlippe, offensichtlich, um sich das Lachen zu verkneifen, allerdings vibrierte ihre Brust verdächtig. »Tut mir leid. Aber es ist vollkommen okay, wenn *du* zurückfährst.«

Ich schnaubte und kniff die Augen vor der Sonne zusammen, die in den Zenit gewandert war und jede Lücke zwischen den Palmwedeln über uns erbarmungslos ausnutzte. »Na, vielen Dank auch.«

»Gern.« Sie grinste und schmiegte sich wieder an mich. Einige Minuten lang lagen wir einfach nur so da. Lauschten dem Rauschen des Meeres, während die Oktobersonne auf uns herabschien und Sand unsere Füße kitzelte.

Ich konnte mich nicht daran erinnern, wann ich mich das letzte Mal so … entspannt gefühlt hatte.

Da waren keine Erwartungen, die auf meinen Schultern lasteten. Kein Druck. Niemand, der mich anstarrte, der mich beeindrucken wollte. Der hinter meinem Rücken erzählte, was für ein furchtbarer Kerl ich doch war.

Da war nur Lexie. Die mir nie erzählte, was ich hören wollte. Nie lachte, wenn ich nicht witzig war. Kein Problem damit hatte, wütend auf mich zu sein.

Ein Lächeln stahl sich auf mein Gesicht, und ich küsste sie sacht auf den Schopf. Wer hätte ahnen sollen, was für verdammt attraktive Eigenschaften das waren?

»Also … Du würdest eine Motorrad-Fahrschule aufmachen, wenn du die Wahl hättest?«, riss Lexie mich aus den Gedanken.

Ich blinzelte. »Was?«

»Na, ich hab dir damals im Büro verraten, was ich mit meinem Leben anfangen will. Aber du hast mir von deinen Träumen nie erzählt.«

Meine Schultern versteiften sich. Ja, aus gutem Grund. »Nein. Ich will kein Fahrschullehrer sein«, antwortete ich angespannt. »Und … es ist irrelevant, was ich tun wollen würde. Das habe ich dir doch gesagt.«

»Es ist *nie* irrelevant, was du willst, Logan«, widersprach sie sanft, sodass ihre Stimme fast im Geschrei der Möwen unterging, die sich ein paar Meter neben uns um ein bröseliges Eishörnchen stritten. »Nie. Und ich würde es gern hören. Egal, ob du es umsetzen kannst oder nicht.«

Ich seufzte und legte meinen Handrücken über die Augen. »Ich bin ziemlich gut in BWL.«

»Das war nicht meine Frage. Zu BWL hat dich dein Dad gezwungen.«

Ich verzog den Mund. »Nicht wirklich. Lexie, ich weiß nicht, ob es dir aufgefallen ist, aber mich kann man nicht wirklich zu etwas *zwingen*. Ich studiere freiwillig BWL. Ich hätte mir auch einen Job suchen können, mir überlegen, was ich wirklich machen will, und dann erst anfangen können zu studieren. Dad hätte wahrscheinlich trotzdem die Studiengebühren gezahlt. Er ist kein Monster. Nur mehr Geschäftsmann als Vater. Aber ich habe gleich BWL studiert – weil ich wollte, dass er zufrieden ist.« Mein Kiefer knackte. Denn ich kam mir absolut naiv und dämlich dabei vor, es auszusprechen. »Ich dachte, dann wäre er … ein einziges Mal nicht enttäuscht von mir.« Ich schnaubte. »Ich weiß. Es ist bescheuert.«

»Ist es nicht«, sagte Lexie ernst, und ich spürte ihren Blick auf mir. Sie sah sich nicht nach Leuten mit Handykamera um. Obwohl ihre zehn Minuten vermutlich längst abgelaufen waren. Nein, sie sah nur mich an. »Ich wollte meinen Dad auch nie enttäuschen. Warum, glaubst du, habe ich ihm so oft bei seinen Coups geholfen?«

Ich seufzte leise. »Ja, vielleicht ist es nicht bescheuert, aber … es ärgert mich. Dass er noch immer so viel Macht über mich hat. Obwohl ich jetzt weiß, dass er nicht mein *richtiger* Vater ist, will ich ihn trotzdem nicht enttäuschen. Obwohl er mich belogen hat. Ich will ihm trotzdem beweisen, was für ein toller Kerl ich bin. Und damals,

als ich angefangen habe, wusste ich ohnehin noch nicht, was ich wirklich machen will. Es schien mir also keine schlechte Wahl zu sein. Es ist nicht das Studium selbst, das mich einengt. Es ist der Gedanke … den Rest meines Lebens seine Erwartungen erfüllen zu müssen. Denn darin war ich nie besonders gut. Aber ich gebe nie die Hoffnung auf, dass ich ihn und er mich vielleicht doch noch irgendwann überrascht.« Ich presste die Lippen zusammen. »Ich warte also auf das Einhorn, dass mir einen Regenbogen malt.« Frustriert stieß ich einen Schwall Luft aus und öffnete die Augen. Eine Wolke hatte sich vor die Sonne geschoben. »Das Schlimmste ist eigentlich, dass ich ihm nicht einmal Vorwürfe dafür machen kann, dass er immer das Schrecklichste von mir erwartet. Denn sehr lange war das mein Normalzustand. Ich war ein …« Ich lachte heiser. »… furchtbarer Teenager. Ich weiß, das sagen vermutlich alle, aber bei mir stimmt es tatsächlich. Wenn du mich jetzt für arrogant hältst, hättest du mich mal mit sechzehn erleben sollen! Ich war rücksichtslos und egoistisch. Über eine lange Zeit. Bin von zwei Highschools geflogen. Hab ein Auto kaputtgefahren …«

»Du warst also das Klischee eines reichen Schnösels«, stellte Lexie nüchtern fest.

»Ja, genau das. Ich war der Typ, für den du mich gehalten hast, als ich dich im Hörsaal besucht habe.« Ich atmete tief durch, sodass der Sand unter mir knirschte. »Aber auf dem College habe ich dann Aiden kennengelernt, der kein Problem damit hat, mir zu sagen, wann ich ein Arschloch bin, und … Shit, ich war damals echt ein frustrierter, missverstandener Teenager, der von seinem Vater erzählt bekommen hat, dass er dem Namen Maxx gerecht werden muss. Natürlich bin ich etwas ausgerastet. Damals war mir nichts wichtig. Ich wollte nur allen zeigen, dass sie mir nicht erzählen können, wer ich sein soll … Aber damals war eben damals.«

»Du hast dich verändert«, sagte sie leise und zeichnete Kreise auf meine Brust, sah zu mir auf. »Du bist nicht mehr grundsätzlich ein Arschloch. Nur manchmal, weil zu viele Menschen etwas von dir wollen. Weil es leichter ist, als immer freundlich zu denjenigen zu sein, die hinter deinem Rücken über dich herziehen.«

»Ja«, sagte ich erschöpft. Denn es war genau das.

»Aber warum erzählst du deinen Eltern das nicht? Dass du reifer geworden bist? Dass du hart arbeitest?«

»Sie würden mir nicht glauben, Lexie«, flüsterte er.

»Das kannst du nicht wissen.«

Doch, das konnte ich. Denn ich mochte mich verändert haben, aber das hieß nicht, dass ich aufhören würde, mich mit Aiden zu betrinken oder mit den Jungs feiern zu gehen. Dass ich plötzlich meinen Anzug und nicht mehr mein Motorrad liebte. Ich war reifer ... aber ich war immer noch nicht Clifford Maxx.

»Es ist egal. Ich will gerade ohnehin nicht mit meinen Eltern reden. Manche Lügen sind ... zu groß.« Ich hoffte nur, dass es meine nicht waren.

»Okay.« Lexie nickte langsam, zog den Kopf von meiner Brust und richtete sich auf ihrem Ellbogen auf. »Das kann ich akzeptieren. Du hast meine Frage allerdings immer noch nicht beantwortet: Wenn du die Wahl hättest ... Was würdest du mit deiner Zukunft anfangen?«

»Hier liegen bleiben. Mit dir. Für immer.«

Sie hob die Augenbraue. »Ich meine es ernst.«

Ja, ich auch.

»Was würdest du beruflich tun wollen?«, fragte sie weiter.

»Ach, ich ... weiß es nicht«, gestand ich seufzend. »Aber ich will etwas Eigenes. Nicht die Firma meines Dads. Etwas, das mich herausfordert. Auf das ich stolz sein kann. Ich ...« Ich zögerte. Denn die Idee war albern, ich hatte mir nie genug Zeit gegeben, sie genauer zu betrachten, aber …

»Du?«, hakte Lexie sofort nach und betrachtete mich neugierig. Als würde sie in diesem Moment nichts lieber tun, als meinen lächerlichen Vorstellungen von einem anderen Leben zu lauschen. Und bei ihr konnte ich mich auch noch darauf verlassen, dass es tatsächlich so war!

Ich seufzte. »Also, ich hatte mal überlegt, Psychologie zu studieren. Kriminalpsychologie. Wie bei *Criminal Minds*. Es ist lächerlich, aber … Es interessiert mich einfach. Wie Leute ticken. Warum sie so ticken. Weißt du, als ich dich kennengelernt habe, war mein erster Gedanke: Wie kann jemand so traurige und gleichzeitig so hoffnungsvolle Augen haben? Nein, okay.« Ich schmunzelte. »Mein erster Gedanke war: Shit, sie ist heiß. Mein zweiter das andere.«

Lexie prustete. »Das hast du *nicht* gedacht.«

»Doch.«

»Meine Augen sind nicht traurig und hoffnungsvoll – sie sind grün!«, sagte sie verärgert.

Ich grinste und sah ihr bestimmt in die Augen. »Du hast recht. Jetzt gerade sind sie nicht traurig.«

»Ich bin ja auch nicht traurig«, flüsterte sie verlegen, und ein rosa Schimmer überzog ihre Wangen. Vom Marmormädchen keine Spur. »Ich bin sogar … etwas glücklich.«

Mein Lächeln wurde breiter und mein Herz größer. Ja, ich war offiziell ein verliebter Vollidiot. Und ich würde es nicht ändern wollen.

»Das ist sehr gut«, wisperte ich und küsste sie.

Sie verdrehte die Augen. »Ich weiß, dass das gut ist. Und ich finde es nicht albern. Dass du Kriminalpsychologe werden willst. Es ist ein cooler Beruf. Warum machst du das nicht einfach? Erst mal Psychologie studieren und dann gucken, was passiert?«

Mein Herz wurde wieder kleiner. »Ich kann nicht.«

»Warum nicht?«

»Weil mein Vater dann recht hätte! Und ich hab schon zu viel Zeit mit BWL verbracht. Ich kann nicht von vorn anfangen.«

Verständnislos sah sie mich an. »Warum nicht? *Du* hast das Geld«, sagte sie. »*Ich* kann nicht neu anfangen. Aber du? Du kannst *alles*, was du willst, Logan! Alles! Du brauchst keinen Dietrich, dir stehen alle Türen offen. Ich weiß, es fühlt sich für dich manchmal nicht so an, aber wenn du einfach mal drauf scheißen würdest, was deine Eltern oder der Rest der Welt von dir denken … Dann bleibst nur noch du und das, was *du* willst.« Ihre Stimme war mit jedem Wort lauter geworden. »Und ehrlich: Was ist besser? Fünf Jahre länger studieren oder den Rest deines Lebens einen Beruf ausüben, den du gar nicht willst? Also erzähl mir nicht, dass du den Studiengang nicht wechselst, weil dein Vater es uncool finden würde.«

Ich setzte mich auf und sah aufs Wasser. Betrachtete die Wellen, die immer wieder auf den Sand klatschten, bevor das Meer sie zurückeroberte und neue schickte.

Ein ewiger Kreislauf, den nie jemand durchbrechen würde.

Aber mein Kreislauf … war nicht wie das Meer. Ich könnte ihn ändern, das wusste ich. Was Lexie sagte, stimmte. Es war nicht nur wegen Dad.

»Was ist, wenn er … recht hat, Lexie?«, fragte ich mit enger Kehle und grub eine Hand in den Sand. Betrachtete die Schatten, die die Palmblätter über uns darauf warfen. »Was ist, wenn ich wirklich nicht hart arbeiten kann? Wenn ich allen den Mittelfinger zeige und endlich mache, was ich will … und versage? Ich am Ende falschlag und doch einfach bei meinem Dad hätte einsteigen sollen? Wenn ich nicht gut genug bin und nur meine Zeit verschwende? Ich dachte immer, wenn ich wirklich etwas will, würde ich es schon hinbekommen …

Aber ich hab es nie ausprobiert. Mir wurde viel in meinem Leben geschenkt. Du hast recht, Türen öffnen sich für mich. Was ist also, wenn ich auf mich allein gestellt bin … und versage?«

Lexie war unnatürlich still geworden, und als ich mich umwandte, bemerkte ich, dass sie sich ebenfalls aufgesetzt hatte und mich mit verengten Augen betrachtete. Schließlich sagte sie nüchtern: »Dann versagst du eben.«

Ich schnaubte. »Na, vielen Dank auch.«

Ein Lächeln zupfte an ihrem Mundwinkel. »Logan: Zu versagen, ist nichts Schlechtes. Solange du keine Brücke bist, auf der ich gerade stehe. Was wäre, wenn Ty und ich nicht weggelaufen wären, aus Angst, zu versagen und erwischt zu werden? Was wäre, wenn ich deinen Auftrag nicht angenommen hätte … aus Angst, zu versagen? Wenn ich nicht angefangen hätte zu studieren, aus Angst, mein Geld zu verschwenden und zu versagen? Es ist furchtbar, etwas nicht hinzubekommen. Für dich mehr als für andere, weil dir mehr Menschen dabei zusehen. Aber … was soll's?« Sie hob die Schultern. »Wenn du versagst … dann versagst du eben. Ich würde dich trotzdem mögen.« Sie runzelte die Stirn. »Vermutlich fühle ich mich mit einem Versager sogar noch ein wenig wohler. Also mach mal hinne und versag ein bisschen!«

Ich lachte dunkel … und bewunderte sie für ihre Einstellung. Dafür, dass sie trotz all dem Dreck, den sie vom Leben vor die Füße geworfen bekommen hatte, keine Angst vorm Versagen hatte. »Na, wenn es dir wichtig ist …«

»Sehr.«

Ich lächelte, grub die Finger tiefer in den Sand und stieß auf etwas Hartes, Metallenes. Eine Schraube. Natürlich. Ich lachte leise und betrachtete das verrostete, sandige Ding eine Weile, bevor ich es in meine Jeanstasche steckte und …

»Was ist das eigentlich mit dir und Schrauben?«, fragte Lexie kopf-schüttelnd.

Verwirrt sah ich auf. »Was soll damit sein?«

»Na ja, ich habe davon eine Menge auf deinem Schreibtisch gese-hen.«

Ich zuckte mit den Schultern. »Keine Ahnung. Sie fallen mir einfach vor die Füße. Ich finde andauernd welche.«

»Und du … nimmst sie mit nach Hause?«, wollte sie irritiert wis-sen.

»Ja.«

»Warum?«

»Na, falls ein Mensch eine Schraube locker und sie verloren hat, will er sie vielleicht zurück.«

Lexie schnaubte. »Logan. Was machst du wirklich mit ihnen?«

»Alles Mögliche«, murmelte ich und blickte zurück zum Horizont. »Ich hab ein paar Regale damit angebracht. Eine alte Schreibmaschine auf E-Bay gekauft und damit repariert. Eine steckt sogar in meinem Motorrad.«

»Warum?«

»Weil meinem Motorrad eine gefehlt und sie gepasst hat.«

»Nein. Ich meine, warum kaufst du nicht einfach neue? Warum … sammelst du sie?«

Ich zog die Augenbrauen zusammen und glättete meine Haare, die der Wind unbarmherzig durcheinanderbrachte. »Ich … weiß nicht. Schrauben haben eine so klare Bestimmung. Sie haben sich nie ge-fragt, was sie mit ihrem Leben anfangen sollen. Denn ihre Aufgabe ist mehr als deutlich: Sie halten Dinge zusammen. Und ich … ich mag den Gedanken einfach nicht, dass diese einsamen Schrauben, die ich finde, nicht länger einen Zweck erfüllen. Dass sie nicht mehr wissen, was sie tun sollen. Weil ihr Leben so … leer ist.«

Ich hörte, wie Lexie schluckte, und als ich den Kopf wandte, bemerkte ich, dass sie mich ansah. Lange und warm. Als würde sie genau verstehen, was ich meinte. Und in diesem Moment war ich mir sicher, dass sie es tat.

»Okay«, meinte ich gedehnt und räusperte mich etwas peinlich berührt. »Was ist mit dir?« Ich wollte das Thema wechseln. Meine Schraubenbesessenheit war nicht unbedingt eine Eigenschaft, die man als *sexy* betiteln könnte. »Du bist dran. Du meintest, du träumst von einem Bürojob mit Zahnzusatzversicherung Aber würde dich das *erfüllen*? Nur für deine finanzielle Sicherheit zu leben? Wenn du alles machen könntest, was du willst ... Was wäre das?«

»Es ist mir so egal«, sagte sie und hob die Schultern. »Ich hatte nie Zeit für große Träume, also habe ich eigentlich nur einen: reich zu werden. Nicht Du-reich. Aber ... reich genug, um das Gesetz nicht mehr biegen zu müssen. Um all meine Probleme verschwinden zu lassen.«

»Probleme verschwinden nicht, wenn man Geld hat. Sie verändern sich nur«, widersprach ich.

»Okay. Dann möchte ich so reich werden, bis sich all meine Probleme verändern«, korrigierte sie sich sofort.

Ich musste lachen. »Klingt nach einem Plan.«

»Ja, es wird wohl nur noch etwas dauern.« Sie seufzte. »Immer, wenn ich einen Schritt nach vorn mache, reißt mich jemand an den Schultern zurück, aber ... nicht weiterzumachen, ist keine Option.«

Sie reckte das Kinn und bekam wieder diesen sturen, harten Ausdruck im Gesicht. Nicht wie Marmor, sondern wie eine Kampfansage an die Welt und an ihr Leben. Eine Warnung, dass sie das gleiche Schicksal ereilen würde wie die zwei Typen, mit denen ich mich auf der Party angelegt hatte, wenn sie nicht aufpassten.

Lexie war womöglich der stärkste Mensch, den ich je kennengelernt hatte.

»Du bist wirklich der Hammer, weißt du das?«, sagte ich kopfschüttelnd. »Du bist zynisch und misstrauisch und geheimnisvoll ... aber du gibst niemals auf. Findest trotzdem Spaß am Leben.«

Sie lachte laut. »Was bleibt mir denn für eine Wahl? Das Leben ist ein Monopoly-Spiel, Logan. Du hast die Schlossallee zu deiner Geburt geschenkt bekommen. Ich eine Gemeinschaftskarte, auf der stand: *Gehe in das Gefängnis. Begib dich direkt dorthin. Gehe nicht über Los. Ziehe nicht 4000 Dollar ein.* Aber das heißt nicht, dass ich das Spiel aufgeben kann. Dass ich es gewinnen lasse. Weißt du, all diese Serien, die einem erzählen, dass man alles erreichen kann, wenn man sich nur genug anstrengt, lügen. Aber wenn ich mich überhaupt nicht anstrenge, erreiche ich *nichts*. Also: Was bleibt mir für eine Wahl?«

»Keine«, stellte ich fest.

Sie lächelte. »Eben.«

»Aber ... bist du es nicht leid, Lexie? Nichts geschenkt zu bekommen? Immerzu kämpfen zu müssen? Ist es nicht einfach ... zu hart manchmal?«

»Es ist okay, dass es hart ist, Logan«, wisperte sie. »Das Leben darf schwer sein! Es darf mich müde machen. Es darf mich verzweifeln lassen. Ich bin es gewohnt, dass mein Weg steiniger ist als der vieler anderer. Aber solange ich glückliche Momente habe. Solange ich Menschen habe, auf die ich zählen kann. Die mich lieben und die ehrlich zu mir sind und mir den Rücken stärken. Solange ist es okay. Solange kann das Leben trotz allem wunderschön sein. Nur weil manche Menschen mehr haben als ich, heißt das nicht, dass sie *mehr* haben als ich. Es kommt nur immer auf die Kategorien an, in die man sein Leben einteilt. Und ich wähle die *guten* Kategorien. Die richtigen. Verstehst du?«

Ich lächelte. Denn ja. Das tat ich.

Das war der Grund, warum ich, der Besitzer der Schlossallee, trotzdem manchmal auf sie neidisch war. Weil ich vergessen hatte, welche Kategorien zählten.

Aber das würde mir nicht noch einmal passieren. Nicht, wenn ich Lexie hatte.

25

Lexie

Es war nach zehn, als Logan mich vor der Tür absetzte. Ich wollte ihn bitten, noch mit nach oben zu kommen, aber wir beide wussten, wie das enden würde: mit einer schlaflosen Nacht und einem weiteren Tag, an dem wir vermutlich blaumachten. Denn ich hatte festgestellt, dass das Konzept sehr einfach umzusetzen war, wenn man es denn mal ausprobierte!

Allerdings waren in ein paar Wochen die Midterms, und ich hinkte mit meinen Aufsätzen und den Ausweisen ziemlich hinterher … Es war furchterregend genug, dass ich heute ein Stück meines Herzens verloren hatte. Wenn ich auch noch ein Stück meines Verstandes abgab, war es womöglich der Teil, der den Lexie-Jenga-Turm aufrechterhalten hatte und für meinen Zusammenbrauch sorgte. Also zog ich Logan nur den Helm vom Kopf, küsste ihn gerade so besinnungslos, dass ich ihn ohne Angst vor einem Unfall zurück auf die Straße schicken konnte, und lief grinsend ins Haus.

Der Tag war … wundervoll gewesen. Und das, obwohl ich dreimal von einem Motorrad gekippt war und sich noch immer Sand in viel zu vielen Ritzen, über die ich nicht weiter reden wollte, tummelte.

Doch ich hatte zumindest ein paar Stunden vergessen, dass mein Dad heute aus dem Knast rausgekommen war, und es tat gut, das

Handy auszumachen und mal einen ganzen Tag nicht von TikTok, Instagram … oder wütenden Ty-Nachrichten abgelenkt zu werden.

Ich nahm die letzte Stufe, zog meinen Schlüssel aus der Tasche – und schnitt eine Grimasse, während ich die Tür aufschloss. Ich würde das Telefon wohl oder übel wieder anschalten müssen, um mit …

»O mein Gott, Ty!« Erschrocken zuckte ich zusammen und stolperte zurück. Denn mein Bruder saß wie ein verdammter Mafia-Boss im Halbdunkel unserer Küche. Nur die weiße Katze auf seinem Schoß fehlte.

»Hey«, sagte er gelassen und winkte mit einem Löffel, bevor er ihn zurück in einen Becher tunke. Als wäre es vollkommen normal, dass er in unsere Wohnung einbrach und den Kühlschrank plünderte. Dabei teilten wir uns bereits eine Menge DNA, da musste Joghurt nicht auch noch dazugehören!

»Was zur Hölle tust du hier?«, fragte ich atemlos, schloss die Tür und schaltete das Licht an. »Und wie bist du reingekommen?«

Er zuckte mit den Schultern und kratzte den Becher aus. »Hab meinen Schlüssel nie abgegeben.«

Ungläubig sah ich ihn an. »Dann gib ihn mir! Herrgott, weiß Carly, dass du hier bist?«

»Nee, ich behalt ihn lieber. Für Notfälle«, meinte er. »Und sie ist nicht da. Noch im Atelier auf der Uni. Sie meinte, ich kann alles essen, was in dem *Fast-abgelaufen*-Kühlschrankfach steht.«

»Den Joghurt hab ich gerade gekauft.«

»Muss die Bretter verwechselt haben«, erwiderte er leichthin und hob einen Mundwinkel. »Carlys System ist einfach so unübersichtlich.«

Ich verdrehte die Augen. »Ich erzähl ihr, dass du das gesagt hast, dann gibt sie dir nie wieder abgelaufenes Zeug! Und, Ty … Du kannst nicht …«

»Es tut mir leid, Lexie«, unterbrach er mich leise.

Perplex öffnete ich den Mund und ließ die Hände sinken.

Ty war gut in einer Menge Dingen. Gitarre spielen. Drinks mixen. BHs öffnen. Aber Entschuldigungen geben, war keines seiner Talente. Was diesen Moment sehr besonders machte.

»Was tut dir leid?«, fragte ich skeptisch und rieb die Hände übereinander, bevor ich mich auf den Campingstuhl ihm gegenüber niederließ.

»Dass ich … so wütend geworden bin«, murmelte er und kratzte sich den Kopf. »Lex, ich hätte dich erst erklären lassen sollen.«

»Ich weiß«, sagte ich. »Aber wie kommst *du* drauf?«

»Ach, Carly meinte … du magst ihn, und ich solle aufhören, mich wie ein Arschloch zu verhalten«, erwiderte er.

Ich lachte auf. »Also, mir ist egal, was du sagst: Meiner Meinung nach funktioniert Carlys *System* ausgezeichnet.«

Mein Bruder seufzte. »Ich weiß, dass ich etwas überreagiert habe, aber … es ist alles … schwer«, flüsterte er.

Ich schluckte. »Ich weiß.«

»Gut.« Er hob den Blick und musterte mich durchdringend. »Und du solltest mir vertrauen, Lex. Mit allem. Ich hasse den Gedanken, dass du es nicht tust.«

Automatisch dachte ich an die Drohnachrichten. Aber was könnte Ty jetzt noch tun? Er war schon angespannt wegen Dad, er sollte zumindest ruhiger schlafen als ich. Also sagte ich nur: »Auch das weiß ich. Und ich vertraue die, Ty. Das weißt du. Du bist der Einzige, der weiß, dass ich Angst vor Papageien habe.«

Er lachte leise. »Nur weil ich dabei war, als du ohnmächtig geworden bist!«

»Ja, eben. Es ist nur … Wir waren immer nur zu zweit. Wir gegen den Rest der Welt. Und jetzt gibt es auch Mace und Carly und … Es gelten nicht mehr dieselben Regeln wie damals, als wir abgehauen sind. Wir müssen nicht mehr jede auffällige Wolkenformation miteinander teilen. Nicht aufschreiben, wem wir welchen Namen von uns genannt haben. Was etwas Gutes ist. Aber es bedeutet eben auch, dass ich dir nicht mehr ... alles erzähle. Insbesondere, wenn es um Kerle geht.«

»Ich weiß, und ich würde normalerweise sagen, dass mich Einzelheiten überhaupt nicht interessieren.« Er verzog das Gesicht. »Aber *normalerweise* verstehe ich dich immer, Lexie. Wir haben so oft Entscheidungen zusammen gefällt, dass es mir in Fleisch und Blut übergegangen ist, dich nicht anzuzweifeln. Aber Logan Maxx ...« Kopfschüttelnd sah er mich an, bevor er den Joghurtbecher in seiner Hand zerquetschte. »*Warum* Logan Maxx? Hilf mir auf die Sprünge. Denn Shit, er ist ein reicher Schnösel, Lexie!«

Ich senkte den Blick auf meine Hände, fuhr nervös mit den Daumen übereinander. »Das ist er. Aber er ist auch ... wundervoll«, wisperte ich schließlich.

»Fuck.« Ty kniff die Augen zusammen und legte den Kopf in den Nacken. »Carly hat recht, oder? Du *magst* ihn.«

Ich schluckte. »Ein wenig. Sehr.«

»Was von den beiden ist es?«

»Ich weiß es nicht.« Hilflos hob ich die Schultern. »Ein wenig sehr eben.«

Ty atmete tief durch. »Und genau deswegen verliebe ich mich nicht, Lexie. Genau deswegen fange ich nichts Ernstes an. Genau deswegen habe ich meine *Eine-Nacht-Regel*. Weil wir unvorsichtig werden, wenn wir uns verlieben! Lex, ich kenn den Kerl nicht. Vielleicht ist er wirklich so wundervoll, wie du sagst. Aber meint er es ernst? Wird er bleiben, wenn er herausfindet, was für ein Fiasko unser Leben ist? Nicht in zwei, drei Jahren seinen Kumpels von der Betrügerin erzählen, die er mal flachgelegt hat? Oder ein Foto von dir posten, weil er einfach nicht drüber nachdenkt? Kannst du dich auf ihn … verlassen?«

»Er würde niemals ein Foto von mir posten! Er hasst Social Media.«

»Nein, er nicht. Aber andere schon«, sagte er leise und schob mir im nächsten Moment sein Handy über den Tisch.

Mit trockenem Mund starrte ich auf das Display. Ein Bild war zu sehen. Von Logan und mir, wie wir an der Brüstung in der Mall lehnten und auf den Foodcourt hinabsahen. Ich erinnerte mich daran. Wir hatten darüber geredet, warum er manchmal ein Arschloch war und manchmal nicht.

Scheiße. Das Foto hatte bestimmt die Kassiererin gemacht.

Ich presste die Lippen zusammen.

Es war nur mein Profil zu erkennen, es war halb so wild.

»Man erkennt mich kaum«, sagte ich, in dem Versuch, mich und Ty zu beruhigen.

»*Kaum*, ja. Aber ein wenig schon.«

Ich schluckte und blickte auf. Gab ihm das Telefon zurück. »Er ist kein Rockstar. Er wird nur selten außerhalb der GHU erkannt. Also: Was willst du von mir hören, Ty?«

»Ob du ihm *wirklich* vertrauen kannst! Wir dachten so oft, dass wir jemandem vertrauen konnten, nur um jedes Mal aufs Neue enttäuscht zu werden. Und ich würde es hassen, dich … gebrochen so zu sehen. *Schon wieder.*« Er rieb sich die Augen. »Ich weiß, dass du auf dich selbst aufpassen kannst. Gott, du brauchtest schon mit fünf keinen Babysitter mehr. Aber …« Er lächelte gequält. »Ich kann wohl trotzdem nicht damit aufhören. Also sei einfach … vorsichtig.«

»Ich bin immer vorsichtig, Ty«, flüsterte ich.

»Nicht, wenn du jemanden ehrlich magst, Lexie«, widersprach er.

»Carly hast du nach einer Woche erzählt, dass du sie eigentlich bestehlen wolltest.«

»Aber mit Carly hatte ich ja wohl recht, oder?«

»Ja, aber ebenso gut hättest du falschliegen können!«

»Nun … ja«, gab ich widerstrebend zu. Gott, es war schwer erträglich, wenn Ty recht hatte. »Aber so ist Logan nicht. Er würde uns nicht verraten. Er … mag mich.« Da war ich mir ziemlich sicher.

»Ich hoffe, du hast recht, Lexie, aber verliebte Menschen machen dumme Dinge. Und wenn Logan irgendjemand anderes wäre, würde ich dir sagen: Hey, go for it! Du hast es verdient. Aber … er kann Schaden anrichten. Verdammt großen Schaden. Wenn er wütend auf dich ist. Enttäuscht von dir.«

Ich schluckte. »Warum sollte er wütend auf mich werden?«

»Ich weiß nicht. Vielleicht, weil du ihm in zwei Jahren, wenn du deinen Abschluss in der Tasche hast, eröffnest, dass es dein Plan ist, das Land zu verlassen?«, erwiderte er im Plauderton.

Mein Mund wurde trocken. »Ich weiß noch nicht, ob ich wirklich gehe. Ich meine … du willst doch gar nicht.« Denn das war der letzte Streit gewesen, den wir gehabt hatten.

Er seufzte. »Ja. Ich habe keine Lust mehr, wegzurennen. Ich will endlich bleiben. Aber, Lexie … du bist auf der ganzen Welt der einzige Mensch, der mir wirklich wichtig ist. Dem ich bedingungslos vertraue. Wenn du entscheidest, dass du gehen willst: Glaubst du ernsthaft, dass ich dich allein verschwinden lasse?«

Ich sah auf den Boden. Nein, natürlich würde er das nicht. Ebenso wenig wie ich ohne ihn gehen würde. »Ich weiß noch nicht, was ich will, Ty. Vielleicht bleibe ich auch.«

»Vielleicht«, bestätigte er und stand auf. »Reicht Logan ein *Vielleicht*? Meint er es ernst? Kannst du ihm wirklich vertrauen? Oder nicht? Ist dieser Logan der Typ Mensch, für den du deinen Plan aufgeben könntest? Dein Gefühl von hundertprozentiger Sicherheit, das du vermutlich nur bekommst, wenn wir wirklich das verdammte Land verlassen? Das ist alles, was ich dich frage.«

Er drückte fest meine Schulter, brachte meine Haare durcheinander und verschwand im nächsten Moment aus der Tür. Weil nicht er es war, dem ich diese ganzen Fragen beantworten musste, sondern mir selbst.

Ich blieb allein in der Küche zurück und sank tiefer in den Campingstuhl.

Es ist alles … schwer.

Also, manchmal, da gab mein Bruder wirklich die weisesten und leider akkuratesten Dinge von sich.

Mit beiden Händen fuhr ich mir übers Gesicht.

War Logan dieser Typ Mensch?

Ich wusste es nicht. Aber wusste man so etwas *jemals?*

Ich wusste nur, dass der Gedanke, Hunderte solcher Tage wie heute mit Logan verbringen zu können, mein Herz leicht machte.

Aber meint er es ernst? Wird er bleiben, wenn er herausfindet, was für ein Fiasko unser Leben ist? Kannst du dich auf ihn … verlassen?

Tys Worte wirbelten in meinem Kopf umher … und ich lächelte. Denn ja, das konnte ich. Da war ich mir fast sicher. Und ich musste noch nicht jetzt entscheiden, wie die Ewigkeit aussah. Die langfristige Zukunft. Ewigkeit und Langfristigkeit waren ein Konzept, das man verlernte, wenn man Jahre lang von Tag zu Tag lebte. Wenn Sicherheit eine einhornförmige Illusion wurde. Aber ja, vielleicht war der Gedanke zu bleiben nicht so furchtbar … und Ty und Carly würden sich freuen. Logan vielleicht auch.

Mein Lächeln wurde breiter.

Ich sprang auf und ging in mein Zimmer, um den Laptop hochzufahren. Eigentlich hatte ich für die Midterms lernen wollen, Aufgaben nacharbeiten, die ich hatte schleifen lassen, doch Logan hatte mich heute sehr glücklich gemacht. Und ich wollte ihm den Gefallen erwidern.

Also suchte ich stattdessen nach Eileen Hamlin.

26

Ich brauchte acht Tage, um sie zu finden.

Acht Tage, eine Polizeidatenbank und zwei Führerscheinzulassungsstellen. Acht Tage, in denen es mir viel zu leicht fiel, jeglichen Gedanken an meinen Vater zu verdrängen. Jeden besorgten Blick meines äußerst angespannten Bruders zu ignorieren. Acht Tage, in denen ich so lächerlich glücklich war, dass ich mich fast dafür schämte. Weil ich fest damit rechnete, dass mich irgendwer dafür bestrafen musste. Dafür, lächerlich oft nackt zu sein, zu viel Zucker zu essen und Logan kostenlose Pommes im *Blue Mate* zuzuschieben. Mir war klar, dass er sich ein paar Fritten leisten konnte, aber es ging ums Prinzip!

Logan und ich sollten nicht zusammenpassen. Wir waren zu verschieden. Gleichzeitig … gleichzeitig führten wir beide ein Leben, das wir so nicht gewählt hätten. Das uns zugelost worden war. Und es gab niemandem, mit dem ich so gern sprach wie mit ihm. Mit dem ich mich so gern zankte wie mit ihm. Mich so gern wieder versöhnte wie mit ihm.

Ich rechnete ständig mit dem Schlimmsten. War misstrauisch, sagte lieber zu wenig als zu viel. Und es war so verdammt erleichternd, einmal aus meinem Muster auszubrechen. So lächerlich befreiend. Geschichten aus meiner Kindheit zu teilen, ohne mir Sorgen darum zu machen, ob mein Gegenüber sie gegen mich verwenden könnte. Meine bescheidenen Träume nicht kleinzureden. Mich nicht davon abhalten zu müssen, zu viel zu hoffen. Einfach mal … *hart zu chillen*, wie Carly es ausdrücken würde.

Ich verbrachte jede zweite Nacht bei ihm. Zu achtzig Prozent wegen Logan, zu zwanzig Prozent wegen Aiden, der gefühlt jeden Tag neue Kekse oder Brot backte – und meine Güte, der Kerl hatte es drauf! Mir war nicht bewusst gewesen, dass ein Mutterteig zur Grundausstattung eines Kühlschranks gehören sollte, aber ich dachte ernsthaft darüber nach, mir von Logans bestem Freund etwas abzwacken zu lassen. Obwohl Carly vermutlich im enthusiastischen Versuch, Brot zu backen, endgültig unsere Küche abfackeln würde.

Als ich am Donnerstag mit den Informationen über Logans Mutter in sein Apartment trat, war ich froh, dass es wieder nach Keksen roch und Logan mich in Jogginghose und T-Shirt begrüßte. Denn das bedeutete, dass er halbwegs entspannt sein würde, wenn ich ihm die frohe Kunde überbrachte.

Halbwegs.

»Shit, ernsthaft? Du hast sie … Ernsthaft?« Logans Blick glitt hektisch von meinem Gesicht zu dem Stück Papier, das ich ihm hinhielt. Er war kalkweiß geworden. Nicht unähnlich dem Papier.

Okay, vielleicht war *halbwegs* etwas zu optimistisch gewesen. Er wirkte *überhaupt nicht* entspannt. Es war offensichtlich, dass er nicht so schnell mit einem Ergebnis gerechnet hatte.

»Ja«, sagte ich sanft und drückte seine Hand. »Aber du musst dir die Informationen auch nicht direkt durchlesen, wenn du …«

Er riss bereits den Zettel auf und überflog die Zeilen. Ja, damit hatte ich gerechnet. Er war eher einer von der ungeduldigen Sorte. Damit konnte ich mich identifizieren.

Nervös rang ich die Hände, während ich sein Gesicht beobachtete. Ich wusste, was dort stand. Eileen Hamlin lebte in San Diego, und auch, wenn ich keine Wohnadresse hatte finden können, so doch zumindest ihren aktuellen Arbeitsplatz. Sie war Kellnerin in einem der örtlichen *Denny's*.

»Es ... war nur dieses Foto dabei«, sagte ich zögerlich und deutete auf ein Bild, das ich oben an den Zettel getackert hatte. »Das ist allerdings schon ein paar Jahre alt. Und vielleicht arbeitet sie auch gar nicht mehr in genau dieser Restaurant-Filiale. Die Information könnte ebenfalls veraltet sein, aber ... San Diego ist nicht weit.« Unschlüssig sah ich ihn an. »Du könntest hinfahren und sie besuchen.«

»Könnte ich«, erwiderte er steif. Seine Stimme klang auf einmal merkwürdig kalt und hohl, während er unablässig das Gesicht seiner Mutter anstarrte. Vielleicht Ähnlichkeiten suchte, so wie ich es getan hatte. Doch ihre Haare waren eine Spur heller als seine, und die Augenfarbe war auf dem Bild schlecht zu erkennen ...

»Shit, du hast sie ernsthaft gefunden.« Logan rieb sich übers Gesicht und sah mich schließlich an. Die Lippen zu einer dünnen Linie zusammengepresst. »Wie hast du ...?«

»Nun ja, ich ... ich habe mir eben ... Mühe gegeben.« Ich zog eine Grimasse. »Ich dachte ... Also, ich dachte, es ist dir wichtig, also ...«

Er küsste mich, bevor ich weiterstammeln konnte. Fest und bestimmt, die große Hand warm in meinem Nacken. »Danke«, flüsterte er an meinen Lippen. »Dafür, dass du dir Mühe gegeben hast. Und dafür, dass du Marmor für mich aufgegeben hast.«

Ich blinzelte verwirrt zu ihm hoch. »Was? Marmor?«

Er hob einen Mundwinkel. »Na ja, als ich dich kennengelernt habe, war dein Gesicht die reinste Marmorwand. In meinem Kopf warst du immer das Marmormädchen. Aber seit ein paar Wochen ... bist du es nicht mehr. Manchmal vergisst du sogar, dass Lexie Shaw eigentlich nicht rot wird und somit Schwäche zeigt.«

Ich schnappte nach Luft. »Das nimmst du zurück! Mein Gesicht sieht nicht aus wie Marmor. Vielleicht wie … ein Backstein. Oder eine Holzwand. Ich mag Holz. Aber *nicht* Marmor! Denn das ist der grässlichste Stein, den es gibt! Diese Uni sieht aus wie eine … Grabkammer. Und mein Gesicht nicht.«

Auch Logans anderer Mundwinkel hob sich. »Du hast vollkommen recht. Du bist ein Backstein. Kein Marmor. Sorry, mein Fehler.«

Ich reckte das Kinn und nickte fest. »Entschuldigung angenommen. Und bei dir … fühlt es sich nie an, als würde ich Schwäche zeigen«, murmelte ich und wandte das Gesicht ab. Denn aus irgendeinem Grund war es mir plötzlich unangenehm, ihm in die Augen zu sehen.

»Weil es keine Schwäche *ist*. Deine Gefühle zu zeigen. Ich habe zum Beispiel überhaupt kein Problem damit, dir zu verraten, dass ich gerade in Panik ausbreche und versucht bin, dieses Stück Papier anzuzünden und aus dem Fenster zu werfen.«

»Das würde nichts nützen, ich hab mir alles gemerkt«, sagte ich entschuldigend und zwang meinen Blick nach oben. »Aber wir müssen nicht hinfahren, weißt du? Du kannst dir Zeit lassen und …«

»Nein, ich will hin«, unterbrach er mich. »Ich … muss.« Er lachte trocken, wurde jedoch schnell wieder ernst. »Morgen. Kannst du … mitkommen?« Unsicher sah er mich an, und ich wusste auf einmal, warum er sich dafür bedankt hatte, dass ich ihm meine Gefühle zeigte. Denn mir wurde warm, als ich die Angst deutlich auf seinem Gesicht erkennen konnte. Er sich nicht einmal Mühe gab, so zu tun, als würde ihn das alles kaltlassen.

»Nun. Kann ich dein Motorrad fahren?«, fragte ich unschuldig.

»Auf gar keinen Fall.«

Ich seufzte, lächelte jedoch. »Natürlich komme ich mit. Aber wir sollten sicherheitshalber ein paar von Aidens Keksen einpacken. Falls unser Zuckerhaushalt auf der langen Fahrt durcheinandergerät.«

Logan lächelte spöttisch. »Auf der langen Fahrt von siebzig Minuten?«

»In siebzig Minuten kann eine Menge passieren.«

»Ja«, murmelte Logan und sah aus dem Fenster. »Das kann es.«

Und ich war mir sicher, dass er weder über die Fahrt noch über die Kekse sprach.

27

Ich war in meinem Leben noch nicht so nervös gewesen. Vielleicht hätte ich Lexie doch fahren lassen sollen. Dann hätte ich mir auf dem Weg von Golden Heights nach San Diego weiter die Worte zurechtlegen können. Überlegen können, wie genau ich Eileen Hamlin ansprechen wollte. Wie zur Hölle ich ihr beibrachte, dass ich ihr Sohn war.

Fuck.

Ich hatte kaum geschlafen. Im Kopf immer neue Reden geschrieben. Dinge aufgelistet, die ich Eileen Hamlin fragen wollte. Die ich ihr erzählen wollte. Doch alles war mir bedeutungslos erschienen. Ein Knäuel aus unwichtigen Floskeln, alle zu platt, um sie auszusprechen.

Denn was zur Hölle sagte man der Frau, dessen Uterus man mal neun Monate bewohnt hatte, bevor sie einen zur Adoption freigegeben hatte? Welche Frage stellte man zuerst? Welche Antworten wollte man hören und welche nicht?

Ich hatte keine Ahnung, was dem Panikgefühl in meiner Brust nicht wirklich half. Es fühlte sich an, als läge ein Backstein auf meinem Herzen. Und nicht so ein hübscher Backstein, wie Lexie einer war.

Als wir auf dem Parkplatz des *Denny's* hielten, in dem meine leibliche Mutter womöglich arbeitete, unsere Sachen verstauten und ich mit feuchten Fingern den hundertsten Anruf meiner Ziehmutter wegdrückte, die ich die letzten Tage rigoros ignoriert hatte – ebenso wie meinen Vater –, schlug mein Herz in dreifacher Geschwindigkeit.

Mir war schwindelig und ein wenig übel, und ich hasste, dass ich nicht wusste, was mich erwartete. Hasste, keinerlei Kontrolle über diese Situation zu haben.

Lexie schob ihre Hand in meine und verschränkte die Finger mit meinen. Ich rechnete es ihr hoch an, dass sie mich nicht mit vor Ekel verzogenem Gesicht direkt wieder losließ. Denn Shit, meine Handflächen waren die reinste Wasserbahn.

»Es ist okay, Angst zu haben«, sagte sie, während ich mit aufeinandergebissenen Zähnen das Restaurant betrachtete. Durch die Scheiben versuchte, Gesichter auszumachen. »Das hier ... Es würde *jedem* Angst machen.«

»Ich weiß nicht, was ich erwarten soll«, erwiderte ich ehrlich. »Das ist es, was mich beunruhigt. Ich male mir seit Wochen aus, wie es wäre, sie zu treffen und ... habe trotzdem keinen Schimmer, was gleich passieren wird.«

»Das ist okay.«

Ich lachte trocken. »Es fühlt sich *nicht* okay an, Lexie.«

»Nein, natürlich nicht«, sagte sie leichthin. »Aber das wird nicht besser werden, wenn wir hier noch länger herumstehen. Also komm.« Sie zog mich zum Eingang. »Bringen wir es hinter uns.«

»Shit, es überrascht mich immer wieder, wie stark du bist«, murmelte ich und ließ mich mitschleifen.

Sie grinste über die Schulter, versuchte sichtlich, mich mit jedem ihrer Blicke aufzuheitern. »Ich weiß, ich bin Hulk. Du solltest mal gucken, wie weit ich Baumstämme werfen kann.« Sie drückte fest meine

Hand. »Falls du gleich also Stärke brauchst … sag Bescheid. Ich gebe dir welche ab.«

Ich nickte nur, während sie schon die Tür aufstieß. Kalte Luft und ein Schwall an Gesprächen und Küchengeräuschen drang uns entgegen. Pfannengeklapper, fremdes Lachen, Rascheln von Kleidung. Doch all die Töne kamen nur gedämpft an meinen Ohren an. Denn mein Herz klopfte zu laut, und ich war zu beschäftigt damit, mich umzusehen. Mein Blick zuckte hektisch durch den Raum, suchte die Gesichter einer jeden Kellnerin ab. Verglich sie mit dem Bild, das ich mir eingeprägt hatte wie Aiden sein blödes Sauerteigbrot-Rezept. Die anderen Gäste nahm ich kaum wahr.

Lexie zog mich weiter in den Raum hinein und drückte mich schließlich in eine der Sitzecken, bevor sie mir gegenüber Platz nahm. Ich suchte noch immer nach Eileen Hamlin. Nach einer Frau, die ihr zumindest ähnlich sah. Die ich erkannte. Denn sicherlich würde ich sie erkennen? Sie war meine verdammte Mutter!

»Logan?«, wisperte Lexie. »Hast du sie schon entdeckt?«

Ich schüttelte den Kopf.

»Nun, vielleicht arbeitet sie heute nicht? Vielleicht …« Sie brach ab, als eine blonde Frau mit dunkelblauer Schürze an unseren Tisch trat und uns zwei Gläser Leitungswasser sowie zwei Essenskarten unter die Nase schob.

»Willkommen bei *Denny's*, kann ich euch schon was bringen, oder wollt ihr noch die Karte studieren?«

Mein Herz setzte einen Schlag aus, und alles in mir zog sich zusammen. Sie war blond, deswegen hatte ich sie nicht sofort beachtet. Auf dem Foto hatte sie dunkle Haare gehabt. Doch ihre Augen waren dunkelblau und … Mein Blick glitt zu ihrem Namensschild.

Eileen.

Das war sie.

Schlagartig wurde mein Mund trocken, während ich sie anstarrte. Ihr Gesicht studierte wie mein Vater seinen Kontostand. Versuchte, jedes ihrer Merkmale mit nur einem Blick zu erfassen.

Automatisch verglich ich ihre gerade Nase mit meiner. Ihre dunkelblauen Augen mit meinen. Ihre Ohren, ihre Lippen …

»Hm?«, machte sie und sah mir direkt ins Gesicht.

Ich erstarrte. Wartete darauf, dass sie noch etwas sagte. Dass sie die Stirn runzelte, mich genauer unter die Lupe nahm.

Stattdessen wandte sie sich an Lexie.

»Ich glaube, wir brauchen noch etwas«, meinte sie ruhig. »Kommen Sie gern in fünf Minuten zurück.«

»Kein Problem«, antwortete sie freundlich, bevor sie umdrehte und zurück zur Theke lief.

Ich sah ihr hinterher. Die Übelkeit war verschwunden und von einem aufgeregten Flattern ersetzt worden … aber auch von Unruhe. Einer kalten Unruhe.

»Alles okay?«, fragte Lexie leise, doch ich antwortete ihr nicht.

Denn ich wusste es nicht. Mir war nicht klar, womit ich gerechnet hatte, aber … Sie hatte mich nicht erkannt.

Ich war idiotischerweise davon ausgegangen, dass sie mich ansehen und sofort wissen würde, wer da vor ihr saß. Aber natürlich *erkannte* sie mich nicht. Sie wusste nicht, wer ich war. Sie hatte mich abgegeben, als ich noch ausgesehen hatte wie jeder andere Baby-Fleischklops.

Ich presste die Lippen zusammen und starrte ihr immer noch nach. Beobachtete sie dabei, wie sie Bestellungen entgegennahm und Getränke verteilte.

Sie sah … normal aus. Mit dem runden Gesicht, den kurzen blondierten Haaren und etwas schiefen Vorderzähnen war sie keine Schönheit. Sie war einfach eine … vollkommen normale Person. Sie sah nicht verarmt oder abgewrackt aus. Ihre Zähne waren nicht von zu viel Crystal-Meth-Gebrauch ausgefallen. Und sie war nicht unfassbar jung. Mindestens Ende vierzig, vielleicht sogar Anfang fünfzig. Sie konnte also kein Teenager gewesen sein, als sie mich abgegeben hatte. Mir wurde erst jetzt klar, wie viele Annahmen ich in meinem Kopf bereits getätigt hatte. Ich hatte geglaubt, dass sie mich erkennen würde. Dass ich sie ansehen und direkt den Grund dafür wissen würde, aus dem sie mich abgegeben hatte. Dass mir *Drogenproblem* oder *Teenage-Mom* entgegenschreien würde.

Oder zumindest: zu arm, um ein Baby zu ernähren.

Doch sie sah … gut aus. Sehr gesund. Nicht einmal erschöpft. Ihre Schuhe glänzten, und sie trug eine Menge Ringe an den Fingern, eine silberne Kette um den Hals. Ihre Haare waren blond gefärbt. Aber nicht auf eine billige Art und Weise.

Fuck, sie sah einfach … völlig normal aus!

Und ich wusste nicht, ob mich das beunruhigte oder glücklich machte. Ich wusste nur, dass es mir nicht egal war. Dass es mich verunsicherte. Hatte ich mir insgeheim gewünscht, auf dem ersten Blick zu erkennen, dass es ihr schlecht ging? Dass sie ein hartes Leben gehabt hatte? Dass sie keine andere *Wahl* gehabt hatte, als mich abzugeben?

»Was willst du tun, Logan?«, fragte Lexie sanft. »Du musst nicht …«

»Natürlich muss ich«, unterbrach ich sie unwirsch. Denn es stand außer Frage. Ich wartete seit Wochen darauf, endlich herauszufinden, woher ich kam, wer ich war, wer ich hätte sein können … Ich würde jetzt keinen Rückzieher mehr machen. All die Antworten, die ich brauchte, lagen direkt vor mir. All der Druck, der seit Wochen auf meinen Schläfen lastete, würde sich gleich in Luft auflösen. Alles, was ich je hatte wissen wollen, war nur ein paar Fragen entfernt.

Also riss ich mich zusammen. Zwang mich zur Ruhe und streckte den Rücken durch. Mein Dad mochte nicht mein echter Vater sein, doch er hatte mir trotzdem ein paar Dinge beigebracht. Emotionen tief zu vergraben, zum Beispiel. Mir Nervosität nicht anmerken zu lassen. Und als Eileen Hamlin das nächste Mal an unseren Tisch trat, war ich vorbereitet.

»Und, habt ihr euch entschieden?«, wollte sie wissen und sah zwischen Lexie und mir hin und her.

Lexie öffnete den Mund, doch ich schüttelte unauffällig den Kopf. Das hier war mein Kampf. Diesmal konnte sie niemanden für mich verprügeln.

»Entschuldigen Sie, sind … Sie Eileen Hamlin?«, presste ich hervor. Meine Stimme klang wie Kies unter festen Schuhen, die immer wieder zutraten.

Überrascht hob die Frau die Augenbrauen, bevor sie mich skeptisch musterte. »Ja, die bin ich. Wieso fragst du?«

»Ich …« Ich schluckte, atmete durch. »Sie … wissen nicht, wer ich bin, oder?«

Atmen war noch nie so anstrengend gewesen. Sprechen noch nie so schwer. Ich hatte das Gefühl, dass mein Körper den Notstand ausgerufen hatte. All seine Funktionen heruntergefahren hatte. Alles, was ich spürte, war Lexies Hand, mit der sie unter dem Tisch nach meiner griff, und das Blut, das durch meinen Kopf rauschte, als wäre es spät dran.

»Sollte ich?«, fragte sie und lächelte unsicher.

»Nein, vermutlich nicht.« Es passte, dass sie Logan Maxx ebenso wenig kannte wie ihren Sohn. Ich wurde wohl doch noch nicht überall erkannt. »Ich bin … Es tut mir leid, es ist vermutlich denkbar dumm von mir, hier einfach aufzutauchen, aber ich wollte Sie einfach kennenlernen. Ich bin … Logan Maxx. Und ich glaube, Sie sind meine Mutter.«

Das Pflaster einfach abreißen. Es würde nicht besser werden. Lexie hatte recht.

Einige Momente lang blinzelte Eileen nur … dann fiel ihr Lächeln in sich zusammen, und sie trat ruckartig einen Schritt nach hinten. »Du bist … was?« Das Blut war ihr aus dem Gesicht gewichen, und der Block in ihrer Hand wackelte bedenklich, während sie mich mit geöffnetem Mund anstarrte.

»Ich … ich weiß nicht, was ich sagen soll«, sagte sie schließlich gepresst und sah sich um. Niemand achtete auf uns, alle waren mit ihrem Essen beschäftigt oder damit, es zu den Tischen zu bringen. Trotzdem zog sie die Schultern höher, als wäre sie soeben bei etwas Verbotenem erwischt worden. »Du bist …«

Ich nickte. Denn mein Hals war so eng, dass Sprechen unmöglich schien.

Sie schluckte und nickte, während ihre Augen anfingen, zu glänzen. »Wie, sagtest du, heißt du?«

»Logan«, brachte ich hervor.

»Logan«, echote sie. Ihre Stimme war unfassbar dünn. »Sie haben den Namen behalten? Das ist … okay. Schön.« Sie nickte erneut, stopfte den Block in ihre Schürzentasche und friemelte nervös an dem Saum herum. »Aber ich verstehe nicht: Was tust du hier … Logan? Es war eine geschlossene Adoption. Nicht einmal deine Eltern sollten meinen Namen kennen.«

Ich runzelte die Stirn. Was?

»Ihr Name … stand in dem Bericht.« Ich stockte. Dachte an die Urkunde zurück. Ihr Name war nachträglich händisch hinzugefügt worden. Also …

»Das kann nicht sein.« Sie schluckte. »Ich hatte ausdrücklich verlangt, dass … Nun, ich wollte nicht, dass … Ich wollte es nicht kompliziert machen.«

»Es nicht kompliziert machen?«, wiederholte ich ruhig, und das Blut hörte endlich auf, in meinen Ohren zu rauschen. Stattdessen war es … gespenstisch still in meinem Inneren. »Was genau? Ihr Baby abzugeben?«

Eileen Hamlin schluckte erneut. »Es tut mir leid, Logan. Du siehst aus wie ein … netter junger Mann. Es freut mich, dich doch einmal gesehen zu haben. Du bist sehr hübsch. Wirklich. Aber du solltest nicht hier sein.«

Säure stieg mir in den Mund. Verätzte mich langsam von innen. »Ich war … neugierig.«

»Ja, das verstehe ich«, sagte sie mit zitternder Stimme und versuchte sich an einem Lächeln. »Aber … es ist etwas viel. Hier einfach aufzutauchen. Das ist der Grund, warum ich eine geschlossene Adoption wollte. Ich wollte mit der Sache … abschließen.« Sie strich sich die Haare aus der Stirn, bevor sie sich zum wiederholten Mal umsah und die Stimme senkte. »Ich sage nicht, dass es leicht war, dich abzugeben, aber … Ich wollte nie Mutter sein. Mich nie so einschränken lassen in meinem Leben. Ich brauchte Zeit für mich. Ich hatte Pläne. Habe sie immer noch. Aber meine Mom ist sehr religiös, und sie hat mich angefleht, dich nicht abzutreiben, also … also ja. Aber ich habe dafür gesorgt, dass du in gute Hände kommst. Deine Eltern sind gute Leute. Und sie waren so glücklich. So … entzückt von dir. Ich habe sie nur durch eine Fensterscheibe beobachtet, als sie dich bekommen haben, aber sie haben Freudentränen geweint, dich sofort aufgenommen, als würdest du ihnen gehören und … ja. Es war das Richtige. Der Deal war allerdings, dass ich dich niemals wiedersehen werde, also …« Unangenehm berührt trat sie von einem Bein auf das andere.

»Aber trotzdem bin ich hier«, erwiderte ich hölzern, während Kälte über meine Haut schwappte. Als säße ich mitten im Meer, während die Wellen an mir rissen. Lexies Hand um meine war das Einzige, das mich davor bewahrte, weggespült zu werden.

»Ich weiß«, sagte sie schwach. »Und es ist … schön, zu sehen, dass es dir gut geht. Tut mir leid, das ist vermutlich nicht, was du hören willst, aber: Ich bin nicht deine Mutter. War es nie.« Sie lächelte entschuldigend. »Ich habe die richtige Entscheidung getroffen damals … Aber ich wünsche dir trotzdem alles erdenklich Gute. Hoffe, dass du glücklich bist. Und, also … Ich kann euch trotzdem etwas servieren.« Sie lief rosa an. »Bestellt, was ihr wollt. Das … geht auf meine Kosten.«

»Nein«, murmelte ich tonlos, zog meine Hand unter Lexies hervor und stand ruckartig auf. »Das heute ging eindeutig auf meine.« Dann wandte ich mich um und verließ das Restaurant.

Denn die Luft war zu stickig. Zu heiß. Zu schwer. Sie drückte auf meine Lunge, auf meine Organe, auf meine Schultern. Verwischte alles in meiner direkten Umgebung. Drang in Form eines hellen Flirrens an meine Ohren.

Ich war so ein Idiot.

So ein verdammter Idiot. Was zur Hölle hatte ich eigentlich erwartet?

Aber meine Mom ist sehr religiös, und sie hat mich angefleht, dich nicht abzutreiben.

What the fuck?

Ich beschleunigte meine Schritte, überquerte den Parkplatz und öffnete den Sitz meines Motorrads. Zerrte Schutzkleidung und Helm daraus hervor.

Sie hatte mich abgegeben … weil sie mich nicht haben wollte. Weil ihre Mom sie angefleht hatte, mich nicht abzutreiben.

So einfach war es. Es gab keine tragische Geschichte. Keine guten Ausreden. Nichts, was mir ein Gefühl des Verständnisses gegeben hätte. Eileen Hamlin hatte einfach keine Mutter sein wollen. Hatte *mich* nicht gewollt.

Es gab kein Szenario B. Kein Leben, das ich hätte führen können, wenn sie sich anders entschieden hätte. Denn sie hatte mich abtreiben wollen, bevor sie mich doch zur Welt gebracht und abgegeben hatte. Szenario A war also, dass ich nicht existierte. Und Szenario A2 war mein jetziges Leben.

All die Antworten, die ich gebraucht hätte, die ich mir erhofft hatte, die ich mir ausgemalt hatte … Ich hatte sie nicht bekommen. Sie waren nichts weiter als eine Fantasie gewesen. Ich war nicht ins falsche Leben geboren worden. Um mich rankte sich kein großes Geheimnis. Ich war genau da, wo ich sein sollte. Besaß die einzigen Eltern, die mich hatten haben wollen.

Und vielleicht sollte mich das freuen. Ich konnte endlich aufhören, mir über Was-wäre-wenn-Szenarien Gedanken zu machen. Es gab keine Unsicherheit mehr. Aber wenn ich da war, wo ich sein sollte … Wenn Logan Maxx meine einzig mögliche Identität war … Wieso fühlte ich mich dann trotzdem so verdammt verloren? Wie war es möglich, dass ich nicht wusste, wer ich war, was ich wollte?

Gott, dieses Treffen war … einen Dreck wert gewesen! Es hatte mir nichts gebracht. Mir nicht das Gefühl gegeben, einen Schritt nach vorn gemacht zu haben. Wenn überhaupt, dann fühlte ich mich beschissener als zuvor. Mein Körper war zu eng für mich. Mein Blut zu heiß. Meine Gedanken zu laut. Ich hatte zu wenig bekommen … und trotzdem war es zu viel.

Warme Arme schlossen sich von hinten um mich, drückten mich fest an sich. So fest, dass mir die Luft wegblieb – was mich merkwürdigerweise besser atmen ließ.

Lexie küsste meinen Nacken, ließ mich nicht los, presste den Kopf halb auf meine Schulter, halb auf meinen Rücken und hielt mich einfach nur. In ihren Armen. Auf dem Boden. Davon ab, außer Kontrolle zu geraten. Durchzudrehen. Vermutlich auch davon, zu hyperventilieren.

Sie sagte nichts. Strich mir nur beruhigend über die Brust, presste sich eng an mich, als wollte sie mir so viel Wärme wie möglich von sich abgeben … Und ich war merkwürdig froh, dass sie nicht vor mir stand. Dass sie mich nicht ansah. Mein Gesicht nicht erkennen konnte. Nicht bemerkte, wie sehr meine Augen brannten. Wie sehr meine Unterlippe bebte. Wie wütend und verletzt und durcheinander ich war.

Vermutlich wusste sie das auch so. Denn wie sonst konnte sie mir den Raum geben, mich zu beruhigen, das, was ich gehört hatte, zu verarbeiten und mit mir auszumachen, obwohl ihre Vorderseite an meine Hinterseite gepflastert war? *Wie?*

Sie schlang die Arme fester um meine Rippen, die unter dem Druck knackten, und trotzdem half sie meiner Lunge bei der Arbeit. Meinen Gedanken dabei, sich zu beruhigen. In Worte zu fassen, was ich fühlte.

Denn es musste raus. Bevor ich platzte.

»Weißt du, ich dachte, vielleicht gehöre ich ja zu ihr«, wisperte ich. »Vielleicht hätte mein Leben so aussehen sollen wie ihres. Vielleicht wäre ich glücklicher, wenn ich … wenn ich nicht so aufgewachsen wäre, wie ich es bin. Wenn ich kein Maxx wäre. Wenn der Druck nicht so groß wäre. Wenn nicht alle über mich urteilen würden, sobald sie ein Foto von mir sehen. Ich … wollte einfach nur wissen, wer ich bin.«

»Ich weiß, wer du bist, Logan«, erwiderte Lexie. Ihre Worte klangen überraschend scharf, trotz belegter Stimme. »Ohne Zirkus. Und *du* weißt auch, wer du bist, Logan.«

Ich blinzelte verwirrt. »Was?«

»Du brauchst keine leibliche Mutter, um dich zu definieren, Logan. Keine weitere Person, von der du deinen Wert abhängig machst. Du bist die *einzige* Person, vor der du dich rechtfertigen musst. Und du bist nun einmal unzufrieden mit dir! Mit dem Kerl, zu dem du geworden bist. Mit dem Leben, das du dir ausgesucht hast.«

Ich öffnete den Mund, doch sie ließ mich gar nicht zu Wort kommen.

»Ich weiß, du willst es nicht hören«, sagte sie sanft. »Aber … du bist keine Schraube. Du hast nicht diese eine Bestimmung, die du erfüllen musst. Für die du geboren wurdest. Dein Leben ist kein Umstand, der dir aufgedrängt wurde. Nicht *nur* zumindest. Du hast es am Strand selbst gesagt. Klar, das Geld und der Name wurden dir in die Wiege gelegt. Aber du hast dich für dein Studium entschieden. Dich dazu entschieden, deinen Dad glücklich zu machen und nicht dich. Dich dazu entschieden, manchmal ein Arschloch zu sein, um es dir leichter zu machen. Und jetzt gefällt es dir nicht mehr, und du hast gehofft, dass es einen leichten Ausweg gibt. Allerdings sind solche Dinge nie *leicht*. Veränderung ist immer schwer. Und alles, was Eileen gesagt hat, alles, was deine Eltern sagen, was die Leute über dich sagen … Es spielt keine Rolle, Logan«, flüsterte sie und trat um mich herum. Nahm mein Gesicht in ihre Hände und strich mit dem Daumen die einzelnen Tränen von meinen Wangen. »Nicht für mich und für dich erst recht nicht. Wer will schon wissen, was gewesen wäre, wenn …? Denn du *bist* so aufgewachsen, wie du es bist. Dein Leben sieht so aus, wie es das nun einmal tut. Und das ist gut so. Denn hey, sonst hätten wir uns vielleicht nie kennengelernt. Aber du denkst, dass du keine Wahl hast. Dass dein Weg vorgezeichnet ist. Was Schwachsinn ist. Du hast nur panische Angst davor, alles hinzuwerfen. Weil du nicht weißt, was dann passiert – und du dein ganzes Leben lang wusstest, was passiert. Also, wenn dir nicht gefällt, wer du bist oder wie dein Leben aussieht, dann ändere es. Such nicht nach Leuten, die dir erzählen könnten, wie es hätte sein sollen. Entscheide *selbst*, wie es sein soll.«

Ich starrte sie an. Wusste nicht, was ich erwidern sollte. Ob ich wirklich verstehen wollte, was sie gerade gesagt hatte. Denn gerade fühlte sich auch das nach zu viel an.

Ich wollte … ein Marmorjunge sein. Nicht mehr nachdenken müssen. Nicht mehr enttäuscht werden.

Doch ich war Logan Maxx. Und meine Eltern hatten mich um meine Emotionen betrogen.

»Lass uns fahren«, sagte ich tonlos.

Denn auf dem Motorrad konnte sie mir kein Mitgefühl mehr schenken. Mich nicht ansehen, als wüsste sie, wie viel in meinem Inneren gerade splitterte. Auf dem Motorrad konnten wir nicht reden, ich nicht alles zerdenken.

»Logan …«

»Lass uns fahren, Lexie«, wiederholte ich und setzte den Helm auf.

»Logan, es ist nicht wichtig, dass du …«

»Natürlich ist es wichtig, Lexie«, widersprach ich ihr. »Alles ist immer wichtig. Aber jetzt gerade möchte ich es nicht hören, okay?« Meine Stimme war erstickt und wurde vom Helm gedämpft, doch ich wusste, dass Lexie mich verstanden hatte.

»Gut, ich verstehe«, murmelte sie. »Aber wenn wir bei dir …«

»Ich glaube, ich wäre lieber allein«, erwiderte ich ruhig und reichte ihr ebenfalls Helm und Jacke. »Komm, ich bring dich nach Hause.«

Sie schluckte deutlich hörbar. »Bist du sicher?«

»Ja.«

»Okay. Aber wenn du es dir anders überlegst …«

»Bitte, lass uns endlich fahren, Lexie«, sagte ich erschöpft.

Denn ich brauchte so viel Abstand wie möglich zwischen mir und Eileen Hamlin.

28

Lexie

Ich war gut darin, meine Emotionen zu verbergen. Was aber nicht bedeutete, dass ich sie nicht fühlte. Dass sie mich nicht genauso quälten wie jeden anderen. Dass ich ihnen nicht vollends ausgeliefert war.

Und Logan war wie ich.

Gut darin, neutral zu gucken. Selbst wenn eine Träne seine Wange hinabrollte. Brillant darin, Probleme erst einmal zu verdrängen. Sie mit sich selbst auszumachen. Abstand zu suchen, obwohl er sich nach Nähe sehnte.

Und Gott, ich hasste den Kerl dafür, dass er mir in dem Bereich so ähnlich war. Genauso sehr, wie ich ihn dafür liebte.

Denn der Mistkerl hatte es geschafft, sich auch noch an meiner letzten sorgsam errichteten Mauer vorbei, direkt in mein dummes Herz zu schleichen. Das es wirklich besser wissen sollte, als sich Hals über Kopf in einen reichen Schnösel zu verlieben – aber offenbar machtlos gewesen war.

Denn ich liebte Logan Maxx. Obwohl er eigentlich nicht zu mir passte. Obwohl er reich war. Obwohl er manchmal ein Blödmann war. Obwohl es wirklich unvorsichtig von mir war.

Aber ich konnte nicht den Rest meines Lebens immer vorsichtig sein, oder? Und bei ihm … Da wollte ich es nicht einmal.

Als Logan mich also auf dem Bürgersteig vor meinem trostlosen Haus absetzte und keine Sekunde später allein auf seinem Motorrad davonfuhr, hatte ich das Gefühl, sein Herz schwer in meiner Brust schlagen zu spüren. Und mit ihm jeden einzelnen Splitter, der es durchdrang. Ich wollte für ihn da, er lieber allein sein, und ich verstand es. Das tat ich wirklich. Doch gleichzeitig frustrierte es mich. Denn ich hatte selbst so viele Emotionen, die ich loswerden musste, denn ... Gott, ich war so wütend!

Nicht auf Logan. Sondern auf seine leibliche Mutter, die ihm gerade gesagt hatte, dass sie ihn eigentlich hatte abtreiben wollen. Dass sie ihn auch jetzt nicht kennenlernen wollte. Aber vor allem auf die Menschen, die ihn so verdammt verunsichert hatten. So traurig gemacht hatten. Obwohl es ihre Aufgabe wäre, ihn zu schützen. Ihm das Gefühl zu geben, bedingungslos geliebt zu werden und seine eigenen Entscheidungen treffen zu dürfen.

Zugegeben, ich war aus Prinzip auf alle Eltern nicht gut zu sprechen, die ihre Kinder nicht so behandelten, wie sie es tun sollten. Das spielte möglicherweise auch in den heißen Zorn mit hinein, der in meiner Brust wütete. Aber ... wie konnten seine Eltern ihm das Gefühl geben, unzulänglich zu sein? Nicht genug zu sein.

Und natürlich war es verwirrend, und natürlich machte es was mit ihm, wenn er sein Leben lang von der Welt erzählt bekam, wie cool und toll er doch war, während seine Eltern ihm zu Hause den exakt gegensächlichen Eindruck gaben!

Natürlich hatte Logan da das Gefühl, nicht zu wissen, wer er war. Natürlich war es da schwer, den Überblick zu bewahren, wenn jede gottverdammte Seele ein anderes Bild von ihm malte.

Und möglicherweise brannte eine sehr wichtige Synapse in meinem Kopf durch. Anders konnte ich mir nicht erklären, warum ich nicht durch meine Tür, sondern zur nächstgelegenen Bushaltestelle stapfte.

Warum ich mich auf einen Plastiksitz und nicht in mein Bett fallen ließ. Warum ich in Downtown Los Angeles landete und nicht im *Blue Mate*. Warum ich griesgrämig auf das gigantische phallische Gebäude zueilte, hinter dem die Sonne unterging, die meine Stimmung gleich mit in den Abgrund riss.

Denn Carly hatte meine Wut nicht verdient. Logan hatte sie nicht verdient. Ebenso wenig wie mein Bruder. Und sie würden sie abbekommen, wenn ich nicht sagte, was ich sagen musste.

Also war es besser, dass ich hier war, oder? Und genau die richtige Person meine Spucketröpfchen und hoffentlich auch noch eine Erkältung von mir abbekommen würde. Auch wenn ich sicher war, dass sich meine Stirn nur aus lauter Wut fiebrig anfühlte.

Ich trat durch die Drehtür, lief schnurstracks auf den Rezeptionisten zu, der hinter einem großen Pult saß, und stemmte die Hände darauf. »Hey«, presste ich zwischen den Zähnen hervor. »Ich will zu Clifford Maxx.«

Verwundert sah der Anzugträger, dessen Mittelscheitel ihm das Aussehen eines sehr gut gekämmten Hinterteils gab, zu mir auf. »Entschuldigung?«, sagte er mit nasaler Stimme. »Haben Sie einen Termin mit Mr Maxx.«

»Nein«, erwiderte ich hitzig.

»Verstehe.« Er bekam sofort einen herablassenden Ausdruck auf dem Gesicht. »Worum geht es denn?«

»Das würde ich gern mit Mr Maxx allein besprechen.«

Mitleidig sah er mich an. Als hätte ich mir gerade von ihm ein Ballkleid, eine Kürbiskutsche und ein paar gläserne Pantoffeln gewünscht. »Er empfängt gerade niemanden.«

»Das ist mir scheißegal«, zischte ich. »Ich will mit ihm sprechen.«

Der Rezeptionist warf mir einen spöttischen Blick zu. »Junge

Dame … Wissen sie nicht, wer Clifford Maxx ist? Er lässt nicht einfach jeden in sein Büro.«

»*Junger Herr*«, sagte ich mit übertriebener Geduld in meiner Stimme. »Erwähnte ich nicht höflich, dass mir das scheißegal ist? Ich bin keine Dame, und ich bin nicht *jeder*. Ich will mit ihm sprechen und …«

»Was ist hier los?«

Bei dem Klang der gelassenen Stimme hinter mir, fuhr ich herum.

Clifford Maxx. In all seiner Größe und seinem Tausend-Dollar-Anzug und dem milden, leicht interessierten Lächeln stand er hinter mir. Und ich wusste, dass er nicht Logans richtiger Vater war, aber … seine Haltung. Wie er die Augenbrauen hob.

Logan war eben doch sein Sohn.

Denn manchmal war es egal, wessen Blut man in sich trug.

»Hey«, meinte ich etwas lahm und sah zu ihm auf. Schluckte, weil es etwas völlig anderes war, einen Multimilliardär in meinem Kopf anzuschreien, als es in die Tat umzusetzen.

»Hallo«, erwiderte er gelassen und nickte dem Rezeptionisten kaum merklich zu, der die Hand bereits am Telefon hatte. Vermutlich, um die Security zu rufen. »Lexie, richtig?«

Ich biss die Zähne aufeinander und nickte. Es überraschte mich, dass er sich an meinen Namen erinnerte.

»Nun, Lexie. Kann ich dir irgendwie helfen? Offenbar hast du mich gesucht.«

Ich warf einen Blick zu dem noch immer skeptisch dreinschauenden Rezeptionisten und nickte erneut. »Ich … würde gern mit Ihnen sprechen. Allein.«

Der Rezeptionist lächelte amüsiert, doch Mr Maxx sah nicht aus, als würde er das lustig finden. Er verengte kaum merklich die Augen. »In Ordnung. Gehen wir doch kurz raus. Außer du willst mein Büro gern noch einmal von innen sehen?«

Ich schluckte. »Nein danke. Ich bin kein Fan von Mahagoni.«

Mr Maxx gab einen Ton von sich, den jemand, der sehr lang allein unter der Erde gelebt hatte, mit einem Lachen hätte verwechseln können, bevor er den Arm ausstreckte und mir den Vortritt ließ.

Ich ging zurück durch die Drehtür, stopfte meine Fäuste in die Taschen, überlegte, womit ich anfangen sollte … als Mr Maxx meine Gedanken unterbrach.

»Geht es … Logan gut?«, fragte er leise. Seine Stimme war ernst. Als hätte er Angst, dass ich hier war, um schlechte Nachrichten zu bringen.

»Was?« Irritiert blinzelte ich ihn an. »Ja, er ist gesund, wenn Sie das meinen. Aber ansonsten: Nein. Natürlich nicht. Sie haben ihn vierundzwanzig Jahre lang angelogen … und seine leibliche Mutter ist nicht gerade begeistert gewesen, ihn zu sehen!«

Überraschung breitete sich wie ein Buschfeuer auf Mr Maxx' Gesicht aus. »Er hat seine Mutter gesehen? Und er hat es dir erzählt? Dass er …« Er brach ab.

Ich nickte unwirsch. »Ja! Aber keine Sorge, ich behalte Ihr dreckiges Geheimnis für mich!«

»Es ist kein dreckiges Geheimnis«, widersprach er nüchtern. »Und wir hatten unsere Gründe. Es Logan zu verschweigen.«

»Oh, da bin ich mir sicher.« Ich schnaubte. »Hat die nicht jeder? Seine Gründe?«

»Ja«, erwiderte er ruhig. »Also, was sind deine? Warum bist du hier?«

Tief holte ich Luft, bevor ich mich dazu zwang, Mr Maxx in die Augen zu sehen. Ich sollte es ihm erklären. Von vorn anfangen. Aber stattdessen sprudelten die Worte ungefiltert über meine Lippen. »Sie *kennen* ihn nicht! Und Sie verpassen etwas.« Denn das war es, was mich am meisten aufregte. Was das Feuer in meiner Brust anfachte.

Er hob eine einzelne Augenbraue. »Entschuldigung?«

»Ihren Sohn. Logan. Sie kennen ihn nicht«, wiederholte ich mit zitternder Stimme.

Einige endlose Sekunden lang antwortete der Milliardär nicht. Dann fragte er gedehnt: »Aber du schon?«

»Ich ...« Blinzelnd sah ich zu ihm hoch. »Nun, ja! Und selbst wenn nicht – zumindest gebe ich mir verdammt noch mal *Mühe*, ihn kennenzulernen. Sie nicht!«

Mr Maxx sah so vollkommen unbeeindruckt aus, dass sich meine Wut zu verdreifachen schien. Gott, ich verstand, warum er Logan so aufregte!

»Sie und Ihre Frau geben ihm gar keine Chance!«, fuhr ich unbeirrt fort. »Zu sein, wie er ist. Sich zu bessern. Weil Sie das Schlimmste erwarten. Ihm immer wieder erzählen, dass er sich mehr anstrengen sollte, obwohl er bereits hart arbeitet! Und ja, er mag ein furchtbarer Jugendlicher gewesen sein, das weiß er auch, aber er ist nicht mehr dieser Kerl. Er ist erwachsen und wundervoll, und er hat Träume und Pläne, doch zu große Angst davor, sie umzusetzen. Oder Ihnen auch nur davon zu erzählen! Er hasst diese Welt.« Ich gestikulierte unwirsch zum Maxx Tower. »Er hasst den Druck und die Erwartungen und das Gefühl, jemand sein zu müssen, der er nicht ist, und ... und Sie sind seine verdammten Eltern! Sie sollten ihn darin unterstützen, seinen eigenen Weg zu gehen. Keinen Weg aufdrängen, weil Sie glauben, dass er ansonsten ziellos durch die Gegend streift.« Ich schnappte nach Luft, denn sie war mir während der Tirade ausgegangen. »Also ja: Sie kennen Ihren Sohn nicht! Sie sehen nur, was Sie sehen wollen. Und das ist *tragisch*! Denn Logan ist ... Er ist ... sehr viel mehr wert als eine kühl gehobene Augenbraue und eine Liste an Erwartungen.«

Regungslos sah Mr Maxx auf mich herab, bevor er leise fragte: »War das dann alles?«

Ich presste die Lippen zusammen. »Vermutlich nicht. Also geben Sie mir noch ein paar Minuten.«

Er seufzte. »Lexie, ich weiß zu schätzen, dass du Logan verteidigen willst. Aber egal, was du glauben magst: Ich kenne meinen Sohn. Er mag wundervoll sein, aber er ist ebenso ein arroganter Mann, der gern sein Willen bekommt, und wenn er nicht …«

»Aber das stimmt nicht!«, rief ich verzweifelt. »Er *tut* arrogant, weil es ihm so leichter fällt zu ignorieren, dass Menschen hinter seinem Rücken über ihn tuscheln. Denn Scheiße, es ist verdammt schwer, den Namen Maxx zu tragen! Einen Vater zu haben, der bereits alles erreicht hat, sodass jedes von Logans Zielen mickrig klein im Vergleich zu dem hier wirkt.« Wieder gestikulierte ich zu dem riesigen Gebäude-Penis. »Wie kann Ihnen das nicht bewusst sein? Der Druck, der auf ihm lastet, weil alle riesengroße Erwartungen an ihn haben – und sich darüber freuen, wenn er versagt! Logan vertraut nur wenigen Menschen … und es ist beschissen, dass selbst Sie ihn enttäuscht haben, indem Sie ihn jahrelang belogen haben! Denn ich fasse nicht, dass ich Ihnen das sagen muss, aber Sie hätten es ihm verdammt noch mal erzählen müssen. Dass er adoptiert ist. Mir ist egal, was Ihre Gründe sind. Egal, ob Sie glauben, ihn beschützt zu haben oder irgendetwas anderes Dämliches … Aber wie hätten Sie reagiert, wenn Ihre Eltern Ihnen Ihre halbe Identität verschwiegen hätten?«

»Es ist nicht seine Identität«, sagte Mr Maxx abgehackt, und zum ersten Mal zeigte sich eine Regung in seinem Gesicht. »Es ist irrelevant, ob er adoptiert wurde oder nicht.«

»Lassen Sie ihn das entscheiden, Mr Maxx«, meinte ich erschöpft. »Lassen Sie ihn … *alles* entscheiden. Und hören Sie auf damit, mit Enttäuschung zu rechnen. Denn Sie mögen denken, dass Ihrem Sohn alles egal ist – aber das stimmt nicht. Ihn interessiert es, was Sie denken. Was Sie von ihm halten. Und wenn Sie erwarten, dass er Sie enttäuscht, spornt ihn das nur darin an, Ihnen recht zu geben.« Ich atmete tief durch und ließ die Schultern sinken. »Das war alles. Schönen Abend noch.«

Und dann wandte ich mich um und ging.

Bevor ich etwas sagte oder tat, was ich bereute …

29

Logan

Ich hatte einen Berg an Arbeit zu erledigen. Die Midterms waren in wenigen Wochen, und ich hatte das gesamte Semester so gut wie gar nichts getan. War zu beschäftigt mit meiner Misere und Lexie gewesen.

Und trotzdem lag ich jetzt, anstatt zu lernen, mit Aiden unter der großen Palme im Golden Park und starrte in den blauen Himmel. Ich war seltsam müde, obwohl ich lang genug geschlafen hatte. Doch das Bett neben mir war frustrierend leer gewesen, und mir war klar, dass es meine eigene Schuld war. Dass ich Lexie gesagt hatte, ich wolle allein sein, aber … Ach, Shit, manchmal wusste ich selbst nicht, was ich wollte.

Eins hatte ich allerdings gewusst: Ich wollte nicht getröstet werden. Denn Trost gab mir immer das Gefühl, dass ich bemitleidenswert war. Abgesehen davon war Lexie viel zu ehrlich. Sie war für einen da, sagte einem jedoch trotzdem noch die Wahrheit. Log nicht, nur damit man sich besser fühlte.

Du hast dich für dein Studium entschieden. Dich dazu entschieden, deinen Dad glücklich zu machen und nicht dich. Dich dazu entschieden, manchmal ein Arschloch zu sein, um es dir leichter zu machen.

Ich stöhnte leise und rieb mir übers Gesicht. Am schlimmsten war es, wenn sie auch noch recht hatte. Ich würde gern meinen Eltern die Schuld dafür geben, dass es mir schlecht ging. Der Welt die Schuld dafür geben, dass ich unter Druck stand. Aber sie trugen nicht die Verantwortung für mein Leben.

Die trug ich.

So eine Scheiße.

»Alles okay bei dir?«, wollte Aiden stirnrunzelnd wissen und richtete sich in eine sitzende Position auf. »Du klingst, als könntest du dich nicht entscheiden, ob du Hund oder Pornostar werden willst. Unterm Strich sind die Töne, die du von dir gibst, besorgniserregend.«

Ich schnaubte. »Lass mich einfach in Ruhe, Aiden.«

»Ah, der Prinz hatte mal wieder eine Erbse unter seiner Matratze liegen«, erwiderte er seufzend. »Was ist es diesmal? Hat eine böse Hexe dir damit gedroht, dich in einen Frosch zu verwandeln? Hat deine Angebetete sich an einem Apfel verschluckt und ist in einen gläsernen Sarg gefallen?«

Ich schloss die Augen und zeigte ihm den Mittelfinger.

Aiden lachte. »Der Prinz hat keine Manieren.«

»Nur gegenüber seinem Stallburschen.«

»Und ich dachte schon, ich wäre dein Hofnarr«, meinte er trocken. »Aber wenn es weder eine böse Hexe noch ein vergifteter Apfel ist … Hast du dich mit Lexie gestritten?«

Lexie hatte ihm vor ein paar Tagen schließlich doch ihren Vornamen verraten. Sie war auf einem Zuckerhoch von Aidens Spekulatius gewesen und konnte nicht für ihre Taten verantwortlich gemacht werden, wie sie mir versichert hatte. Ich war einfach nur erleichtert gewesen, denn es war anstrengend, sie ständig als *die fremde Frau* zu bezeichnen. Aber vor allem hatte es das alles mit uns ein wenig … realer gemacht. Und ich mochte real.

Ich seufzte. »Nein. Wir haben nicht gestritten.«

»Sicher?«

»Ja.«

»Gut, denn ich find sie ziemlich cool. Und die Frau kann Kekse vernichten, meine Fresse … Das ist eine gute Eigenschaft.«

Meine Mundwinkel zuckten. »Finde ich auch.«

»Gut. Warum siehst du dann aus, als hätte sich eine Gewitterwolke auf deinem Gesicht niedergelassen? Bist du … verwirrt, was sie angeht?«

»Nicht im Geringsten«, sagte ich nüchtern und öffnete die Augen. »Sie ist das einzig Klare in meinem Leben.«

»Oh, wow.« Beeindruckt hob Aiden die Augenbrauen. »Also hatte ich recht? Du bist ein verliebter Vollidiot?«

Ich zog eine Grimasse, doch es hatte keinen Zweck, es zu leugnen. »So ziemlich, ja.«

»Shit.«

»Jup.«

»Weiß sie das?«

Seufzend richtete ich mich auf und fuhr mir durch die Haare. »Ich … will ihr keine Angst einjagen.«

Aiden prustete. »Sie ist kein Wildpferd, Logan! Sie wird nicht weglaufen, wenn du ihr zu nah kommst.«

Ich runzelte die Stirn. Doch. Die Analogie passte verdammt gut. »Ist egal. Zwischen uns ist alles … gut.« Es war mehr als gut. Es war … das Beste.

»Okay, also bist du wegen deiner Eltern mies drauf«, sagte Aiden. Es war keine Frage, sondern eine Feststellung.

Ich seufzte erneut und warf ihm einen nachdenklichen Seitenblick zu. Vielleicht sollte ich es ihm einfach erzählen. Man war weniger allein, wenn man ehrlich war. Und er würde es für sich behalten.

Also atmete ich ein letztes Mal durch, bevor ich ihm in leisen Worten erzählte, was ich herausgefunden hatte. Was passiert war. Aiden sagte währenddessen nichts. Er starrte mich nur an, nickte ab und zu und ließ mich ansonsten reden.

Als ich zu Ende gesprochen hatte und er kein einziges Mal schockiert die Luft eingesogen oder zumindest laut *Shit* gesagt hatte, verengte ich misstrauisch die Augen.»Du wusstest es, oder?«

Entschuldigend hob er eine Schulter.»Na ja, als dein Dad hier war ... Da bist du sehr laut geworden.«

Richtig. Ich lachte trocken auf.»Warum zur Hölle hast du nichts gesagt?«

Aiden zuckte mit den Schultern.»Ich dachte, wenn du darüber hättest reden wollen, wärst du schon selbst zu mir gekommen. Ich weiß nicht, ob dir das klar ist, Logan, aber wenn man dich zu etwas drängt, endet man meistens nur mit einem Mittelfinger in seinem Gesicht.«

Ich schnaubte.»Damit endest du auch sonst schon oft genug. Du musst es doch gewöhnt sein.«

»Bin ich, aber nice finde ich es trotzdem nicht. Und ... es tut mir leid.« Er senkte die Stimme, sodass uns auch sicher niemand hören konnte. »Dass deine Eltern dich belogen haben. Dass deine leibliche Mutter nicht so war, wie du es dir gewünscht hättest, aber ... falls es dir hilft: Mir zumindest ist es egal. Wer deine echten Eltern sind. Wer Lexie ist.« Er wandte das Gesicht ab.»Ich will nur, dass du endlich glücklich wirst. Aufhörst, dich so zu quälen. Es ist nämlich furchtbar mitanzusehen. Aber die letzten Wochen, seit du Lexie hast, waren ... besser. Du hast irgendwie entspannt gewirkt.«

Das war ich auch gewesen. Denn bei Lexie musste ich nichts spielen. Es war mit niemandem so leicht, ich zu sein.

»Danke«, murmelte ich und umschloss die Knie mit den Armen, bevor ich einen Mundwinkel hob.»Lexie würde jetzt sagen, dass du einer der Gründe bist, wegen dem es okay ist, dass das Leben schwer ist.«

Aiden runzelte die Stirn. »Hä? Ich will das Leben nicht schwer machen. Ich bin der verdammte Kran, der mit meinem beeindruckenden Bizeps alles Schwere aus dem Weg räumt.«

Ich grinste. »Du bist der Hofnarr, der alle mit Brot bewirft. Deine Worte.«

»Das war nicht, was ich gesagt habe«, widersprach Aiden düster.

»Sicher? Denn ich hab es so gehört.«

Er schnaubte. »Dann sag wenigstens, dass es gutes Brot ist. Abgesehen davon bin ich sehr treffsicher. Nur für dich zur Info, denn das scheinst du immer wieder zu vergessen.«

Ich lachte leise … als ein Schatten über uns fiel. Verwundert sah ich auf – und erstarrte.

Meine Eltern standen vor uns. Mom und Dad, zusammen. Meine … richtigen Eltern, egal, ob adoptiv oder nicht.

Mein Herz sprang mir in den Hals. »Shit, was macht ihr denn hier?«, rutschte es mir heraus.

»Immer nett, so enthusiastisch von seinem einzigen Sohn begrüßt zu werden«, sagte meine Mutter trocken, doch ihr Blick war besorgt. Glitt über meinen Körper, als fürchtete sie, mir könnte ein Arm oder Bein fehlen, bevor sie Aiden zur Begrüßung knapp zulächelte. Mein Vater hingegen stand nur daneben, die Hände hinter dem Rücken verschränkt, das Gesicht wie gewohnt ausdruckslos.

»Ihr habt mich überrascht«, erwiderte ich steif und sprang auf die Füße. Sah von einem zum anderen und zurück. Sie waren noch nie zusammen hier gewesen. Hassten es, so viel Aufmerksamkeit auf sich zu ziehen, die sie definitiv bekamen. Wir wurden mehr angeglotzt als die hässlichen Marmorstatuen, die hier überall herumstanden.

»Na ja, Logan, du ignorierst seit Wochen meine Anrufe und Nachrichten«, sagte Mom leise und trat auf mich zu.

»Ich weiß. Ich war es, der dich weggedrückt hat, und …« Unangenehm berührt blickte ich mich um, jetzt blieben die ersten Leute auch noch stehen. Dabei war es wirklich nichts Besonderes, wenn die Eltern einen auf dem Campus besuchten. Außer natürlich, man hieß Maxx.

»Was *tut* ihr hier?«, wiederholte ich und stopfte die Hände in meine Hosentaschen.

»Nun, es schien der einzig mögliche Weg zu sein, mit dir zu sprechen«, sagte meine Mutter stur. »Dir hier aufzulauern.«

»Ich will aber nicht …«

»Man bekommt nicht immer, was man will, Logan. Das hatten wir doch schon«, unterbrach mich mein Dad. »Also, wo können wir in Ruhe mit dir reden?«

Ich presste die Lippen zusammen und starrte sie an. Ich hatte das ungute Gefühl, dass sie nicht verschwinden würden, bis sie mit mir *gesprochen* hatten. Mir blieb wohl keine Wahl. Die Freemont Hall war allerdings zu weit weg, also warf ich Aiden einen letzten genervten Blick zu, bevor ich meinen Eltern voran auf das Hauptgebäude zuhielt und in einen der ersten leeren Seminarräume trat, den ich finden konnte.

Ich wollte nicht mit ihnen reden. Ich hatte keine Lust, zu streiten. Nicht die Energie dazu. Das alles hier war zu … schwer. Zu kompliziert. Zu verdammt beschissen. Und sie waren in der Überzahl, was mir wirklich nicht fair erschien!

Aber sie waren nun mal hier, und meine Mutter sah mich mit diesem Ausdruck aus Sorge und Zuneigung an, während mein Vater den Boden betrachtete, was verdammt selten vorkam, denn eigentlich reckte niemand die Nase höher als Clifford Maxx.

Und ja, ich war so wütend auf sie, dass sich meine Hände wie von allein zu Fäusten ballten. Dass meine Lippen nur eine dünne Linie waren. Trotzdem …

Du hast nur panische Angst davor, alles hinzuwerfen. Also, wenn dir nicht gefällt, wer du bist, wie dein Leben aussieht, dann ändere es.

Lexies Worte wirbelten in meinem Kopf umher. Ließen mich seit vierundzwanzig Stunden nicht mehr los.

Weil sie recht hatte.

Ich war ein absoluter Schisser. Hatte so große Angst gehabt, etwas zu zerstören, was seit Jahren angeknackst war. Zu versagen, wenn ich etwas allein probierte. Mich von anderen definieren lassen. Niemand konnte Dinge für mich ändern. Das musste ich schon allein machen.

Was hatte Lexie noch gesagt? Das Leben durfte schwer sein. Und fuck, diese Unterhaltung würde schwer werden. Aber ich musste sie wohl oder übel führen. Sonst würde sich nie etwas ändern. Und ich war es so unendlich leid, stillzustehen.

»In Ordnung«, sagte ich schließlich kühl und drehte mich zu ihnen herum. »Ihr wolltet reden? Dann redet.«

Zögerlich sahen meine Eltern sich an. Offenbar hatten sie sich keine Strategie zurechtgelegt, denn das Erste, was Mom fragte, war: »Wie hast du ihren Namen herausgefunden?«

Ich schnaubte. War das ihr Ernst? Das war das Wichtigste? Oder wollte sie erst ein wenig Small Talk halten, bevor sie zu dem wirklich unangenehmen Teil kamen?

»Er stand auf der Adoptionsurkunde in Dads Büro«, presste ich hervor.

Mom öffnete den Mund. Doch ihr ungläubiger Blick galt nicht mir, sondern Dad. »Du hast ihren Namen herausgefunden? Es war eine geschlossene Adoption, Clifford!«

»Nun, ich dachte, dass Logan irgendwann neugierig sein würde«,

murmelte mein Vater und wandte den Blick ab. »Allerdings war das ...
bevor wir entschieden haben, es ihm nicht zu erzählen.«

»Und warum habt ihr das?«, fragte ich heiser. »Kommen wir doch
dazu! *Warum* habt ihr es mir nicht erzählt?« Ich funkelte meinen
Vater an.

Er schwieg jedoch, und es war meine Mutter, die wieder antwortete.
»Ich habe darauf bestanden, Logan«, sagte sie ruhig.

Überrascht sah ich zu ihr. »Was? Wovon redest du?«

»Dein Vater ... Cliff wollte es dir sagen, sobald du alt genug warst,
es zu verstehen«, fügte sie zögerlich hinzu. »Aber ich ... Ich wollte es
dir einfach nicht antun.« Sie lächelte müde. »Für uns hat es ohnehin
keinen Unterschied gemacht, ob du adoptiert warst oder nicht. Du
bist unser Sohn, Ende. Deine leibliche Mutter hat deutlich gemacht,
dass sie nichts mit dir zu tun haben will, also ... also dachte ich:
Warum ihn unnötig mit diesem Wissen belasten? Also habe ich Cliff
darum gebeten, es zu verschweigen, und er hat es getan, auch wenn
er anderer Meinung war. Wenn du also jemandem die Schuld geben
willst, dann gib sie mir.«

»Aber ...« Meine Augen fingen an zu brennen.

»Der Medienrummel wäre brutal gewesen, wenn die Presse es herausgefunden hätte«, murmelte mein Vater abwesend. »Und da – wie
mir gestern bestätigt wurde – dein Leben als unser Sohn ohnehin
schon schwer genug ist, habe ich nachgegeben. Aber deine Mutter hat
recht: Für uns macht es keinen Unterschied.«

»Es macht immer einen Unterschied, ob man ehrlich ist oder nicht«,
erwiderte ich mit zitternder Stimme.

»Ich weiß, mein Schatz«, gestand Mom und nahm meine Hände
zwischen ihre. »Es war dumm von mir, zu denken, dass du es nicht
wissen wollen würdest. Und es tut mir leid, dass du allein zu deiner
leiblichen Mutter gehen musstest. Ich wäre gern mitgekommen. Aber

du musst mir glauben, wenn ich sage, dass ich es für das Richtige hielt. Und über die Jahre ist es ein zu großes Geheimnis geworden, als dass wir es dir noch hätten sagen können. Verstehst du, was ich meine?«

Ich schluckte und sah auf unsere Hände. Denn ich wusste genau, was sie meinte. Kannte das Gefühl, wenn ein Geheimnis zu groß wurde, als dass man es noch hätte erzählen können, ohne alles kaputt zu machen. »Das rechtfertigt nicht, was ihr getan habt.«

»Natürlich nicht«, mischte sich Dad ungeduldig ein. »Aber offenbar waren wir nicht die Einzigen, die nicht ganz ehrlich waren. Denn wie kommt es, dass ich von deiner Freundin und nicht etwa von dir erfahren muss, dass du Maxx Industries *hasst*?«

Irritiert ließ ich meine Mutter los und sah zu meinem Vater. Wovon redete er? »Was für eine Freundin?«, fragte ich verwirrt, ehe ich hinzufügte: »Und ich … ich hasse Maxx Industries nicht …« Ich straffte die Schultern. »Ich hasse nur den Gedanken, dort zu arbeiten.«

»Was?« Verblüfft sah Mom mich an. »Nein.«

»Doch«, stieß ich hervor, erleichtert, dass die Worte endlich ausgesprochen waren. »So ziemlich.«

Dad bekam einen grimmigen Zug um den Mund, und ich rechnete damit, dass er mir gleich zu verstehen geben würde, dass das Schwachsinn war. Dass ich über meine Faulheit hinwegkommen sollte – doch er schwieg.

»Aber du bist so gut in der Arbeit …«, sagte meine Mutter. »Ich dachte, allein deswegen müsse es dir Spaß machen.«

Ich schluckte und reckte das Kinn. »Ich bin gut darin, weil ihr mir das Gefühl gegeben habt, *niemals* gut darin sein zu können. Also habe ich mir den Arsch aufgerissen, um euch das verdammte Gegenteil zu beweisen.«

Ich hätte schwören können, dass die Mundwinkel meines Vaters zuckten. Doch solche Gesichtsentgleisung gestattete er sich normalerweise nur einmal im Jahr zu Weihnachten, also ...

»Wisst ihr, ihr sagt mir immer, dass ich faul sei – aber, bei Gott, es ist *unmöglich*, den Nachnamen Maxx zu tragen und sich nicht den Arsch aufzureißen.« Mein Kiefer verhärtete sich. »Denn die Erwartungen, die alle an einen stellen, sind lächerlich! Und im Gegensatz zu dem, was alle denken: Die Professoren werfen einem hier nicht aufgrund seines Nachnamens die guten Noten hinterher!«

»Wir wollten dich nicht verhätscheln, Logan«, sagte mein Vater leise, aber ernst. »Du hast ein sehr privilegiertes Leben geschenkt bekommen, und die ersten Jahre haben wir dich zu sehr verwöhnt. Das hat dich beizeiten arrogant werden lassen und ...« Er räusperte sich. »Mir war es wichtig, dass du lernst, dass es sich lohnt, sich anzustrengen. Dass auch ein Maxx nichts geschenkt bekommt. BWL hat von den Fächern her gepasst, in denen du gut warst, und ...« Er setzte ein gequältes Lächeln auf, das ich so noch nie auf seinem Gesicht gesehen hatte. »Möglicherweise hatte ich gehofft, dass es mehr gäbe, über das wir reden können, wenn du BWL studierst.«

Mit offenem Mund starrte ich ihn an. Er hatte ... Was? Mit mir reden und ... *Was?*

Meine Mutter seufzte. »Ich wusste nicht, dass du so unglücklich bist, Logan. Und dein Vater hat recht: Wir wollten dich nicht ... verhätscheln.«

Ich schnaubte. »Nun, das habt ihr geschafft. Ich fühle mich offiziell *nicht* verhätschelt! Stattdessen fühle ich mich so, als würde die Last des ganzen verdammten Maxx Towers auf meinen Schultern lasten. Und ja, ich war in der Highschool ein arroganter Sack. Aber das behaupten die meisten Leute auch von dir, Dad! Und ich habe mich verändert, ich ...«

»Du bist nicht mehr der Junge von damals«, beendete mein Vater leise den Satz. »Ja, auch das wurde mir deutlich gemacht.«

»Nun … ja«, erwiderte ich verblüfft, und wie wurde ihm das deutlich gemacht?

»Logan«, sagte er. »Mir geht es ähnlich wie deiner Mutter. Mir war nicht bewusst, wie unzufrieden du mit dem Studium bist. Ich dachte, du nörgelst aus Prinzip. Du hast zumindest nie erwähnt, dass du etwas anderes machen willst.«

Ich lachte trocken. »Ich hatte nicht wirklich das Gefühl, dass es eine Option war.«

Mein Vater atmete schwer durch. »Verstehe«, meinte er dann nachdenklich und wechselte einen Blick mit meiner Mutter, die wissend die Augenbrauen hob.

»Ich hab dir gesagt, dass du ihm damals hättest sagen müssen, dass du mit jedem Studium einverstanden gewesen wärst, Cliff«, sagte sie.

»Er hätte Angewandte Freizeitwissenschaften studiert oder wäre an eine Zaubererschule gegangen, nur um uns aufzuregen, Claudia«, erwiderte er überraschend trocken.

Meine Mundwinkel zuckten. Trotz allem. Denn Scheiße, er hatte recht. Das hätte ich.

Meine Mutter hatte das Zucken meiner Gesichtsmuskeln offenbar mitbekommen, denn sie sah mich tadelnd an. »Logan!«

»Ich hab doch schon zugegeben, dass ich damals ein arroganter Sack war«, verteidigte ich mich sofort.

»Schön.« Mein Vater nickte. »Logan, wir werden uns mehr Mühe geben, dich neu kennenzulernen. Aber du musst den Gefallen erwidern«, sagte er ruhig. »Wie willst du wissen, ob wir uns nicht auch verändert haben, wenn du uns nicht die Chance gibst, dich zu überraschen? Also: Sag uns, was du willst.«

Ich blinzelte ihn an. »Ist das dein Ernst?«

»Ja.«

»Okay, ich möchte nicht bei Maxx Industries anfangen«, sagte ich hastig, bevor der Moment vorbei war.

Kurz entstand ein harter Zug um seinen Mund, doch er sagte nichts, wartete stattdessen ab.

»Es ... Sorry«, fügte ich hinzu, denn ich hatte das Bedürfnis, mich zu entschuldigen. »Ich respektiere, was du aufgebaut hast, Dad. Aber ... es gehört dir. Und ehrlich gesagt bin ich nicht im Geringsten an Medien interessiert. Die neigen nämlich eher dazu, mein Leben zur Hölle zu machen, als mich glücklich. Ich will lieber fernab von dem ganzen Zirkus arbeiten. Ich hasse die Aufmerksamkeit, die ich im Maxx Tower bekomme. Ich habe das Gefühl, dass über jeden Schritt, den ich mache, geurteilt wird. Deswegen würde ich gern etwas ganz anderes machen. Etwas *eigenes*.«

»Und was wäre das?«, hakte er weiter nach.

Ich schluckte. »Psychologie.«

»Wirklich?« Überrascht, aber mit einem Lächeln auf dem Gesicht sah meine Mutter mich an.

Ich nickte, mein Blick wanderte zurück zu meinem Vater.

»In Ordnung.« Er räusperte sich. »Das erscheint mir eine ... fundierte Sache zu sein.«

»Ernsthaft?« Das Herz schlug mir bis zum Hals. Mir war vollkommen klar, dass ich eigene Entscheidungen treffen konnte, dass ich seinen Segen nicht brauchte – aber Shit, ich wollte ihn.

»Ja«, sagte er. »Du brauchtest eine Richtung, Logan. Ich wollte dir keine aufzwingen, aber du bist von einer Party zur nächsten gestolpert und hast es versäumt, an deine Zukunft zu denken. Alles, was ich dir geben wollte, war ein Anfang. Wenn du Psychologie studieren willst, dann ist das in Ordnung.« Er rieb sich über das Kinn. »Allerdings wäre es sinnvoll, zumindest noch deinen Master zu beenden, bevor ...«

»Cliff«, unterbrach meine Mutter ihn scharf.

Er seufzte schwer. »Du … könntest dich auch dazu entscheiden, den Master abzubrechen«, revidierte er dann unter scheinbar großer Anstrengung.

Wieder zuckten meine Mundwinkel. Es war seltsam, meinen Dad dabei zu beobachten, wie er sich … solche Mühe gab.

Meinetwegen.

Auch wenn es ihm anscheinend schwerfiel.

»Ich überlege es mir. Ob ich den Master noch beende«, gab ich nach. Denn … ich konnte mir auch Mühe geben. Ein wenig.

»Gut. Aber du musst nicht«, versicherte mir Mom, bevor sie mich fest in die Arme zog. »Und es tut mir so leid, Logan. Wirklich. Wir wollten dich nicht verletzen. Es war eine … furchtbare Situation. Aber du musst wirklich aufhören, uns zu ignorieren, wenn du ein Problem hast, sondern stattdessen deinen Mund aufmachen.«

Ich lächelte schwach. »Ja, diese Rede kommt mir vage bekannt vor«, murmelte ich und tätschelte etwas unbeholfen ihren Rücken.

»Gut.« Sie ließ mich los und sah mich mit glänzenden Augen an. »Wir haben noch etwas für dich.« Im nächsten Moment zog sie einen Zettel aus ihrer Handtasche und reichte ihn mir.

Ich öffnete und blinzelte auf die Zeilen. »Was ist das?«

»Die Adresse deines leiblichen Vaters«, sagte meine Mutter mit geröteten Wangen.

Ein Kloß bildete sich in meinem Hals. »Was?«

»Wir dachten, dass du sie vielleicht haben willst«, fügte Dad hinzu. »Und dann musst du dir nicht die Mühe machen, noch einmal in mein Büro einzubrechen und ein armes, unschuldiges Mädchen mit in deine Machenschaften zu ziehen.«

Lexie? Ein armes, unschuldiges Mädchen? Das war so witzig, dass ich beinahe in lautes Lachen ausgebrochen wäre. Doch ich nickte nur, starrte erneut die Adresse an und ließ sie dann in meine Jeanstasche wandern.

»Danke«, sagte ich mit rauer Stimme.

Mein Vater nickte, bevor er mir eine Hand auf die Schulter legte und leicht zudrückte. »Ich muss schon sagen, dass ich beeindruckt war«, meinte er. »Mir war nicht bewusst, dass du so gut mit Schlössern bist.«

Ich lächelte. »Mir auch nicht.«

»Gut.« Er ließ mich los und wandte sich zur Tür, hielt jedoch noch einmal inne. »Logan?«

»Ja?«

»Diese Lexie ...« Er hob einen Mundwinkel. »Bring sie nächsten Freitag zum Dinner mit. Ich würde sie gern noch einmal offiziell kennenlernen. Sie ist ... eine interessante Wahl.«

Perplex starrte ich ihn an. »Wie kommst du drauf?«

»Sie hat mich besucht. Und wenn sie sich traut, mit dir zu reden, wie sie mit mir geredet hat – dann hat sie sich zumindest ein Essen verdient. Wenn nicht sogar eine Medaille.«

Meine Mutter lachte leise, drückte mich ein letztes Mal an sich, bevor sie zusammen den Raum verließen.

Ich sah ihnen mit geöffneten Lippen hinterher.

Mein Dad würde niemals der warmherzige Kerl sein, der mich lobte und einfach so in den Arm nahm. Doch möglicherweise ... war er auch nicht so kalt, wie ich gedacht hatte. Shit, er hatte gehofft, dass wir uns mehr unterhalten könnten, wenn ich BWL studierte?

Jetzt im Nachhinein betrachtet, hatte er das tatsächlich. Er hatte mehr mit mir geredet. Übers Studium. Über die Kurse. Ich hatte nur immer geglaubt, er tat es bloß, um mich besser kontrollieren zu können, nicht weil er gern ... mit mir redete. Gott. Er hatte recht. Ich hatte mir auch keine Mühe gegeben, sie neu kennenzulernen. Und was sollte die Sache mit Lexie? Sie hatte ihm einen Besuch abgestattet? *Wann?* Und Gott, ich hoffte wirklich, dass sie mit meinem Vater genau so geredet hatte, wie sie mit mir redete – und dass sie ein Video davon gemacht hatte.

Ich atmete tief durch, und mein Herz fühlte sich seltsam leicht an. Trotz der neuen Adresse in meiner Hosentasche. Trotz ... schwierigem Gespräch.

Denn zum ersten Mal seit Jahren hatte ich das Gefühl, dass mein Leben eine leere Leinwand war, die ich füllen konnte, wie ich wollte.

Und Shit, gerade wollte ich nur Lexie darauf malen.

Ich lächelte breit. Scheiß auf Warten.

Ich war all die Lügen leid. Ich wollte Lexie nicht vormachen, dass ich sie nur *mochte*, wenn ich sie in Wahrheit liebte! Also würde ich es ihr einfach sagen.

Ich hoffte nur, sie hörte es auch gern ...

30

Meine Gedanken drehten sich nur noch um Logan. Davon konnte mich nicht einmal die Geldübergabe ablenken, die heute anstand. Denn Geldübergaben waren ein absolut langweiliges Unterfangen.

Um kurz vor zwölf stellte ich die Tasche mit den zwanzigtausend Dollar an dem vereinbarten Platz ab, sah mich um ... und fuhr davon. Ich wollte gar nicht wissen, wer der Erpresser war. Ich war nur erleichtert, dass die Sache endlich vorbei war. Doch gleichzeitig war ich unruhig, weil Logan sich noch immer nicht gemeldet hatte.

Die Müllcontainer Ecke Second Street und Greenwood Road waren allerdings nicht weit von der Golden Heights University entfernt, daher entschied ich, dass ich ihm genug Zeit gegeben hatte, allein zu sein. Ich wollte ihn sehen. Sichergehen, dass es ihm gut ging, bevor ich heute Nachmittag im *Blue Mate* kellnern musste.

Außerdem wollte ich ihm erzählen, dass ich seinen Vater angeschrien hatte, und hoffte, dass ihn das nicht in Schwierigkeiten gebracht hatte. Wollte ihm sagen, dass ich ihn vermisst hatte. Auch wenn es nur lächerliche vierundzwanzig Stunden waren, die wir uns nicht gesehen hatten. Ich verzichtete darauf, ihm zu schreiben. Denn ich wollte ihm nicht die Chance geben, mir zu sagen, dass ich nicht kommen sollte.

Entschlossen nahm ich die Abkürzung durch das Osttor der Golden Heights University, die direkt zur Freemont Hall führte, stellte mein Fahrrad ab und lief durch den dankbar marmorfreien Gang zu dem Apartment, das sich Aiden und Logan teilten. Ich klopfte, und als niemand antworte, drückte ich die Tür auf.

Die beiden waren wirklich lächerlich unvorsichtig. Aber reiche Leute hatten offenbar nie Angst davor, bestohlen zu werden. Sie konnten ihr Hab und Gut ja einfach nachkaufen.

Ich verdrehte die Augen und warf die Tür ins Schloss, bevor ich in Logans Zimmer schlenderte. Darüber würde ich mit ihm reden müssen. Nur weil Carlys und meine Haustür kein Schloss besaß, hieß das nicht, dass man grundsätzlich keines benutzen sollte. Ich schrieb Logan gezwungenermaßen eine Nachricht mit den Worten *Wo bist du?*. Nachher war er mit Aiden weg, um weiter *allein* zu sein, und kam erst spät abends wieder. Obwohl es Schlechteres gab, als in diesem absurd teurem und unfassbar gut ausgestatteten Apartment rumzuhängen.

Ich ließ mich aufs Bett sinken, sog wohlig Logans vertrauten Geruch ein und sah mich lächelnd um. Ich hatte noch nie die Möglichkeit gehabt, in Ruhe in seinem Zimmer zu stöbern. Logan war immer dabei gewesen. Aber jetzt …

Langsam stand ich auf und lief erst einmal direkt zum Bücherregel. Es war etwas schief. Vermutlich, weil all die Schrauben, denen er ein Zuhause gab, nicht mehr die neusten waren. Logan hatte keine Ordnung bei seinen Büchern – und bei dem Chaos aus Namen, Genres und Farben hätte Carlys Augenlid zu zucken angefangen.

Da waren *Das Lied von Eis und Feuer*, einige Sachbücher über Psychologie. Eine Horde Philosophen. Sartre, Kant. *Tribute von Panem* und *Clifford Maxx – eine Biographie*. Ziemlich sicher ein Geschenk seiner Freunde.

Grinsend ging ich weiter. Ließ den Blick über all die BWL-Bücher schweifen, die direkt über seinem Schreibtisch auf einem Regalbrett prangten und die ich selbst auch besaß, allerdings in deutlich schlechterem Zustand. Neben seinem Schreibtisch stand eine Kommode und ums Eck ein Schrank. Hinter dem Schrank hing etwas Goldenes, Glitzerndes. Die Tür stand offen, gab den Blick auf etliche Jeans und T-Shirts sowie Anzüge frei, blockierte aber die sonstige Sicht, sodass ich nicht erkennen konnte, was es war.

Okay, ich war definitiv zu neugierig, aber ... Was für ein goldenes, glitzerndes Teil versteckte Logan hinter seinem Schrank!? Es sah wie Stoff aus.

Ungeduldig schob ich die Schranktür zu, die jedoch sofort wieder aufsprang. Irgendetwas schien sie zu blockieren. Also ging ich in die Hocke, um mir das genauer anzusehen, und erkannte auf dem untersten Brett beiges Plastik. Ich runzelte die Stirn, beugte mich vor ... und lachte laut.

Logan versteckte eine Schreibmaschine in seinem Schrank.

Oh, hatte er nicht erzählt, dass er sie selbst repariert hatte? Mit ein paar heimatlosen Schrauben? Unwillkürlich fragte ich mich, ob sie tatsächlich funktionierte. Ich traute Logan irgendwie kein großes handwerkliches Talent zu. Aber vielleicht irrte ich mich ja.

Grinsend neigte ich den Kopf und streckte die Hände aus, zog die Maschine aus dem Schrank und stellte sie auf den Schreibtisch. Sie sah eigentlich ganz gut aus. Nur das E fehlte. Ich lachte leise. Schrieb Logan auch auf diesem Teil? Denn dann müsste er das E per Hand einfügen und ...

Alles in mir erstarrte.

Moment. Was?

Er müsste das E ... Wenn er damit schreiben würde, dann wäre das E ...

Schneeflocken rieselten in mein Herz, vermehrten sich in Windeseile in meinem Körper. Zogen eine dünne Eiskristallschicht um jede meine Adern, bis ich vor Kälte anfing zu zittern.

Das konnte nicht sein.

Mein Mund wurde trocken. So schnell und brutal, dass ich das Gefühl hatte, meine Lippen könnten jeden Moment aufspringen. Währenddessen versuchte mein Herz schmerzhaft, gegen die Eisschicht anzuklopfen. Doch sie wollte nicht brechen.

Ich starrte die Schreibmaschine an. Auf das fehlende E. Wollte mir einreden, dass es ein Zufall war … glaubte nicht an Zufälle. Und das Wissen, was Logan mit dieser Maschine geschrieben hatte, sank wie Gift in jede meiner Poren.

Übelkeit stieg in mir auf, während das Zimmer anfing, sich zu drehen. Ich stolperte zurück zum Bett, ließ mich darauf sinken und versuchte, meinen hektischen Atem zu beruhigen.

Das konnte nicht sein. Logan würde nicht … Er hätte nicht …

Aber es war mit der verdammten Schreibmaschine getippt worden! Und er hatte etwas gebraucht, und er … er …

Die Tür ging auf, und Logan trat herein. Und das erste Mal seit Wochen breitete sich bei seinem Anblick kein Lächeln auf meinem Gesicht aus. Das erste Mal seit Wochen nahm seine Anwesenheit mir die Luft zum Atmen, anstatt mir Sauerstoff zu spenden. Bevor sie etwas Hässliches, Schwarzes in mir aufsteigen ließ. Etwas, das sich zäh wie Pech in mir ausbreitete und meine Kehle in Brand setzte.

»Lexie«, sagte er atemlos und lächelte mich breit an. Er schien nichts von meiner Stimmung zu bemerken. »Gott, hast du wirklich meinen Vater besucht? Du hast ja keine Ahnung, was gerade los war. Ich …« Er brach ab. Möglicherweise, weil er jetzt doch meinen Gesichtsausdruck gesehen hatte. Oder bemerkt hatte, wie sehr meine Finger zitterten.

Mir hätte es nicht egaler sein können.

»Ja«, sagte ich tonlos, und jedes Wort brannte auf meiner Zunge. Als würde ich das Gift aus meinen Poren ausspucken. »Ich hatte keine Ahnung, was los war.«

Logan blinzelte irritiert, folgte meinem Blick, den ich auf die Schreibmaschine auf seinem Tisch gerichtet hatte …

Ich stand auf. »Warst du das?«, fragte ich scharf, und meine verräterische Stimme brach zusammen mit meinem Herzen. »Hast *du* die … Drohnachrichten geschrieben?«

Ich sah, wie Logan blinzelte. Wie er schluckte. Wie er den Mund öffnete. Doch kein Wort kam daraus hervor. Kein Ton.

Und das war auch nicht nötig. Denn seine Miene war mir Bestätigung genug. Sank in mein Herz wie ein scharfes Messer.

»Gott, ich bin so dumm«, wisperte ich erstickt und kniff die Augen zusammen. »Ich hab darüber nachgedacht. Dass du es gewesen sein könntest. Aber ich hab dir nicht *zugetraut*, dass du so ein großes Arschloch bist! Ich dachte, du könntest nicht so dreist sein! Aber ich habe mich geirrt. Natürlich habe ich mich geirrt. Alle anderen hatten recht.«

»Lexie«, sagte Logan unruhig, und als ich die Augen wieder öffnete, sah ich, wie sein Blick kurz zu seinem Kleiderschrank huschte und dann wieder zu meinem Gesicht. »Du … Hast du meine Sachen durchwühlt?«

»Und *wenn* ich es hätte?«, fuhr ich ihn an und biss die Zähne aufeinander, bis sie knirschten. »Willst du mir dann weitere 20 000 Dollar dafür abknöpfen, dass du mich nicht an die Polizei verrätst?«

Wieder schluckte er, bevor er tief durchatmete. Als wäre *er* es, der sich beruhigen müsste.

»Lexie, ich wollte nicht … Ich hatte nicht …« Er rieb sich übers Gesicht. »Ich war verzweifelt, okay? Ich brauchte Hilfe. Es tut mir leid. Ich wollte dir keine Angst einjagen, aber …«

»Aber *was?*« Meine Stimme war so laut, dass sie von der Decke widerhallte. »Dir war es wichtiger, zu bekommen, was du wolltest? Dir war es egal, was du einem fremden, mittellosen Mädchen damit antust?«

»Nein, ich …«

»Gott, du wusstest, dass ich ein Geheimnis habe, und hast es gegen mich benutzt! Du … du wusstest *alles!*« Eine Gänsehaut glitt meinen Nacken hinunter. Raubte mir den Atem. Er hatte selbst von … *Sarah Langdon* gewusst. Bevor ich es ihm erzählt hatte.

»Nein«, sagte er eindringlich und umfasste meine Schultern. »Ich wusste nur, dass du illegal Ausweise vertickst. Das ist alles.«

»Lüg mich nicht an!« Heiße Tränen des Zorns flossen mir über die Wangen, und ich riss mich so heftig von ihm los, dass er zurückstolperte. »Scheiße, du musst dich ja *kaputtgelacht* haben, als ich dir endlich von meinem Vater erzählt habe – obwohl du es längst wusstest!«

»Nein, Lexie, ich hatte keine Ahnung«, versicherte er mir heiser. »Wirklich. Ja, ich hab diese dumme erste Nachricht geschrieben, aber nicht die andere.«

»Oh, bitte«, zischte ich und wischte mir die heißen Tränen von den Wangen, die ungefragt aus meinen Augen quollen. »Ich glaube dir kein verdammtes Wort!«

»Lexie, ich …«

»Nein!«, herrschte ich ihn an. Denn das war das einzige Wort, das noch Sinn für mich ergab. »Einfach nein! Ich will nichts mehr von dir hören. Nichts mehr sehen. Nichts mehr riechen. Nichts mehr *fühlen*. Du hast mir *absichtlich* Angst eingejagt. Du hast mich beobachtet und all meine Fehler ausgenutzt. Meine Verzweiflung für deine Zwecke genutzt.« Alles brannte. Meine Augen, meine Haut, meine Lippen. »Oh, was für ein fantastischer Deal es doch für dich war. Ich erledige die Drecksarbeit für dich, und du erhältst auch noch dein verdammtes Geld zurück! Und hey, ein paar körperliche Gefälligkeiten hast du auch noch rausbekommen!« Selbst meine Stimmbänder brannten jetzt, weil ich so laut schrie.

»Nein«, flüsterte Logan. Er war mittlerweile kalkweiß. Doch ich scherte mich nicht darum. Sollte er doch umfallen. »Lexie: Ich hatte nie vor, dir weitere Anweisungen zu schicken. Ich wollte dich nur dazu bringen, mir zu helfen – aber das Geld hätte ich nie zurückgefordert. Ich hätte die Drohung einfach ins Nichts verlaufen lassen.«

»Oh, bitte! Ich dumme Kuh habe es dir gerade eben hinter den Mülleimern deponiert!«, sagte ich erstickt und presste die Hände auf die Ohren. Wollte nichts mehr von ihm hören. »Gott. Ich habe ein Vertrauensproblem, Logan – und meistens fahre ich besser damit!«

»Lexie.« Sein Gesicht war meinem plötzlich unendlich nah. Mit den Händen schob er meine zurück, umfasste mein Gesicht. »Es tut mir leid. Ich wollte es dir sagen, aber der Moment war nie richtig, und dann war das Geheimnis irgendwann … zu groß! Aber du musst mir glauben: Ich habe das Geld nicht zurückverlangt. Ich habe die zweite Nachricht nicht geschrieben. Ich hätte nie … Du bedeutest mir alles! Seit wir zusammen sind, bin ich um hundert Prozent glücklicher. Ich liebe dich, okay?«

Ich lachte trocken auf, schob seine Hände weg und machte ein paar Schritte zurück. Es war lächerlich. *Er* war lächerlich. Aber so ein verdammt guter Lügner. »Aber wir *sind* nicht zusammen, Logan!«, sagte ich heiser. »Wir waren es nie! Wir haben ein paar mal miteinander geschlafen, während du mich belogen und betrogen hast!«

»Schwachsinn! Das zwischen uns? Das ist *alles*. Du hattest recht, okay? Ich mochte nicht mehr, wer ich war. Und zu wem die Leute mich gemacht haben. Aber ich liebe, wer ich bei dir bin. Wozu *du* mich gemacht hast!«

»Aber wozu hast *du mich* gemacht, Logan?«, hauchte ich, weil meine

Stimme inzwischen von meinen Tränen verschluckt wurde. »Zu einem naiven Dummkopf, der anfängt den falschen Leuten zu vertrauen. Der denkt, dass er vielleicht ein normales Leben führen kann!«

»Aber das kannst du«, sagte er eindringlich. »Und du bist kein Dummkopf dafür, dass du dich geöffnet hast.«

Er hatte unrecht.

Denn ich war mir noch nie dümmer vorgekommen.

Ich öffnete den Mund. Suchte nach Worten. Fand jedoch nur Fusseln und Staub. Und bevor ich mir den Mund fusselig redete, ließ ich die ungesagten Worte lieber verstauben.

Also schüttelte ich den Kopf. Schüttelte immer wieder den Kopf. Wandte mich ab und ging. Ließ die Tür leise ins Schloss gleiten, denn Logan hatte keine weiteren Emotionen mehr von mir verdient.

Wut und Verzweiflung krochen Maden gleich durch meine Adern, während ich das Gebäude verließ, mein Fahrrad aufschloss und mich auf den Sattel schwang. So fest in die Pedale trat, dass meine Füße wehtaten. Mein Handy vibrierte, hörte nicht auf damit, bis ich es aus meiner Tasche zog und stumm stellte. Mir vorn in den Ausschnitt der Jacke stopfte, wo ich das Display nicht blinken sehen konnte.

Wie hatte ich so dumm sein können? Alle hatten sie mich gewarnt … Doch mir war es egal gewesen. Ich hatte mich trotzdem in den Typen verliebt, der mich erpresst hatte.

Galt das auch schon als Stockholm-Syndrom?

»Scheiße«, flüsterte ich, bog nach links auf die Straße, die zurück zu den Müllcontainern führte. Denn ich würde mir das verdammte Geld zurückholen! Das bekam er nicht. Wenigstens hatte Logan den Übergabeort sorgfältig ausgesucht. Denn hier war absolut nichts los. Niemand würde das Geld gefunden haben. Niemand würde meine Tränen sehen.

Entschlossen wischte ich die feuchten Spuren von meiner Wange und hielt an einer Ampel. Wartete, bis sie auf Grün sprang. Ich wollte Logan nie wiedersehen, ich wollte nicht mehr an ihn denken, ich wollte nicht mehr … WUMM.

Etwas traf mich hart an der Seite. Metall schepperte kreischend in meinen Ohren. Ein stechender Schmerz fuhr mir durch das rechte Bein. Ich wurde vom Fahrrad geschleudert. Der Wind rauschte in meinen Ohren. Die Haare schlugen mir wie Strohhalme ins Gesicht. Ich schlug auf dem Asphalt auf. Stöhnte auf. Meine Schulter war taub, meine Augenlider schwer.

»Da haben wir dich doch. Bereit, für deine Sünden zu büßen, Sarah?«, hörte ich noch.

Dann wurde alles schwarz.

31

Logan

Ich wusste, dass ich Lexie ihren Freiraum lassen sollte. Ihr Zeit geben sollte, sich zu beruhigen. Etwas abzukühlen.

Ich hatte sie noch nie so zornig gesehen. Die Kälte in ihrem Blick saß mir noch immer in den Knochen. Und ich verstand es. Es war hundert Facetten von Scheiße von mir gewesen, ihr damals diese Nachricht zu hinterlassen. Und ich wusste, dass es unverzeihlich war.

Aber … ich hatte auch so eine beschissene Angst davor, was passieren könnte, wenn ich ihr zu viel Freiraum gab.

Lexie war niemand, der sich beruhigte. Sie war nicht wie ich. Sie steigerte sich in ihre Gefühle hinein und wurde noch wütender, bis sie platzte. Bis es kein Zurück mehr gab.

Und ich *musste* zurück. Ich musste es ihr erklären. Ihr sagen, wie oft ich kurz davor gewesen war, es ihr zu beichten. Nach unserem ersten Mal, als sie mir praktisch den Mund verboten hatte. Als ich diese Drohnachricht auf ihrem Nachttisch gefunden hatte. Doch ich hatte nie den Mut dazu aufgebracht. Ich hatte zu tief dringesteckt. Die Angst, sie sofort wieder zu verlieren, war zu groß gewesen. Und damals, als ich diese beschissene Nachricht geschrieben hatte, war ich absolut verzweifelt gewesen!

Es war keine Entschuldigung, keine Ausrede … aber eine Erklärung.

Ich hätte das Geld nie eingefordert. Sie hätte die ganzen fünfundzwanzigtausend behalten können.

Natürlich würde sie auch das nicht beruhigen. Denn ihr war das Geld egal. Sie hatte mir vertraut, und ich hatte sie enttäuscht ... und die Furcht davor, dass Alexa Shaw keine zweiten Chancen verteilte, trieb mich an.

Sie musste mir nur *zuhören*. Mir glauben, dass ich es verdammt ernst meinte. Dass sie *alles* war, was ich wollte. Was ich je gebraucht hatte. Und mir war gleich, wie verzweifelt und kitschig sich das anhörte.

Also wartete ich nur eine halbe Stunde. Eine halbe Stunde, in der ich in meinem Zimmer auf und ab ging, den Drohbrief verfluchte, mich selbst verfluchte ... bevor ich »Fuck it« rief und ihr hinterherhetzte. Denn Abstand war überbewertet. Zeit zum Abkühlen ebenso.

Es regnete, als ich endlich an meinem Auto angelangte und den Berg zur Uni hinunterbretterte. Doch Lexies Fahrrad stand nicht am Campus. Ebenso wenig fand ich es bei ihrem College oder bei ihr zu Hause. Sie ging nicht ans Handy, reagierte nicht auf das Klingeln an ihrer Tür. Und auch vor dem *Blue Mate* entdeckte ich ihr Rad nicht. Sie hatte kein Auto. Mit dem Fahrrad kam sie also nicht weit. Sie könnte mit dem Bus irgendwo hingefahren sein, aber ... wohin? Wohin ging Lexie, wenn sie wütend und verletzt war?

Zu Carly, war mein erster Gedanke.

Zu ihrem Bruder, mein zweiter.

Also rief ich Carly an, die mir ihre Nummer gegeben hatte, damit ich nicht zögerte, sie auf jede Party einzuladen, von der nur die coolen Leute etwas mitbekamen.

»Was? Nein. Ich bin auf der Uni, arbeiten. Lexie ist nicht hier. Sie hat auch nicht versucht, mich zu erreichen«, antwortete sie verwirrt. »Ist irgendetwas passiert? Soweit ich weiß, müsste sie im *Blue Mate* sein, sie hat heute Schicht.«

»Danke«, sagte ich nur atemlos und legte auf, bevor sie weitere Fragen stellen konnte. Denn ich hatte keine Zeit, es ihr zu erklären.

Ich steckte das Handy weg und lief zum Eingang der Bar. Stieß energisch die Tür auf und blickte sofort zur Theke. Aber hinter der stand nur der Vollpfosten, der die Gene mit ihr teilte.

Ty sah auf und betrachtete mich mit düsterer Miene, doch ich ignorierte ihn. Ich wollte keinen weiteren Streit mit einem Mitglied der Familie Shaw lostreten. Stattdessen ließ ich den Blick über die Tische schweifen, hielt nach Lexies vertrautem Gesicht Ausschau … vergeblich.

Scheiße, wo zur Hölle steckte sie?

»Es ist so schön, dass du hier immer wieder auftauchst«, kam es knurrend von meiner Linken, und genervt wandte ich mich zu Ty um, der sich leider nicht dazu entschieden hatte, mich in Frieden zu lassen.

»Wo ist Lexie?«, wollte ich wissen. Ich ging nicht auf seine Provokation ein, denn wem würde es helfen? »Ihr Fahrrad steht nicht zu Hause. Es steht nicht hier … *Wo* ist sie?«

»Dasselbe könnte ich dich fragen«, erwiderte er hart und verschränkte die Arme vor der Brust. »Ihre Schicht hat vor verdammten zwanzig Minuten begonnen. Seit ihr beide … was auch immer macht, kommt sie regelmäßig zu spät. Und sie geht nie an ihr verfluchtes Handy!«

Mein Hals zog sich enger. »Sie ist nicht bei mir. Sie …« Ich blinzelte. »Sie ist nicht aufgetaucht?«

O Mann. Sie musste wirklich wütend sein, wenn sie die Arbeit sausen ließ. Denn klar, sie kam mal zu spät, aber eigentlich nie mehr als eine Viertelstunde.

»Nein, sie ist nicht hier«, sagte er ungeduldig. »Und warum genau ist sie nicht bei dir? Sie hat geschrieben, dass sie noch kurz bei dir vorbeischaut und dich vielleicht mitbringt – und dass ich kein Arsch zu dir sein soll.«

»Nun, du machst einen beschissenen Job«, erwiderte ich. »Und sie *war* bei mir, aber wir haben uns gestritten und … Fuck.« Ich fuhr mir mit einer Hand übers Gesicht. »Vermutlich kommt sie nicht mehr. Sorry. Der Streit war … Es war nicht gut.«

Sofort verengte Ty die Augen. »Was soll das heißen? Der Streit war *nicht gut?* Und natürlich wird sie kommen. Lexie lässt mich nie hängen.«

»Heute vielleicht schon«, murmelte ich und senkte den Blick.

»Was genau ist *passiert*, dass du so was sagst?«, fragte Ty scharf. »Denn auf Lexie kann man sich immer verlassen. Sie lässt mich *nie* im Stich. Also *wo* ist sie?«

»Shit«, fluchte ich und kniff die Augen zusammen. »Ich weiß es nicht. Vielleicht kommt sie gleich noch. Vielleicht …«

»Was zur Hölle ist passiert, Maxx?«, herrschte Ty mich an, sodass einige der Besucher der Bar sich zu uns umdrehten. Doch das war ihm offenbar egal.

Ich biss die Zähne aufeinander. »Es … ging um die blöden Drohnachrichten! Ich hab die erste geschrieben. Aber ich schwöre dir, mit der zweiten hatte ich nichts zu tun, ich …«

Ty sah mich derartig verständnislos an, dass ich abbrach.

»Wovon in Teufels Namen redest du?«, wollte er wissen.

Oh, fuck. Sie hatte es ihm nicht erzählt. Ich war davon ausgegangen … »Es ist nichts«, sagte ich hastig.

»Nichts am Arsch!«, fuhr er mich an, und ein Muskel an seinem Kiefer sprang hervor. »Du hast meiner Schwester eine *Drohnachricht* geschrieben?« Er ballte die Hände zu Fäusten, und ich hielt es für das Beste, einen Schritt zurückzumachen.

»Ja«, gestand ich, denn ich hatte seinen Hass verdient. »Aber ich

wollte ihr nie etwas Böses. Ich war verzweifelt und ein Idiot und …
Ich hab keine andere Entschuldigung dafür.«

Ty sah aus, als wäre er kurz davor, mir einen Job als Boxsack anzubieten. »Maxx, wie kann es sein, dass du noch lebst?«, fragte er abgehackt. »Und von was für einer beschissenen *zweiten* Nachricht hast du geredet? Oh, zur Hölle, Lexie!« Er blickte zur Tür, als könnte seine Schwester genau zur rechten Zeit hereinkommen, um sie anzuschreien.

»Ich hab nichts mit der zweiten Nachricht zu tun«, rief ich verzweifelt. »Ich weiß nicht einmal, wer *Sarah Langdon* ist!«

Es war plötzlich. Völlig aus dem Nichts.

Doch Tys komplette Haltung veränderte sich. Sein ganzer Körper spannte sich an. Er wurde kreidebleich. Seine Fäuste lösten sich. Die Augen waren entsetzt geweitet, der Mund geöffnet. »Was hast du gesagt?«, wisperte er.

Ich blinzelte ihn verwirrt an. »Sarah Langdon. Irgendwer hat in der Drohnachricht von einer Sarah geschrieben und dass schlimme Dinge passieren, wenn sie ihr Geld nicht kriegen. Lexie hätte zwei Wochen …«

»Fuck.« Er fuhr sich mit beiden Händen in die Haare. »*Wann* war das?«

»Keine Ahnung. Aber sie meinte, die Übergabe hätte schon längst stattgefunden.«

»Und was, wenn sie gelogen hat, du Schwachkopf? *Wann* war das?«

»Ich weiß es nicht, ich …« Ich war immer noch irritiert von dem Entsetzen, das sich auf seinem Gesicht abzeichnete … denn es gefiel mir nicht. Es sorgte dafür, dass sich alles in mir zusammenzog. Dass mein Herzschlag sich beschleunigte. »Vor anderthalb Wochen vielleicht?«

»Fuck!«, wiederholte Ty und fuhr sich mit zitternden Händen durch die Haare. »Fuck, fuck, fuck. Warum hat sie nicht …? Oh, verdammt, Lexie! Du willst nicht, dass ich dein Aufpasser bin, aber ernennst dich selbst zu meinem. Gott …« Abrupt wandte er sich um und lief zur Theke. Zerrte sein Handy hervor und begann, darauf herumzutippen.

»Ty, du machst mir Angst«, sagte ich beunruhigt.

Er lachte trocken und atmete zitternd durch. »Nun, die solltest du haben.«

»Wer ist Sarah Langdon?«, fragte ich.

»Ist egal.«

»Von wem ist die Drohnachricht?«

»Von niemand Gutem.«

»Wo *ist* Lexie?«

»Das versuche ich gerade herauszufinden, okay?«, fuhr er mich wütend an. »Geh nach Hause, Maxx.«

»Das kannst du vergessen«, widersprach ich. »Wenn Lexie in Schwierigkeiten steckt …«

»Kann dir doch egal sein!«

»Aber das ist es nicht, gottverdammt!«, fuhr ich ihn an. »Mir ist egal, ob du mich scheiße findest und für einen arroganten Schnösel hältst. Aber ich *liebe* deine Schwester, okay?« Meine Augen brannten, während mein Puls heftig an meinem Hals flatterte. Mein Herz unkontrolliert schlug. Panik und Verzweiflung sich in mir zusammenmischten und Übelkeit sich meinen Hals heraufdrängte. »Ich kann nicht *gehen*, bevor ich nicht weiß, dass es ihr gut geht, hast du verstanden?«

Einige Sekunden lang sah Ty mich perplex an. Dann nickte er nur. »Okay«, murmelte er und blickte zurück auf sein Handy, auf der eine Karte zu sehen war.

»Ist das die Find-my-friends-App?«, fragte ich verwirrt.

»Ja«, meinte er abwesend und scrollte weiter aus dem Bild heraus, um zu sehen, wo genau sich Lexies Icon in Golden Heights oder Umgebung befand. »Ich bin nicht ihr Aufpasser ... aber ich passe auf sie auf.«

»Das fände sie wahrscheinlich nicht gut.«

Er schnaubte. »Sie war es, die mich überhaupt auf die Idee gebracht hat – sie hat die App nämlich zuerst heimlich bei mir installiert.«

Meine Mundwinkel zuckten. Ja, das hörte sich nach Lexie an. »Wo ist sie?«

»An einem Ort, an dem sie nichts verloren hat«, sagte Ty und kniff die Augen zusammen. Atmete tief ein und aus. Immer wieder. Als müsste er sich selbst beruhigen.

Ich blickte über seine Schulter hinweg auf das Display. Der Icon für ihr Handy war weiter außerhalb von Golden Heights. In einem ... Industriegebiet?

»Shit, Mace!«, rief Ty in Richtung Küche. »Ich muss weg.«

Er wartete nicht auf eine Antwort. Stattdessen langte er unter die Theke und zog im nächsten Moment ein Gewehr hervor. »Gehen wir«, sagte er und drängte sich an mir vorbei zum Ausgang.

Ungläubig folgte ich ihm, bevor ich ihn draußen am Arm zurückzerrte und die Waffe anstarrte. »What the fuck?«

Ty schnaubte. »Was denn? Ich würde auch lieber mit einer Tüte Gummibärchen und einem Lächeln aufkreuzen. Aber sosehr ich den Gedanken verabscheue, eine geladene Waffe zu benutzen – ich fürchte, in diesem Fall bleibt mir nichts anderes übrig.«

Shit.

Shit, shit, shit.

»Was zur Hölle sind das für Leute?«, wollte ich wissen, während ich versuchte, mich zur beruhigen. Versuchte, nicht daran zu denken, was Leute, bei denen man nicht unbewaffnet auftauchen konnte, Lexie wohl antun würden … Denn bei dem bloßen Gedanken daran wurde meine Sicht unscharf, und alles fing an, sich zu drehen.

Ty presste die Lippen zusammen. »Entweder die Waffenhändler oder einer der reichen Typen mit zu großem Ego, die unser Dad ausgenommen hat«, erwiderte er unruhig. »Ich fürchte aber Ersteres. Denn Drohnachrichten sind nicht so der Style der Reichen.«

Waffenhändler? In welchem beschissenen Actionfilm war ich hier bloß gelandet? »Euer Vater hat sich wahrlich nicht mit Ruhm bekleckert, oder?«, fragte ich.

»Nicht wirklich, nein.«

»Wir können da trotzdem nicht zu zweit mit einem Gewehr auftauchen, Ty«, zischte ich.

»Ach ja?«, erwiderte er feindselig. »Und was ist *dein* Plan?«

Ich zuckte mit den Schultern. »Die verdammte Polizei rufen?«

»Wir sind nicht *du*, Logan«, herrschte er mich an. »Wir können keine Polizei rufen! Die werden unsere Daten aufnehmen. Wir erscheinen in irgendeiner Datenbank, und dann tauchen noch mehr von denen hier auf! Nicht zu vergessen, unser verdammter Vater. Wir müssten wieder abhauen … Und ich bin es so leid, wegzurennen! Wenn es irgendwie ohne Polizei geht …«

»Aber wer weiß, wie viele bewaffnete Leute dort sind?«, rief ich ungläubig.

»Keine Ahnung! Logan, ich bin kein Fan von Waffengewalt, aber was sollen wir tun!? Wir fahren hin, gucken es uns an und …«

»Scheiße, nein! Wir rufen die Polizei.« Ich zerrte mein Handy aus der Tasche.

»Maxx«, knurrte Ty und hielt meinen Arm fest. »Lexie und ich waren *nicht* unschuldig beim letzten Deal unseres Vaters. Wir wurden nicht nur vom Jugendamt gesucht, sondern auch von der Polizei. Unsere Fingerabdrücke sind im System. Es kann gut sein, dass wir beide ins Gefängnis wandern, wenn sie uns erwischen. Und jetzt ist es *nicht mehr* der Jugendknast!«

Ich ließ die Hand sinken und presste die Lippen zusammen. Ich *hasste* es, zu was für einem Leben Lexie gezwungen worden war.

Aber wir waren nur zu zweit, und ich konnte mit Geld, aber nicht mit Fäusten um mich werfen, und … Moment.

Ich konnte mit Geld um mich werfen.

Trocken lachte ich auf. »Ich hab eine Idee. Denn du hast recht. Ihr könnt die Polizei nicht rufen, Ty. Aber ich schon. Ich bin Logan Maxx. Ich bin stinkreich. Ich komme mit *allem* durch. Und Scheiße, es wird Zeit, das endlich für etwas Gutes zu nutzen, oder?«

32

Lexie

Ich hatte in meinem Leben schon oft Angst gehabt.

Als ich in dem rostigen Tuk-Tuk über den Hudson River geschlittert war.

Als Carly mich dazu hatte zwingen wollen, eines ihrer Erdnussbutter-Saure-Gurken-Sandwiches zu essen.

Als die Polizei das Haus gestürmt und unseren Vater festgenommen hatte.

Ich kannte die Emotion also. In all ihren grausamen Facetten. Ich wusste, dass sie tief in der Brust sitzen, einem das Atmen erschweren konnte. Dass sie kalt auf der Haut aufliegen und einen bei jedem Geräusch zusammenzucken lassen konnte. Dass sie wie ein schwarzer Ball eine Schneise durch die Eingeweide ziehen konnte, bis nichts als flatternde Panik und völliges Chaos übrig blieben.

Doch die Angst, die ich jetzt verspürte, war mit nichts zuvor zu vergleichen. Sie grub sich in meine Haut wie die Kabelbinder in meine Hand- und Fußgelenke. Sie war hart und unnachgiebig wie der Stuhl, auf dem ich saß. Kalt wie die Lagerhalle, in der ich mich befand. Sie schmeckte bitter und nach Eisen, wie das Blut in meinem Mund.

Ich wusste jetzt, dass Logan die Wahrheit gesagt hatte. Die zweite Nachricht war nicht von ihm gekommen. Und bei Gott, wie sehr wünschte ich, er wäre es, der jetzt vor mir stand und mich herablassend anblickte.

Dieser Wunsch wurde mir allerdings nicht erfüllt.

Vor mir stand ein Mann mit schwarzen, zurückgegelten Haaren, makellosem Anzug, dunklen Augen und zwei Narben am Kinn. Ein Mann, den ich nur zu gut kannte. Ich war es schließlich gewesen, die ihm vorgespielt hatte, eine bedürftige Jugendliche zu sein, die sich über seine großzügige Spende freute. Es mochte Ewigkeiten her sein, doch ich erinnerte mich noch daran, als wäre es gestern gewesen. Manche Gesichter vergaß man nicht. Und manche Sünden wurden einem nie vergeben.

Ich hatte mich lange nicht mehr so hilflos gefühlt. So machtlos. Ich war an einen verdammten Stuhl gefesselt. Meine Knöchel jeweils an eines der Beine. Die Handgelenke an die Armlehnen. Ich konnte mich kaum bewegen. Niemand wusste, wo ich war, und mir tat alles weh. Mein Kopf, meine Glieder, meine Lunge. Mein Bein musste verstaucht und meine Lippe aufgeplatzt sein, denn Ersteres wummerte wie das rauschende Blut in meinen Ohren und Letzteres brannte wie Hölle, und einzelne rote Tropfen fielen von meinem Gesicht in meinen Schoß.

Sie hatten meine Handtasche mitgenommen. Ich sah sie aus den Augenwinkeln an einer der blanken Wände liegen. Mein Fahrrad würde niemand finden. Es war nur noch ein Haufen Schrott und lag keine drei Meter von mir entfernt auf dem Boden.

Ich hatte nichts mehr.

Nur noch meinen Kopf, die dünne Luft in meiner Lunge und …

Ich stockte. Mein Handy. Ich hatte mein Handy. Sie hatten es nicht gefunden. Weil es in meinem Ausschnitt steckte. Ich spürte es hart und kühl an meiner Brust. War es noch heil? War es bei meinem Sturz kaputtgegangen? Aber selbst wenn nicht – wie sollte ich es benutzen, wenn meine Hände an den Armlehnen fixiert waren ... und der schlimmste Deal, den mein Dad jemals eingegangen war, kühl zu mir herablächelte.

Ich schluckte, versuchte, mich auf den Mann vor mir zu konzentrieren, während meine Gedanken um die Wette rasten. Obwohl womöglich keiner von ihnen bei dem heutigen Rennen gewinnen konnte. Der Mann vor mir sah nicht aus wie ein Waffenhändler. Nicht ... kriminell. Aber das tat ich auch nicht, oder?

»Weißt du, all meine Männer wollten wissen, warum ich dich persönlich befragen will«, sagte der Mann, dessen Stimme wie berstendes Holz klang, und trat einen Schritt auf mich zu. Seine schicken Lederschuhe schleiften dabei über den dreckigen Betonboden. Die Sohlen quietschten in meinen Ohren. Wie der Schrei eines gequälten Tiers. »Warum ich diese Aufgabe nicht outsourcen wollte.«

Ein Businessmogul! Das war es, woran er mich erinnerte. Und das war er auch! Nur, dass er andere Dinge verkaufte als die meisten ... und Leute entführte.

»Aber es passiert nicht alle Tage, das zwei Kinder und ein abgewrackter alter Mann mich um eine halbe Million Dollar erleichtern«, fuhr er seelenruhig fort, während er mit jedem Wort einen Schritt näher kam. »Da wollte ich einfach noch einmal sehen, *wer* es geschafft hat, mich derart zu hintergehen. Und dann auch noch direkt unter der Nase der Polizei Daddys erpresstes Geld durchs halbe Land zu schmuggeln. Ich hatte gehofft, dass du einsichtig bist und es zurückgibst. Aber du hast doch nicht wirklich geglaubt, dass zwanzigtausend als Anzahlung genügen, oder?« Er verengte die Augen zu Schlitzen. »Hast du jeglichen Bezug zur Realität verloren, seit du mit einem Kerl ausgehst, der den Nachnamen Maxx trägt? Auch wenn ich von einem Milliardär erwartet hätte, dass er seine Freundin an einen schöneren Ort als eine L. A.-Mall bringt.«

Das Foto. Er hatte das Foto gesehen. Wie viel Pech konnte man haben?

Meine schmerzende Unterlippe zitterte, und ich schluckte neues Blut herunter. Kratzte mit den Fingernägeln über das Holz meines Stuhls und lehnte mich weiter zurück. Versuchte, herauszufinden, wie morsch es war, während ich mich umblickte.

Sie waren zu fünft. Zwei vorn am Ausgang. Zwei zu den Seiten. Und der Kerl vor mir.

Scheiße. Wie sollte ich gegen fünf massige, bewaffnete Männer bestehen? Ich war kein Ninja! Auch wenn Logan das dachte.

Der Waffenboss fuhr sich durch seine gegelten Haare und seufzte gedehnt. »Aber du bist eine sehr enttäuschende Erscheinung, Sarah. Sehr enttäuschend«, fuhr er kühl fort.

Meine Nackenhaare richteten sich auf, doch ich versuchte, mir nichts anmerken zu lassen. Versuchte, keine Angst zu zeigen. Auch wenn der Name mir wie ein Pistolenschuss in den Ohren nachhallte.

Sarah.

Gott, wie lang war es her, dass mich jemand mit diesem Namen angesprochen hatte? Ich konnte mich nicht einmal mehr daran erinnern. Ty musste der Letzte gewesen sein, der mich so genannt hatte. Bevor er mir erklärt hatte, dass wir unsere Geburtsnamen auslöschen mussten. Wie auch den Rest unseres damaligen Lebens.

»Also: Ich will dich nicht töten«, sagte der Businessmogul im Plauderton, seine Stimme ein bedrohlich freundlicher Singsang. »Das schadet meinem Image und würde die Polizei nur unnötig auf unseren Plan rufen. Aber deine Familie kann auch nicht einfach davonkommen. Dein Vater hat Glück, er muss sich zurzeit noch täglich bei seinem Bewährungshelfer melden – ihn fassen wir nicht mal mit der Kneifzange an. Aber er kann das Geld ohnehin nicht haben. Wir haben alles durchsucht. Seine Kinder allerdings, die nicht auf die Idee gekommen sind, uns die Kohle zurückzugeben, können wir wirklich nicht unbehelligt ihr Leben leben lassen. Das verstehst du doch sicher, Sarah? Irgendwer muss für eure Sünden büßen. Es ist nur fair.« Er lächelte wölfisch. »Also ... sag mir, wo das Geld ist, ich breche dir nur ein paar Knochen, und wir sind quitt.«

Mein Herz war wie ein Kolibriflügel, der nicht aufhörte zu schlagen. Doch ich ließ mir nichts anmerken. Schluckte nur und grub die Nägel ins Holz. Atmete durch die Nase ein und durch den Mund aus. Ich würde nicht in Panik ausbrechen. Angst war okay. Angst schützte. Panik machte blind.

»Ich hab das Geld nicht«, sagte ich leise. Gab mir Mühe, meine Stimme ruhig und gelassen klingen zu lassen. »Die Polizei hat es beschlagnahmt und an alle ... Investoren zurückgegeben.«

Spöttisch hob mein Gegenüber einen Mundwinkel. »Oh, du bist eine schlechtere Schauspielerin als erwartet. *Alle* haben sie ihr Geld bekommen, Sarah. Aber unseres fehlt. Zufall? Ich glaube nicht.«

Ich blinzelte, und neue Kälte schwappte durch meine Adern. Was? Das konnte nicht sein. Alle hatten ... nur sie nicht ...?

Nein! Das konnte nicht sein. Er log. »Ich habe das Geld aber nicht«, beharrte ich, jetzt drängender.

Er schürzte die Lippen. »Dann muss es dein Bruder haben ...«

»Nein«, stieß ich hervor. »Niemand hat es! Die Polizei ...«

»Lüg mich nicht an, Mädchen!«, brüllte er und fletschte die Zähne. Seine Stimme hallte von der hohen Decke wider und verlor sich dann im aufgewirbelten Staub.

»Das tue ich nicht!«, erwiderte ich leise und hoffte, nicht allzu flehentlich zu klingen. »Ich hab nur die zwanzigtausend, die ich euch schon gegeben habe, aber ...«

»Ja, dein kleines Taschengeld, das du uns hinterlassen hast ...« Der Typ lachte hoch und falsch auf. »Mädchen, das sind nicht einmal die

Zinsen von dem Geld, das ihr uns schuldet! Dein Daddy hat uns eine halbe Million aus der Tasche gezogen und es bei euch versteckt!«

Mein Mund wurde trocken, und ich schüttelte heftig den Kopf. »Ich … ich … Nein! Das Geld wurde von der Polizei beschlagnahmt und an die Investoren zurückgegeben.« Das war es, woran ich mich festhalten musste.

»Nein«, knurrte er. »Ihr habt das Geld.«

»Nein!« Ein hysterisches Lachen drang über meine Lippen, das ich nur aus weiter Ferne zu hören schien. »Haben Sie gesehen, wo ich wohne? Sieht das so aus, als besäße ich eine halbe Million Dollar?«

Der Mann zog die Augenbrauen zusammen, sein Blick wurde berechnend. »Ihr habt es wohl schon verpulvert. Nun, das ist nicht unser Problem.« Er richtete sich auf und winkte einen seiner in Schwarz gekleideten Kumpanen heran. »Wie viel sind so hübsche Organe wie diese hier auf dem Schwarzmarkt gerade wert, Leon?«

Das Blut wich mir aus dem Gesicht, als Leon eine Klinge unter mein Kinn schob und mich so dazu zwang, aufzusehen. Die kühle Spitze stach in meine Haut, und ich spürte, wie ein Blutstropfen meinen Hals hinabfloss. Spürte, wie Tränen der Verzweiflung in mir aufstiegen, von denen ich keine einzige fließen lassen würde.

»Oh, kommt auf ihre Blutgruppe an«, meinte Leon. »Die halbe Million würden wir aber vielleicht wieder reinbekommen.«

Ich biss die Zähne zusammen und unterdrückte das Zittern, das mich am ganzen Körper erfassen wollte. Damit die Klinge sich nicht noch tiefer in meine Haut bohrte. Doch meine Gedanken überschlugen sich, und mir wurde schwindelig. Denn wie konnte es sein, dass sie das Geld nicht hatten? Wo zur Hölle war es dann?

Aber wenn sie wirklich glaubten, dass wir es hatten … Wenn sie davon überzeugt waren, dass wir …

»Okay, okay«, sagte ich hastig und atmete hektisch aus und ein. »Wir haben das Geld.«

Alles, um Zeit zu schinden. Alles, damit sie so lange wie möglich redeten – und mich nicht verletzten.

Leon ließ grinsend die Klinge sinken und steckte sie in seinen Gürtel.

»Geht doch«, meinte sein Boss zufrieden. »Also, wo ist es?«

Ich öffnete den Mund. Wollte ihm eine Lüge auftischen. Irgendetwas, was ihn dazu zwang, mich mitzunehmen, damit ich Zeit hatte, mir einen Plan zurechtzulegen. Bevor allerdings auch nur ein Ton über meine Lippen kam, zerriss eine Sirene die Stille.

Alle fuhren herum, starrten aus den schmutzigen Fenstern des Lagerhauses, durch das nichts zu erkennen war.

Die Polizeisirene hielt an. Kam stetig näher.

Mein Puls beschleunigte sich, und ich nutzte die Unaufmerksamkeit meiner Entführer dazu, den Stuhl weiter zu betasten. Er würde nicht viel aushalten, oder?

»Ist bestimmt nicht für uns, Boss«, murmelte Leon.

»Wir sehen nach«, meinte der Kerl mit den Schmierhaaren griesgrämig. »Du bleibst und passt auf diese hübschen Organe auf.« Er winkte die restlichen drei Männer zu sich, und zusammen liefen sie auf den Ausgang des Lagerhauses zu.

Ich blieb allein mit Leon zurück, dessen Waffe an seinem Gürtel steckte. Ebenso wie das Messer. Er würde Zeit brauchen, um beides zu erreichen. Wenn ich etwas tun konnte, dann *jetzt*.

Ich könnte …

»Hey, Stiernacken. Wo ist das Freibier?«, rief plötzlich jemand.

Das Herz sprang mir in den Hals, und der Schweiß brach auf meiner Stirn aus.

Ich wandte mich nicht um, um zu sehen, wer da gesprochen hatte.

Musste es nicht. Und es war auch egal. Eine bessere Chance bekam ich nicht. Stiernacken stand keinen Meter neben mir, sah verwirrt auf … und ich verlor keine Zeit.

Ich stieß mich so fest es ging seitlich vom Boden ab und warf mich zusammen mit dem Stuhl gegen Leon. Meine schmalen Schultern kollidierten mit seinem massigen Körper, und unter normalen Umständen hätte ich nichts ausrichten können. Doch er war überrascht. Er war nicht auf die volle Wucht einer Menge hübscher Organe vorbereitet.

Ein Uff-Laut drang aus ihm hervor, er taumelte und stürzte dann mit mir zu Boden. Spitze Holzsplitter bohrten sich in meine Seiten, als der Stuhl unter dem Aufprall zerbarst. Ein dumpfer Schlag hallte von der Decke wider, ein Schrei erklang … und dann war es gespenstisch still.

Keuchend richtete ich mich auf. Ich saß in den Trümmern des Stuhls. Einzelne Holzstücke waren noch immer an meine Hand- und Fußgelenke gebunden. Meine Kleidung war zerrissen. Und trotzdem interessierte mich nur die Person, die neben mir über dem Stiernacken-Kerl hockte, der bewusstlos und mit blutender Nase dalag.

Es war Ty.

Seine Fingerknöchel bluteten, und er hatte eine Schramme an der Wange, doch ansonsten …

»Geht es dir gut?«, stieß er hervor, ließ von Stiernacken ab und half mir, die Holzstücke und Kabelbinder von meinen Armen und Beinen zu ziehen.

Ich presste die Lippen zusammen und wischte mir die Tränen von meinen Wangen, ehe ich antwortete: »Ja, ich … nichts gebrochen. Nur geprellt, verstaucht …«

»Shit«, wisperte er. »Wie in alten Zeiten, was?« Er schlang einen Arm um meine Taille und führte mich eilig zum Hinterausgang des

Lagerhauses. Wir stoppten nur kurz, um meine Handtasche einzusammeln, bevor wir die Tür aufstießen … vor der ein weiterer Kerl in Schwarz lag. Nur erhellt von einer einzelnen Straßenlaterne.

»Du warst fleißig«, stieß ich keuchend hervor und humpelte weiter. Mein Bein ächzte bei jeder Bewegung. Als die Mistkerle mich mit dem Auto von meinem Fahrrad gerammt hatten, hatte es einiges abbekommen.

»Das nimmst du zurück. Das sind wilde Anschuldigungen, die du hier triffst«, bemerkte Ty trocken und zog mich enger an sich. Sein Gesicht war gespenstisch weiß, fiel mir auf. Möglicherweise, weil ihn doch nicht alles immer so kaltließ, wie er anderen weismachen wollte.

Ich lachte erschöpft, während er mich zu einem kleinen Waldstück manövrierte. Es war licht, bot jedoch zumindest etwas Schutz. Aber niemals genug.

»Wir müssen weg«, sagte ich. »Bevor sie wieder reinkommen und merken, dass ich weg bin. Wir …«

»Sie werden nicht wiederkommen. Die Polizei nimmt sie gerade fest.«

Ungläubig riss ich die Augen auf, horchte auf die Sirene, die mittlerweile verklungen war. »Du hast die Polizei gerufen? Bist du *wahnsinnig?* Sie werden unsere Daten aufnehmen, und dann werden uns etliche Typen wie die von gerade finden.«

»Nein, werden sie nicht«, widersprach er und zog mich weiter, durch das Waldstück hindurch. Weg von der Lagerhalle.

»Warum nicht? Ty!«

»Weiter, Lexie.« Er verstärkte den Griff um meine Taille. Hob und schleifte mich über den feuchten Waldboden. Bis die Bäume dichter wurden. Bis wir die Lagerhalle nicht mehr sehen konnten.

»Ty, bitte! Ich verstehe es nicht. Was …?«

Ty zerrte mich ruckartig zurück und presste eine Hand auf meinen Mund.

»Pscht«, machte er, als wäre mir nicht klar geworden, dass ich die Klappe halten sollte.

Im nächsten Moment hörte ich es. Vor uns, durch die Bäume kaum zu erkennen, lag eine Straße … und Stimmen wehten von dort zu uns herüber.

»… will es mit eigenen Augen sehen! Sind Sie sicher, dass Sie die richtige Lagerhalle stürmen? Dass Sie sie alle erwischen?«

»Das werden wir in ein paar Minuten erfahren, wenn sich mein Kollege meldet!«

Ich blinzelte und schluckte. Ich kannte die erste Stimme.

Ty zog mich langsam ins Dickicht zurück. In die Schatten von ein paar Nadelbäumen, sodass neue Dunkelheit uns umgab, wir jedoch Sicht auf ein weiß leuchtendes Polizeiauto hatten, das am Straßenrand parkte. Ebenso wie auf die Gesichter der zwei Personen, die daran lehnten.

Die eine war ein dicklicher Mann in zu enger Uniform und die andere …

Schockiert riss ich die Augen auf. War das …?

»Das ist mir nicht gut genug. Ich will es sehen. Das Lagerhaus.«

»Bei allem Respekt, Maxx: Du bist nicht in der Position, Anforderungen zu stellen. Du hast dich ebenfalls schuldig gemacht.«

»Schuldig?«, fragte Logan verwirrt. »Ich helfe Ihnen.«

Der Polizist prustete. »Du hast das Gesetz gebrochen! Meine Güte, wie weit kommt es noch in diesem Land? Wenn reiche Jugendliche ihre Pistolen schon bei Waffenhändlern bestellen, anstatt sie bei Walmart zu kaufen. So wie es jeder andere auch macht!«

Das Blut wich mir aus dem Gesicht, und ich war froh, dass mein Bruder noch immer seine Hand auf meinen Mund presste, denn sonst hätte ich womöglich *Was zur Hölle hast du ihnen erzählt?* geschrien.

»Na ja, wir befinden uns in einer freien Marktwirtschaft, oder nicht? Und ich wollte eben was Besonderes zum Jagen haben«, sagte Logan leichthin.

Ich hätte beinahe laut aufgelacht. *Was?* Und scheiße, ich kaufte es ihm ab! Den dummen reichen Schnösel, der nicht verstand, was das Problem war. Der es als sein Recht ansah, seine Waffen zu kaufen, wo er wollte.

»Jaja, die Hobbys der Großen und Mächtigen«, sagte der Polizist seufzend und hinterfragte es nicht einmal. Er verdrehte nur die Augen – als hätte er schon dämlichere Dinge aus dem Mund von reichen Millionenerben gehört. »Du kannst froh sein, dass du noch zur Vernunft gekommen bist und uns alarmiert hast. Ich glaub nicht, dass die Waffenhändler dich hätten gehen lassen.«

»Meinen Sie? Ich weiß nicht. Ich ärgere mich ein wenig darüber, dass ich jetzt doch eine *normale* Waffe kaufen muss.«

Mein Magen zog sich eng zusammen. Was tat er? Warum tat er es? Wieso …?

»Mann, der Kerl spielt seine Rolle echt gut«, meinte Ty amüsiert, so leise, dass ich ihn kaum verstand.

Ruckartig sah ich zu ihm. Welche Rolle? Hatten sie das hier etwa abgesprochen?

»Großer Gott.« Der Polizist schüttelte den Kopf, bevor ein heller Piepton erklang und im nächsten Moment eine rauschende Stimme durch sein Funkgerät drang: »Wir haben sie. Maxx hatte recht. Fahr mit ihm zum Präsidium. Wir brauchen seine Aussage.«

»Wundervoll«, antwortete der Polizist. »Nun, du hast ihn gehört, Maxx. Der Spaß fängt jetzt erst an.«

»Was für ein Spaß?«, fragte Logan. »So wie ich das sehe, habe ich

Ihnen dabei geholfen, ein paar Verbrecher festzunehmen – etwas, das Sie nicht allein hinbekommen haben.«

»Du wolltest illegal Waffen kaufen!«

»Illegal ist ein etwas hartes Wort. Und wenn jeder, der in diesem Land auf unkonventionelle Art und Weise Waffen kauft, verknackt werden würde, hätten wir bald keinen Platz mehr im Gefängnis«, sagte er und setzte sich in den Polizeiwagen. »Aber nur zu. Versuchen Sie, mich einzubuchten. Ich würde dann gern meinen Anwalt anrufen. Wir werden ja sehen, was passiert.«

Mein Mund wurde trocken. Mein Herz war eine labbrige, wild klopfende Masse aus Adrenalin, Angst und etwas anderem, etwas Warmem, das ich nicht zuordnen konnte.

Der Polizist schlug sichtlich genervt die Tür zu, ehe er selbst einstieg und den Motor startete. Mein Blick galt jedoch weiterhin Logan, der hinter den getönten Fenstern des Wagens nicht mehr zu erkennen war, und …

Gott, er war ein solcher *Idiot!*

Was für ein Märchen hatte er der Polizei da nur aufgetischt? Und *warum?*

»Ist er *wahnsinnig?*«, hauchte ich, und neue Angst flutete mich, als das Polizeiauto mit Logan davonfuhr. »Er hat der Polizei erzählt, dass er illegale Waffen kaufen wollte? So hat er sie hergelockt? Aber … dafür wird er in den Knast wandern!«

»Das habe ich ihm auch gesagt.« Ty schnaubte. »Er meinte, es ist ihm alles egal … solange es dir am Ende gut geht.«

Ein Kloß drängte sich meinen Hals hinauf, und meine Augen fingen unerbittlich an zu brennen. »Aber … er kann nicht …« Zitternd atmete ich ein. »Sie haben ihn gerade festgenommen! Er wird vor Gericht müssen. Er wird ins Gefängnis müssen. Wir müssen ihm helfen und …«

»Er kommt schon klar«, sagte Ty fest und hielt mich am Arm zurück. Als müsste er mich davon abhalten, dem Polizeiauto hinterherzulaufen. »Er meinte, er würde schon nicht hinter Gitter kommen. Für irgendetwas müsse der Nachname Maxx ja nützlich sein.« Er zuckte mit den Schultern. »Wir können ihm nicht helfen. Wir sollten verschwinden, Lex.«

»Aber Logan ...« Ich biss mir fest in die Unterlippe und schüttelte den Kopf.

Gott, er war ein solcher Vollpfosten! Und er sah definitiv zu viele Filme, wenn er es für eine gute Idee hielt, der Polizei vorzulügen, er hätte illegale Waffen kaufen wollen! Es war so eine dämliche Idee! So absolut hirnrissig, so ...

»Fuck. Er kann doch nicht ...« Ich presste die Zähne aufeinander, rieb mir mit Zeigefinger und Daumen über die Augen. »Warum tut er das? Wieso ...?« Frustriert ließ ich die Hand sinken. »Er hat mich belogen, weißt du, Ty? Er hat mir eine Drohnachricht geschrieben, und jetzt ... jetzt versucht er, es wiedergutzumachen, indem er den Helden spielt, oder was? Er *erpresst* mich, dann erzählt er mir Lügen darüber, dass er mich liebt, und jetzt das hier? Wie kann er ...?«

»Ich weiß«, sagte Ty leise. »Er hat es mir erzählt.«

»*Was?*«

Ty seufzte schwer, sah immer wieder unruhig über meine Schulter. »Lexie ... ich will ihn wirklich nicht in Schutz nehmen, aber der Kerl ist verrückt nach dir.« Ty zog eine Grimasse. »Er würde für dich in den Knast wandern. Er hatte so große Angst um dich, dass er nur in Schlangenlinien fahren konnte.« Er runzelte die Stirn. »Na ja, vielleicht ist er auch einfach nur nicht gut hinterm Steuer. Es ist auch egal. Ich mag ihn nicht, und du hast das recht, ihn zu hassen und nie wiedersehen zu wollen. Aber ... zweifele nicht daran, dass er dich liebt. Denn das könnte nicht einmal ich. Und ich bin sonst sehr gut im Zweifeln.«

Ich konnte mich nicht zu einem Lächeln durchringen. Alles tat mir weh. Bis hin zur letzten Faser meines Herzens. Das Denken fiel mir schwer. Ebenso wie das Atmen. Das Adrenalin ebbte langsam ab, sodass meine Beine unkontrolliert anfingen zu zittern und immer mehr Tränen sich in meine Augen stahlen.

Das alles hier war … so verkorkst. Mein Leben. Logan.

Würde er ernsthaft für mich in den Knast wandern?

»Ist okay. Ich hab dich«, murmelte Ty und strich mir behutsam über den Kopf. »Ich hatte so Schiss davor, was ich vorfinden werde, dass ich dich nicht einmal anschreien werde, obwohl du mir nicht eine, sondern gleich zwei Drohnachrichten verschwiegen hast.«

»Hey, nur eine davon war echt«, widersprach ich schwach und ließ mich von Ty nach rechts, ein Stück weiter durch den Wald hieven, bevor ich stirnrunzelnd auf den Wagen starrte, der auf dem von Wurzeln durchschossenen Weg vor uns stand. »Das ist Logans Auto.«

»Er meinte, wir sollen es nehmen. Er würde mit der Polizei zurückfahren«, sagte Ty, hielt mir die Tür auf und half mir auf den Beifahrersitz. »Gott, was für eine Scheiße«, flüsterte er und rieb sich übers Gesicht, sobald ich sicher saß. »Ich verstehe es nicht. Wie haben sie uns gefunden? Und *warum?* Ich dachte, sie gehen auf Dad los, jetzt, da er draußen ist, aber …«

»Sie haben das Foto gesehen. Von mir und Logan in der Mall. Und sie dachten, wir haben das Geld«, erwiderte ich. »Sie wollten die halbe Million. Sie meinten, wir hätten sie.«

Mein Bruder schnaubte. »Haben die gesehen, wo du wohnst?«

Ich lachte tonlos, und meine Rippen schmerzten bei der Vibration. »Das habe ich auch gesagt.«

»Ich dachte, die Polizei hätte alles zurückgegeben«, sagte er verwirrt.

»Ich auch. Aber es ist egal. Sie wurden festgenommen … Eine Sorge weniger, oder?«

Auch wenn es sich nicht so anfühlte.

»Ja, eine weniger«, murmelte Ty und drückte meine Schulter, bevor er die Tür hinter mir zudrückte und um den Wagen herumlief. »Ich fahr dich nach Hause, Lexie«, sagte er, als er hinters Steuer sank. »Logan meinte zwar, er schaut im *Blue Mate* vorbei, wenn sie ihn gehen lassen. Aber du siehst sehr fertig aus und ...«

»Fahren wir ins *Blue Mate*«, unterbrach ich ihn leise und schloss die Augen.

»Lexie, dein Bein sieht nicht gut aus. Der Rest von dir auch nicht. Wir sollten das auf jeden Fall ...«

»Fahren wir ins *Blue Mate*, Ty«, unterbrach ich ihn. »Mace hat eine ganze Apotheke da und kann mir helfen und ...«

Ich konnte nicht nach Hause. Nicht schlafen. Nicht, bevor ich nicht wusste, was aus Logan wurde. Was die Polizei mit ihm vorhatte.

»O Mann, du liebst den Kerl ja auch«, murmelte Ty frustriert und startete den Motor.

Ja. Das tat ich. Trotz allem.

Ich Dummkopf.

33

Lexie

Ich schlief im Auto ein. Es war zu viel für meinen Körper. Für meinen Geist. Sobald auch das letzte bisschen Adrenalin mich verlassen hatte, sackte ich einfach vor Erschöpfung zusammen. Ich träumte von Autos, die auf mich zurasten. Von Messern, die an mein Kinn gedrückt wurden. Von Dollarscheinen, die auf mich herabregneten. Und von Logans Lächeln. Immer wieder von Logans Lächeln.

Es war albern, dass mein Geist weiterhin daran festhielt. Trotz der Wut in meinem Bauch. Nach allem, was heute passiert war. Doch es war, als würde mein Kopf in meinen Träumen zwischen Richtig und Falsch unterscheiden. Und das Geld verblasste. Der Unfall verblasste. Meine Angst verblasste.

Logan blieb.

Als ich schließlich aufwachte, wurde ich von einer hellen Nachttischlampe geblendet, und mein Körper fühlte sich an, als hätte man mich eingefroren und dann in der Mikrowelle wieder aufgetaut. Ich befand mich nicht mehr im Auto. Stattdessen lag ich in einem fremden Bett, konnte aus einem Fenster sehen, hinter dem nichts als schwarze Nacht war. Und neben mir stand eine Gitarre. Es war also Tys Bett.

O Mann. Wie war ich denn hierhergekommen?

»Habt ihr mich reingetragen?«, krächzte ich verwirrt und zu niemand bestimmtem, doch ein sofortiges Quietschen und ein »O Gott, du bist wach« waren die Antwort.

Carly saß am Bettende und kaute besorgt auf ihrer Unterlippe herum. »Wie geht's dir?«, fragte sie und drückte meinen Fuß.

Stirnrunzelnd horchte ich in mich hinein, bevor ich erwiderte: »Ich fühl mich, als hätte mich ein Waffenhändler angefahren, entführt und dann an einen harten Stuhl gebunden.«

Meine beste Freundin schnaubte verärgert. »Das ist nicht witzig!«

Ich lächelte und kniff die Augen zusammen, damit das Licht nicht so hell war. »Wenn uns nichts mehr bleibt, haben wir immer noch unseren Humor, Carly«, murmelte ich.

»Gott, ich bereue es gerade, dich zur Klugscheißerin erzogen zu haben«, meinte Ty unzufrieden. Er stand mit verschränkten Armen vor der Tür und musterte mich prüfend. »Und ja, wir haben dich reingetragen. Mace hat dich verarztet.«

Ich sah an mir hinab … und tatsächlich. Mein Bein war verbunden worden. Ein Pflaster klebte auf meiner Wange. Ich hatte keine stechenden Schmerzen mehr. Alles war irgendwie angenehm taub.

»Mann, Mace ist gut«, murmelte ich und betastete probehalber mein Bein.

»Er meint, es ist nicht gebrochen«, sagte Ty knapp. »Und ja, man wird wohl ein passabler Krankenpfleger, wenn man zu viele Streuner in sein Leben lässt.« Er blickte immer noch beunruhigt an mir auf und ab. Als könnte sich doch noch ein spontaner Knochenbruch hervortun.

»Alles gut, Ty.«

Er knackte mit dem Kiefer. »Nicht wirklich. Mann, du warst innerhalb von Sekunden weg. Ich hatte Angst, dass du vielleicht eine Gehirnerschütterung hast oder …«

»Mir geht es gut, Ty«, wiederholte ich fest. »Wirklich. Es sind nur ein paar Kratzer.« Ich deutete auf meine nackten Beine, die nur bis zum Oberschenkel von einem weiten T-Shirt bedeckt wurden, und …

»Moment.« Ich runzelte die Stirn. »Wer hat mich ausgezogen?« Klar, eine Menge andere Dinge gingen in meinem Kopf herum … aber diese Frage erschien mir dennoch essenziell.

»Das war ich, keine Sorge«, meinte Carly, die mich vorwurfsvoll ansah. Die Lippen zusammengepresst, die Augen zu Schlitzen verengt.

»Okay, danke.«

Sie behielt ihren Gesichtsausdruck bei.

»Was ist?«, fragte ich.

»Nichts.«

»Carly …«

»Warum hast du nichts gesagt, Lexie!«, fuhr sie mich an und schlug mit der flachen Hand auf die Matratze, sodass ich anhand der plötzlichen Vibration in meinem verletzten Bein zischend die Luft einsog. Doch das war ihr offenbar gleich. »Ernsthaft, was soll denn das? Ich bin deine beste Freundin! Du kannst mir *alles* sagen. Und heute Abend hätte dir *sonst was* passieren können. Wenn Logan nicht nach dir gesucht hätte … Wenn Ty nicht heimlich diese Peilsender-App bei dir installiert hätte … Du hättest verdammt noch mal tot sein können!«

Ich schluckte fest. Vermutlich, weil sie recht hatte. »Ich wollte euch nicht belasten«, erwiderte ich kleinlaut. »Ich dachte, es geht nur um die 20 000 Dollar, die Logan in seiner Fake-Drohnachricht verlangt hat. Und das Geld hatte ich, nachdem ich seinen Auftrag angenommen habe, also …«

»Aber ich hätte dir doch helfen können, wenn du es mir einfach erzählt hättest!«, sprach Carly weiter und biss die Zähne aufeinander. »Dir das Geld geben …«

»Was denn?« Amüsiert sah ich sie an. »Du hättest mal eben 20 000 Dollar gehabt, Carly?«

Sie zog die Schultern hoch und wandte den Blick ab. »Na ja, nein, natürlich nicht, aber ich hätte es schon irgendwie zusammengekratzt.«

Ich schnaubte. »Niemand von uns hätte es *mal eben zusammengekratzt.*«

»Es ist egal. Du hättest es uns sagen müssen«, mischte sich nun auch Ty ein. »Du hättest …«

Die Tür ging auf … und mein absolut nicht lernfähiges Herz wuchs auf seine dreifache Größe an. Denn Logan trat in den Türrahmen, dicht gefolgt von Mace.

Und es war egal, wie wütend mich seine Lüge gemacht hatte. Wie verletzt ich gewesen war. Ihn jetzt zu sehen, war wie … ein kühler Lappen auf meinem geschundenen Herzen. Gott, ich war selbst zu fertig, um vernünftige Vergleiche zu finden!

»Guckt mal, was ich vor der Tür gefunden habe«, meinte Mace trocken und gestikulierte unnötigerweise zu Logan, der nur Augen für mich hatte. Dessen Blick hektisch über meinen Körper wanderte, jeden blauen Fleck, jede Schramme zu registrieren schien. Und da war so viel Wärme. So viel Vertrautheit … Gott, ich würde ihm verzeihen, oder?

Ich konnte es nicht fassen, aber so war es! Ich schluckte und richtete mich gegen das Kopfteil des Bettes auf. Starrte einfach zurück.

»Geht es dir gut?«, fragte er. Seine Stimme war so leise, dass sie wie ein Streicheln über mein Ohr wusch.

Ich nickte.

»Bist du sicher?« Er zögerte. »Ich … ich hatte in meinem Leben noch nie so große Angst. Ich dachte … Ich habe befürchtet, dass du …«

»Ich bin okay«, flüsterte ich.

»Bist du *sicher*?«, wiederholte er, diesmal eindringlicher, und trat ganz ins Zimmer.

»Na ja, ich könnte ein paar deiner Schrauben gebrauchen. Ich fühle mich ein wenig so, als wäre ich auseinandergefallen.«

»Lexie! Das ist nicht witzig.«

Ich lächelte matt. »Beruhige dich, Logan.«

»Ich kann nicht! Ich … Lexie, ich …« Er verstummte und sah von Carly zu Ty, die ihn mit regem Interesse beobachteten.

Ich seufzte. »Könnt ihr kurz … rausgehen?«, fragte ich.

»Nein«, sagte Carly sofort, während Mace bereits verschwunden war.

Ty lächelte schief und verdrehte die Augen. »Komm schon, Carly.« Im nächsten Moment packte er sie an der Hand und zog sie vom Bett hoch.

»Aber es ist dein Zimmer!«

»Ja, und ich schmeiße dich somit raus«, sagte er, zog sie vor die Tür und schloss sie hinter uns.

Logan und ich waren allein. Allein mit der dicken, statisch aufgeladenen Luft zwischen uns. Und unserem wild pochenden Herzen. Denn ich könnte schwören, dass ich seines hörte.

Zögerlich kam er näher, bevor er sich neben mir auf den Bettrand niederließ. Den Verband studierte. Das Pflaster auf meiner Wange betrachtete.

»Ich konnte nicht selbst in die Lagerhalle rein, um dich zu holen«, wisperte er. »Ich war bei der Polizei und dachte, Ty würde schon …«

»Ist okay«, unterbrach ich ihn und friemelte an dem Saum meines T-Shirts herum. »Seien wir ehrlich: Du bist ein reicher Schnösel. Du weißt nur mit Geld, nicht etwa mit deinen Fäusten umzugehen. Ich meine … Ich musste mich schon mal für dich prügeln.«

Er lächelte. Unsicher, aber dennoch. »Das ist natürlich wahr. Und … geht es dir *wirklich* gut?«

»Ach.« Ich hob eine Schulter. »So gut, wie es einem nach so einer Sache eben gehen kann. Aber es gab schon Schlimmeres.«

Er presste die Lippen zusammen. »Ich *hasse* es, dass es schon Schlimmeres gab, Lexie.«

»Ich weiß, Logan. Ich auch«, erwiderte ich mit wackligem Lächeln. »Aber … so bin ich. Mir passieren eine Menge schlimme Dinge, die vielleicht vorbei sind – vielleicht aber auch nicht.«

Er nickte. So als wüsste er das. Als wäre das keinen weiteren Gedanken wert.

»Was ist mit dir?«, wollte ich wissen und grub meine Fingernägel in die Decke. »Werden sie dich verhaften? Musst du vor Gericht? Ins … Gefängnis?«

Er hob einen Mundwinkel. »Ich bitte dich. Ich bin Logan Maxx.« Er legte gespielt selbstgefällig eine Hand auf seine Brust. »Ich wollte Waffen haben, um damit Jagen zu gehen. Aber eben was Cooles, nicht so was Langweiliges, was man überall bekommt! Und ich habe erst in letzter Sekunde gecheckt, dass es eine illegale Sache war. Ich bin eben sehr reich, aber auch nicht besonders helle.« Er lachte. »Unterm Strich muss ich vielleicht ein paar Stunden Müll am Highway sammeln, aber sonst … ist die Polizei sehr froh, einen bösen, hoch gestellten Buben verhaften zu können. Sie können ihn zwar nicht für heute Abend belangen, weil ja keine Übergabe stattgefunden hat – Gott sei Dank, sonst hätte ich vor Gericht lügen müssen –, aber hey, sie hatten wirklich eine Menge Waffen in ihrem Kofferraum und werden außerdem gesucht.«

Ich lachte trocken auf. »Ich fasse es nicht.«

»Geld kann Unschuld erkaufen«, murmelte er entschuldigend. »Es ist schrecklich und falsch. Aber … heute Abend war es zumindest ganz praktisch, oder?«

Ich schluckte und nickte. War erleichtert und war es gleichzeitig nicht. Denn diese Welt sollte nicht so sein. Sollte *besser* sein.

»Danke«, wisperte ich dennoch. »Fürs … Retten und so.«

»Ich hab nicht allzu viel getan.«

»Doch. Du hast … deine Freiheit riskiert.«

»Das ist okay.«

»Nein, ist es nicht. Normale Leute werden nicht oft mit Waffenhändlern konfrontiert. Du … Scheiße.« Ich schloss die Augen und presste die Handballen darauf. »Ich bin ein Wrack. Ein Chaos. Mein Leben eine verdammte Netflix-Serie. Du müsstest verrückt sein, dich mit mir einzulassen.«

»Oh, ich bin verrückt«, sagte er ernst. »Habe ich dir nicht gerade erzählt, dass ich ein paar Pistolen von gefährlichen Waffenhändlern kaufen wollte? Um Jagen zu gehen?«

Ich musste wieder lachen, obwohl ich eigentlich weinen wollte. »Gott, hör auf«, wies ich ihn verärgert an. »Hör auf, mich zum Lachen zu bringen. Und dafür zu sorgen, dass ich mich besser fühle. Weil … Ich bin *immer noch* wütend«, sagte ich, auch wenn ich seine Hand nahm. Die Finger mit seinen verschränkte. Weil ich nicht anders konnte. Ich hatte eine solche Angst gehabt und …

»Ich weiß«, flüsterte er und hob die freie Hand an meine Wange. Fuhr zärtlich mit dem Daumen darüber. »Es tut mir leid. Ich … ich war nicht ich selbst. Ich wollte so sehr den Namen meiner Mutter herausfinden, dass ich bereit war, alles dafür zu tun. Und du warst meine einzige Möglichkeit.«

»Das ist kein Grund, Leute zu bedrohen!«, erwiderte ich und schlug ihm hart gegen den Oberarm. »Und, Gott, wenn ich dich nicht lieben würde … dann könnte ich dir das vermutlich nie verzeihen, verstehst du?« Ich blinzelte die Tränen aus meinen Augen weg, bevor ich zu ihm aufsah. »Wenn du mir nicht diese bescheuerte rosarote Brille aufgezwängt hättest und so gut riechen würdest und mich dazu *gezwungen* hättest, dir zu vertrauen, und nicht vorhin dazu bereit gewesen wärst, für mich in den Knast zu wandern … dann würde ich dich nie wiedersehen wollen!«

Ich sah, wie er schluckte, wie seine Hand in meiner zitterte. »Aber?«, fragte er leise.

»Aber ich *liebe* dich«, meinte ich, halb genervt, halb lachend. »Und bei dem Gedanken, dich nie wiederzusehen, stülpt sich mir der Magen um. Und ich vertraue dir *trotzdem*. Trotz allem! Und ich verstehe, dass du verzweifelt warst. Ich finde es nicht gut, aber ich verstehe es irgendwie, und … Das alles ist lächerlich! Ich bin es wirklich nicht gewöhnt, so *unvernünftig* zu sein, und es regt mich auf, aber irgendwie habe ich das Gefühl, dass Unvernunft das Einzige ist, was uns zusammenhalten kann, also … Was bleibt mir für eine Wahl?« Hilflos zuckte ich mit den Schultern. »Aber es wird nicht leicht sein. Mit mir zusammen zu sein, weißt du?«, fuhr ich fort. »Ich weiß nicht, ob das die letzten Verbrecher waren, die nach Golden Heights kommen werden. Und ich bin immer noch eine Kriminelle …«

»Teilzeit-Opportunistin«, korrigierte Logan mich sofort.

Ich hickste. »Ja, meine ich doch. Und … es ist schwer. Mich zu lieben.«

»Finde ich überhaupt nicht«, flüsterte er kopfschüttelnd.

Meine Augen brannten auf ein Neues. »Schön, dann schwer, mit mir zusammen zu sein.«

»Das werden wir dann ja sehen.«

»Ich meine es ernst, Logan! Mein Leben ist … beizeiten ein Zirkus.«

»Solange der Zirkus ohne Tiere ist, die du quälst, macht mir das nichts.«

»Logan!«, sagte ich ungehalten. »Du musst das ernst nehmen.«

»Das tue ich«, erwiderte er ruhig. Sah mir noch immer in die Augen. »Aber es ist mir egal. Ich habe nur gehört, dass du mir vertraust und … Das ist alles, was ich will. Obwohl mir der ›Ich liebe dich‹-Part auch gefallen hat.«

Ich schniefte und wusste nicht ganz, ob er ein Idiot oder süß war.

»Nun. Schön. Dann ist gut«, sagte ich schließlich. »Denn … ich vertraue dir, du Blödmann!«

Er lächelte schief. »Ja?«

»Ja! Aber zwing mich nicht, das noch mal zu sagen.«

»Würde mir nicht im Traum einfallen. Aber … vertraust du mir genug, um mir zu sagen, wer Sarah Langdon ist?«

Ich musste lachen. »*Ich* bin Sarah Langdon, Logan. Bist du da wirklich noch nicht selbst drauf gekommen? Du warst es schließlich, der mich damit aufgezogen hat, wie viele Namen ich habe. Sarah Langdon ist mein echter Name.«

Er blinzelte verwirrt zu mir herab. »Du bist … Sarah?«

Ich schüttelte schniefend den Kopf. »Ich höre nicht mehr wirklich drauf. Es ist merkwürdig, aber … sie war mein altes Ich. Und es ist schön, mich von dem distanzieren zu können. Jetzt bin ich einfach nur Lexie. Und Ty ist Ty. Es ist merkwürdig befreiend, weißt du? Einen anderen Namen zu haben. Ein anderer Mensch sein zu können.«

»Shit«, murmelte er. »Ich wusste nicht einmal, wie du *heißt*?«

Ich zog eine Grimasse. »Nicht wirklich, nein. Aber es ist halb so wild. Jeder Mensch hat mehr als nur eine Persönlichkeit, oder?«, meinte ich leichthin. »Je nachdem, in welcher Gesellschaft er sich gerade befindet. Welche Sprache er gerade spricht. Ob er einen guten Tag hat oder nicht. Der einzige Unterschied ist, dass …« Ich lächelte. »Dass alle meine Persönlichkeiten einen eigenen Ausweis haben.«

»Multiple Persönlichkeitsstörung auf einer neuen Ebene«, sagte er und nickte ernst.

»Genau.«

»Nun. Wie es der Zufall so will, liebe ich *alle* deine Persönlichkeiten.«

»Ja? Auch die zu exotische Tabitha?«

»Ach, letztendlich sind es nur Namen.« Er lächelte schief. »Ich hab in den letzten Tagen gelernt, dass Namen nicht wirklich viel wert sind ... Hamlin, Maxx ... Lexie, Sarah ... Wen interessiert es?«

»Die Polizei?«, schlug ich vor.

»Ja, die vielleicht.« Er lachte leise. »Für die bin ich weiter Maxx. Denn weißt du, manchmal ist es gar nicht so schlecht, Maxx zu heißen.«

»Oh, auf jeden Fall. Wenn du ein Kino führst, zum Beispiel. Das CineMaxx. Oder wenn du deine Tage bekommst und richtig große Einlagen brauchst. MaxxPads.«

Er grinste breit. »Kleine Klugscheißerin.«

»Stets zu Diensten«, flüsterte ich, schlang die Arme um seinen Hals und küsste ihn.

Denn man wusste nie, wie viel Zeit man noch hatte, und es war besser, Wichtiges sofort zu erledigen. Ich spürte, wie Logan an meinen Lippen lächelte, bevor er den Kuss erwiderte. Sich über mich beugte und ...

»Leute, das ist schwer zu ertragen.«

Ich seufzte und ließ Logan los, um meinem Bruder, der erneut im Türrahmen erschienen war, böse anzusehen. »Ihr solltet doch gehen!«, beschwerte ich mich.

»Das hier ist *meine* Bude!«

Ach so. Richtig. »Na ja ... dann mach halt kurz einen Spaziergang«, schlug ich vor.

Ty schnaubte und ließ den Blick zwischen uns beiden hin und her schweifen. »Also«, sagte er schließlich gedehnt. »Du und dieser furchtbare Logan ...«

»Alter, ich sitze direkt hier«, unterbrach Logan ihn.

Ty ignorierte ihn einfach. »… ihr werdet jetzt öfter zusammen rumhängen?«

»Ich denke schon«, meinte ich und sah Logan unsicher an. Der verdrehte die Augen und nickte dann. »Ja«, revidierte ich grinsend.

Ty stieß einen langen, gespielt genervten Ton aus. »Gut, dann habe ich nur eine höfliche Frage: Warum?«

Logan seufzte, und ich musste grinsen.

»Weil er mich zu einer naiven Idiotin gemacht hat, die glaubt, dass sie ein normales Leben führen kann. Und ich noch nicht bereit bin, diesen Traum aufzugeben«, murmelte ich. »Und weil er reich ist.«

»Und heiß«, fügte Logan hinzu.

»Ja, das auch«, sagte ich ernst.

Ty verzog das Gesicht. »Gut, dieses Gespräch ist beendet … Und was soll's. Ich muss mir wohl Mühe geben, ihn zu mögen.« Abschätzig sah er zu Logan.

»Du musst wenigstens so tun«, sagte ich.

»Deal. Das schaff ich. Ich bin ein exzellenter Schauspieler.«

O ja, das war er.

»Okay, nur noch kurz was anderes …«

»Ty«, sagte ich genervt.

»Ganz kurz.« Mit verengten Augen sah er zu Logan. »Weißt du, ob die Waffenhändler uns der Polizei gegenüber erwähnt haben? Lexie oder mich?«

»Um neben Waffenhandel auch noch eine Anklage für Entführung und Körperverletzung am Hals zu haben?«, meinte Logan schnaubend. »Sicher nicht. Ich glaube nicht, dass ihr irgendetwas zu befürchten habt. Das Internet wird ohnehin bald mit mir vollgekleistert werden, denn natürlich krieg ich trotzdem eine Anhörung, und davon wird die Presse Wind bekommen, aber … das ist okay. Das kriege ich hin.«

»O Gott, du hasst die Presse!«, sagte ich schuldbewusst.

»Noch mehr würde ich es hassen, wenn du tot bist«, antwortete er lapidar, schwang die Beine aufs Bett und schob mich etwas nach rechts, damit er mehr Platz neben mir hatte.

»Hey, was wird das?«, wollte Ty irritiert wissen. »Das ist mein Bett.«

»Ja, und es ist sehr gemütlich«, meinte ich und kuschelte mich an Logan.

»Whatever. Ich schlaf bei dir«, sagte Ty seufzend und drehte sich um.

»Und dann gibst du deinen Schlüssel wieder ab, Ty!«, rief ich ihm hinterher.

»Ich kann dich nicht mehr hören«, erwiderte er laut. Im nächsten Moment fiel eine weitere Tür ins Schloss, und dann war es still.

Ich seufzte … und sank in Logans Arme. Atmete seinen vertrauten Geruch ein. Vergaß einen Moment alles, was heute passiert war. Ich lauschte Logans Atem, seinem Herzschlag. Neben ihm war es immer so warm. So ruhig.

»Hast du meinen Dad besucht, Lexie?«, wisperte er.

»Was?« Ich brauchte eine Weile, um zu verstehen, worüber er redete, dann nickte ich. »O ja. Ich hab ihn angeschrien.«

Ich spürte sein Lächeln an meiner Schläfe. »Nun, das hat anscheinend Wirkung gezeigt. Denn meine Eltern haben mir einen kleinen Besuch abgestattet … und ich werde den BWL-Master schmeißen und Psychologie studieren.«

»Was? Ernsthaft?« Ich hob den Kopf, weit genug, um ihn ansehen zu können.

»Ja«, murmelte er und strich mir gedankenverloren durchs Haar. »Und die Adresse von meinem leiblichen Vater haben sie mir auch gegeben.«

»Oh. Wow«, sagte ich.

Er nickte nur.

»Und … was wirst du mit der Adresse deines Vaters machen?«

»Ich weiß es nicht«, gestand er zögerlich. »Erst einmal nichts. Ich … habe Eltern. Ich muss mir keine neuen suchen. Und gerade ist mein Verlangen, leibliche Elternteile kennenzulernen, gestillt. Frag mich in einem halben Jahr noch einmal.«

Ich lächelte und ließ mich zurück auf seine Schulter sinken. »In Ordnung.«

»Was ist mit deinem Vater?«

»Nun, er ist nicht hier, oder? Deswegen muss ich mir um ihn keine Gedanken machen.« Ich lächelte. »Ich kann die nächsten Wochen nur an dich denken. Und an die Midterms. Und an die Studiengebühren.«

»Ach ja, die Studiengebühren …«, sagte er langsam. »Ähm, Lexie? Dir ist schon klar, dass ich dir die zahlen werde, oder? Damit du mit dem Ausweisbusiness aufhören kannst?«

Ich runzelte die Stirn. Schließlich meinte ich: »Weißt du, in all diesen Filmen und Serien sind die Leute immer zu stolz, um von ihren Freunden Geld anzunehmen. Aber ich bin zu arm, um mir diesen Stolz leisten zu können. Also ja. Bezahl du mir mal meine Studiengebühren.« Ich grinste und reckte das Kinn. »Aber es ist ein Darlehen. Ich zahle es dir zurück, sobald ich einen richtigen Job habe.«

»Mhm«, machte er, während er mit den Händen in meinen Nacken fuhr. »Das können wir dann ja immer noch besprechen.«

»Logan, ich meine es ernst, es …«

»Halt die Klappe, Lexie. Ich habe etwas Wichtiges zu sagen«, unterbrach er mich … und küsste mich.

Und Mann, seine Argumentation war schlüssig.

Epilog

Wenn ich entscheiden dürfte, welche Währung die Welt regiert, würde ich Ehrlichkeit nehmen. Es wäre fair. Denn jedem Menschen stand gleich viel davon zur Verfügung – und sie war so viel kostbarer als ein Stück Papier, dem wir als Gesellschaft einen bestimmten Wert zuschrieben.

Für jede fundamentale Wahrheit, die man sich selbst eingestand, würde ich Luft zum Atmen austeilen. Für jede unangenehme Wahrheit, die man seinen Mitmenschen beichtete, bekäme man Freiheit. Für jede schwierige Wahrheit, die man den Menschen, die man liebte, anvertraute, würde man Geborgenheit kriegen.

Und was brauchte man mehr als Luft, Freiheit und Geborgenheit?

Mir war immer klar gewesen, dass Lexie das anders sah. Dass sie eine Stange Geld einem guten Song vorziehen würde. Dass Wahrheit in ihren Augen optional und keine Pflicht war. Dass Sicherheit wichtiger war als Ehrlichkeit.

Aber ich hatte ihr auch immer die Luft zum Atmen gegeben. Ihr Freiheiten geschaffen. Versucht, ihr Geborgenheit zu schenken. Sie wusste also nicht, wie es sich anfühlte, wenn man jahrzehntelang nichts von alledem besaß.

Doch es war ohnehin irrelevant. Ich durfte nicht entscheiden, womit man in dieser Welt zahlte. Ihr war egal, was ich für wichtig hielt. Weshalb ich immer wieder beim verdammten Geld landete …

»Mann, es ist diesen Monat wirklich knapp«, meinte Mace dunkel und zog die letzten Scheine aus der Kasse. »Es waren viele Leute da, aber es wurde zu wenig bestellt.«

Ich wischte den letzten Staub von der Theke, bevor ich den Lappen über den Wasserhahn hängte und mit den Schultern zuckte. »Es reicht.«

»Gerade mal so.«

»Aber es reicht.«

Mace seufzte und sah mich genervt an. »Ty, ich weiß ja, dass du auf Geld scheißt, aber man braucht mehr zum Überleben als alte Holzfällerhemden und ein charmantes Lächeln.«

Er hatte unrecht. Mein charmantes Lächeln war ziemlich sicher der einzige Grund, aus dem ich noch lebte.

»Ich würde niemals auf Geld scheißen. Klingt verdammt unhygienisch«, erwiderte ich trocken. »Und die Bar nimmt so wenig ein, weil du uns alle zu gut bezahlst. Ein wenig Geld könntest du dir auch mal selbst abzwacken. Um zum Beispiel die blöde Treppenstufe zu reparieren.«

Mace zeigte mir freundschaftlich den Mittelfinger, während er den heutigen Umsatz in seine Excel-Tabelle eintrug, in der er penibel die Buchhaltung hielt. Mir entging jedoch nicht, dass er nicht widersprach. Vermutlich, weil es die Wahrheit war.

»Es würde dir trotzdem nicht schaden, Geld ein wenig ernster zu nehmen«, murmelte er abwesend und sah seine Excel-Tabelle so verliebt an, dass ich überlegte, ob ich die beiden lieber allein lassen sollte.

Allerdings musste ich ihm recht geben. Und Tatsache war, dass ich es versucht hatte. Geld wichtiger zu nehmen. Zu sparen. Mir zu sagen, dass ich es brauchte. So hinter jedem Penny her zu sein wie Lexie.

Das Problem war nur: Ich *wollte* es nicht. Geld brauchen. Es besitzen. Andauernd darüber nachdenken müssen. Mein ganzes Leben um klimpernde Münzen und raschelndes Papier aufbauen. Geld verdarb den Charakter. Dad war das beste Beispiel dafür. Je mehr Kohle er bekommen hatte, desto mehr hatte er gewollt. Es hatte kein verdammtes Ende genommen – also fing ich erst gar nicht damit an. Wenn ich Geld besäße, hätte ich nur die ganze Zeit Schiss, es wieder zu verlieren, wenn alles schiefging. Denn es ging immer alles schief. Das war ein Naturgesetz in meinem Leben. Das hatte mir der gestrige Tag eindeutig bewiesen.

»Sorry auch noch mal, dass wir dich gestern haben hängen lassen, Mace«, sagte ich. »Es war ein Notfall. Kommt nicht wieder vor.«

Er nickte langsam. »Ich weiß. Lexie sah ... nicht gut aus.«

Mein Kiefer verkrampfte, und ich wandte den Blick ab. Gott, Lexie an diesen Stuhl gefesselt zu sehen, mir vorzustellen, wie das Ganze hätte enden können ...

»Ty, ich weiß ja, dass wir den Deal haben, nicht über unsere Vergangenheit zu reden ...«, sagte Mace schroff. »Aber ich check es nicht. Lexie wäre die letzte Person auf Erden, die ich entführen würde. Bei ihr gibt es nichts zu holen!« Er hob einen Mundwinkel. »Dass jemand sie umbringen will, kann ich problemlos verstehen – sie kann nervig sein. Eine Fähigkeit, die bei euch scheinbar in der Familie liegt. Aber entführen? Nope.«

Ich runzelte die Stirn. Denn ich hatte schon denselben Gedanken gehabt. Lex meinte, dass die Kerle ihr Geld hatten zurückhaben wollen. Die halbe Million Dollar, die die Polizei ihnen anscheinend nie zurückgegeben hatte. Aber wir waren in etwa so reich wie Lexie ehrlich!

»Ich versteh es auch nicht«, murmelte ich deswegen nur. »Aber sie werden nicht wiederkommen.«

Mace betrachtete mich eine Weile mit verengten Augen, dann nickte er. »Gut. Aber bei euch ist alles …?«

»Jop. Und wir können jetzt aufhören, darüber zu reden.«

»Fantastisch.« Mace seufzte erleichtert. Reden war nicht so seine Stärke. »Aber ich will mein Gewehr zurück.«

Ich musste grinsen. »Kriegst du.«

»Und du bist mit dem Abwasch dran.«

Schnaubend streckte ich mich. »In deinen Träumen. Du lässt dein Zeug seit einer Woche in der Spüle stehen, Alter.«

»Es weicht ein«, sagte er schlicht, bevor er den Laptop vom Tresen zog und durch die Schwingtür in die Küche trat, hinter der die Treppe zu unserer Wohnung hochführte. »Schließ ab, und dann nimm endlich mal deinen verdammten Gitarrenkoffer mit in dein Zimmer, der verstaubt schon wieder auf unserer Bühne. Sonst bekommst du morgen keinen Nachtisch!«

Ich verdrehte die Augen. »Dir ist klar, dass du manchmal wie ein alter Mann redest, oder? Als wärst du zweiundsechzig und nicht sechsundzwanzig.«

»Ja, und wenn der Koffer morgen nicht weg ist, verprügele ich dich mit meinem Krückstock.« Im nächsten Moment war er in unserer Wohnung verschwunden.

Ich seufzte, schloss aber ab, verstaute das Geld, das wir heute eingenommen hatten, im Safe und holte dann den Koffer. Die Gitarre lag oben auf dem Bett, er war also nicht allzu schwer, als ich die Küche durchquerte, hastig die hölzerne Treppe hochlief … und über die dumme Stufe stolperte, für deren Reparatur wir zu wenig Geld hatten.

Fluchend fiel ich nach vorn und ließ dabei den Gitarrenkoffer los, um mich mit den Händen abfangen zu können. Das Plastik polterte hinter mir hinab und krachte auf die Küchenfliesen. Ein Ratschen erklang, gefolgt von einem seltsamen Rascheln.

Genervt richtete ich mich auf, drehte mich um – und erstarrte. Das Blut rauschte in meinem Kopf. Mein Mund klappte auf. Mein Herz hörte auf zu schlagen.

Denn der Koffer war kaputt gegangen. Das plüschige Innere hatte sich von der Schale gelöst. Und mit ihm waren Hunderte von Dollarscheinen herausgeflattert.

Die grünen Banknoten segelten durch den gesamten Raum. Schlitterten unter Schränke. Landeten auf der Treppe. Rutschten unter der Schwingtür durch.

Es war so viel Geld. So verdammt viel Geld! Eine halbe Million Dollar, wenn ich mich nicht irrte. Eine halbe Million, die niemals bei der Polizei angekommen war.

Fuck.

ENDE

Offizieller Buchsoundtrack zu

Unlock My Heart

Rain and sea

The sun started setting
And with it my heart
I can't stop regretting
That I lowered my guard

Now the fog is blown away
With all the words you did not say

And the sea is calling my name
And the sea is calling my name

My skin started freezing
and so does the time
All my veins are seizing
What I should leave behind

And your heat won't stay for long
But your flame will linger on

I'm the rain and you're the sea
You gleam golden and I'm just me
I'm the rain and you're the sea
You gleam golden and I'm just me

And the wind starts whistling your name
And the wind starts whistling your name

Lyrics: Lars Schalkwijk & Saskia Louis
Musik: Lars Schalkwijk
Gesang: Saskia Louis

Jetzt auf
Spotify und
YouTube!

Folge uns auf Instagram und TikTok und entdecke dein nächstes Lieblingsbuch!

 **@ravensburgerbuecher**

 @ravensburgerde

Tauche ein in unsere traumhaft schönen Bücherwelten, knisternden Lovestories und fantastischen Abenteuer.

Exklusive Insiderinformationen zu unseren neuen Büchern, Cover-Reveals, E-Book-Deals, Q&As mit unseren AutorInnen und zahlreiche Gewinnspiele erwarten dich.

Wir freuen uns auf dich!
#ravensburgerbuecher #readravensburger